中國農村婦女的故事

逃脫

林象述

ASIAN CULTURE
PRESS

本书由美国 Asian Culture Press LLC 出版

地址：Room 1942, 314c Broadway, Boulder, Colorado 80302, United States

邮箱：info@asianculturepress

Printed and distributed in the United States of America

封面设计与排版：林象述
国际标准书号：978-1-957144-85-6
字数：213 千字
版次：2023 年 8 月第 1 版
作者邮箱：linxiangshu2019@gmail.com

那千年的糟粕文化

何時了？

林毓生

目 录

自 序

作為一名工程師，我曾發表過多篇的技術報告和理工論文。但對於寫長篇小說，這還是第一次。之所以想寫她，是緣於父輩的農村老家。

我在繁忙的城市工作，所幸在回鄉時，從鄉親那裡耳聞許多稀奇古怪的故事，也目睹了他們的一些曲折經歷，這便為我積累了不少素材，激發了我的創作熱情。

我一直在修改書名。起初是《金花進城》，後來又改為《榕城十三妹》。經過一番折騰，最後我還是將本書定名為《逃脫》。

簡而言之，故事中的主人公是一個村姑，還有寫了另外十二位農婦。

鑒於我的個人經歷和真實的感受，使我對農村和農民的印象與眾不同，有些故事確實鮮為人知。

我使用《逃脫》這個書名的原因是：

主人公鄭金花一直在試圖擺脫現狀，遭遇四死一生。大部分時間都在與命運抗爭，為家人而奮鬥。隨著時間的推移——在年輕時想擺脫貧困，想逃避婚姻的不幸；在育齡期想逃避計劃生育；做生意中飽受艱辛、處罰和負債之苦。為了還清債務，她孤身到異國它鄉，卻差點喪命。

然而，當她正在掙扎時，幸運地遇到了一個"貴人"。

對其他十二位農村婦女命運的描述也很典型。

不用說，陳芳美用賣淫的錢支付她女兒的大學學費，終究沒能逃脫悲慘的命運。

就是那喜梅與她所失望的丈夫離婚後，選擇單打獨鬥。她說："我不能依靠男人，我必須依靠我自己。"她做到了嗎？

作為高級幹部的女兒王方敏，本可以依靠父母找到一份好工作和得到一個美滿婚姻。卻出乎意料的找了個酒鬼丈夫，但她仍要照顧重疾的他直到病亡。誰又能在困難時幫助她呢？

黃月玉嫁給了一個韓國人，但她從來不知道自己是不是一個真正的韓國媳婦。

特別是，劉寶妹和幾個好強的婦女出境後，不知會發生什麼？

王愛香為了逃婚而遠離家鄉，她連見父母最後一面都沒有辦法。

雖然陳明麗聰明、美麗，也很會掙錢，但她無法逃脫牢獄之災。甚至在出獄後，都只能躲進山裏，以躲避那些想要她還錢的人。

真是難料，張秋菊和她那得了憂鬱症的丈夫離婚後，卻由此引發了震驚全國的大案。

簡而言之，我已習慣了調查和追蹤這些事情，就像一個偵探一樣，探查那些想要逃離困境的人。

我描述了女性的情感生活，包括主人公和情人陳躍進、丈夫黃標富、發小鄭斌和同鄉黃劍鋒之間的情感糾葛，包括充滿激情和愛的片段。然而，她又能如何應對婚外情帶來的麻煩呢？

讓我困惑的是：會有那麼多人像野貓狗一樣的到處尋找食物，每天過著動盪的生活嗎？

書中對農村人生存及生活的描述，可見一斑，將引發我們思考得更多。

洞察中國閩東（福建東部）的風土人情，反映了我對家鄉很不一般的感受。

林象述

2023 年夏

第一章 出事

"滴鈴鈴，滴鈴鈴——"

手機鈴聲突然響起，鄭金花的頭突然從我的右臂彈起來，我被驚醒了。

"是你丈夫嗎？"我緊張地問。

金花向右轉身，伸手觸摸到右邊床頭櫃上的手機。剛看到螢幕，皺起眉頭，張口罵道："這個死喜梅！"

她返回身，接著按下應答鍵，繼續罵道："神經病！你這傢伙，我睡得正香，幹嘛這麼早就來騷擾我？"

"老姐啊，咳！出事了！"喜梅一改以往那調皮的聲音，喉嚨也有點沙啞。

"誰，誰出事了？"

"芳美！"

"什麼？！"

"芳美死了！她被人殺了！"

"啊！"

……

我順勢從左邊的床頭櫃上隨便抓起自己的外套，胡亂往金花的肩上掛，金花用右手抓住了一個衣角，拉了拉，然後背靠床屏，拿著手機，繼續聽喜梅講……

牆上的掛鐘指向下午一點。"藍色中醫理療休閒中心"的領班肖婷婷顯得有點著急：本來准十二點就會來上班的小雷，到現在還沒來。而她預約的客人一直在店裏等她。小雷是向老闆請了假嗎？

她撥打了女經理賴春玲的電話：

"老闆，小雷沒有來上班，也沒有接電話。"

"哦，她沒有請假。"賴春玲回答後，她覺得很奇怪，順便回了一聲："我去看看。"

這家店位於城鄉結合部。但店裏一般不住人，員工多是租住在附近村民的老房子裏。

所謂的傳統中醫理療，實際上是一種通過傳統的艾灸和拔火罐等手工方法來緩解客人筋骨不適或肌肉疼痛的。

該中醫理療休閒中心是一家主要經營推拿及按摩服務的小店，理療操作主要是老闆賴春玲自己親自做。

大多數時候是五六個年輕的女按摩師在工作。但小雷算是不太年輕啰。雖然她看起來不到 40 歲，但實際上她已經超過 45 歲了。

不到十分鐘，賴春玲騎著電動車來到了小雷居住的房門前。她喊了好幾聲，卻沒人應答。當她想上前敲門時，她突然發現門框的底部有些濕濕的。她的鼻子似乎聞到了一股不尋常的氣味，她的頭髮突然豎了起來，她定情一看：好像是血！

賴春玲倒退了一步，不敢再上前。好在她還算冷靜，並未驚慌。她把右手按在胸前，稍作鎮定，然後撥打了女房主胡晶霞的電話。

當胡晶霞打開房門時，兩人都大驚失色：小雷半裸地躺在地上，上半身穿著深藍色的內衣，下半身僅穿一條三角內褲，全身都是血，周圍的地面也染紅了一大塊，一股血腥味直沖鼻孔。

胡晶霞感到噁心，捂口低頭欲吐。賴春玲在後，先退了幾步，胡晶霞隨即也跟著退出了房間。

胡靜霞定了定神，撥打了 110。員警沒幾分鐘就趕到了。員警在小雷的數字手機記錄裏看到了最頭上的號碼，便順便撥了過去。

接電話的便是喜梅。

因此，喜梅是第一個知道芳美被殺的熟人。她告訴員警，使用該手機的人是叫陳芳美，而"小雷"應該是她的打工名。

金花的心頭發涼，稍靜了一下，她問喜梅："我們一同去看看？"

喜梅有所顧慮："現在情況很複雜，現場已由警方控制，我們去那裏還能做些什麼呢？"她頓了頓說道："我現在走不開，如果我們要去，也要先問問員警是否同意。」

金花說：「如果給員警打電話，那順便問一下，她老公來了沒有？」

中午十二點，金花正在客戶那裏辦事，喜梅再次打來電話。她告訴金花，芳美的丈夫鄭一丁已經趕到西門花園三零四號。

劉警官告訴他，案件未破，還在調查中，他還不能處理遺體。

「老姐，一丁對我說，他現在很懵，不知該做什麼。」

金花問：「莉娜不知道嗎？」

「是啊，我們暫時不要告訴她女兒，聽員警的。」

賴春玲向劉警官反映，小雷是去年八月租下這套兩室一廳房子的。但她並不知道小雷的真實姓名、哪里人。

「你們招工都不核對身份證嗎？」劉警官不高興地說。

「這......」賴春玲有點尷尬。

肖婷記得，一月三十日上午九點，小雷離開店，帶著一位常客去了她的住處，知道晚上十一點才回到店裏。

剛回店不久，另一位顧客又來店裏找她。這個人似乎是他第一次來這裏，大家對他沒有印象。小雷和他小聲聊了幾分鐘後，兩人就一起離開了按摩店。他們要做什麼？大家都心知肚明，所以肖婷也沒多問。

辦案的員警提取到門把上的一枚血指紋和水龍頭上的血跡，並在現場發現了兩根「福建」牌香煙的煙頭。血跡和這兩個煙頭，通過省公安部門的 DNA 檢測判斷，可能是犯罪嫌疑人留下的。

屍檢證實，鄭芳美是機械性窒息，死於腦損傷。那麼，嫌疑人為什麼要對賣淫女下此毒手？他到底是誰？

案發後不久，員警就前往太姥山梅嶺做進一步核查工作。

在公安網站上發現，鄭芳美在去年四月曾以假名和假地址在下洋從事賣淫時，被當地員警查處過。

芳美的女兒晶晶，今年二十一歲，就讀於東南大學。學費加生活費，一年下來，要一萬兩千。小兒子聰聰才十六歲，剛上高中，他有肺部問題，經常咳嗽。上個月住了好幾天醫院，沒錢交費，才向金花借了錢結清住院費的。

芳美的丈夫鄭一丁，做搬運工，多幹多得。這個月，還領不到二千塊工資，連女兒的學費也湊不齊。但女兒很懂事，她省吃儉用，在食堂勉勉強強能吃飽。但聰聰出院後卻沒有藥吃，仍然咳嗽。

芳美自己患卵巢囊腫已兩年，動手術花了兩萬元。她丈夫沒能多賺錢，光靠自己正規做推拿，總是掙不夠。經濟壓力之大，她只好暗暗地去拉客人上床。

但是芳美總是掛念生病的孩子，每月都要回到鄭阪村一次，每次住一兩天就要回城。

當員警在清理她的遺物時發現，她掙來的錢都存在一張存摺裏，那應該是給女兒存的。

肖婷和賴春玲還向警方提供了一個叫陳老闆的人，一年來，他和芳美關係密切，很像夫妻似得。

自從芳美認識他以後，就很少接待其他客人了。但不知怎麼的，兩個月前他們吵了一架之後，陳老闆就沒來了。

陳老闆兩個月沒來，芳美又開始聯繫其他客人了。但就在案發的前一天，有人看到陳老闆又來找芳美。

賴春玲知道陳老闆的電話，隨即給了員警。於是劉警官打去電話，卻是"關機"。

去年，陳老闆來找芳美，他們的關係已經很公開了。因此，陳老闆跟按摩店的老闆和姑娘也比較熟悉。

陳老闆講義氣，他不僅關心芳美，對店裏的姑娘也不錯，偶爾還會幫助她們。

記得有一次，有人舉報推拿店有人賣淫，公安局要處罰賴春玲，還是陳老闆去公安局保了她。

那為什麼他和芳美吵架後就沒來這裡呢？是因為他倆的關係緊張，還是因為芳美另有所愛，才導致陳老闆殺了她？

同時，賴春玲感到芳美還有一個非常愛她的人，他們的來往非常神秘，賴春玲有碰見過他，但幾乎沒跟他打過招呼。

喜梅說："記者們這兩天來西門花園了，他們今天還在給我打電話。"

聽到喜梅的講述，金花歎了口氣說：

"芳美真可伶！"又說："上個月，我剛寄了一千元給晶晶。"

"你寄錢給她女兒了？"

"是芳美讓我借給她的。"

"哦。"

金花想，芳美太苦了。除了供女兒上大學，她還要管小兒子讀書和治病。全家主要靠她，而她老公太無能了！

想到和芳美在一起的日子，也記得十多年前他們四姐妹進城做衣服生意的事情。金花勾起了自己的往事，眼淚不知不覺地流滿了面額......

第二章 發小

　　七月的夏天，早晨通常是陽光明媚，但到了午後卻突然狂風大作，樹葉被吹得滿地飛騰，緊接著雨點像下冰雹似得"劈裏啪啦"打來。不到半個時辰，雨驟然停了。

　　火辣辣的陽光熾烤在孩子們的臉上，刺痛刺痛的。不久臉上被烤的紅彤彤的，幾天後小臉蛋就開始脫下薄薄的皮，臉可難看了：一塊白一塊紫的。

　　雨一停，八歲的石頭左手拿著一只土箕，右手握著一把小鋤頭，對剛過五歲的小金花喊道：

　　"小花，走！"

　　"噯！"小花急忙回答。

　　小花全名鄭金花，今年還不到六歲。她和同齡的小梅、小豆豆以及七歲的蛋蛋等幾個孩子，尾隨著石頭一陣狂跑，直往村外沖。

　　村口有條通往水田的石板路，孩子們往那去幹嘛？

　　聽石頭說，村外的田溝裏有很多魚，而且很好抓。這下讓剛放假又一時沒處玩的孩子們非常激動。

　　在村頭的土牆上，貼著大大的紅底黑字的標語："熱烈歡呼革命委員會成立！"，"無產階級文化大革命勝利萬歲！"，"戰無不勝的毛澤東思想萬歲！"

　　石頭先跑出村頭，眼前是一片剛割完稻子的水田，左邊是一條彎曲的田埂，沿著埂邊就是有一條田溝，那半溝的水正在流淌著。

　　石頭第一個衝到溝邊。

　　"噓——"他突然轉過身來，把食指放在鼻子前，示意大家安靜下來。

每個人都跟著他，彎下腰慢慢靠近溝邊。

石頭向左看，溝裏沒有魚。他慢慢地蹲下來，然後仔細地看了看溝邊的草叢下麵，但也沒看到啥。

小花突然喊道：“那邊有！”她指著右邊的水溝，大家不約而同地順著她所指的方向看過去......

哇！十幾條銀灰色的小魚，不！是有黑白相間條紋的小魚！

它們居然齊刷刷地排成一隊，像一艘艘小型潛水艇，每艘艇兩側還微微地煽動著船槳，哦，不是，是魚的翅膀。

小花立刻伸手往水裏一抓！

刷！十幾艘潛艇亂了陣，各奔東西，一眨眼就不見了蹤影。

“不要亂動！”蛋蛋氣得直叫“你真是來搗蛋的！”

“沒關係。”石頭淡淡地說道。

“蛋蛋，把這邊的溝堵住！”石頭像是下命令。

蛋蛋遲疑了一下，然後轉身看了看四周，便伸出雙手彎下腰，順勢抱起腳下的一塊硬土往溝中扔。

石頭拿起土箕，往水溝下游方向走去。走了一丈遠，便停了下來。

他直接跳入溝中，快速將土箕往溝中一放，並把箕口朝上游方向，慢慢壓入半尺深的水中。他一邊壓住土箕不讓它浮起來，一面叫道“小花！快把鋤頭給我，你再來幫我壓住土箕。”

小花很快遞過鋤頭，然後卷起褲腳，迅速從石頭的左邊跳入溝中，緊接著蹲下身子，雙手替石頭壓住了土箕。

石頭左手扶著鋤頭，起身往土箕右邊一跨，兩腳一馬，站到溝的右側邊，然後看也不看，雙手掄起鋤頭挖下去。

只見水花四濺，卻沒碰到溝裏的土，只是挖起來一點點爛爛的草根和一口稀稀黑黑的濃土。

“咦，挖不到土。”

小花回頭望了一下說：“我們來搬點石塊，填在你那裏！”

“對！不過，石塊填下來，以後還要搬上去啊！”

“管他呢！過會兒再說吧！”

於是，其他幾個孩子就到田埂上、地頭邊找來了幾塊石塊，填到小花的土箕兩邊。

"這裏沒有石塊啦！怎麼辦？"

"有硬土塊也行！"

在右邊不遠、割過水稻的幹田裏，石頭找來禾頭邊的一大塊硬土，雙手吃力地搬著，他張開馬步，一搖一擺地把土塊搬到了溝邊。幾個孩子也都來搬，沒幾下子，就搬了不少，堆在溝邊。接著石頭跳入溝中，把土塊一塊塊填在了土箕兩邊。

石頭用手去扒壩底前面的爛泥，用泥抹到了土壩縫隙上，不一會，石壩抹成了好像樣的小水壩。

小花看了看心想，可這水壩還不到四個拳頭高啊！

石頭東望望西看看，高興地跳起來："成功了！一個水壩建成功啦！"

小花有點當心："這個壩會漏水啊！"

"漏水？"

"蛋蛋！上游的大壩建好了嗎？" 石頭喊道。

"馬上好了！"蛋蛋已經在上游壘好壩。可是他那裏的水位很快升起來，就要漫上壩頂，眼看就要決堤啦！

"快點到蛋蛋那裏！"石頭大喊起來。

孩子們全部沖到上游土壩邊，你挖土我填石，七手八腳讓土壩又升高了不少。

"還是會塌"，石頭搖搖頭，"大家快去把稻草抱過來"，他指了指不遠處的稻草堆說道。

大家又去抱稻草，石頭接了小花抱過來的稻草，迅速踩到壩上方，然後又用土壓在稻草上。

這下水壩加厚加高了不少。

這真是個攔水的壩，眼看著上面的水位一直在增高，孩子們就像大人們抗洪一樣，不斷地往壩上加土，一下子水壩高到膝蓋處。

不過，下方的水位卻一直在迅速地下降，眼看兩個水壩之間的水快要流幹了。這時，順著往下退去的水，小花到土箕哪兒一看：好傢伙！裏面有好幾條小魚正在那掙扎著呢！

水幾乎幹了，魚卻沒法順著水往下游！因爲小魚被土箕攔住了！

孩子們高興死了！全都圍了過來看：好幾條活蹦亂跳的魚啊！

這時，蛋蛋突然看到：上游的水壩馬上要垮了！因爲上游水位越來越高，他連聲喊著"要垮壩啦！"

"不要慌！"石頭叫著。

"趕緊把土箕裏的魚提起來！"

於是石頭就把土箕連著裏面的小魚一起提了起來，迅速放到田埂上。只見那幾條魚一直在掙扎，還跳的蠻高。

石頭指著土箕說："魚快跳出來囉！快搬離溝邊！"

"我來吧！"小花兩手搬起土箕，順著田埂往前走。

"撲突"一聲，小花腳一滑，手上的土箕落了地，那小魚甩到了溝邊，大多又滑下了溝。

小花看見還有一條小魚在腳邊掙扎，她立刻蹲下身，兩手一撲，抓住了！

可是那魚滑得很，一只手沒抓好，就從她手上滑出去了，落到溝邊。

小花想抓住它，可是來不及了！小魚擺動著尾巴，一下子滑進溝中。

這時，他們壘的土壩已經垮了，溝水就像洪水，滑下溝的幾條魚匯入洪水一下就不見了！

魚跑了！大家慌慌張張地、又摸又追。可是竟然一條也沒抓著！

"大笨蛋！搗蛋鬼！"石頭大罵小花，大家也一齊罵起她來。

小花被罵的直想哭。

孩子們只好鳴金收兵，個個像泄了氣的皮球、垂頭喪氣，離開了田溝，慢悠悠往村裏走。

村頭有個水井，那是以前常用的吃水井，後來村裏安裝了自來水，它就幾乎沒用了。

當孩子們路過井邊時，小豆豆突然大叫一聲"有魚！有大魚！"

大家圍過去一看，果真有一條大紅魚在井裏遊動著呢！

小花年紀小些、個子略矮，被男孩子擋著看不見，她就死命往前擠，前面的蛋蛋一側身子，小花就一頭沖了進去，"撲通"一聲丟下井去。

"小花掉井裏了！"孩子們邊跑邊喊。

井底的水沒過了她的頭，她嗆了幾口。在慌亂的掙扎中，手卻碰到了一個東西，她胡亂地抓住它。

那是在井壁上伸出的一小節又黑又滑的木樁，她把木樁死命往下拽，身體就自然往上升，頭就沖出了水面。

"葡哈，"口和鼻同時噴出水來。

井後邊鄰居的孩子大鼻聽見了，急忙跑來，把打水的繩子往下扔，小花死命抓住繩子，可是力氣不夠大，手一直打滑。大鼻說"小花，你鬆手！"，又把繩子提了上來，他很快打了一個大大的活扣，然後又放了下去，活扣從小花的頭上往下套，慢慢地套到了她的腰部，大鼻一拉。

"哎呦！"繩子勒住小金花的腰，她感到十分痛疼。

"把繩子套到屁股那裏！"大鼻一邊放鬆繩子一邊低頭看著小花喊道。

小花右手仍然抓著木樁，騰出左手把腰間的繩環使勁往下推，一直推到了屁股，大鼻一見，立刻使勁拉著繩子直往上提。邊上的孩子們也一同過來幫忙。

可是大家力氣用不到一塊，拉不動。

小花還算靈活，她的手死命抓著繩子，腳蹬在長滿青苔的石頭上，一蹬，一滑！只見在井上方的大鼻，雙手一顫，差點身子跟著繩子往下拽了！還好，沒事。

這時，小花的腳趾頭很快地插進了井壁的縫隙裏，也不知道腳疼不疼，只拼著力氣將身子往上撐。

大鼻喊："一、二、三，一、二、三……"

大家力往一處使，一下、兩下、三下……用了九牛二虎之力，總算把小花一步一步地拉了上來。

小花上來之後，大鼻說："哇！你的手臂和肩膀都磨破了！"

小花全身濕漉漉地坐在地上，還喘著氣，呆呆地望著大鼻，臉上像是在笑，又更像哭。

"哇！有血！"小梅指著小花的右腳叫起來。原來小花的第二趾出了血。

可以算是大鼻救了小花一條小命。

大鼻今年十歲了，學名鄭斌，正上四年級呢。他身高一公尺半，圓方臉，眉濃，眼小，鼻子大而不圓，整體看，在班上還算得上是俊小子。他上身穿著一件白色的小背心，下身穿著一條藍短褲，在屁股兩邊還打了對稱的補丁。

鄭斌連續兩年都是班長。班主任之所以提名他當班長，除了他學習好，應該跟他爸是大隊黨支部書記有點關係。

快過年了，金花的母親陳慶菊，又生病了。

自從生下金花後，月子沒做好，就老生病。現在頭又莫名其妙地痛，找村裏的赤腳醫生看。這醫生醫術還不錯，吃了他開的幾貼藥，才兩天頭就不疼了。

這天早晨，母親看到正在掃地的金花，叫道："小花！等下幫我去抓點藥。"

她是叫金花去隔壁鎮上的中藥店抓藥。金花還沒吃早飯，母親先叫她吃點再去，金花說"我先去抓藥，回來再吃吧！"

於是，金花蹦蹦跳跳地去了，她很快就從藥鋪抓了藥。

在回來的路上，金花東張西望，抬頭看見路邊的大柿子樹上有個鳥窩！他想，窩裏有蛋吧？最近媽媽沒有什麼好吃的，我去掏幾個鳥蛋給她補補。

於是，她把中藥放在樹頭，像小猴似的，胸一挺、雙手一伸，抱住樹幹。然後一躬背，雙腳往上一收，雙手又一伸，再往樹幹一抱。

腰一躬，身一伸，雙腳往上一踏一踏，雙手往上一抱一抱，身子連續往上蹭了幾十下，輕巧地爬上了樹，眼看就要靠近那鳥窩了。

"啊！"金花突然右腳踩空，跌了下去。

快到晌午，母親從床上起來準備做飯，可是一想"金花去抓藥好一會了，怎麼還沒回來？"

心裏有點著急，"這孩子又粘到哪去玩了？"

正在這時，金花一拐一拐進來了，臉上有血痕，額頭上也有一塊紫青紫青的。

媽媽睜大著眼睛問"怎麼啦？和人打架啦？！"

"沒有，是摔得。"金花垂頭喪氣的說。

原來，金花從樹上摔下來，正好落在大柿子樹下的一小塊泥池裏，頭重重地震了一下，昏厥過去。

過了一會兒醒來，身體卻無大礙。

好險啊！

金花看到，屁股周邊全是砍過的竹子頭！如果她再摔歪一點點，就插到尖尖的竹頭上，金花的小命恐怕就保不了！

　　金花父親叫燕生，年輕時務農，家境貧寒。三十出頭還沒辦法娶老婆，後來經人介紹娶了一個死了丈夫的女人。這二婚的老婆卻長得很標緻：高挑的身材，纖細的腰，滾圓的臀，還有那白裏透著紅的瓜子臉。背地裏脫了衣裳，露出的是仙女般的玉白色的肉身。燕生可是喜出望外，愛得不行。

　　這慶菊是帶了兩個和前夫生的女兒來鄭家的，大女兒四歲叫陳大林，二女兒才兩歲，沒有正名，喚作二小。後來燕生報戶口時，二女才有了名：鄭淡葉。

　　燕生自己真想生個男的，但慶菊進門後第一個生的卻是女孩，起名鄭銀花。最後又生的還是女的，就是鄭金花。

　　慶菊剛生金花的第一天，總共吃了四個雞蛋，後來的幾天主要是吃了點米飯和芋頭，隔一兩天才吃點肉。在月子裏就是缺乏營養，又洗了冷水受了涼，一直感冒，身體慢慢變得很差，常常生病。

　　母親慶菊的病越來越重起來，金花不到六歲，母親就病死了。

　　金花小時候也就沒吃母親多少奶水，從小身上不長什麼肉就是瘦。但還不算體弱多病，身材也不矮。

　　那年秋天，燕生想到找陳瞎子算命。

　　但是，村裏正在搞“破四舊立四新”運動，燕生知道：算命可是“搞封建迷信”，革命運動鬧的可厲害，誰也不敢搞這一套，如果讓人告發，就會被紅衛兵抓去鬥爭啊！

　　可是，鄭瞎子說“不打緊！我侄兒是紅衛兵的頭，他會包庇我的。再說，我只跟要好的朋友和親戚算命，一般人我不算。你晚上偷偷來我家，沒事的。”

　　其實鄭瞎子只是視力差，飯碗和凳子什麼的還可以看到，認人只是看臉的輪廓，書上的字當然是看不清。

　　燕生去找他時，他坐在自家的飯桌旁，指了指桌對面靠墙的長凳子說：“坐吧！”

　　“你何時生的？”瞎子問，“幾年生？幾月幾日？”

燕生很快就想起了："民國十九年。"

鄭瞎子想了想"那就是庚午馬年①，還有月和日，還有時辰呢？"

"八月十一，嗯——，聽娘說是吃完晚飯，天剛黑時生的。"

瞎子歪了歪頭又動了動屁股，"那就是酉時②。"

燕生想到妻子的生辰，又對瞎子說了自己生的老三的生辰。

"最小的呢？"

"是老四金花，六六年屬馬，六月六生"

"幾時？"

"好像是中午飯後"

"那還算是午時呢。"

瞎子看了看燕生夫妻和兒女們的生辰八字，搖頭又晃腦，然後也不知道為何渾身打起顫來，一抽一抽的，像是在抽筋，過了一會兒，停住抽搐，然後不斷用拇指對著食指、中指、無名指和小指這四個手指的指節③，有順序的點來點去，口中念念有詞，計算著。

"嗯"瞎子想了想說，"這老四的命很硬，但是和她媽的命有相沖。不是母親不好，就是女兒不好，而她跟姐姐中也有一個相沖的。"

根據瞎子的說法，老四金花這女兒不好養，要早點送人，一家人才會平安。

燕生想想也有對，她媽不是被金花沖的？

但燕生還有點半信半疑，因為他聽說瞎子也有算不准的，是不是再找別的先生算算，因此這事就先擱住了。地裏正忙，也沒法管這才六歲的女孩，所以仍舊讓金花到處玩到處瘋。

春天來了，堂姐金蓮來到家裏，她對堂弟燕生說：

"你老婆生前還會幫你做做衣服掙點錢，現在就靠你一個，養這四個賠錢貨。"她自己拉了一把凳子坐下，又說：

"大的十五歲，明年就可以嫁人了。可最小也快七歲了，還要養多久啊？既然算命的說金花不好養，還是把她送人吧！"大姑頓了頓又說道：

"隔壁石井村有個人叫大頭的，也姓鄭，四十歲了也沒妻沒兒的，家裏卻有四個穀倉，從不缺糧，生活好過。不如把金花送給他當女兒。"

燕生想了想，也就同意把金花送人了。

按大頭家的想法，女兒長大了，可以招婿進門，傳宗接代就沒問題。也就想要金花。

　　那天金蓮又來家裏，她帶來了大頭送來的錢。

　　"大頭同意，說好金花過去，給您這兩佰塊。"

　　金花在門外聽見了。雖然她才六歲，可她對姑媽的話，聽得懂：想把我賣掉？我不幹！

　　金花不想去，可是父親騙她說："我們家裏窮，到了他家又有吃，又有花衣服穿。"金花一聽說有漂亮的花衣服穿。有點動心：六歲了，還穿姐姐的破衣服呢。

　　不過一轉念，金花還是覺得在家裏有姐姐愛，家裏溫暖，不想去。

　　但大人們按照算命先生的推算，沒辦法，已經訂好八月初四，硬要金花出門。

　　半夜裏，金花翻來覆去睡不著，想到過幾天就要賣到別人家去了，心裏越想越難受，又情不自禁地哭了起來。

　　父親被吵醒後，勸金花說"你去了，又不遠，可以常常回來玩啊！"又說，"不然就沒有花衣裳穿了！"

　　金花這才停住了哭聲，用袖子擦著眼淚。

　　平常三姐銀花跟金花最好，兩人整天都纏在一起，寸步不離。三姐說"爹，後天讓我帶妹妹過去吧！"

　　父親說"那好！"

　　金花聽了，心裏總算平靜了一些，過了一會兒金花就睡著了。

　　一聲長長的雞叫聲，像是一只長長又軟軟的蟲，直鑽進金花的耳朵，金花一個顫抖，驚醒了！

　　她醒來猛一想：今天要走了嗎？心一緊，就伸手去摸睡在旁邊的三姐。

　　"怎麼啦？"三姐睡眼朦朧。

　　金花經姐姐這麼一問，自己倒清醒了起來：哦，是後天呢。

　　"睡吧"姐姐說。

後天就要出門了。金花又是一陣糾結：後天要賣到別人家去了！金花的眼睛直呆呆望著天花板。

早上起床，姐姐拉著金花的手，叫她出去玩玩，她搖頭不去；姐姐叫她吃飯，她也不想吃。見她不吃飯，姐姐把山上摘到的野草莓給金花吃，金花吃了一粒，再也不吃了。整天不想玩也不想吃，常常望著遠處發呆。姐姐說："金花，你可不會變呆傻了吧？"

"我還是不想去啊！"

"那大頭人家，還是很愛女孩的，你去了，也還是跟一家人一樣啊！"

金花沒有反應。

金花就像要去坐牢一樣，提著心又挨過了一天。

天黑下來了，金花呆呆地看到煤油燈，天好像漸漸地亮了起來，周圍靜悄悄……

金花走在一條很長很長的山路上，天又漸漸地黑下來，她真不知為什麼竟然走到一個房子的門前，突然一個彪形大漢像個大猩猩，從屋裏沖出來，伸出毛毛茸茸的大手，要抓金花，金花嚇得往後退。可腳很重，移不動，被什麼絆了一下，仰面朝天，摔了一跤。眼看那人形大猩猩就要撲上來，金花一緊張，卻滾下了懸崖！她大叫一聲！姐姐被他吵醒了。

原來是在做夢。"姐姐，我在夢裏見到那家人那麼可怕，我不去了！"

金花醒來，但思想還留在夢裏。想到就是今天要出門了。

"姐見過大頭，那人還好，很是善良，他是很喜歡你的，不用怕，姐今天跟你去，如果見了他，你還怕，就回來，好嗎？"

"嗯。"

吃了早飯，到了該把金花送過去的時候了。金花還是不想去。

金花哭著鬧著說："那金花想姐姐了，能回來玩嗎？"

"不就在隔壁村嘛，幾下子就可以回來玩。"父親嘴上說著，心裏卻是想：讓你一年回來一次就好了。

父親連哄帶騙，催著三姐帶金花走。

於是，三姐銀花拎著金花的幾件衣服，就帶著金花，一路走一路停，磨磨唧唧的到了中午才到了大頭家。

大頭和他的母親蓮嫂已經在門口等了很久，看見金花姐妹來了，蓮嫂連忙過來，伸手去接銀花手提的袋子，並把她倆引進大廳。

蓮嫂煮了好幾碗菜：香菇、金針菜，檳榔芋，還有兔肉，還給金花和銀花盛了滿滿的兩碗乾飯，叫姐妹倆吃。

吃完飯後，早已過了晌午，銀花就要回家了。

金花急得直跺腳：“姐姐，我們要分開了，以後很難在一起玩了。你再陪我一會吧！”

“好吧！”姐姐有點無奈，更是捨不得，就陪著金花。

到了太陽快下山了，姐姐說，我要回了，以後我會過來陪你啦！

金花說：“姐，那你回到家時，天都黑了！還是等明天吧！晚上我要跟你睡，讓我最後跟你睡一夜吧！”

大頭說：“你姐不回家，你爸會著急的。”

金花又鬧又哭：“姐就陪我過一夜吧！”

說著，死命抓著姐姐的手不放。

眼看天黑了，大頭想，讓銀花一人回去也不好，於是答應她們姊妹倆過一夜，等明早才叫銀花一人回去。

第二天早上，銀花告別金花，正往村口走。

金花站在門口，呆呆地看著姐姐的背影：姐姐就這樣離開我了？

她又回頭看看這個從來就沒來過住過的陌生的家：我就這樣離開姐姐，要和這些陌生人住？

想著想著，金花情不自禁眼淚又流出來。她沖上前，追上姐姐：“我要跟你回去！我不要在這裏！”

大頭馬上追上來，硬拉住了金花說：“你想不想讀書啊？”

“讀書？”金花一聽說讀書，就停住了哭。

金花老早就想讀書了，可在家的時候，父親說，我們家沒錢讀不起書，女孩子更不用讀書了。

金花想：如果在這能讀上書也好。

其實大頭早就知道金花想讀書，就接著說道：“我送你去讀書，等到禮拜天就叫姐姐來接你回去玩，好嗎？”

姐姐也說：“對啊！我每個禮拜天都來！”

金花這才勉強點了點頭。

大頭家境還算好，但本來他也沒想讓金花去讀書，可看她很不情願來他家，整天鬧得不行，想到金花這樣愛讀書，就只好順水推舟，答應她去上學了。

　　實際上，要等酷熱的暑期過了才能去上學，現在還不到時候。金花一時沒事，就呆在家裏，整天悶得慌，就盼著禮拜天姐姐來接她回去玩。

　　金花一早醒來，是懂非懂地看看日曆：今天好像是禮拜天了！她沒顧得吃飯，就坐在門口等姐姐。

　　太陽有一竿子高了，還沒見姐姐的影子，金花就往村口方向走。

　　金花往前一望，終於看見遠處一個小姑娘，一跳一跳，一晃一晃，越來越清楚的身影，頭上紮著兩個小辮子，很像是姐姐，正往這邊走來呢。

　　是姐姐，是姐姐！金花感覺到那姑娘就是她日日等天天盼的姐姐！

　　只見那身影越來越大，金花大聲喊著："姐姐！姐姐！"

　　那姐姐好像聽到了，朝金花看了看，但沒有明顯反應。

　　金花再定情一看：嗨！不是姐姐，認錯人了。

　　金花很是沮喪。

　　姐姐為什麼還不來呢？

　　金花不死心，繼續瞪大眼睛，伸長脖子，不斷晃著小腦袋，往遠處看。

　　這時，遠處又過來了一個人，那人走的很穩很慢，漸漸走近了，金花注意一看：那不是老家的鄰居鄭大伯嗎？鄭大伯也一眼認出她："金花，你是在等你姐姐嗎？

　　"是啊，你是看到我姐了嗎？"

　　"我路過你家時，你姐就跟在我後面，還告訴我，要來看你。可沒走幾步她又折了回去，對我說，大伯你先走，我忘記帶東西了，回頭再來。"

　　"那為啥到現在還沒來啊！"

　　"是啊！我也不知道"大伯說。

　　金花和大伯正說著話，突然大伯後面不遠有人喊："金花！金花！"

　　"啊！姐姐！姐姐真的來了！"金花高興的跳了起來。

　　已經二年級了。金花讀書很用功，無論語文還是算術，她的作業幾乎滿分，考試成績也是九十分以上，老師也常常對養父說，這孩子愛學習，也很聰明。

可是養父根本高興不起來，心想：將來女孩子有了文化就更管不了。

於是，打那天起他就不讓金花繼續讀書了！

"幹嘛不讓我上學啊？！"金花憤憤不平地問。

養父強笑著說："金花啊！女孩子天生就是要嫁人的，然後生孩子。一輩子伴夫持家管孩子的。讀書有什麼用？有哪個女的讀書做官啊？我們農村男的還都沒有讀書，照樣賺錢養家！"

"也有女秀才中狀元的！"

"哈哈哈！那是演戲，你看到真的嗎？"養父指著她，笑個不停。

金花一時說不過他，氣鼓鼓地拿起一把生了鏽的柴刀上山砍柴去了。

她每天要挑著幾十斤重的柴火下山。

當她路過學校附近時，總要特地拐過彎，去瞧一眼正在教室裏上課的同學。然後一步一搖地、戀戀不捨挪著步子、背著柴火回家。

金花的力氣蠻大，到了十五歲時，還常常從老高的山上挑著上百斤的柴火下山回家。

①庚午馬年：西元 1930 年，是按中國的紀年法。源自中國遠古時代對天象的觀測。"甲、乙、丙、丁、戊、己、庚、辛、壬、癸"稱為十天干，"子、醜、寅、卯、辰、巳、午、未、申、酉、戌、亥"稱為十二地支。兩者按固定的順序互相配合，組成了干支紀法。就是用天干地支來紀年，每六十年為一迴圈。

十二地支對應十二生肖：子-鼠；醜-牛；寅-虎；卯-兔；辰-龍；巳-蛇；午-馬；未-羊；申-猴；酉-雞；戌-狗；亥-豬。也就是用這些動物來稱呼年份。

②酉時：太陽下山 18 點左右。十二地支把一天中的 24 小時，按每兩個小時分為一時辰，如：子時-半夜,23：00～1：00；丑時-1:00～3:00；寅時-3:00～5:00；卯時-5:00～7:00;辰時-7:00～9:00;巳時-9:00～11：00；午時-中午，11：00～13:00；未時-13:00～15:00；申時-15:00～17:00；酉時-17:00～19:00；戌時-19:00～21:00；亥時-21:00～23:00。

③四個手指和各指的三個指節，共十二，剛好可對十二地支進行順序排列計算。

第三章 娘家

金花十六歲，看到隔壁村的街頭有家衣服店，她路過時常常去看人家做衣服。

衣服店的師傅姓陳，為人和氣，在周邊幾個村莊算是有名的裁縫師了。當他看到貌美如花的金花，就心花怒放，一聽說金花想學做衣服，就滿口答應。

他先讓金花試著打下手，開始教她拆舊衣服。

金花很快適應這活。只見她右手的拇指和食指緊捏著刀片，小指頭配合著左手的拇指和食指，靈巧地把開了口的衣片往兩邊勾，然後下刀割起來，才幾下子就割開一條縫。

你看那，她割得那個線縫，齊刷刷；整理那個線頭，真乾淨。直把那布角整得平整整。師傅高興的眼睛直勾勾，打心裏喜歡她。不知怎的，他心頭一陣癢癢，實為難耐。

看著她心靈手巧，學得很快，就說"你來學做衣服吧，每天管你吃飯"。

經過養父同意，金花就開始了學做衣服的日子。

大多數的人一年更換不了一次新衣服,而來店裏改舊衣服的卻是不少。

金花到了衣服店裏，一天就拆了十來件舊衣服。

過不了兩天，眼看沒啥舊衣可拆了，師傅就叫他車製成衣。

奇怪的是，她一坐下來，就好像踩縫紉機的老手了，你看她：靈活的上下晃動著腳掌和腳跟，"塔拉塔拉、塔拉塔拉"，縫紉機轉動起來的聲響，好聽又順耳。師傅都看呆了！

"你用過縫紉機？！"師傅不知啥時，站在她背後，看著金花上身穿著薄薄"的確良"。那是印著淡淡粉紅色桃花的短袖襯衣，顯得有點性感。

他那圓圓的肚子幾乎貼到了金花的背了，他已經感覺到金花那溫暖撩人的背溫，他馬上瞇著眼靠近金花的後腦，用那鼻子輕輕地、十分享受地吸著……

金花的頭上微微出著汗，可他聞到卻是自然的、淡淡的頭汗香味。

奇怪啊！她沒有噴香水，怎麼就聞得如此舒服如此與眾不同呢？！可這和他老婆頭上的臭頭味有天壤之別啊！

這時，他又老練和自然地向前伸著左手輕輕壓在金花的左手背上。右手還大膽地慢慢撫著金花的右肩。

"沒有用過。"金花裝著沒啥感覺。

"那你就車這件吧！"

金花車的衣線又直又平。到了車彎彎曲曲、難車的線縫時，師傅連忙就過來做示範，但這大粗爪子常常不老實，不是故意碰她溫熱的背，就是順勢壓那嫩小的手。

因為金花左手在胸前推著布、右手拉著衣，雙手總是離不開縫紉針頭四周，雖然想抗拒他的手，可也沒有第三只手去推開他，只好讓他去碰、去壓。

不過師傅對金花也還是好，他手把手的教她。不到半個月，金花很快就學會了劃線、裁剪、車線、整線頭、燙整。師傅把自己多年積累的技術，幾乎沒有保留地傳給她。

才到店裏五天，師傅就給金花五圓硬邦邦、卡卡響的新票，怪聲怪氣地說"給您吃點心。"

沒想到，師傅的老婆在里間瞧見，她連忙出來把師傅拖到一邊，"你要死啊！給那小婊子迷住了？！"

"這女孩心靈手巧，能幫我們做不少事，給點甜頭我們不吃虧啊！"

"就怕你心懷鬼胎呢！"

"嘻嘻，在你老娘面前，我不敢。"

"但願如此，被我看到有你好受的！"

金花在衣服店裏不知不覺忙乎了一個月，她竟然是普通的男女春夏秋衣都會做了。

但就是冬衣，尤其是西服之類的比較難做，金花一時做不好。

其實那師傅也不見得做得來，挑剔的客人往往也會嫌這衣服店師傅技術不夠好。

金花來店之後，師傅和師娘一家子就不在店裏住了。也就是讓金花這個小姑娘看店，因此她都在店鋪裏，晚上就睡在店鋪的二樓，那是帶夾層的閣樓。

這一天，金花正在趕制一條裙子，一直忙到半夜，正準備上閣樓睡覺，師傅突然帶著一身酒氣闖了進來。

"金花，裙子做，做好了沒，沒有。"不等金花回答，師傅又說"我，走，走不動了！"

只見師傅的腳一軟，"撲通"一聲直撲到金花身上，他順勢抱住她。

"金花——我太想，想你了！"

金花用力一推，但推不開，師傅已死死地抱住金花，用手掰也掰不開。

"師傅不敢！"

"有啥不敢！反正沒人看，看見，讓，讓我——，你也會——"

"師娘看見了不好！"

"我那老婆回，回娘，娘家了！"師傅雖喝了酒但力氣還是不減。說著說著，更將金花死死地抱著，然後又伸出右手去摸她的下麵。

"喔喔——"你看他摸著金花那軟軟還帶著溫溫的地方，瞇著紅紅的色眼，一陣滿足的表情。

師傅又看到金花不是很用力反抗，以為來機會了，那充滿酒氣的臭嘴就往金花脖子上瞅過來。

他猛吻了一下她脖子，又往上找她的耳垂舔著。

金花直搖頭，同時往後退，師傅的身子就往前傾。"撲通"金花往後倒，兩人就一同倒在地上，他順勢壓在金花身上。

"不要！"金花使勁推開他，但怎麼也推不開，兩人就推來扭去，滿地打滾。

"好大膽的狗男女！"突然師娘出現在門口。

原來，師娘不放心師傅，提前回了家，卻見不著老公。她尋思，這老不死一定是在店裏！

23

金花從此離開了衣服店。

金花離開衣服店，不到半月，金花向養父要錢，想買一臺縫紉機。

天剛濛濛亮，奶奶煮好了飯，大聲叫道：
"金花！起床了！"
金花正在睡夢中，經奶奶這麼一喊，她醒了。
她迷迷糊糊，擦擦朦朧的眼睛，問道："幾點了？"
"五點半了！快起來！送飯去！"
金花起床，草草地抹了一下臉，沒刷牙，也沒顧得喝一口水，就被奶奶催著去給養父送飯。
天邊出現了魚肚白，遠處只見一線模模糊糊的山脊，寥寥山峰略露出一點點頭沿，被長帶似得白雲纏繞。近處霧氣茫茫，看不清哪是路，分不清哪是田。
金花提著裝有飯罐的小竹籃，繞過六道彎，爬過三個坡，眼前出現一片平地。她找著腳下的路，慢慢前行。她邊走邊四向張望，不遠處有兩個黑影在蠕動。金花伸著脖子睜大眼看去：左前卻是一頭牛，緊隨後頭的便是一個人。
金花繼續往前走，她終於看清了前方是養父，正在牛後面扶著犁。還聽到他鞭打牛背"啪，啪"響，喊著"嘿，嘿"聲。
"爸！爸！"金花喊道。
"啊。"養父冷冷地應了一聲。
"爸，吃飯囉！"金花邊說邊把籃子往田埂一放，卷起褲腿赤著腳，下了水田，想過去接養父的牛鞭。
養父手裏拿著鞭子，轉過身子，提起泥腳，往田埂邊走邊說："不用過來！"
金花卻踩著泥水，已經走近養父，伸手要去接牛鞭。
養父只好順手把鞭子遞給金花，自己上了田埂。金花扶起鐵犁，手舉鞭子，"趴！"像個老把式，口中喊著"唷，唷！"
養父吃完飯，放下碗，點著一袋水煙筒，"巴噠巴噠"坐在田邊的小石塊上抽起來。

金花歪來歪去，犁了一小段。

養父叫道："好了好了！"

"你犁不好，上來吧！"養父招招手，大聲說道。

金花停住腳，轉身上了田埂。

"爸，陳村的那個縫紉機不想賣了！"金花有些劫生生地面對著正在抽煙的大頭說道。

大頭坐在石頭上，聽到金花的話，抬起頭問："為啥？"

"聽說我們出價太低，他又捨不得賣了。其實他還想繼續留著用。"

"他不是不想做衣服了嗎？"

金花說："那就不知道了。"

"不賣就算了！"大頭接著又說："你好好在家幫我種田砍柴，不要想那麼多。做衣服也難掙到錢啊！"

金花漲紅著臉說："我一個女孩子也沒有力氣種田啊！我已經會做衣服了，如果做衣服肯定會掙錢的。"

"是嘛？"

"再說，那個舊縫紉機，因為是進口貨，也賣的很貴。"金花頓了頓，低頭斜眼看著大頭，低聲說道：

"我們去買一臺國產新的，上海"蜜蜂"牌，也貴不了多少。"

大頭一聽金花硬要買，就激動起來。那管煙還沒抽乾淨，就把煙嘴直往屁股下的石頭側邊磕了兩下："我們正好不買了！"

金花看到大頭這樣對她，氣得一扭頭就要走。大頭卻叫住她："你把籃子帶走！"

金花轉身要去收拾飯碗，大頭看到金花生氣，就又冷靜下來，壓低了嗓門說："孩子，是你奶奶怪你不安分在家。"他抓了一小撮煙絲，塞進水煙嘴，重新點著，抽了一口，說道："奶奶怪你，我們家有吃又有穿，而你娘家有什麼好的，不要老往娘家跑。"

"我爸老了，身體不好，我姐也老是有事，我離老家那麼近，我回去看看，有什麼不行？"金花不太高興地說道。

"你回去可以，但是只能吃一頓飯，不要過夜。"大頭又抽了一口煙，他邊咳嗽邊說："你——咳，咳，不要跟娘家走的太近。"

金花突然想起什麼，問大頭：

"爸，你想蓋新房，是重新買新木頭蓋，還是拆掉一部分舊房的木料來蓋？"

"問這幹嘛？"養父不解。

金花看了看養父，笑了笑說："第一，您要蓋房你弟卻沒空幫你；第二，你重新買新木頭蓋房，你弟沒出錢，新房也就沒他的份。"

養父聽了，只顧抽煙，沒有說話。

金花接著問："你弟弟對你有心嗎？"

"？"養父轉回頭來，看了看金花。

"奶奶是想要你的新房！"金花憤憤地說。

"什麼？"養父睜大眼睛看著金花。

金花把那天無意聽到的、奶奶和小叔的對話告訴了養父：

"那天，我要到山上去砍柴，剛出門沒走多遠，突然想折回。因為我少帶了一根繩子，那是一根很好用的繩子，帶著它綁柴火既結實又方便。

"因為我急著找那繩子，所以匆匆趕回家，沒有走大門進正廳，而是直接進了柴火間。

"剛找到那繩子，轉身要出門，突然聽到柴房隔壁的臥室裏有人正在說話。因為是用木板隔得牆，而且板縫很大，幾乎沒有什麼隔音，所以我聽得清清又楚楚。

"是小叔和小嬸，還有奶奶。我聽到小嬸對奶奶說，他們要分家。奶奶罵他倆傻，現在的舊房是很破的，舊傢俱多是爛的，能分到什麼好東西？

"奶奶說你（養父）正想蓋新房，等到你蓋好了，又添了新傢俱，再來分家，那不就更好？"

養父聽了，沒有馬上回答金花，只是"吧嗒吧嗒"抽他的水煙。

原來，養父不是奶奶親生的，而是撿來的。而小叔才是她親生的。所以奶奶她才對小叔有偏心。

養父是單身，但手藝好，會木工，賺了不少錢。

小叔是個民辦小學教師，月工資才十六元，已成家，還有兩個孩子。小家庭四口生活過的緊巴巴。

可是金花並不知道，大頭還是很聽他母親的，也很是為他弟弟著想。

金花對於大頭這樣的腦袋，這樣的想法，也沒有辦法。

金花想到自己也到了該嫁人的年齡，對養父說："爸，你養我有功，我是認你為父的。"接著又說："我最終也要嫁人。"

養父說："是啊，您總要嫁出去。"

金花說："你好人做到底，我出嫁，您總要給我一些嫁妝……"

"如果你聽話，我就給你。"養父打斷金花的話，搶說道，"你如果不聽話，我連一根"無眼的"針都不給你！"

顯然，養父聽信母親對他說的，金花這女孩太厲害，留她沒有好處。

金花針鋒相對地說："你養我有功，我會孝順你到老的。可是你若對我這樣，我也不稀罕，一根針也不要！"

金花越發生氣，心想：我有志氣，你不仁我就不義！

看來養父對金花是很有成見的，讓金花很傷心失望，她感到自己的心也"死"了。

養父當著母親和弟弟的面說："金花很會算，蓋房還想到什麼用舊木還是新木的。用舊房拆的木料所蓋的房，會被弟弟分去。"

他把金花私下說的話都抖出來。

金花知道後很氣，心想：百擔糧食，都是我和養父兩人一同種出來。掙出來的這些家產也有我努力的。他真不把我當女兒，連這麼好的女兒都不放在心上？

金花還記得，她愛美，想買一件好看的衣服，可是說了一大推，哭出了很多淚，養父都不理她。

金花很是心寒。她決意自己出去掙錢。

三月初的時候，十八歲的金花去茶山幫人採茶了。因為採茶的地方離生父家近，就又住在生父家了。

養父看到金花出去一個多月不回家，就追到生父家，生氣地說："你女兒去採茶，再也不要讓她回我家了！"

其實，金花並不想離開養父家，只是為了自己掙錢，能自己買衣服。

生父對金花說："養父說的，不讓你回到他那裏了！"

養父心想，金花如果給我多了一個女婿，就可能要和我分家。那麼我前後總共要做三份傢俱：養女、自己和弟弟都要。每套傢俱要五百，那三套傢俱也要一千五啊！

我"棺材連腳做，有錢不怕沒人孝。"（農村俗語）。

意思就是，我就是死了，只要我有錢不怕沒人收屍、沒人管。

七月，金花採茶回來，生父對她說："你不能回家，你已經送人了。"

生父把她趕回養父家，可養父卻不讓她進家門。

金花感到"我兩頭沒人要。"

隔壁的堂姐很同情："你養父是豬！他傻啊！"又說："這麼孝順，這麼好的女兒，他都不理解？"

還是堂姐留了金花暫住了一星期。

堂叔去勸了一回，養父也不答應。

畢竟是自己的女兒，生父後來還是同意金花回家了。

於是，金花天天去割馬路草賣。

有一天，鄭斌去城裏做香菇生意，路過石井村。正好金花在家門口看到他，金花一見，就微笑地說：

"大鼻，最近在哪里發財啊？"

鄭斌有點不好意思地說："談不上發財，只是今年做香菇生意順利了一點，多賣了一萬斤。"

"進來坐坐。"

金花邊說邊拉著鄭斌的手進了家門。

鄭斌還沒討老婆，這些年金花還挺想鄭斌的。

金花倒了一碗茶，鄭斌正好覺得口渴，"咕嚕咕嚕"就把茶全喝了。

"晌午了！就在我家吃個飯吧！"

鄭斌搖搖手：“不了！我是順便過來問問這邊的香菇價格，我還要趕路呢！”

　　金花靠近鄭斌，笑著說：“嘿嘿，反正肚子餓了，也要吃飯嘛！吃口飯好趕路。”

　　“沒時間了。”鄭斌說著，拔腿就要走。

　　燕生剛從地裏回來，迎面碰著正從他家出來的鄭斌。

　　“鄭斌，你啥時候來的啊！”

　　“大叔，我剛回來。”

　　“幹嘛急著走啊！”燕生也很喜歡鄭斌，心想他能當咱家的女婿，也是不錯的。

　　“我趕著去城裏，時間來不及了，改天再來吧！”

　　養父覺得金花就這樣回生父家，豈不白白養了她十二年。

　　養父算了算，每月七元，一年至少也要八十四元生活費，十二年就不止一千元啦。

　　他想向金花的生父算回這筆錢，不能白養她。

　　他找到燕生說，金花回去後撫養費要算，加上小時候給的二百塊，總共向燕生要一千二佰塊。

　　燕生對大頭說，家裏確實沒有錢。因此，就這樣賴著，並沒有理睬養父。

　　一天，生父的一個小堂叔，在鎮裏當通信員，他匆匆跑到家裏，對金花說：

　　“司法所已經二次傳票到你家了！妹子，你還是要去應訴。不然會判你違法。如果還不了錢，會來拆你家的房子！”

　　金花被逼無奈，只好去了司法所。司法所判決金花要還養父一千元錢。金花去哪里找錢還啊？

　　金花借了二姐十元錢，買了車票，到閩清打工。

　　在閩清私人廠裏手工編籃子。編了一個月，才掙到三十元錢。何時才能掙得夠一千元錢啊？！

村裏有人來說媒：說隔壁黃坑村有個人家，叫黃宗仁，土改時評為中農，經濟條件比一般人家要好，在村中算是中等家庭。家中有八男二女，前四個男已完婚，後面還有四男未娶，排行第五的黃標富。

因為這幾年看中的女家，至少要千三三（一千三百三十元）彩禮，按現在黃家的能力，拼拼湊湊，是出的起的。但黃家考慮後面還有三個男孩都要討老婆，想找個省錢點的。所以，媒婆介紹一茬又一茬，總是沒成。

不知不覺，標富從十六歲起一直等到二十一歲了，就是聘金沒能談成，一直就未能娶到老婆。這讓黃宗仁很是著急。

媒人來說媒，要把金花嫁給黃標富。

金花知道後，明確表示，她要嫁給鄭斌。

"鄭斌有主了！"

"誰啊？"

"是村幹部青田的女兒。"燕生對女兒說道。

燕生頓了頓，又對金花說："鄭斌沒說會娶你。"

金花聽了低頭不語。

燕生顯得有點著急，繼續對女兒說："人家支書和青田非常要好，他們互相勾結，一起壟斷村裏的經濟。兩家聯姻，也算是門當戶對。"

他苦笑了一下，繼續說道："你和鄭斌的事，不會成啊！"

媒婆很不錯，這門親的聘禮提到一千三百三。黃家居然同意了！

按當時的行情，金花若是嫁到大的村莊，得到的聘金只有五百元。

那為何黃家會出這麼高的價錢呢？

是因為黃家是住在很偏僻的山溝裏。這幾年，女孩的要求提高了，若是聘禮少了，一般不願意嫁過去。可黃標富已經過二十一了，後面還有等著成家的弟弟呢，實在是拖不起。

標富第一眼看到貌美如玉的金花，眼都發直了，手也不知擺哪，腳也不知站哪了。

所以，金花變得很值錢。

實際上，黃家給的聘金是一千三佰三，加上二百三十元足一錢（約

3.125 克）重的金戒子和一百元衣服用品等，合起來正好一千六百三十。

鄉里人都羨慕說，金花這女孩值錢啊！

賣香菇的老牛頭感慨地說："千六三，金花真是金做的花，超過千三三，我看都趕上福州城的千金小姐了！"

那個叫阿貴的單身漢說："燕生女拉的尿都成金了！"

媒婆帶著金花到黃坑，才發現：這村子太小了，不足十戶人家。

這地方離鎮裏足足有二十來公里，卻不通汽車。好在從大村子有馬路進來，那是一條三公里長的機耕道。可是在雨天時泥濘路滑，連拖拉機都常常陷進去。人只能赤著腳踩著爛泥，一踩一拔艱難地行走了。

第四章 彩禮

　　此情此景，金花很傷心，我為什麼要嫁到那偏僻的地方，而且我對他一點感覺也沒有。我不想跟他成親，我不能因為養父要這一千塊的錢，賠了我一輩子，我要掙錢還他，然後走掉！

　　三姐紅著眼睛對金花說："養父要的那麼多錢，你何時能還得清啊？"三姐繼續說：

　　"我知道那黃家在黃坑村算是好人家，黃宗仁和他的老婆名聲不錯，他兒子黃標富是個老實巴交的人，又很會幹活。

　　"黃家能出這麼多彩禮，也就還了養父的錢。"

　　三姐不停地勸妹妹。

　　金花想來思去，也就有點心軟了，但還是有點心存不甘。

　　當黃家的媒婆又來時，金花對她說："我嫁過去可以，但要答應我三件事。"

　　媒婆問："哪三件事？"

　　"一是，我要做衣服，買個縫紉機給我。二是，我要出去學做衣服，在外面掙錢。三是，這三年我不想生孩子。"

　　媒婆轉告了黃家，黃家居然同意了。

　　於是，生父收了黃家的聘禮，金花就此嫁到了黃家。

　　生父拿了黃家的錢，就按司法所判的錢數，如數點給了大頭。大頭見到錢，從此也就不說話了。

　　黃家住的這個村有二十多戶人家，住在大小不一的一排木頭房裏面，這些房子坐落在一座山頭下，是沿半山腰圍成大半圈蓋的。

　　這小小的黃坑村四周全是海拔三百米以上的高山。高山和村子之間，有幾十畝坡度不大、比較平緩的梯田。

村子周圍實際上有五十來畝的水田，田裏年年種著水稻，高山下的東西北三個方向的山坡上，長著成片的竹子，南坡上種著大片的茶葉樹，還有一小片茶籽林。

這個小山村的人家，每年收成的穀子幾萬斤，對於百來口人來說，作為一年口糧的大米加上地瓜還能顧得上。可是一交公糧，去了一半，就顯得有點不足。但種地瓜不需要交公糧，可以補充糧食不足。再有採摘的茶葉、刨挖的竹筍和榨出的茶籽油，變成錢後，可買些副食品和生活必需品。

隔壁的陳姓村莊，地更少些，人更多點，光靠種地得到的口糧就根本不夠吃，屬於長年缺糧村。但是，腦子靈光一點、有點手藝的，常常會靠體力或憑著手藝外出掙點錢，補貼生活。

所以，相比之下，陳村的人出去打工的多些，而黃坑村的人基本沒有長期在外，只是看季節出去賣賣山貨，也才一兩個人到外村幫工或打短工。

金花到黃家後，買了縫紉機，就在村裏做衣服，但是村子人少做衣服和改衣服的實在太少。所以，金花常常到隔壁村走走，攬些活幹。

當鄭燕生收了聘金，就看好了日子。才三個月，十九歲的金花就和二十一歲的黃標富結了婚。

結婚請酒的晚上，標富和金花都不太喝酒，只是應酬了一下親戚。雖說標富酒沒喝多少，可心上都有點發燒，身下有點發漲。

墙上的掛鐘剛報過十點，金花上床後，標富已迫不及待伸手抱住她。

金花馬上用左手攔住標富的手：“不用急。”金花有點緊張。

“媒婆不是說，今晚可以行夫妻之事嗎？”

“我害怕。”

“我很想。”

“很癢，別這樣。”

“那哪成啊？我很想。”

“不行。”

“對不起，我忍不住了！”說著說著，標富就要動作。金花只好順從他。

“啊！”金花緊接著喊道：“很疼！”她的身子疼的直往上移。

"為什麼？"

"我很不舒服呢。"金花紅著臉說道。

標富不得不停下來。

新婚夜，就這樣渡過了。

第二天晚上，標富又抱住金花："來吧！今天可以吧！"

金花想：既然都成夫妻了，就成全他吧。

標富急忙對了過來。

"哎喲！"金花叫道："慢點！"

標富一驚，收了回去。

"不行！"金花疼的有點發抖。

標富只好和她拉開了距離。

連續幾天，都沒成功。不但標富乾著急，那金花也不敢再上床了。

再過十天，就要過年了。鄭斌去廣州上班快一年了，今天回來。

當鄭斌聽到金花已經結婚的消息，只覺得從頭涼到腳。他怎麼都不相信金花會這麼快嫁到黃家。

鄭斌父親叫鄭青雲，擔任鄭阪村的支部書記已經連續五任了，今年出了點事，他要退位了。讓他同族的戰友鄭青田來接任支書。

青雲和青田是同族又是好戰友，也是初中同學，從小玩在一起，可以說是，穿開襠褲的發小。退伍後，原來青田也是村委，青雲和青田都參加了本村礦泉水開發，併入了股。開始他兩人的股份合起來，占全部投資的一成（10%）。經過幾年的股份增減和收購過程，現在他們達到了三成（30%）。可以說，這個礦水廠基本就是他倆說了算。

青雲和青田聯手，算是勢力最大，即便搞普選，全村人多數也只能投他的票。加上他在選舉前，幾乎是明著給很多人發大幾百元紅包，擺著是在搞賄選。所以，青山連續當了好幾屆村長，同時是書記，可說是獨霸了鄭阪村，自然也得到好多利益。

青田有個女兒叫秀麗，長得美麗清秀，高中文化，在礦泉水廠當會計。

青田看鄭斌是個高中生，長得英俊又聰明，還蠻會掙錢，將來也可能是當村長的料。就很想鄭斌當他的女婿。

可是，秀麗從小被青田寵的有些驕橫，脾氣也比較大。她和鄭斌是同學，也常常在一起。但不知道為啥，兩個年輕人在一起總是時好時壞，有時還大吵大鬧。開始大人總認為是小孩子耍脾氣沒啥，可一聽說要他倆成親，他倆就更不愛在一起了。不過，有時秀麗似乎還會欣賞鄭斌的聰明英俊，可鄭斌卻很討厭秀麗的驕橫。

所以，鄭斌遲遲都沒答應這門親事。

其實，鄭斌心底愛著金花。金花雖然很感恩鄭斌，也很愛和鄭斌在一起，但她發現鄭斌和秀麗的事以後，認為自己配不上他。因為鄭斌和秀麗倆人算是青梅竹馬，而兩家也才是門當戶對。

鄭斌也沒想到，他去廣州不到一年，金花就嫁給了黃標富，而家裏人一直瞞著不讓他知道。

鄭斌真是心不甘啊！

有一天，金花的婆婆問標富："你們是不是沒在一個床上睡？"

標富為難地答道："金花不敢跟我睡。"

婆婆睜大眼，靠近兒子："為啥？"

"她說很疼。"

婆婆知道，年輕人沒經驗，心裏很是著急，但表面裝著很鎮定，微笑地勸兒子說："剛開始會這樣，過幾天會好的，慢慢來吧！"

標富也想起媒婆對他們說的話："你們男的要主動點，慢慢的就適應了。"

婆婆去勸媳婦，小聲說道："不用緊張，女人都會這樣，慢慢就好了！"又說道："你忘了？媒婆怎麼教你的？"

金花也想起，那天媒婆是教她如何接受男人的。

大約過了一個月，標富偷偷告訴母親，他和金花成功了。母親高興的說："明年開春，給我生個孫子吧！"

"好的，我會努力，你放心吧！"

果然，第二年金花有了第一個女孩，喚作嬌嬌。

　　是女孩？！婆婆很氣，要他倆再去生一個男孩。

　　金花和標富也很聽話，過不到兩年，又生了。還是女孩，喚作美美。

　　這下婆婆急了！她求孫心切，很快就去找算命的，先生算了一算，對她說，會有個男孩。

　　於是婆婆又嘮叨：你應該會生男孩吧！再生一個！

　　按規定：前兩胎都是女孩的，可以再生一個。

　　結婚第五年，金花又生了第三個孩子，可還是女兒！

　　這下，婆婆又急了：怎麼又是女孩？！難道我黃家就不能有個男的傳宗接代了呀！再生一個！

　　可金花已經三胎了，不管怎樣都不能再生！而且一定要去結紮！

　　金花只好乖乖去衛生院結紮。

第五章 逃生

當村長的三哥和管計劃生育的幹部春娣商量。

春娣說："計劃生育規定：每對夫妻只能生兩個孩子。如果兩個都是女孩，可以生第三胎。生完三胎後，婦女一定要去結紮，不能再生。這個——村長，你是知道的。"

三哥說："金花身體不好，做結紮可能身體受不了，反正不生了，放個環也差不多。"

"這——"春娣有點為難。

"我為五弟做保證，放環後就不會再生了。萬一偷生，我負責。"三哥嘴上說的很堅決，可心裏卻是在打鼓，"五弟媳婦如果不聽話，又偷偷再生一個，怎麼辦？"

結果，在村長的保證下，春娣同意金花按結紮報上去。但實際上卻只是上了環。

金花知道，三個女兒長大出嫁，所生的外孫是不會跟黃家同一個姓，黃標富就不會有姓黃的後代，就是斷了黃家香火啊！說嚴重點，將來沒有姓黃子孫為黃標富祭奠和掃墓了！所謂"不孝有三，無後為大"，這算是黃家天大的事啊！

所以婆婆一直要她生個孫子，才能了結她的心願。

這天，婆婆又去請算命先生算命，她把標富夫妻的生辰八字（按農曆的出生年月日及點鐘）都告訴了他。只見先生用拇指對著食指、中指、無名指和小指這四個手指的指節，有順序的點來點去。沒過一會兒，先生停住了手算，微微晃頭晃腦了幾下，然後很肯定地對婆婆說，明年一開春，黃家會有一個男孩出世！

標富知道了後，也很相信，偷偷到隔壁村叫赤腳醫生把金花肚子裏的環給解了。那醫生是大姐婆家的姪女，為自己親戚著想，她也是提心吊膽幹了這事。

從那以後，婆婆對著標富夫妻天天講，日日念，無論如何要他們去生一個男孩。

果真，金花又懷上了。

那是夏至剛過三天，金花正坐在縫紉機邊，"突突突突"，腳踩踏板正縫著一件女孩的花上衣。

"呃，呃，"她突然感到一陣噁心，直想吐。

婆婆手裏拿著一把蔥，剛好經過金花身邊，看到這種情形，立馬瞪大了眼睛，沖口而出：快，快！去找大麻看看！

"如果是懷孕了，不能讓人知道"金花說道。

"大麻的爺爺的爺爺和你太公是親堂兄弟，都是姓黃的，為了黃家有後，他不會告訴村幹部的。"

"那肚子大了，大家不都看出來了？"

"那就先看看，是不是懷了，再做打算。大不了躲起來吧！"婆婆說。

"躲起來？"金花陷入沉思……

次日，標富和金花吃完晚飯，悄悄來到了黃大麻家。大麻正在吃飯，見標富夫妻倆神神秘秘地溜進門來，覺得疑惑：你們來幹嘛？

金花說"請叔叔把個脈……"

"哦，好，你們坐吧！"大麻說著，指了指桌邊的一條空長凳，叫夫妻倆坐。金花靠著桌邊，伸手過去，讓大麻摸脈。

大麻順勢用左手的三個手指按住了金花的右手腕，瞇起眼不說話。不到半分鐘，大麻開口："看這脈象，像是有孕啦！"接著問金花："你有啥反應？"

"這幾天，時不時會突然感到噁心，想吐！"

"叔叔，你千萬別把這事，給，給說出去！"標富顯得有點緊張，又接著說"我已經有了三個女孩了，我娘老想我們能有一個男的。可這，算是超生了！"

"可是你不打掉，讓村裏知道，是要來趴倒你的房子啊！"

"我們躲出去，你可千萬替我保密！"

說著，標富從兜裏掏出三百圓錢塞到了大麻的衣兜裏。大麻用手擋了擋標富的手，假惺惺地說："別，別這樣！"但還是讓標富將錢塞進他的衣兜裏。

他抬頭對著標富說："你放心！我是不會說出去的！"

他又把眼光轉向金花，"這斷子絕孫的缺德事我是不會幹的！"

"那就謝謝叔叔了！"

"不過——"大麻頓了頓，"就怕別人知道了，告到村裏。"

"趁現在肚子不明顯，我們準備離開家，去找別的地方生！"金花說道。

大麻雖然嘴上信誓旦旦，但心理卻犯嘀咕：他倆來我家，會不會讓人看到，走漏了消息？這不就牽連到自己啦！

是不是主動去向村裏彙報？

大麻發呆了一會兒，他下意識地按了按那裝著三百塊錢的衣服口袋。

事實上，隔壁李林村有一戶不聽幹部勸告，躲到外地去生孩子，村長火了："你造成村裏完不成計劃生育指標，讓我當不好這個村長，我也不讓你好過！"說著，氣呼呼地帶著一夥人扒了他家的房子。

金花想要躲出去生孩子，結果會順利嗎？

青雲山，距福州市九十公里，有七座千米海拔的山峰。這裏山高林茂，雲霧飄渺，瀑布眾多。有珍稀植物桫欏，還有野生動物獼猴。群山之中還有峽谷、森林、瀑布、古火山口、高山牧場等。九條溪流盤桓其間，形成了許多瀑布和深潭，九天瀑布號稱亞洲最大的梯級瀑布。除九天瀑布外，還有青龍瀑布、雲天石廊、桫欏神穀、白馬峽谷等風景。

這青雲山下的縣城，靠城西邊的山坡長著密密的竹林。標富夫婦搬到竹林中居住，三個女孩仍留在婆婆家，不覺已有半年多。

白天，金花到街上去收廢品，還到垃圾桶找可買的瓶瓶罐罐，見到破塑膠布和舊報紙從不放過。

標富去打零工。

晚上，到山上，住在自己搭的草屋裏。

來這裏之前，金花想，馬上要有四個孩子了，又要準備躲避到偏僻的他鄉去謀生，生活實在難過。

六叔的黃標金，結婚兩年多一直沒有孩子。據醫生講老婆王方敏，因為太胖可能不會生育。

標富說，把三歲的紅紅送給六弟吧！

於是，紅紅就到了六弟黃標金家。

正月剛過，金花的肚子看來已是很大。按推算，過不了半月就會生了。

這天，金花正淘米做飯，標富突然像風一樣地刮進來："金花！快去躲躲！"金花一愣："幹嘛這麼慌張？"

"我剛下山，就聽阿萍大嬸對我說，今天鎮上管計劃生育的又來村裏檢查，專門查外來的！"

"我們躲在山上，村裏不說，鎮裏可不會知道吧？"

"可是，我回來時，就看到幾個像幹部的，不像是村裏的。往山上走，會不會查到這裏啊？"標富有點著急。

那大嬸姓潘，她知道金花一家為了生孩子，從老遠的太姥山過來，在山上草房裏過日子，很是同情。常常把家裏種得菜，自家殺的豬肉便宜賣給金花。有時見標富下班回來，沒有買吃的，就把自家地裏的菜送幾顆給他，也沒收錢。

"往哪躲啊？"金花說。

標富想了想說："哪先到房後的竹林裏躲躲！"邊說邊拉著金花往草屋後頭走。走不多遠，標富看見竹林裏有個洞，就說："我們往那洞裏看看！"

他倆上前一看：是個廢棄的墳墓，洞外還橫著一塊腐爛的棺材板。

"我不敢！"金花看到這棺材洞，感到很害怕。

"我先進去看看！"標富邊說邊往裏爬，回過頭說："裏面乾乾淨淨的，沒有東西。"

這時，不遠處聽到有人聲，標富慌忙叫道："快進來！"

金花也聽到後面的人聲，一緊張，也爬進了洞。

標富看看洞口："這洞沒一點遮蓋，不是辦法。他們一走過來，很容易看到啊！"邊說邊爬出了洞。

出了洞口，回頭對金花說"你別怕！先躲在洞裏，我過去看看！把他們引開！"又接著說"我是男人，不怕他們看到，他們要找的是女人。"

金花想想也是，只好戰戰兢兢，繼續躲在洞裏。標富徑直往人聲處走。

標富沒走幾步，就看到五個人，正朝他這邊來，有個年長的見到標富，就問："那草房是你住的嗎？"

"是啊！"標富似乎有點緊張，"我是收破爛的，沒處住啊！只能臨時搭個窩，將就住一陣子。"

"不能在這住啊！"那人說道"搬到山下住，這裏有野獸不安全！"

另一人說，"在這，公安也會常常來查，不如到山下住，我們也好照應，你生活也方便。"

"好嘞！過幾天我去山下找個便宜的房子。"

"對啊！"年長的又問"你這還有別人嗎?你老婆有在嗎？"

"我老婆今年都在老家，因為我岳父和岳母老生病，需要她照顧。"

"你帶我們去你家看看。"年長的對標富說道。

"好的。"

於是，一夥人轉過頭，又進了標富的草窩，東瞧瞧西望望，突然年長的看到床頭放著一件女人的胸罩。

"誰的東西？"年長的又說道"你老婆不是回家了？還有別的女人？"

"你見，見笑啦！是我老婆回去的時候留下的。這屋裏窩窩囊囊的，我也沒空去收拾它……"

查人口的幹部，沒見到金花，也沒法查到什麼，這夥人就轉身下了山。

金花說，"想必他們也是應付差事而已。"

不過，我們躲在這草窩裏，能住多久啊？金花想。

當初，大侄兒在這縣城打工，熟悉這片竹山的主人。他跟標富說，在這沒人看到也沒人管。你白天去打點零工，晚上帶點米和菜回來，這一年肯定沒問題。沒曾想，才過半年，就有人來查了。

有一天，黃春娣對當村長的三哥標虎說，聽說你的五弟媳婦懷第四胎了，你是村長，要管好你弟，叫他媳婦馬上去打掉！

三哥說，開始我也不知道，怎麼又懷孕了。不過聽說也過半年，快要生了，如何敢打掉？弄不好兩條人命啊！

三哥就不敢去找五弟標富，黃春娣報告到鎮裏：村長弟弟又要生第四胎了。鎮裏自然下達命令：黃標虎要動員五弟和弟媳，去打胎！不然的話，村長別當了！

三哥彙報說，我一時找不到我弟弟去哪兒了。就是找到弟弟，我也不能沒有人性，弟媳好像快要生了，現在去打胎，會死人的！

三哥就因為沒帶頭做好自家兄弟的計劃生育工作，落馬了！換屆時再也沒能選上村長。關於這事，金花是後來才知道的。

過了二十多天，金花居然就生了一個男孩！標富高興死了！

草屋裏就只標富一個大男人，也只能標富當接生婆了，他用乾淨的剪刀，剪斷臍帶，洗洗刷刷，忙前忙後，總算把小寶寶拾掇清楚，包好放到金花身邊。

標富把事先買的十幾個雞蛋，一口氣煮了四個給金花吃。

標富又到街上買了三斤多半肥半瘦的三層肉回來，讓好久沒吃肉的金花飽餐了一頓。連吃了三天的豬肉和雞蛋，還有線面。按理說，產婦要躺在床上一個月，俗稱“做月子”。光吃雞肉和蛋以及線面，還要大量用老米酒和生薑來煮。

但是，金花不善喝酒，標富就儘量少用酒來煮這些。

金花生了男孩以後，大概吃了七天肉蛋。因為標富沒錢，之後也就每天吃點線面，或青菜配乾飯。有時隔幾天才有吃點肉。由於缺乏營養，身體很差，常常頭昏，沾點冷水就生病。

生產的第十三天中午，標富正在給金花煮飯吃，突然竹林刮起了一陣大風，林裏的風雖然不算太大，可瞬間就把那並不牢固草窩頂給掀起來了！

大風夾著雨，瀝瀝淅淅地下了起來。無處避雨，金花趕緊用衣服包住孩子，標富忙著把頂棚拖了回來，花了好大力氣，才重新把屋頂蓋住。可金花的頭髮也已經濕轆轆的了。

她雖然很快把頭擦幹，可過了半天，就又咳嗽又流鼻涕。

她叫標富煮了薑湯給自己喝下。

到了第二天，頭越發暈，鼻孔還是不通，喉嚨好像還有點疼。

金花叫標富去拔點金銀花，再摘幾葉枇杷葉。標富在山裏找不到金銀花，他想，可能不是季節才找不到吧。

倒是在山下的阿萍大嬸家門前有顆枇杷樹，他經大嬸同意摘了幾葉半黃半綠的回來。

喝了一天的枇杷葉湯，金花覺得不頂用。叫標富還是去中藥店抓點中藥。

標富到中藥店配了感冒吃的草藥，又到街上順便買了幾個雞蛋，一併帶回了家。

可是，金花的感冒越來越嚴重，咳嗽倒不多，可一咳起來胸部卻很痛。標富覺得這病似乎很嚴重，金花也覺得頂不下去了，看來不去醫院怕是不行了。

可只要到醫院看病，沒帶十塊錢，怕是沒法拿藥，咋辦？

山下的阿萍大嬸帶著金花去找赤腳醫生看病，這個赤腳醫生是阿萍的侄兒，他雖然不收金花的診療費，但是藥費總是要算的啊！阿萍先墊付五塊。幾副藥下肚，不到兩天病就見好轉了。

金花病剛好點，老家傳來消息，要標富回去處理超生的事情。

村裏已經知道黃標富又生了孩子，嚴重違反計劃生育政策，一定要重罰！

而且當村長的三哥就因為沒帶頭做好自家兄弟的計劃生育工作，受到影響。

這個三伯黃標虎十八歲就去當兵。當兵的第二年他的部隊被派到中越邊界，不久進入越南，在自衛反擊戰中，標虎受了輕傷，得了三等功，次年轉到後勤部提到連級幹部，當兵第八年提到營級。不過，在部隊十一年後就轉業回鄉了。

趕上村委會選舉，鄉親們推選他當上了村長。

標虎當村長後，確實是賣力為鄉親們服務的。

他看到黃埔村有個小電站發的電力不夠用，有水時發點電，可那電燈常常愛亮不亮，還常跳閘。一到冬天或是旱季沒水更是發不了電，地裏的抽水機也就沒電用，抽不到水。

根據專家的勘測，後山的引水渠修整後，再把原來的電站增加一臺大電機，發出的電就夠用。

標虎村長想把電站搞好，但就是缺少資金。如果能借到一百萬元，村裏的生活用電有保障，地裏的灌溉也解決了，還能多開幾個加工廠，而且五年以後就能還清貸款。鄉親們的生活從此得到提高，這也算是造福子孫的好事啦。

標虎碰到當年同部隊的領導，轉業到縣裏當副縣長。他很支持標虎的專案，便促成了他從銀行貸到一百萬。

之後，電力公司來了一支十多人的電線安裝師傅，標虎帶著二十個身強力壯的村民，配合電力公司的工作，負責抬電杆、拉電線。標虎身體好，總是在最前面扛著電杆頭，“嗨喲，嗨喲”，晴天一身漢，雨天一身泥，和大家同甘共苦。架線的工程進度很快，兩個月就提前完成了任務。

電站終於建好了，把充足的電能送到了村加工廠，送到了家家戶戶。夜裏，整個黃埔村的路燈就像一串串珍珠閃亮，一座座村民院子和屋裏射出金燦燦的光。

白天，碾米廠的機器發出轟轟的聲音，鋸木廠也發出“哧哧哧”刺耳的鋸木聲。村產業發展起來了，還增加了幾個香菇和筍乾烘焙廠、茶葉加工廠……

集體經濟有了大發展。村民的生活提高不少。

標虎在村後山邊新蓋了一座兩層房子，占地三百平米，周邊轉了一圈大約有一畝空地，也算自留地了。他用木樁鐵絲圍了一圈，做起圍欄。裏面種了好幾顆果樹，還種了幾小丘菜，真像個小小的莊園。

村裏有幾個人看了眼紅，到縣裏舉報他在電站建設中有貪污現象。說他高估冒算，多出了材料費，多給了工程款，提高了建設成本，從中吃了不少回扣，得到了很多好處。

蓋私房所用的人工費也偷偷在電站的後期工程維修帳裏出，還挪用了工地剩餘的、沒有及時處理的水泥和鋼材。

　　工作隊查了三個月帳，在帳面上也查不出問題。至於高估冒算工程款和挪用工地材料的事，一時也拿不到證據。倒是聽到鄉親們更多的好評。

　　工作隊的調查工作不了了之，標虎沒事，繼續當他的村長。

　　沒想到，五弟違反計劃生育問題影響到他，在他任期滿後，沒能繼續連任。

　　金花的男孩習慣叫他"希希"，但要報戶口，要取個正式的名。這天，標富到了老家給希希辦戶口，村委說要辦可以，但要罰一萬元。標富去哪找錢啊！他想到老大是在煤業公司工作，應該有點錢，就去找大哥黃標瑞借錢。

第六章 地瓜米

月玉的父親黃標瑞是黃家老大。他數兄弟中最矮，由於小時候缺乏營養，長得又很瘦弱。因此就有人給他起個外號叫"黑猴"，黑猴一九六七年就去當兵。

當了三年的鐵道兵，退伍後運氣很好，正趕上煤炭公司需要安裝工，他這一批的農村兵都被招去，進入煤炭公司工作。

他們主要工作是拉電纜、裝設備，也常常爬高杆，拉電線，幹的是流汗的體力活。

二伯母陳玉香是海邊漁村人，是她早先就把堂妹陳銀鈴介紹給了大伯標瑞。

這是二十世紀七十年代。

要想個個都能找到老婆，對這個有八個男兒的中農成份大家庭來說，確實是一個很大的經濟負擔。因為每個兄弟光聘禮就要大幾百到上千元，所有兄弟加起來就是上萬。

不過，銀鈴覺得能嫁給工人是走好運了。陳家表面跟人說收了五百聘金，實際上七除八扣沒有收黃家那麼多錢。

所以，黑猴能找銀鈴當老婆，算是上天白送他一個仙女。有一次，跟同事喝酒，趁著酒興，他像詠詩一般，自吹道，我老婆：

身高一米五八不高也不矮；

臉蛋不長不扁有點像鴨蛋；

臉皮不黑不黃也不是太白；

講話聲音不大也不是很小；

家務手勤麻利又很講衛生；

洗衣做飯燒菜樣樣都精通。

的確，銀鈴每逢過年過節自己做的魚丸鬆軟香脆口感Q。深秋釀出的米酒香而不酸是很醉人的。入夏醃制的酸菜色好味香、汁足可口。

能幹的銀鈴還很尊重自己的老公，喜歡他為人忠厚老實。

娘家雖然住在漁村，但卻不是漁民，主要是在山上種地瓜。

海邊的村莊平地很少，有也多是乾旱不肥的沙土地，三分之二的糧食是在山地上生產出來的。山上九成是種地瓜，哪一點點平地的水田裏種的是水稻，交完國家公糧，就只剩幾十斤穀子，平時捨不得吃，也不夠吃，就留著過大年和正月吃。

好笑的是種大米的農民，全年基本吃的是洗去澱粉缺少熱能的酸味地瓜米，而不種地的城市居民大約每月有二三十斤的大米吃，雖然常常供應的是硬邦邦的、難吃的、從國家糧庫裏換出來、至少五年前的戰備儲備陳舊大米。

銀鈴在老家的五六口人還分不到半畝水田來種水稻，只能到山上以種地瓜補充主糧。怪不得外省人管福建人叫"地瓜"，那也算是恰如其分的稱呼了。

結婚後，銀鈴就離開漁村跑到城裏跟標瑞過了。農村姑娘嫁到城裏那可是有福啦！

黑猴人天生老實本分，文化不高，對這麼好的老婆，簡直愛的不行。

在和朋友喝酒的時候，乘著酒興出了真言：有老婆真好！

有一次他偷偷對好朋友講，有老婆多幸福：會做飯洗衣生孩子，晚上睡覺還暖被窩，還有的抱有的玩，真是爽歪歪！

還問朋友，你們一個月玩幾次？朋友說，有玩三四次吧！黑猴卻說：我隔天沒玩都不行！最好天天玩！

朋友笑道：你好騷喔！黑猴回道：我一看到老婆就想上床和她——那多爽啊！我們要乘年輕啊！不玩白不玩！

果真，黑猴和銀鈴結婚六年就連續生了三孩子。

就是說，結婚一年後生了一女叫黃月玉。過了兩年又生男孩叫黃福寧。

銀鈴的大女兒月玉長大後，十八歲在煤炭公司裏找了做招待所衛生的工作，每月也有十幾塊錢。

煤炭公司是國營單位，福利待遇還不錯，但三十八塊半工資，加上大女兒月玉的十來塊，要養五口人，也只能應付一日三餐吃的上一小碗飯而已。標瑞是安裝工，國家供應給他的糧票最多，每月可領到四十五市斤，因為他是重體力工作，享受重體力勞動待遇，其他工種就只有三十斤。

　　如果全家都是居民戶口的話，十歲以上的孩子最多不到十五斤，更小的孩子才十斤。

　　可是銀鈴孩子的戶口是跟母親，就是農業戶，不能按居民得到定量的糧票供應。而是要另外用錢去老家，買到按農村定額分配的一年兩百斤的返銷糧，但這些用錢買的糧食常常也買不到主糧（就是曬乾的穀米），只能轉換成買四百斤雜糧，比如地瓜米。

　　往往主糧不夠吃，怎麼辦？就是要想辦法補點副食品。所謂副食品，主要就是曬乾的地瓜絲，也叫地瓜米。那地瓜米的澱粉含量也是低的，因為是事先洗去大部分澱粉。為什麼要洗去寶貴的澱粉呢？

　　因為沉澱後的澱粉，撈起來曬乾，形成的澱粉叫"地瓜粉"，那可是比同樣重量的地瓜米要值錢好幾十倍呢。所以不能把它當做普通糧食，而是高級食料。

　　物質供應總體上來講，是十分緊張的。糧食夠不夠吃是最重要的事情。除了糧食，其他必需品也是供應不上，都要發票證來限制購買。

　　比如買糖要糖票，吃豆腐要豆腐票，吃魚要發水產票，一般不供應糖，只有醫生證明得了肝病，才能特批一斤白糖。對於吃肉，每月按職工每人發給一斤肉票。

　　自己做衣服，比去商店買成衣便宜多了，可是每個職工一年只發五尺布票，大人有單位發的工作服，也捨不得換新衣，那就讓小孩新年做一件新衣服。所以小孩，尤其是愛美的女孩，都盼過新年，因為新年才有新衣穿呢。平常大人小孩都只能講究勤儉節約，穿經過多次縫縫補補的舊衣服。

　　這時的社會，總體來講，老百姓不知道什麼叫"消費"，知道的人也很少說這個詞，可能"消費"就等於"奢侈"。有柴米油鹽醬醋就是叫保證了基本生活了。

　　就是說，沒有多餘的錢"消費"，只能買那些能維持最起碼的、能活下去的必需物品，包括能填飽穿暖的東西。

　　比如買個電風扇，算高"消費"吧？一般人夏天搖搖紙扇或棕葉扇子便可以了。

由於大部分人沒有錢，不管城裏還是鄉下，在多數的日子裏每天吃到肚子裏的主要是澱粉類食物，沒法天天吃到魚肉蛋菜，也沒有油吃。因為正式職工每人每月也只有供應一斤油，肚裏沒進什麼油水。

如果能吃到大肥肉，那就會是"大補"身體。所以養豬就要養大肥豬，長大膘。

骨瘦如柴的人絕對多於大腹便便的胖子的，如果見到一個大肚腩，多是既有錢又吃得多的人。當然，在多年以後，一般人會知道，大腹便便不是好事，而是有毛病的、得了肥胖症的肚子。

成年人一天吃一斤米或地瓜絲，還總覺得三餐的飯沒吃飽，更談不上吃蔬菜水果魚肉蛋，平衡飲食之類的。

多數人並不太講究"好吃不好吃"，只求有沒有吃飽。所以跟人見面打招呼，最關心和暖心的問候便是："你吃了嗎？"

這也是最最普通、幾乎天天時時能聽到的客套話。實際上，就是關心對方有吃飽沒有？

在北方很多農村，種植小麥、玉米等糧食作物，一年種和收才一次，也就是一季糧。農忙時體力消耗大，體力勞動的人一天有的吃三餐；而農閒時，或不幹體力活的人，基本上習慣一日兩餐。福建人基本有三餐，就是數量和品質對於多數人在很多時候總是不足。

農業生產力低下，良種技術和化肥生產跟不上，糧食產量就上不去。

小孩就不用說了，天天不是嘴饞就是肚子餓，常常大人管孩子叫作"吃不飽"。

本來就是，吃不飽啊！吃不飽。那還真是這個年代真實的寫照呢。

海邊人是比較容易吃到一點小魚小蝦，或是吃到極少量的鹹帶魚等。

但糧食顯然不夠吃，銀鈴就想辦法用黑猴的糧票去換地瓜米，一斤大米可以換三斤地瓜米，有時可以換到有一點點帶黴味的，但卻是一斤換五斤，很合算。

這樣才讓全家三餐碗裏有飯，當然多數不是米飯，而是有點黑又有點酸的地瓜米，雖然這"米"吃起來不咋地，但聞起來還真有點酸中帶香的味道呢。

那地瓜米，就是用新鮮地瓜先刨成絲、曬乾後得來的。

用專用的手工刨絲工具，將其變成麵條大小的絲狀，但沒有麵條長，其實是只有兩三釐米長的絲狀地瓜。

製作地瓜粉的過程你知道嗎？

先要把地瓜絲倒入超大的水缸中，攪拌洗去其中的大部分澱粉，然後才把地瓜絲撈出來放到太陽下，曬成幹米，儲存起來。地瓜米至少要儲存到第二年，好讓它作為一年的糧食。

而從大桶的底部，將沉澱的薄薄的一層、又白又嫩的地瓜粉取出、曬乾，變成了十分珍貴的配料精品。

地瓜粉做成地瓜餅，可是上等的禮品，送親友才很有面子。

可以把地瓜粉塗在豬肉或魚肉上，再用油炸——嘿嘿！不用說有多香！

可以用地瓜粉和"番薯"（馬鈴薯）粉混合做成假的魚丸，還比真的更好吃！

可以把地瓜粉放入湯中，做成晶瑩剔透的美味湯。不過，一般不會是肉湯。因為沒有肉可以供應給你。

總之，地瓜粉的作用很大，用處也很多，同重量曬乾的地瓜粉就是要比新鮮地瓜貴上幾十倍呢！

因為標瑞每月才發一斤肉票，買來多是凍肉，很少有機會吃到新鮮的。聽說今年每人可以增加到一斤半肉，標瑞聽到了很是高興。可是老婆和孩子都是農業戶，只有城鎮居民戶才有供應糧食和豬肉以及豆腐，他們母子四人是沒有供應的。

銀鈴發現：一斤肉票可以買兩斤的鹹肉！

她就不買凍肉，吃鹹肉，讓一家人多吃一倍的肉呢！

至於小孩新年要換一件新衣服是比較難的。只能看大的孩子長大長高，穿緊變小了，不能穿了才轉給小點的孩子穿。孩子們穿著舊衣服，挨到過年才有可能換一件新衣服，那舊的即使再破，也要補著穿。

不要說老百姓，就是黑猴當兵吃皇糧時，也是要聽從上級的意見或叫提倡（不是命令），把一件軍服或鞋襪穿它兩三年，穿破了就縫補了再穿。

上世紀六十年代開始學習"毛主席的好戰士雷鋒"的精神：新三年，舊三年，縫縫補補又三年。就是說一件衣服和襪子可以穿九年以上！

這是黑猴在軍營裏面可以穿舊的破的，只要縫補得好，穿整潔就行。但到軍營外，在老百姓面前，還是要注意軍容風紀，儘量穿好點新點的。

因為國家不富裕，要回應偉大領袖毛主席的號召：艱苦樸素，勤儉建國。

這個時代的人，都要提倡：厲行節約，艱苦奮鬥！反對鋪張浪費！節約光榮，浪費可恥！

孩子們最喜歡過年啦！因為過年才有新衣服穿，過年才有白米飯大魚大肉吃！女孩子才能穿新的花衣裳。

可是大人總是怕過年，因為過年總要多花錢，這往往要去向人借錢或求店鋪賒賬。

同村的黃正福跟黃標瑞不一個安裝班，但也是幹著同一類安裝工作。

幾年前，正值越南戰爭打得熱火朝天，黃正福一九六四年參軍，而黃標瑞是遲一年入伍的，兩人都在同一個師，但正福在鐵道二師一團，而標瑞則是在鐵道二師二團。

正福所在的一團是進入越南北部的。那美國飛機幾乎天天輪番轟炸，他們冒著隨時犧牲的危險搶修鐵路。

而標瑞雖的沒見到頭上落下炸彈，卻常常是不分白天黑夜，扛著鐵鎬整修鐵軌和路基，檢查廣西通往越南邊境的這段重要的戰爭通道。

平時，他們鐵道兵每人的伙食是：每天五毛三，一斤半大米；每月十五斤麵粉和兩斤的食油，三斤豬肉。

在戰時就不一樣了。在戰場上，常常沒有辦法吃熱飯，則以炒麵或壓縮餅乾為主食。而以吃肉罐頭、水果罐頭為方便的副食補充。

對於黃正福和黃標瑞來講離開沒米吃的農村，在部隊有大鍋飯吃，已經是很幸福的了！

他們也是前後差一年退伍回村的，先是標瑞找了在石灘鎮龍頭村舅舅家鄉的陳銀鈴當老婆。後來經人家介紹，把銀鈴在石灘鎮龍尾村的表妹劉寶妹介紹給了正福的。

黃正福和劉寶妹是兩男一女。

女兒萍萍，一九七一年生，讀完初中後，在煤炭公司做合同工。

老二世明，一九七三年生，讀到初中後也是去做合同工。

老三東東，一九七六年生，讀完高中，因成績在班裏是中下，也沒信心去考大學，而且光靠父母的經濟能力是沒法繼續讀書的。所以也被正福的單位照顧，當了臨時工。

因為三個孩子每月每人工資才十幾元，而丈夫的工資是四十元。但生活過得緊巴巴的。銀鈴和寶妹沒有收入，就到塑膠廠找了一份臨時工。

銀鈴和寶妹以及幾個農村來的家屬們，多數不識字。寶妹文化高點，讀了三年小學，因為她父親是地主成分，讀書受限制。

家屬們沒有什麼文化，自然只能是做又髒又累的粗活。但一個月下來，也能掙她二十塊工資補貼家用。

家庭負擔愈來愈重，雖然標瑞的工資已漲到一百多快，可是這幾年還沒等實際漲工資，街上那些做生意的就早先把豬肉青菜給提價了。年年有提一點工資，但提工資老跟不上物價上漲的速度。

銀鈴覺得在塑膠廠不行，掙二十塊工資，還常常加班，工作時間超過八小時。

有一天，她在農貿市場發現，殺雞拔鴨毛很掙錢，就和寶妹以及海邊來的幾個家屬們，放棄塑膠廠的工作，去幹殺雞殺鴨的活。

職工的房間多是一兩層結構，就是一層平房或兩層樓宿舍。

有家庭的會分配一大間，裏面可以隔成兩小間：前面打個床鋪，放張小書桌，供孩子睡覺和讀書；後面也是放張大床和衣櫥等，是大人及夫妻睡的。

廚房和廁所都是另外分開蓋在宿舍附近。廚房有十間八間蓋成一整排，每個家庭分一個小小的四到六平方米的一間，單身漢幾個人合用一小間。

開始銀鈴她們這些職工家屬，就在自己的廚房裏或門口外，進行燒水、殺雞拔毛。那鴨毛被風刮的滿天飛，雞血鴨屎遍地流。天沒亮，就雞鳴鴨叫人嬉笑。鬧得宿舍周圍衛生很差，又影響職工休息，其他職工意見很大。

公司領導以及工會幹部還算有良心，蠻能理解這些保家衛國的退伍軍人的生活困難，允許她們殺鴨，但這些殺鴨戶都要遷移到後山去住。

在單位宿舍的後山空地處，他們搭起了幾個帳篷，支起幾口大鐵鍋，殺起雞，拔起鴨毛。在市場租了攤位，交了工商稅，賣起雞肉鴨肉，還將曬乾的鴨毛送到收購站換錢。

他們起早貪黑，一個月下來，扣除成本，每人收入都超過二百多元。銀鈴起得比別人早，睡比其他家屬遲，每天幹的時間超過十個鐘頭。

哈哈，這個月就掙了五百多元！

但是在後山殺雞鴨，那污水順著排水溝流下山來，污染了山下宿舍和辦公區的環境。

那雞毛和鴨毛也常常把水溝給堵了，她們怕單位有意見，也叫老公們來幫忙，清理了水溝。可是，沒多久又堵上了！

領導受不了了，三申五令，要她們停止殺雞宰鴨曬鴨毛。雖叫停了一陣，家屬們又偷偷幹上了。

領導說：不行！職工要五講四美三熱愛（五講："講文明、講禮貌、講衛生、講秩序、講道德"；四美："心靈美、語言美、行為美、環境美"；三熱愛："熱愛祖國、熱愛社會主義、熱愛中國共產黨"），單位也要創精神文明先進單位啊！

可有些家屬直接跑到領導辦公室叫苦：生活沒來源，怎麼辦？

沒辦法，他們繼續賴著，繼續殺雞鴨。只不過，及時搞好衛生，更注意清理雞鴨毛。

就這樣子，停停幹幹，斷斷續續又過了兩年。

但污水還是要從排水溝流下山來，臭味仍然會散到空氣中隨風飄去。在生活區的很大部分職工長時間聞到臭味，都受不了了。

工會組織職工開代表開會，對他們發出了禁止令，要求她們的老公做妻子的工作，老公是黨員的要帶頭叫老婆搬出單位去。

有幾個家屬還是明著服從卻暗地繼續偷偷地幹……

結果會是如何呢？

在大伯標瑞的妻子陳銀鈴娘家。

銀鈴哥哥打電話來，說他胃潰瘍嚴重出血，要開刀，向銀鈴借錢。

"要多少啊？"

"借我一千，等年底賣了魚錢，再還你。"

銀鈴想，哥哥沒有正常收入，靠偷偷討點小海（就是沒有能力到大海去捕大魚，而只能在海邊灘塗，撈點小魚小蝦，或在海泥中撿點貝殼類的水產）能賣多少錢？

哥哥悄悄去海邊搞到一點小魚小蝦和海蟶海蠣，還要偷偷在街上賣，如果沒有碰到工商局，也會碰到村裏鄉里的幹部來巡查。這種情況，他只有趕緊跑。但有時來不及就被沒收了。

因為人民公社是要集體行動，原則上要參加集體勞動，不能一個人去搞單幹。收到海產也要交給集體統一賣，然後記工分，到年底一核算，真正沒有得到一半的收入。

生產隊也有想組織統一種海帶，養海蠣。大規模搞，需要大量毛竹插到海灘的泥裏，才能長出海帶，結出海蠣。可是沿海的山上沒有大量毛竹，只有到山區產竹的地方去買，遠途運輸還要很多運費。可集體哪來資金去購買，所以是常常搞不成。

人民公社要搞集體化，要收入分配基本平均，人人都能過幸福生活。比如多幹的會多記點工分，但要封頂，不能超過規定量。還要考慮照顧沒有勞動能力的五保戶（孤寡老人、殘疾不能勞動的），能評上五保戶最好。

尤其是，嘴巴能說，有政治覺悟（就是能巴結幹部，跟幹部同心同意，說得好聽的），就是不太幹活的，也常常能評高點工分。

有人積極肯幹掙得工分多點。但還有很多體力差、生病的，工分少掙。

可氣的是，光賣嘴皮少幹活的，還有不會買嘴皮卻會睡懶覺，遲遲來上工的，或好吃懶做的，這些人也要分到並不能太少的工分。

開始積極肯幹的，很賣力勞動。可經過集體化，照顧到人人有飯吃，不能搞貧富不均，卻分不到很高工分。

不肯幹的，需要照顧的，也就都要分到不能太低的工分，還有需要表揚鼓勵的要給高分。

結果是，肯幹的也學會偷懶。在地裏幹活，鐘敲三遍，還只有寥寥幾個老實人來上工。

大家積極性差，集體生產效率很低。加上海邊的農民平均就幾分耕地，生產很少的糧食，不夠上交公糧給國家。農民實際上辛苦一年卻只能分到幾斤或幾十斤穀子，也只能是留給過年過節吃幾天白花花的大米飯。

農民一年到頭，基本吃不到白米飯。但有個辦法讓大家勉強填飽肚子！那就是福建靠海的地方，多是山。可以種很多地瓜來填飽挨餓的肚皮。

那地瓜可是好東西，不像水稻，需要大量水養，而在山上基本不用澆太多的水，只要儘量多上點人糞豬糞，就有大地瓜挖了！

村民們大量種地瓜的優勢是，收穫的地瓜不當公糧，可以百分之百留著自己吃！

可是，像哥哥這個村子，有石頭的山多，可種地瓜的山地少。而且陡坡多，留不住土，一下雨就把土給沖了，不能種地瓜。

只能光著腳踩著黑乎乎爛嘰嘰的灘塗，挖點貝殼類的水產來填肚子。可是要集體幹活，又不能單幹，也就不能私自搞水產，只能是偷偷摸摸的摸貝殼，若被幹部抓到，所獲之物只能被沒收。

所以海邊的人往往是看著大海餓著肚子。銀鈴深知哥哥一家飯都吃不飽（人民公社原則上是不允許餓死人，可是有時會有人餓死），哪還有錢治病？

好在銀鈴靠著老公是工人，多少比哥哥強，現在哥哥又知道她殺鴨有錢掙，就向她借點治病吧！

實際上，銀鈴清楚：錢好借出去卻難還回來。哥哥雖然老實，可是窮，所借的錢啥時能還您呢？

第七章 毒水

標瑞的大女兒月玉書讀不好，只讀到初中，沒再繼續讀了。但獲得煤炭公司職工子女的待遇，做了零時工。

月玉十九歲，就和標瑞單位的陳天景師傅兒子唐生結婚了。

女婿陳唐生沒有固定工作，開始只是做點木材生意，收入還不錯。但好景不長，因為國家對木材管理很嚴，唐生是偷偷做違反政策的木料生意，去年初，唐生就被抓，罰了款。

月玉在煤炭公司幹點臨時工，每月幾十圓收入。兩年輕人因經濟問題常鬧矛盾。

結婚不到一年，唐生和月玉就離了婚。

月玉要獨自創出一條路，想盡辦法掙錢。

去年夏天，月玉當了會頭，召集二十多人的會（就是搞私人集資，若出問題是不受法律保護的），到了年底，有幾個人的會錢沒按時繳來，有兩個還來個失蹤，跑了。因此，從十月份開始，月玉每月的會錢就收不齊。

到了過年的時候，月玉這個會頭共欠會員的錢就有一萬多，大家都來向月玉要錢。月玉拿不出，會就這樣倒了。會員們想要到法院起訴月玉，可因為做會算是非法集資，大家也沒法去法院告。會員們只好直接找月玉，月玉天天被鬧得沒法在家住，就悄悄地躲到廈門去了。

當標富到了大哥標瑞家，還沒談到借錢的事，卻先聽到大哥說，大兒女黃月玉因為做會失敗，欠了人家很多錢，女兒和女婿因此離婚了。

這也難怪，金花逃到青雲山，也有好幾年了，她並不知大哥標瑞家的變故。

本來大哥在煤炭公司，經濟條件算比較好。沒想到現在這樣子，標富也就不好再提借錢的事，悻悻地離開了。

鄭斌知道後，以借錢給金花的名義，幫助金花還了所欠的罰款。

雖然鄭斌幫金花交了罰款，但是金花和標富一時還是沒有收入，金花看著全家五張嘴要吃飯，怎麼辦？

這是一九九四年。

朋友介紹，上江鎮有個電鍍廠，工作不太辛苦，工作時間固定八小時，不用加班，工資有二百元，就是工廠有硫酸，味道重點，但習慣了就好。

金花和標富都能進去幹活，工資加起來四百元，收入不錯。因為離村莊遠點，可以在廠裏住，宿舍不用租金。

於是夫妻倆帶著三個孩子進了電鍍廠，廠長還不錯，給了他們二十平方的大房間，就是用木板和鐵皮圍成的，有點漏風，隔音沒有，夫妻倆若在房裏咿咿呀呀作響幹事情，也保不了房外面的人聽到。

廁所有公共的，是在房間外面用帆布臨時搭的，棚內可以洗澡，但保不住突然刮點大風，掀起帆布，赤條條的露了餡。

電鍍廠到處是硫酸，人的皮膚一旦碰上一點硫酸，就會被它燒壞變色！工人們習慣整天穿著防護衣服，戴著防護帽上班。

嬌嬌上小學一年級，放學回來，肚子餓了，就帶著弟妹們去找爸媽玩，剛到車間門口，美美就大聲喊"媽媽！媽媽！姐姐放學啦！"

電鍍車間雖然比別的車間機器聲小一些，金花正在聚精會神觀察鍍件，電鍍槽裏咕嚕咕嚕的電鍍聲還是有點吵，金花沒能聽到孩子們的喊聲。

一會兒，金花按停了電鈕，機器聲小下來，完成了一道工序，正準備去拿鐵鉤，做第二道工序。忽然聽到美美的喊聲，轉身看到自己三個孩子齊刷刷的站在車間門口，可孩子身旁就是幾十桶硫酸擺在哪兒，希希一只手還搭在一個硫酸桶上！

金花一看，立刻喊道："希希！手不能放那裏！嬌嬌快把弟弟帶出去！"

嬌嬌聽到後，趕忙拉著弟弟的手，離開了硫酸桶。

金花邊說邊沖出來，到了孩子們身邊。指了指那些硫酸桶。

"這是硫酸，你們如果碰到一點硫酸，就會燒壞手和臉啦！"接著說：

"嬌嬌快帶希希和美美回家！"

除了電鍍車間裏有硫酸，那廠區的露天場地上幾乎到處可見硫酸桶，宿舍周圍也堆放著不少空桶。

標富和金花告訴孩子們，不要到車間玩，也不要去碰那些硫酸桶。

美美、紅紅沒去上幼稚園，可都老老實實聽爸媽的話，不敢去碰硫酸桶，更不敢去電鍍車間找爸媽。而嬌嬌一放學就問弟妹："今天你們有去找爸媽嗎？"

"沒有。我們也沒去桶那邊玩。"

電鍍廠的生產量下降，廠裏不需要太多工人，標富和幾個人沒有較高的技術，就成了工廠減員的對象。

標富去幫金花老家鄭阪村的老鄉鄭平做石材生意。

因為金花自己會做衣服，就想著回娘家鄭阪村做衣服。

鄭平的新婚妻子喜梅是梅嶺人，她讀完初中後，十九歲就結婚了。喜梅看到金花衣服做得很好，想跟金花學做衣服，先幫金花打下手。實際上喜梅就是當金花的學徒了。

金花覺得在村裏做衣服沒有生意，就帶著喜梅，還有和喜梅同村的芳美一同到鎮裏租了一間店，開始幫人做衣服。

第八章 噩夢

　　半年後，感到生意不行。金花覺得做衣服不如賣衣服更掙錢。於是她們三人湊了幾千圓就到縣城裏租個門面開起服裝店來。

　　在縣城裏，金花還認識了旅遊學校大專畢業生林愛妹，因為比金花和喜梅矮一點，她們就叫她"矮妹"。她也投資加入了衣服店的生意。

　　矮妹高中畢業後，上了旅遊大專。畢業後到旅遊公司工作。不久就和當旅遊公司經理的陳東方結了婚。一年後生了男孩叫陳文斌。因矮妹生性好強，他倆老是意見不一，常常吵架。且男人又有了情人，結婚三年便離了婚。兩歲的男孩就判給了矮妹，但她也不想在工資不高的旅遊公司幹了。所以現在和金花在一起了。

　　鄭斌做生意發了點財，常常幫金花。自打金花開起了服裝店後，陳斌常常來光顧，還幫金花她們進了不少貨。

　　有一天，鄭斌到金花的衣服店，送給金花一匹花布，說是給金花做一套衣服過年穿。

　　但是，過了半年，鄭斌去了廣州做生意，也就沒有和金花聯係了。

　　一年下來，金花四姐妹買衣服也掙不到錢，只好放棄，關了店。

　　金花回來和標富及鄭平一同賣石材。

　　芳美到縣城醫院去做護工。喜梅生孩子在家。

　　金花常常出去聯繫業務，標富和鄭平也天天往外跑，也聯繫了不少訂單，還搞到縣政府的一個大單。

　　其實，從採石、加工、聯繫業務、銷售，也形成的一條熟悉的生意路子。金花覺得男人去做就行了，女人還是去做女人的事。

可能男人們經營本領不夠，石板生意不太好，但有蓋房子搞建設的地方，那石板總是有人買的，利潤薄點，總還能混口飯吃。可是大的單子總是先出貨後收款，不能及時收回款。尤其是不少公家的訂單，老是上年的款今年都沒收回來。

因此欠了不少上家（石場）的原板材的錢，標富想，再幹它一年，等應收款討回來，總能還上家的欠款，所以繼續堅持賣石材。

金花想自己另找出路，她想做些有技術有產品的生意，一個月過去，也沒能定下來做什麼。到底做什麼好呢？

有人說，新加坡很缺勞力，很多人去，都掙錢回來蓋房子了。

於是，她花了三萬元，讓蛇頭小楊幫她申請了去新加坡旅遊的手續。

這是一九九九年。金花把孩子們交給標富去管，還交代喜梅照看好剛上一年級的希希。嬌嬌已在鎮中學上高中，很快就要上大學了。

小楊告訴她，到了新加坡，有人來接她，有地方住，還會安排打工，按旅遊期限至少六個月，到時就可以打半年工。如果運氣好，在華人圈裏還可以多呆一兩年。

於是金花在十二月十五日參加了赴新旅遊團，到了新加坡，一下飛機，果然有個沙江的女人叫香珠的來接她，金花一看是老家福建的，又是講福州話，她基本聽得懂，就覺得很親切。

到了香珠住的地方，已經有幾個人住在那，他們都是福州鄰縣的，都會聽和講福州話，他們是更早一些時候來打工的，金花覺得很欣慰。

第二天，金花就被介紹到一家會講華語的老闆飯店去洗碗。

晚上，香珠拿了金花帶來的旅遊合同一看，告訴金花：“你這合同裏面標的期限是十二月三十一日。”

“是啥意思？”金花感到不解。

香珠又仔細地看了看說：“沒錯，你十二月三十一前就要回去！”

“啥？才呆半個月就要回國？！”

“是啊”香珠認真的說。

"小楊告訴我，是六個月嗎？！"金花很驚訝。

"小楊給你的是普通的新加坡十五日的跟團遊項目。"

"……"

金花的心快要跳出來了！一下子感到頭暈目眩，突然她覺得自己的心臟好像要停了……

第九章 真相

　　芳美被害後，員警張建金和陳冬林趕到梅嶺，查清了她的真實姓名和家庭住址：鄭芳美，一九六四年十二月十七日出生，太姥山梅嶺村人。

　　去年四月，芳美用假姓名、假地址在下洋鎮從事賣淫時，被警方查處過。

　　員警通過對現場二次勘查，發現一個粉紅色長方形錢包，內有現金七百元，同時還在垃圾袋裏找到一個白色塑膠袋，袋上印有“北京烤鴨店”字樣。根據店老闆賴春玲、員工肖婷等人的描述，警方對犯罪嫌疑人的大體面貌、特徵已經清晰，此人身高一米六五左右，方臉，顴骨較高，頭髮稍長，上唇部有鬍鬚。身著土黃拉鏈式夾克，手部和麵部有傷痕。

　　根據犯罪嫌疑人的特徵，警方印發了數千份協查通報，凡提供線索或協助警方抓獲犯罪嫌疑人的，將給予獎勵。

　　隨後警方得到一條重要資訊：十一日淩晨，有一名與嫌疑人相貌特徵相似的中年人，在南門路搭乘一輛摩托車到紅山，指揮部決定把排查重點放在紅山，重點對象是在這裏務工的外來人員，抽“福建牌”香煙的是重點排查對象。以紅山爲重點，周邊的白田、大洋、黃崗也列入排查範圍……

　　一月十五日，紅山派出所責任區民警提供一條重要線索，農民陳義福反映，租住在他妹妹家的一中年男子神色慌張，突然向他的房東妹妹提出要離開，此人在紅山某工程隊做工。他對房東說，最近公安查得很緊，他沒有身份證，要到外面躲一躲。房東看到此人右手食指和臉上眉毛處有外傷。

　　這無疑是一條很重要的資訊，公安指揮部立即下令在各道路口佈防，盤查過往的機動車輛。當天下午五點，森林公安分局民警在二零五國道黃崗收費站增設檢查點。

晚八點十分左右，一輛由白田開往黃崗方向的面的被攔下檢查，車上坐著一名陌生的中年人，民警在檢查時，發現此人右手食指用創可貼包住，其雙手背也有擦傷痕跡。

司機對民警說，這位客人出一百二十元是要包車去西部的永平，他說自己是江西人。

民警對客人的行李進行檢查時，發現內有黃色圖片、黃色影碟片等。

種種跡象表明，這個中年人很像"110"命案的嫌犯，於是打電話向指揮部報告。

當晚八時二十七分，刑偵大隊長接到報告，他一邊要辦案民警把陌生人看緊，一邊向局長彙報。

局長立刻率二十名員警以最快速度趕到紅山。

中年人從紅山被帶回公安局，經指紋比對，發現與現場提取的指紋一致。

案件終於告破，兇手招認了。

兇手叫錢明南，貴州人，一九七五年七月二十日出生，初中文化，他通過一個親戚介紹，於去年八月到紅山工程隊任技術員，單獨租住在紅山一民房。他交代說，一月十日晚，他到西門花園三零四號，花貳佰元找芳美包夜，在一次男女交易後，錢明南又要再行一次，芳美不肯，性格暴躁的他終於掄起拳頭，猛擊芳美的頭部，她一邊反抗，一邊喊叫，錢明南因怕人聽到，於是更加瘋狂，便用手捂住她的口鼻，直至其不能動彈……

警方查到，芳美賣淫的時間大約一年多。她本想再做半個月，等結算完工資，就要退出她所從事的極不光彩的行當，可是……

芳美做推拿非常主動，不挑客人，看到有客人前來，她會立馬上前接客，可以說，掙錢掙得遠比姐妹們多。

芳美的生活卻過得非常簡單，她基本沒買過新衣服，她掙錢不是拿回家就是寄給自己的女兒。

芳美有兩個孩子，女兒在東南大學念書，小兒子今年念高中。據介紹，其女兒的大學學費加生活費一年下來，要一兩萬元。而小兒子的身體又不好，常常需要住院、吃藥等。

陳一丁在太姥山的一家公司做搬運工，工資並不高。於是家庭的負擔最大一部分就是芳美的了，包括每年寄給女兒的學費、常常看病的兒子醫藥費。芳美本身還患有卵巢囊腫，動手術還花了不少錢。在種種壓力之下，她選擇了賣淫。

芳美每個月都會回梅嶺一次，每次住兩三天，主要是掛念著孩子。在清理她的遺物時，發現她掙的錢存在一張存摺上，那是給女兒的學費和生活費。

事實清楚了，人們傳說的丁明並不是兇手。嗨，芳美也給丁明這一輩子留下難忘的記憶了。

第十章 會頭

　　陳明麗是煤炭公司的維修電工劉軍的老婆,開始陳明麗在林業局上班,後來被減員了,就只好去別處找事做。

　　陳明麗算是聰明,很有經商頭腦,外表又美麗。你看她臉蛋好看,身段修長,天生就是個美人兒。她善良和美麗,許多男人總是從她身上聞到特殊的芳香,因此不少男朋友像蜜蜂一樣被她引過來。

　　這幾年正興跳舞熱,舞廳、教室、會場、碼頭、公園,更有那工會大樓的屋頂平臺,一到晚上男男女女、青年、中年和老年,就聚在一堂,大家跟著舞曲,踩著歡快的舞步,快快樂樂、每夜不斷地跳。什麼三步舞、四步舞,什麼倫巴、交際舞,不同的場地、不同的人群跳著不同的舞。明麗多是和女伴跳舞。

　　有一次,在工會大樓頂層大廳,明麗正和女伴在跳舞。一個剛認識不久的男朋友來了,他站在一旁,邊看邊想,這明麗是多麼的漂亮,為啥老跟同性跳啊?

　　他忍不住想上前拉住她的手……

　　當他的右手握住她的左手時,"哇!"輕聲叫了一下,他猛地鬆了手。是男人感覺被女人的手刺了一下!

　　"這女人的手掌為啥這麼粗糙?!"男人心想,"最近她是不是幹了粗活,傷了柔嫩的手?"

　　因為是朋友,沒有什麼不願意,明麗還是和他手拉著手輕鬆地旋轉著身子,跳著舞。但男朋友邊跳邊琢磨著:不像是幹活傷了手,倒像是天生的?如果按老一輩人的迷信說法,女人手粗糙,可能是勞累命呢。

說來也不奇怪，她老公劉軍長得體高鼻挺面清秀，跟她很般配，可在床上，明麗的功夫可不咋地。男的已經一身汗了，女的卻沒有感覺。每次男的總是草草了事。

女人享受不到快樂，老公在床上也得不到滿足。

莉莉和明麗可是好朋友，原來都是在林場上班，後來單位裁員，她們一同開了店做起生意。

因為是好朋友，莉莉、明麗和劉軍三人常常在一起吃吃喝喝，又天天在一起，還一起做過生意，雖然生意虧了賺，賺了又虧，但他們還是一同堅持做下去。

有一次，明麗不在家，莉莉照樣到家裏和劉軍喝酒。喝的稀裏糊塗時，莉莉對劉軍說，他的老公童童人才過四十，就已經常常不行。劉軍紅著酒臉親了一下莉莉說："要不讓我試試？"

顯然，劉軍和麗麗之間的關係變得有些曖昧。從那以後，她和劉軍經常在一起。有時他們睡在一起。

從那以後，他們開始偷偷地纏在一起，以致發展到半公開在一起過夜的地步！

一天，明麗對劉軍說："我去鄉下談一批山貨，可能晚上趕不回來。你自己做飯吃吧。"

"好的。"

明麗轉過身又說道："我不在家，但願你不要和那婊子鬼混！"

"我不會的。"

當天晚上，莉莉知道明麗沒回家，就提著一瓶酒又來找劉軍。正喝著，明麗突然回來。

"好傢伙，你來我家幹嘛？"明麗指著莉莉的鼻子罵道："臭婊子！我不在家，你馬上就來鉤我老公，你膽子很大！"

"我只是來喝個酒，我們是朋友，你發那麼大火幹嘛？"莉莉毫不示弱。

"你們狗男狗女，居然在我家鬼混，也太膽大了！"明麗邊說邊去推莉莉。

"我沒幹什麼，你怎麼罵人！？"莉莉喝了酒，乘著酒意，伸手去抓麗麗的頭髮。

　　明麗一巴掌打在莉莉的臉上，莉莉很靈活，臉一轉，沒被明麗打著。

　　她轉身一拳打過去，正打著明麗的後腦。明麗差點摔倒，好在劉軍上前阻攔時，扶住明麗。

　　明麗卻氣得推開劉軍。兩個女人幾乎是一場混戰。

　　"我們沒什麼，你不要這樣！"劉軍想喝住明麗，但沒有一點用。

　　結果，明麗臉上被抓出血，但是莉莉的傷似乎比明麗重一點，因為她的口中吐出了血，但不知道是哪裡出血？

　　明麗很無奈，也很無助，要跟軍軍離婚，可孩子還在讀書，誰來管啊？

　　她捨不得孩子，但也不讓莉莉得逞，她只好頂住，就是不肯離婚！

　　如果離婚，顯然軍軍吃虧：他有錯在先。

　　所以，軍軍也不會提出來，只是繼續維持著現狀。

　　婚一時離不了，日子一天天過著，明麗面對這樣的狗男女也沒有辦法，只能隨他們去了。

　　晚上，倆人同房不同間，天一亮各做各的、各走各的。常此以往，得過且過。

　　如果明麗和軍軍都不想離婚，可他們如何能長期維持這種現狀呢？

　　後來，軍軍發現，明麗有她的解決辦法！

第十一章 逃脱

黃正福坐在三輪摩托車的後面，一手扶著行李，一手抓著車上的欄杆，說道："火車太擠了！我幾乎全程站著到了站。"

"是啊，現在是九點，我十點還有個老鄉也要到站，我先把你送回家，然後再……"

劉大勇話音未完，只見車到了一個急轉彎處，對面突然射過來一道強光，大勇一緊張，右手一縮，車把就猛向右一拐。只聽"哎呀"一聲，車後的正福被甩了出去，人滾到了左邊的路旁。這時，對面的車從他身邊疾駛而過，差點沒壓到。

大勇趕忙停下車，上前一看，正福躺在路邊，身上抽搐著，沒能說話。他用手電筒一照，這下糟了：

頭正好砸在路邊的大石板上，鮮血直流！

正福幾乎不會動了，大勇連忙把他抱起，可那正福高頭大馬的，實在太重。大勇憑著身強力壯，使勁扛起正福，直往車上搬。

可能大勇心太急，動作太大，正福的血突然噴了大勇一臉。糟了！這下正福傷可重呐！

正福在醫院急救室輸血搶救，已經五天了還未醒來。

劉寶妹哭著說"只要他活著，我做牛做馬都甘願！"

有一天早晨，正福終於醒來，全家人都很高興，要準備做面錦旗送給醫師劉主任。

劉主任說："不要送，他的情況很複雜，現在還沒有度過危險期。"

因為正福的腦殼破了，要進一步手術。就是補好腦殼，還會留下後遺症。

正在讀高中的大女兒萍萍聽了，大哭起來了。

正福終於出院了，還可以自己走路，吃飯和睡覺。講話只是比以前小聲了點。性子卻比以前急了點。可就是沒法幹重體力活了。

他的神經有一根指揮不了右腿，所以他需要右手撐著一根拐棍，這樣走起路來就平穩一些了。

不能幹重活，單位領導就照顧他看看澡堂子。天天下午四點準時開門，讓剛下班的工人，帶著汗身提著臭衣進入澡堂。

可是澡堂規定不能在裏面洗衣服，因為會浪費熱水。但很多人不自覺，仍偷偷地在澡堂洗衣。正福知道了很生氣，他拄著拐杖到澡堂裏檢查，可那些狡猾的人，早就看到他一拐一杖地進來，馬上停止了洗衣。但有一個動作慢些，還是被他抓到了。

"規定不能洗，你卻要偷洗，趕快給我出去！"正福吼著，接著要拖他出去。

"我還沒洗完，你讓我光溜溜出去？"這是陳金喜的聲音。

"誰叫你這樣！"正福很生氣地說。

"你缺德！拐子！"陳金喜咬牙切齒地說。

"你媽的！"正福舉起拐杖往金喜身上打去，金喜身子一閃，上身躲開了，可一條腿沒躲開，被正福打個正著。

陳金喜光著肉嘟嘟的身體，一屁股坐在濕漉漉的地板上。手還摸著受傷的腿，大叫："死拐子！你是神經病！"

打人的第二天，領導就沒再讓他看澡堂了。

這兩年，正福的精神時好時懷，神經時清楚時不清楚。

有一天，銀鈴的大兒子阿兵和寶妹的二兒子東東吵架，阿兵踢懷了正福家的凳子。

正福知道後，沖到標瑞家，他手裏拿著一米多長鋼筋做成的衣鉤，指著標瑞叫道："你不管孩子，我來管！"說著就要找人。可阿兵早就不知道跑到哪里了。

"我會去打他，以後不敢欺負你們了！"本來孩子吵架大人不能這樣幹，但標瑞知道正福受傷後脾氣變壞，沒他辦法，只好說要管自己的孩子。但正福氣並沒消，也由於下意識地覺得標瑞老實好欺負，就拿他出氣。

"他把我的傢俱搞壞了！"邊說著，邊舉起衣鉤往廚房的碗櫃一陣亂敲，接著又把小小的兩層木制碗櫃勾倒了！櫃子裏的磁碗嘩啦啦摔了一地，破了不少。

大家都在說正福頭腦不清楚，寶妹知道後，心裏很難受：正福被人講，現在我們全家都被人看不起。

大家又都說兒子東東很壞，在單位裏人家都管他叫"壞孩子"，還有人在背地裏說："正福神經病，孩子也變態，那家人完蛋了！"

寶妹的堂哥在美國，他來信叫她去美國，以後慢慢地也把孩子們帶出來，脫離這個苦海。

堂哥是如何安排寶妹出國的呢？

他找到一個蛇頭，做了一個方案：拼湊假材料，把寶妹當做香港某公司的員工，安排和該公司老闆一同赴美考察。

銀鈴對寶妹說："你終於有了盼頭，能去美國，以後都把兒子們也帶出去。"

寶妹紅著眼對銀鈴說："我那老公有公家罩著，可孩子們沒工作，一時可苦了！也不知道啥時能出去？也不知道出去後會怎樣？"擦著淚，接著又說："你叫標瑞幫忙，求領導繼續給我孩子安排個零時工幹幹，省的他們沒事幹，到處胡鬧。"

"好的，我會叫標瑞好好去反映一下。"銀鈴又說：

這時，標瑞下班回來，看到他們說："我聽說美國好掙錢，有了錢，什麼都不怕了！也不怕人家小看我們！"

銀鈴說道："出去後，想點辦法早點把孩子們帶出去就好！也算是美國客啦！"

"呵呵，托你的吉言！"寶妹很不自然地笑了笑，然後又用手被擦了擦眼角的淚。

到了美國紐約，寶妹回了一封信給銀鈴：

親愛的銀鈴妹妹：

那天和你們分手告別後，我懷著忐忑不安的心上了飛往美國的飛機。

當我從香港轉機後，在直飛美國的飛機上，望著下麵茫茫的大海，機上的朋友告訴我，現在是在太平洋的上空，往東飛十幾個鐘頭才會到達東邊的美國。

我望著隔著片片白雲下麵那一望無邊的海洋，心情一陣陣酸楚：我離開了生我養我的故鄉，到那從來不曾到過的地方。我的前面到底是什麼樣的地方？我會不會從苦海逃出來到達天堂？還是又跳進另一個地獄裏？

我是不是將永遠永遠地離開我的丈夫，離開我的孩子，而孤身一人在外漂泊？

不過，我又想起堂哥的話，堂哥說，如果你到了美國，或許會改變你的家庭你的人生，只要努力，可能就離美好的生活很近很近！我似乎相信堂哥的話了！想想就心情澎湃起來：我真的去往天堂之路！去往幸福的彼岸！去往解救丈夫解救孩子逃出苦海之路嗎？

我終於到了美國，受到堂哥堂嫂的真誠接待，還幫我安排了住處，雖然是個地下室，可是地下室不完全在地下，有一半在地表面，是個空氣不錯的房間。

我暫時還在堂哥的店裏上班，在他的後廚幹活。因為我是來旅遊的。六個月後到期，還要想辦法留下。如何留下，就看堂哥的安排了。

看來我到美國是對的，我們應該會慢慢好起來。

　　　　　姐姐寶妹字　一九九四年春節前

不久，寶妹打了越洋電話，電話是打到正福的單位值班室，值班的人叫了銀鈴來接電話。

“國外來電話，趕快去接！”值班的人是標瑞的老鄉，他疾步沖到標瑞家，剛好銀鈴賣完鴨毛回來做飯。銀鈴沖到值班室，抓起桌上的電話聽筒……

那聽筒已經放在桌上十來分鐘，如果在國內這電話恐怕會斷線，但美國打來的，只要自己不掛斷，是不會斷線的。而且寶妹是在公共電話亭打的，按次計費，只要不掛機，打它一整天，也才算一次話費。

寶妹對銀鈴說："美國律師可能會打電話給你，到時候你如實回答他，照實說我父親是地主，我有三個孩子都失學並無就業，老公受傷不能自理。其他話不敢在電話裏多說。"

"好的。"

寶妹又說道："我留在美國，可能沒問題。孩子和正福就拜託你和老鄉們了。"銀鈴聽出來，寶妹的聲音有些哽咽，再說不下去了。沒幾秒，只聽的電話裏"咕嚕咕嚕"地響，好像電話斷了……

後來知道，堂哥是請了律師，準備向移民局申請政治避難，其理由是，劉寶妹由於沒按政府的規定多生了兩個孩子，受到處罰。父親是個地主，成分不好，深受政府的迫害。生了三個孩子，違反了計劃生育政策，受到罰款。影響到孩子沒能得到應有的教育，沒能得到就業，丈夫受重傷，沒有能力撫養孩子，一個女人沒法在中國承擔生活重擔，無法繼續生活，只好逃亡到美國。

請求聯邦政府，給予政治避難，並通過工作所得，以求生存。

律師說，過幾個月，起訴會有結果，爭取得到臨時居住權。

到那時，就能公公開開安安心心的在美國打工掙錢了。

寶妹在堂哥的餐館，幫助打理店裏的生意。三個月後，寶妹收到移民局的通知：

您的政治庇護申請未能得到支持。根據美利堅合眾國的法律，您有保留向本地法院申訴的權利。

收到通知，寶妹對堂哥說：

"不能批，那就是要回國了？"

"不是，我們的政治庇護申請，證據不足，移民局不能支持，所以要向法院申訴，就是要請律師。"堂哥誠懇地對寶妹說。

"請律師？那要花多少錢啊？"

"可能要幾萬。"堂哥淡淡地說道，緊接著補充道："不要緊，我先墊吧！"

寶妹不好意思的說："好吧，多勞堂哥，以後我慢慢還你。"

"自己人，不用這樣說。"

堂哥花了兩萬美金請了律師，向法院提交了申訴狀。移民局同意臨時滯留，等待法院判決，她可以在紐約打工維持生活。

過了幾個月，寶妹的申訴沒有得到法院的支持。律師說，要繼續申訴的話，需要向上一級法院補充證據。

寶妹一時得不到綠卡，只好邊打工邊等待中。

堂哥說："可以試試把孩子搞到美國。"

寶妹有點疑惑，"我都不行，孩子還能行嗎？"

"大兒子先做做看。"

堂哥找到一家中國香港的電子公司，假借他們的名義出國考察。這家公司把寶妹的大兒子世明當做該公司的骨幹員工，前往美國。

到了美國紐約，世明向移民申請政治庇護，移民局也是沒批。他繼續到法院申訴。

長子世明的理由跟母親的一樣：父母違反計劃生育，多生了兩個孩子，受到處罰。外公是個地主成分，深受政府的迫害。因此自己受到歧視和迫害，沒能得到應有的教育，沒能安排就業，父親受重傷，沒有能力工作和養家。自己常常吃不上飯。請求給長期居住權。

他的律師所收集的證據，有部分是拼湊的，乾脆說，是假的。

可是，他的申訴居然通過，得到政治庇護。三個月後，移民局發給他可以臨時居住美國的綠卡。

至此，世明可以長期在美國打工生活了。

過了兩年，世明和老家來的春菊結了婚。

春菊原來只有工卡，沒有綠卡。五年來，跟寶妹差不多，從小庭一直不斷申訴到大庭，始終沒有打贏官司。

自從和世明結婚後，春菊的綠卡申請終於有了盼頭：按移民申請排期，可能在二零零零年可以排到。

大女兒萍萍讀到高中畢業，做點臨時工。

那是寶妹才到美國的第二年，萍萍的運氣好，居然有個連江的美國籍男人想找大陸女人，萍萍被相中，嫁到美國加州，她和丈夫開了餐館。

老三東東在煤炭公司做臨時工，每天的工作就是鑽礦洞拉電纜，辛辛苦苦在洞裏和野外工作，常常一身煤灰一身泥，有時風吹雨淋的，每月也就不到一千元工資，根本不夠他花費。

還好母親每月都給他寄兩百美金。這樣一來，他在年輕人面前可有了面子，同伴們都管他叫“美國客”。

“美國客”用媽媽寄來的錢，買了一輛二手進口摩托車，還是二手價也花了兩萬五。

東東上班幹活是很賣力。他一到下班後，就開著摩托車出去了。那摩托車裝著一套低音炮。一開動，那敲打樂“咚咚”巨響，“美國客”騎著牠，可威風啦！

煤炭公司經理站在辦公樓門口，正與保衛科主任說話，突然“咚咚”樂鼓聲沖過來，一輛摩托車風馳電掣從他們身邊“刷”過，經理倒退一步：這是誰啊？！

主任急忙回道：是殘人正福的兒子！

大家都知道，正福不但人殘，家殘，兒子也是殘的！

原意是說兒子的思想和性格有殘缺。

經理大聲喊道：停下！

廠大門口的門衛急忙攔住他，美國客停了車。

“下班鈴未響，就出廠門啦？！”經理喊道。

“班裏工作結束，早收工呢。”美國客倒是有點怕領導，沒敢大聲回答。

終於，母親幫他申請去了美國紐約。可是，一直沒法打贏官司，只能希望是公民的姐姐和哥哥，以兄弟姐妹的理由去排期等待了，那可是要等十幾年啊！

不要緊，反正能臨時居住，能打工。

74

不久，東東也像哥哥一樣找到老婆，和哥哥一同搞維修工作。還在紐約皇后區買了房子。

　　全家都到美國，寶妹那殘疾的老公要不要也搞去呢？

　　顯然不可能，也沒必要，老公有單位管，有公家的醫療，有工資拿。

　　但是一個人，生活也不能自理，怎麼辦？

第十二章 南洋

　　金花好像從夢中醒來。她想：我被騙了！

　　可是，我費了這麼大的勁，借了那麼多錢，到這裏才幾天，一分錢沒賺到，就要回去？

　　天哪！這是造了什麼孽？讓我受這樣的苦，遭這樣的罪？！

　　金花覺得又悲又氣，越想越不甘心：我不能就這樣回去！

　　金花邊想邊收拾碗筷，邊想邊流著淚。

　　"哧嘍！"一不小心，湯匙滑落地下，摔成兩段。

　　金花怕老闆責怪，馬上蹲下身子去收拾。

　　"小妹！"

　　是老闆叫我嗎？金花心虛地想。抬頭一看，卻是一位四十左右的穿著土黃色工裝的男人正向她招手。

　　"你過來，我問您。"那男的說道。

　　金花應聲過來，那男的指著自己身邊的一個空座位說："坐吧！"

　　"你是中國大陸來的吧？"那男的輕聲說。

　　金花環顧四周，看看附近桌子沒有客人，坐了下來，劫生生地回道："是，是啊！"

　　"你是在打黑工吧？"

　　"我有，有工卡，還沒到期呢。"金花邊說邊下意識地去按摸自己的肚子，然後又去摸屁股後袋，好像在摸工卡。其實她根本就沒有卡，金花看著他，心有點虛："哦，沒帶在身上……"

　　那人好像看出她的心事，微微地一笑。

　　金花仔細端詳這個男人，像是個工頭。只見他面帶笑容，但又帶著有點輕蔑的口吻說："我看出來了！你是沒有工卡的。"

　　金花聽了就有點緊張，但轉念一想：看他親切待人的樣子，會講中國話，不可能害我吧？

"我是沙江人，我過兩年完成工程，也要回國。"

原來是中國來新加坡的正規勞工。

那人接著又說：

"我天天都到這來吃飯，我看出你有很重的心事，還看到你在哭呢。"

"沒有。"金花顯得很不好意思，他已經感覺到這人不會不懷好意。

"跟我說實話吧，我們都是老鄉，我不會害你，可能還會幫到你。"沙江人好像很誠懇地說。

金花想，我月底如果不回國，想繼續做工，那隨時都有被趕回國啊。與其這樣，不如試試運氣，看看他能幫我不？於是，金花大著膽子說：

"我月底就到期了，但我不想馬上回國。"

"為啥？"

"我花了四萬塊，本想能呆半年打打工，結果被人騙了，只有十五天的逗留期。哎！"金花含著淚繼續說：

"為了出國，我在家裏欠了一屁股債，老公生意做不好也還被人追債，三個孩子吃飯成問題，還要讀書，靠誰養啊？！"

金花擦著淚哽咽地說："我沒臉回去，如果被趕回去，不如死在這裏！"

"你不是有工卡嗎？"

金花回道："沒有，只能在這偷偷地打工。"金花看了看四周又說：

"我看現在這都是大陸人，如果有本地人或是員警來，我只好躲到後廚去。反正整天提心吊膽的，幹一天算一天。晚上也沒地方睡，和好幾個人擠在蛇窩（非法入境接待點）。"

沙江人看金花這樣子，就說："我問你，你是不是下決心要在這幹？"

"反正死馬當活馬醫，讓我幹半年以上，掙錢還債就好。"

那沙江人同情地說：現在你的處境，也只能想辦法混一段時間。"

他又很認真地對金花說："你想好了，不回國繼續混下去嗎？"

"我想好了！一定想辦法混一段時間，好讓我掙點錢，才有臉回去還債。"

"如果是這樣，我給您出個主意，看你願意不願意？"

"去幹嘛？"金花瞪大眼睛問道。

"去做新加坡人假妻子。"沙江人說著看了看金花。

"假，怎麼個假法？"金花不解地問。

"你去一個男人家裏住，具體如何做假，去和人家商量一下便知。"沙江人補充說道:

"白天你儘量避開檢查去幹活，晚上就可以到那人家睡，就不容易被查到。"

"有這樣的人家？"金花遲疑的問道。

沙江人說:"我認識一個本地人，他一直沒有老婆，想有個女人陪陪他。"

"……"

沙江人看到金花呆呆地望著他，接著又說:

"那人不是什麼壞人，只是找不到老婆，有一些需求而已。"

沙江人說著，拿起湯匙，往湯碗裏舀了一下，送到自己的嘴邊，輕輕吸了一口，不慌不忙繼續說:

"如果你去，那你肯定可以在新加坡多呆一段時間的。不過----"

他抬頭看了看金花說道:"我只是建議，願不願意，你好好想想。想好了我好跟人家講。"

"這，讓我想想。"金花苦笑了一下。

"沒關係，你權衡一下，如果要繼續在這待下去，我估計只能這樣了。沒事，你好好想想再回我。我姓張，電話是9696xxxx。"

晚上，金花回到蛇窩，那一間十平米的房間，擺了兩張大床，共擠了四個女人。不過，今晚她們都還沒回來，床上只有金花一人。

金花一直想，今天沙江人說的，要我去跟人睡，不就是做人家的老婆嗎？

假妻子？說難聽是做暗娼。這在老家不是被人恥笑死了，是作踐自己啊!

我不能啊!我對不起老公，對不起孩子!如果這樣，我將如何面對老公，面對孩子？鄉親們知道了會如何看我？

金花翻來覆去睡不著。

不過，我現在一天混一天，隨時有人來這，一被查到，我就要被趕回國了!

一旦這樣，我錢沒掙到，如何回家，如何還人家四萬塊錢啊！我不就白來一趟，不但賠錢還受苦？

白天，金花又去華人店洗碗，晚上也只好回到蛇窩。

晚上十一點打烊回來，她發現同房間的四個人，除了她，其他人下半夜都沒回來睡。直到金花早上七點上班，她們才陸陸續續回來睡覺。原來金花上的是白班，那三人上的都是下夜班，都是在夜店陪客的。

一天，金花剛回來不久，香珠就來了。

"您回來了。"香珠問。

金花覺得都半夜了，她為啥還沒睡？問道："香珠，還沒睡啊？"

"我一直在等你們。"香珠說。

"啥事？"

香珠關上門，小聲對金花說："員警今天來查了。說我們這好幾個人，有沒有工卡？我說有。他說明天等你們回家再過來查一下。"

"其實沒有工卡，查到會怎麼辦？"

"只好想辦法離開呢。"香珠不好意思地說。

"我要去哪呢？"

香珠想了想說："我給姓陳的老鄉說了，叫你去哪先擠擠。他是夫妻住一間。"

"夫妻住一間？我如何同住？"

"他們答應了，大家都有困難，先將就擠擠吧！"

"和人家夫妻擠擠住？這成什麼體統？"金花想，這不是不像話嗎？

香珠苦笑了一聲，說："還能有別的辦法嗎？你明天一早，大約五點，我先帶你過去看看吧！。"

第二天早上五點，天還朦朦亮，香珠就帶著金花去敲小陳的門，他們夫妻還穿著睡衣，睡眼朦朧地開了門。

金花見到二十多平米的房間擺著兩張床：一張大床和一張小床。

小陳事先就同意香珠的安排，讓金花睡小床，他們一家夫妻和小孩合睡一張大床。

小陳微笑地說："我們都是受苦人，我雖然有兩年的工卡，但我理解你的苦楚，先在這擠擠吧！"

金花感覺到這異國他鄉，居然還碰到這麼好的人。她激動地說："謝謝！謝謝！"其他話也說不出來了。

其實，金花晚上和他們睡在一間，只不過是兩床中間用簾布遮遮羞而已。

半夜，那對夫妻隔著布簾做動作，"嘎嘎"響。

金花覺得很不是滋味："讓他們夫妻好辛苦，好為難。"

金花又想：他們夫妻人這麼好，忍受這麼大的苦，來幫我，我也不忍心這樣。"

金花還是想辦法到別地方去。

幾天後的晚上，小陳妻子對金花說："最近查得很嚴，上半夜員警來過，問我家裏是否住著沒工卡的。我說沒有。"又說："你是不是遲點回來，省的被查到？"

金花感到在這太為難小陳了。她思想鬥爭很厲害：

我為了留下來打工，是不是一定要去當人家的臨時老婆？

說難聽就是"做雞"，這怎麼對得起老公，如何對得起孩子？這樣掙的錢還能算乾淨的嗎？將來回國，老家的人知道了如何看我，我如何見人？我下輩子要低著頭過日子嗎？我的清白沒了，我這輩子算完了！

金花看了看，那擁擠的房間，那隔著布簾的兩張床，回想著同情她的、善良的小陳的話，小陳的難處，於是又想：

我如何能夠跟他們擠在一起呢？

我為了黃家有後代，用半條命接二連三的為黃家生孩子，差點沒了命，才得到了一個姓黃的男孩，終於使黃家有後。

因為那不爭氣的老公，家庭生活被搞得那麼慘。因為窮，連自己的親兄弟都另眼看我們。

金花又想起，三伯是老公的親兄弟，向信用社借一萬塊錢，叫他做擔保人，都不情願，都害怕我還不起錢。人窮沒錢，不要說別人，就是自家親戚也都看不起。

嗨，那麼困難，我沒辦法才想到出國掙錢謀生這條路。

我為了掙錢為了家庭，卻不料落入陷阱。可我要掙扎，我要找出一條路，拼命掙回那被騙的四萬塊錢，解決家庭那困難的生活，幫助可愛的孩子好好讀書，長大成才。

可是，現在生存的壓力迫使我沒有了做人的尊嚴了嗎？金花想到這裏，眼淚不知不覺盈滿了眼眶。

說實在，能為家庭解決困境，只要能掙到錢回國，就是番客，就是有錢歸國的富人了！笑貧不笑娼，在國內人家又不知道金花在幹啥？就是當妓女又會怎樣？

我要多掙好幾萬錢回去，讓人看得起！

看來還是聽沙江人的，只好去做人家的假老婆了。

看看鐘，已是下半夜三點，金花太累，終於合上了眼。

門沒關好，有人輕輕推門進來，像是那沙江人，他怎麼會來這裏？金花忙問："您會知道這裏？"

那人回道："這地方我很熟了！"他靠近金花又催說道："走吧！"

"我就這麼走了？我還沒收拾呢。"

金花輕飄飄地，門也沒關，徑直跟著那人走了出去。

"咣鐺"，門好像被大風刮了！金花睜開眼一看：門外進來的是小陳的妻子，而自己還躺在床上。原來是自己在做夢，被房主推門振醒。

"你還沒起啊？我以為您上班去了！"小陳妻子不好意思地笑了一笑。

"幾點了？"

"八點。"

"哦，我差點睡過頭了！"

第十三章 植物人

自從寶妹去了美國，尤其是東東也去後，就沒人管正福了。

正福的身體越來越差。手發抖常常握不牢，腳發軟走路有些歪。自己做飯困難，洗澡都不靈便，更不會洗乾淨衣服。沒人照顧怎麼辦？

萍萍獲得公民後回來，安排一個保姆照顧老爹。

那是個很勤快的小姑娘，叫小美，才十八歲。

黃政富身體不好。當小美髮現他站不起來時，他已經昏迷了。小梅迅速撥打了120。幸運的是，醫院就在隔壁。救護車幾分鐘後就到。醫生診斷他可能是生氣或興奮，導致腦梗。

因為搶救及時，正福住了三個月醫院，就出院回到宿舍。但是腳仍是沒力氣，走路要拄著拐杖，手不會舉高，衣穿不好，澡也洗不來。

小梅說她很害怕，不想繼續幹了。建議男護士應該更好。

萍萍說，你年輕有力，我父親很重。如果你不能移動他，請叫其他人來幫助你。

但小梅還是建議找男護工更好。

萍萍就從美國打電話跟標瑞商量，標瑞到醫院聯繫到一個醫院的護工。是個男的，姓高。

高師傅當年也是當過兵，從江西農村出來打工。他跟正福倒是很投緣，取藥、煮飯、洗澡、洗衣和房間衛生都做得不錯。

正福有時一天要睡很長時間，有時卻半夜不睡，一天沒睡幾個鐘頭，常常失眠。但吃飯還算正常。有時狀態好點，會出來曬曬太陽。

出屋時常拿著那根一米多長的鋼筋衣鉤當拐杖，小孩看了有點怕他，疑是會舉起鐵鉤打人？其實他喜歡孩子，從來不輕易罵孩子。

正福不是完全不能自理，就是時常頭疼，時而神精不正常會做些反常的動作。

因為腳拐手疼，平常是不會自己做飯，衣服洗不乾淨，洗澡也是高師傅幫著搓背。

年剛過，正月初十，正福又昏倒了。因為高師傅沒注意，讓他出來曬太陽，結果摔了一跤，這下可摔的不輕。算是及時送醫院，可到醫院搶救了一陣子，還是一直醒不過來，住院一個月了都沒醒。

兩個月、三個月、半年，一整年下來，他只會呼吸，不會說話，身子動也不動，整天昏睡不省人事，看起來就是個植物人了。

高師傅只能晝夜陪著他，醫生說，插管餵米糊菜湯可以。高師傅磨了米糊豆漿還有蛋湯，三餐從食管注射進去。

不能自覺排尿，天天換幾次尿布，只好插管排尿了。至於大便，會不時出來一些。

過了幾年，由於尿布技術先進了，大小便都用一次性的新型尿布，就方便多了，一天處理一次就可以，而且污染較少，衛生多了，高師傅也就不那麼累了。

可是正福都是這樣子，何時是個頭啊？

高師傅要上街買菜和回到房間做飯，每天離開病房一小時，叫隔壁床的保姆幫著照看，其他時間總是沒有離開他一步，也真不容易。

據說，高師傅的妻子在老家，頭腦有點問題，但生活還能治理，兒子讀完初中，跑到深圳打工了。妻子只有靠老人和鄰居照顧，只要不亂跑就可以了。

"東東，現在醫院護工工資都漲了，工資是不是加點？"高師傅邊說邊嘿嘿地笑。這是跟大洋彼岸的東東打電話的。

不久，世明和東東先後回國看老爸，安排好保姆高師傅，並答應給他加工資到四千元。

東東回家看望了我父親，並安排了他的護理工作。

東東似乎不喜歡在美國呆很長時間。他對中國和他的家鄉有著始終如一的感情。他邀請了幾個發小一同去各地旅遊，欣賞祖國的美景。他想回到中國工作。

　　銀玲和寶妹通了越洋電話：
　　"你到美國多年，孩子也都去了。"銀鈴對寶妹說。
　　"是啊！"寶妹答道。
　　"老公在這，就不回來看看？"銀鈴說。
　　寶妹說："如果回來，也就回不去美國了！"
　　"為什麼？"

　　自從正福受傷後，二十年來，正福寶妹飽受辛勞，把兒女一個接一個搞到美國。
　　寶妹花了好幾萬美金請了律師，打了兩次官司，都沒有贏，只發了臨時工卡，可以暫時限期在美國打工。
　　不過，工卡一到期，寶妹又去申請，移民局又批她工卡。
　　寶妹不覺工作快二十年，交了不少稅。現已退休了，她的社保金夠她維持基本生活費了。按理說，她可以回來陪老公了。

　　銀鈴繼續說："那不也好。來了就不要回了唄！"
　　寶妹沒有正面回答。卻說了一些關於老公住院的安排和其他的事。
　　銀鈴也不好一直說，可心想："看來，他跟老公離開二十年，也已經沒有感情了！"

　　這幾年，女兒和大小兒子陸陸續續回國看父親。
　　孩子們回來的任務主要也是根據寶妹的意思，安排處理好父親在醫院的治療和生活。
　　但是，寶妹自己卻一直沒有回來，也不知她怎麼想的？
　　金花見到銀鈴也說："寶妹已經退休，工作繳稅幾十年，領的退休金夠生活了。三子女都在美國，生活的不錯，有工作，有房子。她也可以拿著退休金回國和老公一起過了。那為何不能回來？"
　　如此看來，她不回來的理由不足。要知道正福，一直不肯閉眼，說不定是在等她呢！

寶妹不能回來的問題，始終在親人和老鄉眼裏是一個迷。

第十四章 工卡

　　金花想到那張工頭的話，終於下了決心，撥通了他的電話："我同意去那男人家住。"

　　晚上九點，金花早早下了班，張工頭帶她到了那人家，見到那男人不太會說話，好像很老實，但倒是會說一點華語。
　　張工頭把金花介紹給了那人後，沒說太多的話就離開了。
　　"謝謝光臨！"那人說著，讓金花坐下，他端來一杯咖啡請他喝。"我這裏比較擠，你睡大床，我睡沙發吧！"
　　金花心想，這人說話直來自去的樣子，看來不壞，又好像很愛金花。
　　他對金花說話的態度總是那麼客氣，金花說啥他就幹啥，很是順從。金花心有點軟了，說道："好，好的。"

　　金花每天上半夜回來，那人也總是等她下班回來才睡。
　　說好是假夫妻，實際就是讓那人過過癮罷了，每週金花和他行一兩次夫妻之事吧。

　　但是，他們並沒有真正的夫妻所享受的生活，金花只是應付他而已。但那人卻很珍惜這難得的快樂。
　　有一天，金花來"大姨媽"，那人還是忍不住要來，金花不同意，可那人硬想要，金花忍不住就跑了出去。她要去那兩夫妻的家。
　　那人追了出來，苦苦地哀求道："別，別走，下半夜在街上碰到員警，就麻煩了！回來吧，我不再為難你了。"
　　於是，金花又回到屋裏。
　　不管如何，金花總算有了"家"。

在洗碗時，她碰到一位沙江姑娘，號稱小葉，她有工卡。她對金花說：
"你到我打工的工廠，替我下夜的班，好嗎？"

"好啊！有活幹就好！"金花高興地說。

"但你需要工卡，不然就沒辦法。"

"那……"

"因為下夜查得不嚴，我複製一張我的工卡給你用。"

"能用嗎？"金花感到疑惑。

"原來我是上午八點幹到十二點，吃了中飯，然後又從下午一點幹到傍晚五點。"小葉看了看金花又說：

"晚上七點繼續到下半夜三點，這樣上夜班太累吃不消。你我長相好似姐妹，正好可以頂替我的班，我看這工卡你可以冒用。"

金花終於在那家制衣廠專門接了夜班活。下半夜回來睡覺，一直睡到快中午。幾乎就是晚上幹活，白天睡覺。

有一天，小葉看到金花會做衣服，就介紹她去姐妹開的一家小小成衣店，讓她是做衣服。金花本來在老家就會做衣服，而且做的不錯。

金花為自己做了件連衣裙。制衣店的老闆看了很滿意，就叫金花到店裏來。

金花清晨下班回來後，在上午睡了幾小時，到中午就到衣服店做衣服，不出幾天，金花做的衣服很受客人歡迎。這家店的生意好了起來。金花每件衣服能得到衣服價三四成（30～40%）的提成。

金花每月在工廠上夜班八小時，每天可收入五十新幣，一個月下來能收入一千多。她為衣服店每月做了十幾件衣服，也有快一千元的收入，有時還超過這數。只是每天只能上午睡幾個小時，總覺得睡不夠。

半年過後，金花居然寄回老家一萬新幣就是四萬五人民幣。老公黃標富收到錢後，先去還了部分催得緊的一部分出國借的債。

金花有了可觀的收入，而且有了"工卡"，就不去當假妻子了。她自己租了一間月租二百新幣的房子，一個人住。

不覺過了兩年，有一天，晚上沒上班。一個叫琴琴的女朋友，問她要不要去 kalaOK 廳玩玩。她懵懵懂懂地就跟去了。

　　金花好像第一次去那種地方，進了包廂不久，那琴琴就被客人叫出去幹啥不知道。金花和其他幾位男女仍在唱歌，突然員警進來了。

　　"你是來陪客的嗎？"員警問。

　　"不是，我是跟老鄉來玩的。"

　　"有證件嗎？"

　　"有。"

　　員警接過證件一看，是工卡，"嗯，是的。"員警準備還給金花，一轉眼，看到金花手裏的另一張卡片，說："那是什麼？"

　　天哪！金花居然把中國的護照也從手包裏摸出來，沒有來得及藏好，讓員警看到了！

　　"這是什麼？"

　　員警發現了她的真實護照與工卡不一樣的人像，"這是你真正的證件啊！工卡是假的！"

　　金花瞪大眼睛，說不出話來。

第十五章 歸途

標富石材的錢被欠了十萬。有七萬塊，是私人賒賬，年前討了幾次，都沒法要回來。另外是政府項目的訂單三萬圓，一直說上級還未批准，錢還沒真正到位，所以沒法付給他。

眼看著要付給工人的工資，怎麼辦？

喜梅說，平常那些私人的訂單就不應該讓他賒賬的。沒想積累到年底，現在工人要工錢，你怎麼辦？

鄭平說，平常不賒點帳，人家就不會向你買石材。

喜梅聽說，鄭平和標富還常常拉客戶去卡拉OK，喝酒求歡，好像常常去搞女人，晚上還在廠裏聚集好幾個人賭錢玩。

應收的錢讓人賒賬要不回，卻又是吃吃喝喝玩樂，又是嫖賭，哪能有錢賺呢？

喜梅和鄭平大吵起來。

標富覺得石頭生意不好做了。想去上海做香菇。

你說標富石材生意虧了，還有錢投資八萬做香菇嗎？

當年，喜梅初中畢業的時候，鄭平看喜梅漂亮，一直死皮賴臉追求她，開始喜梅也不看好他，後來喜梅發現鄭平家境比較好，鄭平也長的英俊，文才也好，能說會道。慢慢地也就認可了。

三年前喜梅和鄭平結了婚，當年就生了女兒鄭晶晶。

現在鄭平和標富的石材生意做成這樣，欠了那麼多的錢。生意都做不下去了，鄭平卻還迷上了賭博，他總想通過賭博贏點錢回來。可是屢賭不贏。喜梅叫他不要賭了，可是賭債累累，他已經陷進去了。

一氣之下喜梅要和鄭平離婚。鄭平不肯，拖了一段時間。但最終還是分手了，法院把女兒判給了喜梅。

員警問金花："你住在那裏？你的行李放在哪？"

"行李？"

"估計你是要被驅逐回中國。我們派人把你私人的物品拿來吧！"

"我的東西放，放在……"金花想到，租房的東家阿珍可是對我很好，如果讓警方知道了，她不是犯了包庇罪。不行，我不能透露住址，牽連阿珍。

"我沒有固定住所，我打電話叫朋友去把我臨時寄存行李送來吧！"

員警把手機給了金花。

"琴琴，妳去把我的行李拿到拘留所來吧！"

拘留所？哎呀！壞了！琴琴知道金花被抓了，可又不敢在電話裏多說什麼，帶著發抖的聲音說："好，好。"

當天，琴琴陪完客人後，找到金花的住處，把金花的東西整理了一下。其實留在出租房裏的東西並不多。琴琴帶來的衣服裏，才兩件很薄的夏裙。

金花發現琴琴送來的包裡面的 1000 新元不見了，也許秦秦是故意留下了，但是她卻對金花說："我把所有屬於你的東西都帶來了，我沒有看到包裡有現金。"

金花連自己都感到奇怪：這天出來到卡拉 OK 廳，好像自己預感到要離開了，竟然把重要的、值錢的東西都已經帶在身上了。該死的是，我竟然把中國的身份證和護照也帶在身上，才讓員警發現！不然那假工卡員警哪能看出？

真是倒楣的一天！我到了該離開新加坡的日子了！咳！

員警把金花關在一個小牢房裏，那是十幾平米的單間房，除了房門上開了一個窗口，四壁都是灰白色墙體。倒是邊上圍了一小間一兩平米大的洗手間，裏面有個水龍頭和一個馬桶，可以沖洗和大小便。因為沒有通風和隔離，所以整個房間到處可以聞到臭味。

沒有辦法，牢房又不是享受的地方。金花也顧不了這些，只聽說要關十幾天才能完善手續，然後被驅逐回國。

如果是男人非法打工，新加坡是要判刑罰的，就是挨打好幾鞭，打得皮開肉綻直流血，疼痛難忍趴床好幾天，然後驅逐回國。但女人就免了很多罪。

天氣很冷，房間沒有床，連一張草席都沒有，金花是直接躺在冰冷的水泥地板上睡。

到了下半夜，冰涼的水泥地板讓金花凍得實在受不了，只好坐起來。本來體質就不好，加上這麼折騰。她感到頭有點疼，似乎在發燒，可能是凍得感冒了。

第三天，進來了一個女人，她也是要被驅逐的人。

她是沙江人，姓丁，剛過三十歲，和金花的處境差不多，不過金花還混了兩年，而她才來一個月就被發現了。

金花帶來的只有兩件涼快的夏裝，沒有可以保暖的東西。小丁也是空空的，除了提來一個小提包，幾乎也沒有什麼衣服。

新加坡年底時間的氣溫，晚上也不到攝氏二十度。金花和小丁都穿著單薄的夏衣，就是穿著短袖的上衣，下身又是半長的裙子。空氣顯得又濕又涼，他們沒法躺著睡覺，只能坐著過夜。到了下半夜，金花感到冷得有些發抖。

金花只好抱住小丁，兩人緊緊依偎在一起，稍稍感到沒那麼冷。

終於，員警來了，他問金花：

"你回國的地址？機票要買到那裏？"

金花的身體很是虛弱，她一下子也想不出要回那裏，憑著感覺說出："廈門。"

過了半天，員警送來機票，她才想起：我去廈門幹嘛？老公不是在上海嗎？

但飛機快起飛了，機票已經不好改了。於是，她就只好上了飛往廈門的飛機。

到了廈門，她又買了去上海的火車，直到第二天晚上才到。老公有急事沒到車站接她，倒是侄女金梅來接。

金梅在出站口，看著出來的人群，眼見大部分人都出來了，還沒見到五嬸。

她正東張西望，突然有人叫：「金梅！」只見一個陌生女人在喊她。

「是誰？」金梅把頭轉來又轉去，左看右看，她好像不認識這個女人，只見那女人帶著哭，哽咽的說：「金梅……」

金梅瞪著眼睛看了好幾秒，「啊！是五嬸嗎？」接著又驚叫道：

「五嬸！是你！」

「金梅！是我！」金花哭著說。

「你怎麼變成這樣！我都不認的了！」

金梅只見金花頭髮蓬亂，面黃肌瘦的樣子，身上衣服也有點髒。

金梅不由自主地撲上去抱住金花，兩人都哭起來。

金花回到上海，她認為做香菇生意的人太多了，我們現在已經不好再做這個了。

她發現上海人的魚丸做的不好吃，覺得福州魚丸很好，如果在上海做魚丸賣，一定很好賣。可標富的看法不同：香菇是福建的特產，上海人很愛吃。

金花本來就很氣標富，現在意見又不一致，更氣的二話不說，獨自去福州了。

金花到南門兜市場的一個魚丸店，跟著師傅學做魚丸。

她怕水，因為魚都是冰的，在兩個月的時間裏，做魚丸的過程中，基本手都泡在冰冷的水裏，她一捏魚丸就生病了。

後來發現戴手套好一點，於是天天從清晨三點起床沒吃飯一直做到十一點，才吃午飯，常常餓的胃痛。

她學得很快，不久就會做了。手工做的魚丸，又Q又好吃，很多人都到這家店買。

學了技術就想自己開店。魚丸機一臺四千元，金花只有一千元。如果開店還要訂合同交租金，差不多要兩萬元。

她問老公，從新加坡寄回來的錢，還了債，應該還有幾萬，老公這才告訴她，早就投到香菇裏面去了。金花很無賴，可突然想起，老家的樹砍了，可以賣一兩萬，正好可以湊上。

可是，標富早把賣樹的一萬多元加上開園藝收的租金三萬元都投入香菇了，哪有錢給金花呢？

但她不甘心，還是想做魚丸。

金花思來想去，突然想到了在廈門的月玉。

自從月玉到了廈門，嫁給開石材廠的韓國人，她還當了老公的財務主管，算是有錢的。金花想，應該在她那可以借得到錢。

可是月玉在電話裏面淡淡地說，她和老公分開了過。

"您跟老公離婚啦？！"金花緊接著問，"為什麼？"

第十六章 韓國人

月玉到了廈門，在一家韓國人開得石材廠，幫助老闆金建仁管管工廠的工具材料，還幫助記工。韓國人喜歡她聰明，能幹。就出錢讓她去學會計。學了三個月領到會計證，月玉就在廠裏當上會計，一年後，月玉和建仁結了婚，在廈門民政局領了結婚證。

他們生了一個女兒，個子像月玉長得小點矮點。但是很會說話，看起來比較聰明也很調皮。才三歲，就很會說媽媽辛苦啦！爸爸很累吧？整天樂呵呵的，那嘴巴更是嘰嘰咋咋像只小鳥。大部分時間都很聽話，只是偶爾發點小脾氣。建仁一下班回來，小女兒就奔過來，不停地喊：爸爸，爸爸！

建仁自然很喜歡她，只要小女兒一說要啥，他就會去買回來給她。六歲時，小女兒進了廈門的雙語學校，那學費自然是全廈門最貴的。

過了兩年，建仁把韓國的大兒子也帶到廈門讀中學。建仁說，大兒子金吉浩是前老婆生的，他和前妻離婚後，看到月玉脾氣很好，就把孩子帶來和她過。

果然，月玉和吉浩相處得很好，吉浩雖然不太愛說話，但很有禮貌，該叫媽媽時，都自然會叫月玉媽媽。

當金花知道月玉的婚姻情況後，有一次通電話時，她跟月玉說，你要去一趟韓國，就是要去看看原來的大老婆是不是真的和建仁離婚了？

金花說的也是，去拜見公公婆婆一下，看他們認不認可這個中國媳婦？有可能的話，還是跟老公去韓國生活更好。

金建仁贊同有機會就帶月玉回韓國。但因為石材廠生意很忙，總是沒有時間安排回國。日子就這麼一天天的過去了。

現在石材廠的生意還算好，訂單不少。月玉是會計，也看得到進出賬很頻繁。他們在廈門的湖裏區還買了一套在第二層的一百四十平米的套房，還另加有五十平米的陽光露臺。在這露臺上，可看見白鷺湖成群的白鷺起起落落。

大廳裏，建仁還鋪了一塊十來米長的綠色高爾夫練球地毯，有空在家時就練練球。

這四口之家，表面上看，還算不錯。可結婚快十年了，月玉還是沒能去韓國一趟，而金建仁總是有理由拖著。因為月玉和建仁是異國婚姻，原來的家庭和婚姻真相，夫妻間相互都不太瞭解。也就是說，原來的婚姻生活是不是有什麼隱情，他們能不能白頭偕老？令銀鈴和金花感到不解，金花也時不時的跟月玉說這事。

銀鈴的小兒子福生，跟當年的女同學周彤彤談戀愛。在福生當上抄表工，有了一份工作後不久，他們就結婚了。

周彤彤的父母是農民，可城市近郊的農民都是菜農，他們種菜供應城市，一般收入頗豐。但是，周家覺得做點生意收入更高。因此，父母也是較少種菜，多偏向於做點生意。而周彤彤初中畢業沒有再讀，就去賣菜。後來學了美容，就去跟人合夥開美容店。

而福生當抄表工收入很低，每月完成抄表任務，才有兩千元的工資。

但是，如果碰到颱風下雨，碰到關門戶，碰到凶狗堵門，沒能按時完成抄表量。那就更少，有時一個月才領到一千多工資。

與福生不同，有些抄表員比較勤勞，常常頂替另外的抄表工，一人包兩份抄表工作量。所以幾乎每月會有雙份收入，就是三四千元。加上抄表及時率高、準確率高的有加獎金，就更多了。

像福生這樣，有點賴，怕吃苦，不想多流汗。颱風下雨不去，碰到關門戶不再往，碰到凶狗堵門算了，頭頂炎炎烈日不幹。因此任務完成不好，抄表量低，常常只拿到不足一千元工資。

周彤彤開美容店，今年收入也很少，孩子要交學費買書，還要交老師通知的什麼服裝費。錢不夠，向福生要錢。他哪有？

"你才那麼一點錢，都不夠全家吃飯。不想想幹點別的？"

福生無可奈何，沒有直接回答她。心想：自己沒有文憑，沒有高的技術，去哪找掙錢多點地方呢？

銀鈴大兒子黃福寧，開始在標瑞的煤炭公司當臨時工，因為覺得工資不高，才一千來塊，而且天天要鑽煤井和爬電杆日曬雨淋的，很辛苦。於是就自己創業開了一家摩托車修理店。沒開兩年沒法開下去。

福寧到姐夫金建仁的石材廠幫助開車，每月姐夫給他三千圓。姐夫常常身邊跟著一個翻譯，到處聯繫生意，福寧就常常跟著姐夫建仁開車出去。

後來建仁的幾椿大生意談不好，又被政府和大企業拖欠了幾十萬，到年底一算，欠人家十多萬。石材生意很難做了。也雇不起福寧了。

福寧回到太姥山，在縣城裏開了一家衛浴店，訂了泉州的一家"九牧衛浴"代理產品。主要專供家用衛生間設備，如馬桶、淋浴室等。

福寧40歲才結婚，由於長得比較白嫩，算是美男子，讓一個小他十三歲的小姑娘看上。那小姑娘家底殷實，結婚時女方父母不但沒向他要聘金，反而給了他們一套房子。

一年後，生了一男孩。

福寧的生意不錯，但捨不得僱人，只是叫妻子看店，自己到處去聯繫業務，和上門安裝服務。

到了年底一算，也掙了十幾萬。

福寧的生意越來越好。原因有二個：一個是福寧所經營的"九牧"品牌，商家宣傳和售後服務效果較好，產品過關，信譽好；二是福寧親自上門服務，安裝認真，售後工作做得好，在安裝後的好幾年，當地客戶有問題，他能很快幫人解決。慢慢的本身店鋪信譽提高。

散戶及個人的銷售量穩定，還接了開發商的單子，和幾家裝修公司合作關係也很順利。

一個人搞安裝，現場顧不過來，安裝品質會受影響。常常安裝來不及，客戶有意見。

福寧想到弟弟福生。他想：

反正弟弟當抄表工，收入很低，很難維持生活。現在我生意做來不及，叫他來幫忙最好了。

沒想到，弟弟沒有很痛快地答應他。他對哥哥說："我抄表已經熟悉了，再說，我的任務用三分之二時間就完成了，我勤勞一點，再去接別的抄表工的工作量，加進來，每月穩穩的超過三千元。」又說：

「我抄表都是騎摩托車，很舒服，加上抄表自動化程度越來越高，我可以很輕鬆的多抄很多表。而你的業務我不熟，我恐怕幫不了你多少忙。看你那個脾氣，平常就對我很凶，如果我做不好，不就老挨你批，我受不了！」

福寧聽了很是著急：「我批你什麼？你又不笨，你來，跟著我幹幾天就順手了。只要你不偷懶，我會給你超額獎金的。」

之所以福生不來，主要是因為才兩千元，跟抄表工資差不多。又加上，福寧對弟弟有點恨鐵不成鋼的樣子，動不動就會怪他罵他，他就曾經被哥哥氣過。

「你聽話一點，我保底給你兩千五，月底結算一下工作量，超過給你一半的利潤。」福寧大聲說。

在哥哥的冷靜勸導下，弟弟還是同意了。

至此，福生整天屁顛屁顛地跟著哥哥去安裝，嫂子看店開單。至此，九牧衛浴店的單子不少，開得更加順利，生意當然很不錯。

「福生，快起來！客戶在等著。」福寧著急地打電話給福生。

福生睡眼朦朧，「哦，我人有點累，好像感冒了。」

過了一小時，福生才過來幫忙。

其實是，好幾天都安裝到上半夜，福生沒習慣這麼幹，累得不行。

不過，一次，兩次，弟弟人不舒服，哥哥體諒弟弟，就忍過去了。

可是，接連好多次，福生都這樣。可生意好，安裝任務重，關鍵時候弟弟又不及時來幫忙，他很生氣，就不要弟弟幫忙了。

銀鈴聽說了，就怪福寧：「你弟弟收入低，生活困難，幹嘛不拉弟弟一把？」

「他在我店裏幹，常常偷懶，關鍵時候幫不上忙。」

「他不是說很聽你的，可你小氣，怕多給錢呢？」銀鈴是聽了小兒子的話，才這樣問他的。

福寧很委屈地回道：「根本不是這樣！他現在變得很賴，也會說謊。」

第二年初，接了幾單機關單位的單子，進貨時墊了十萬，可是那單位遲遲沒有結算。結果，自己墊了錢，也還不了向朋友借的錢。

生意做不下去，他遠離家門，跑到雲南和緬甸邊境賣玉首飾。把低價的玉說成高價來騙過來的遊客。

可是靠差價賣玉石，能維持多久呢？

有一天，他到玉石廠發現很多人在賭石，還聽說有人賭石掙了幾百萬。開始還不相信，但他還是去試了試。

他花了一千元賭了一塊石頭，結果運氣很好，買了五萬。

高興之餘，又堵了一塊一萬元的石頭，又贏了十萬。這下可好，福寧迷上了賭石。

在邊境，時間一長，也就很少顧家，倒是碰到一位勤勞美麗的緬甸女人，跟她住到一起。

他也不太管家了，常常沒寄錢回來。慢慢地和妻子感情就不好了，後來離了婚。

遠在雲南，他也不太經常管父母了。倒是月玉過一兩個月會回來看看父母。

今年金建仁的石材生意已經很難做了。雖然去年訂單不少，可是客戶的錢拖到今年六月還有半數沒給，因此建仁也欠著上游的進貨款。眼看著石材生意快做不下去了。

因資金斷鏈，為躲追債，逃回韓國，卻把妻女掉在廈門自謀職業。

金花勸月玉去韓國與丈夫團聚，月玉顧及父親和小弟，不肯去，只能和女兒相依為命。

像月玉這個情況，至此，金花也不好提借錢的事了。

第十七章 共濟園

這是 2010 年。

銀鈴和弟妹來往密切，弟妹也常來城裏打工，受標瑞和銀鈴的照顧。

銀鈴娘家的弟妹親戚在海邊有養殖海產，常常寄海鮮給她，銀鈴一家就常吃海鮮。

不過，據說海鮮吃多，有的人腎功能差，容易得腎病，但家裏其他人常吃好像都沒事，單單銀鈴才過六十歲就發現得了腎病。

起初，醫生診斷她得了輕度尿毒癥，她遵照醫囑開始吃藥。

可是，過了一年後，尿毒程度變得越來越嚴重，結果是，每週都要去醫院進行全身血液透析。血透一次都要三百多，每月都要花一兩千元。

銀鈴如果沒去或沒及時去血透，會呈現中毒及發燒症狀。

有時很嚴重，要連續住院治療。出院後，堅持定期按時血透。才維持了比較正常的身體。

但是，腎功能會越來越差，血透只能穩定尿毒癥狀和減緩腎病發展。常常發低燒，發展到常常發高燒，雖然及時掛瓶，使體溫正常了。可不久，經過醫生診斷，她的腎功能已經中度衰竭。

月玉說，媽媽要準備換腎。福寧說，換腎要花四十萬，那他要把房子賣了來給母親治病。福生連吃飯都成問題，就不敢說錢的事。

三個孩子商量來商量去，又找了幾次主任醫師，都沒法決定是否換腎，更不知道何時能換腎。

又過了一年，金花見銀鈴的臉變得好嚇人：血透後臉色全部變得又黑又紫。她拉著銀鈴的手說：快去換腎吧！

銀鈴苦笑著說："換腎要那麼多錢，會搞亂孩子們的生活。"她看著金花又無可奈何地說道："就是換了腎還不知道會不會成功？聽說成功後，多數也再活不了幾年。"

金花看她很悲觀，就安慰她說："換腎可以活好多年。我認識一個朋友換腎十幾年了，到現在都好了，沒事的。"她摸了摸銀鈴有點粗糙的手，勸說道："還是去換吧！我們大家想辦法給您籌錢。"

事後，金花對月玉說:"是不是去紅十字會請求救助？"

月玉查了查手機，對金花說："我去'共濟園'試試！"

"共濟園"就是在網路上發起的慈善救助活動，它發動很多人進行捐款行動，確實救了不少人。

月玉在網上的"共濟園"填報了救助申請：我媽媽嚴重腎病，需要換腎，但父親長期生病、孩子們收入低微，家庭生活實在困難，請求救命捐助。"

金花告訴一部分煤炭公司的員工和朋友實情，而公司員工有了解老師傅標瑞家情況的，也就在"共濟園"上捐款了。

但是，銀鈴一聽說月玉搞"共濟園"來籌款，就馬上表示反對，她罵月玉："我死了不要緊，不要連累大家，也不想麻煩大家！"

銀鈴為啥要這樣罵月玉呢？

銀鈴之所以不想讓月玉去搞"共濟園"，是因為月玉欠了單位不少人情。

你看，會在"共濟園"上捐款的，大部分是瞭解實情的本單位同事，他們同情銀鈴的不幸，才救助她的。

但是，銀鈴始終沒有忘記，月玉當"會頭"失敗，讓很多單位同事虧了很多錢，這帳還沒搞清，人家沒有告你，就已經不錯了！

銀鈴說過，做人要面子，一輩子要做老實人，再窮也不能騙人，不能背這罵名。

銀鈴覺得，實在不能忍受，讓月玉在大家面前丟黃標瑞家的臉。老帳還沒還清，又欠人情新帳！

說實在的，大部分人會理解，月玉也是被人騙，也是不得已。你銀鈴今天的大病沒錢治病，大家不追究女兒的事，只為了救助你。

可是也有人恨你女兒：說不定又是來騙錢的，把小病說成大病。

銀鈴從心底承受不了這樣的事情，她寧可想別的辦法，或者乾脆不治等死。

第十八章 夜班

明麗到底有什麼辦法應對這種不離不棄的家庭呢？

你看她每天在忙什麼，就會大體知道了。

有一天，明麗到消防隊去找一個人，那人在消防中隊當中隊長。在中學時，這人就是明麗很要好的男同學。

明麗找他幹嘛？

原來，明麗覺得開煤氣店很好，不用太大本錢，既輕鬆，又有穩定的收入。但開煤氣店是有點危險的業務，需要消防部門批准，有限制地點的。就是一般人很難得到消防隊批准。

恰好，同學是管這個的，只要中隊長同意，煤氣店不就開成啦！

中隊長要她找個偏僻點的地方開店。

很快，明麗在通往山邊的一條離居民區略為遠點的一條街道盡頭，找到了一個破店。這店雖破，看起來不雅，可還是磚混結構的兩層小房。占地也才二十平方。但嚴格來講離它十米處還是有一座三層居民樓。

中隊長到現場一看，那是一棟獨立的樓房，符合條件，可是附近仍有居民，又有點不符合防火防爆條件。

明麗說："老同學，沒有嚴重違規，你就將就一點吧！"

"消防安全，關係百姓，按理說，不可輕視。"中隊長按章辦事，認真地說。

明麗向老同學解釋："我只提供居民點整瓶換瓶服務，不可能在店裏進行充氣，沒有電線、明火隱患，是安全的。"

她又求情："老同學，我數量上，每日才十幾二十瓶，傍晚餘瓶返回液化站，做到無剩瓶過夜，符合安全吧！"

老同學，最終同意她在那裏的換瓶供應點。

從此，在山邊街的"居民燃氣供應點"開張了！

實際上，每天的換瓶量達到四十多瓶，不過，與其他供應點相比，她的店還算更加安全一點了。

明麗對軍軍沒有辦法，又捨不得離婚，也是為了與莉莉掙氣，就是不讓莉莉得逞罷了。

明麗總認為，自己失業在家，經濟上不能獨立，在這個家就沒有發言權。所以，她要獨立，要掙多多的錢，好讓丈夫看看，我不靠你吃飯，也不是好欺負的！

因此，她拼命的掙錢、掙錢……

除了開液化氣店，她又在北門步行街的橫弄裏，找到比較安靜的角落，開了一家美容店，生意也還不錯。

實際上，明麗一心撲在掙錢上，常常不在家裏，一天到晚和軍軍也碰不上一次面。她讓軍軍和莉莉更自由自在地來往了。

金花借不到錢，他只好放棄開魚丸店，跑到福州養生休閒中心上班了。

這個中心表面上看規模很大，也比較正規，但實際上不是這樣。

一樓正門設一個豪華的前臺，前臺後面有大小四個桑拿池。

客人泡完澡後，就可以上二樓，找女服務員推拿。還可以上三樓去，那裏更快樂。因為三樓實際就是違規生意，花上三百元就可以享福一陣子，甚至一整夜。

金花是在二樓上兩班倒。從半夜十二點到第二天中午十二點，算下夜班；從中午十二點到半夜十二點，算是上夜班。上夜的到半夜十二點下班正好和下夜的交接。

其實下夜班客人少，往往收入少，因為服務一個客人就是一半抽成，客人少自然收入就少。

雖然上夜班的客人很少，但員工可以從那些不正規的服務那裏賺到多一點點的錢，因為事實上，不正規的服務可以賺五十元，而正規的按摩只能賺五十元的一半。

鄭斌有一天到推拿店，見前面一少婦，體態不凡，苗條的身材，走起路來如仙女一般，飄飄盈盈，近前一看，面如桃花。在黑暗中，鄭斌沒有馬上認出金花，而金花推了幾下鄭斌的手，一下子認出了他。她驚叫一聲："大鼻！"

鄭斌卻是一驚：你是，是......

"金花！"

他們快十年沒見面了。

這時的鄭斌已快五十了，是村裏少有名氣的萬元戶了。

鄭斌這下子才想起當年他救過的不起眼的小姑娘，如今大四十了還像個沒結婚的年輕姑娘！

兩人寒暄了一番，敘說了幾年來的變化和互通了從未知道的消息。後來，金花告訴鄭斌，她已經有四個孩子，現在和老公合不來，老公在上海，自己想開魚丸店，卻開不成，只好來做推拿。

金花還告訴鄭斌，大女兒上醫大後到醫院上班；二女兒高中畢業在海濱賓館做前臺，還未結婚；三女兒從小送給伯伯，現在也準備結婚了；最小的男孩跟他爹在上海，明年也要準備上大學了。

鄭斌歎了一口氣說："一個女人獨闖社會，怪難的。"

金花仔細端詳著鄭斌，他的臉皮黑裏透黃，幾道皺紋上了額頭。不到五十，卻看起來五十多了。想必這幾年也過得很辛苦。

"你老婆孩子呢？"

"我們老是合不來，結婚三年就分開了。"

"離婚了？"

"沒有正式。"鄭斌頓了頓繼續說："她不肯辦手續。我只好走得遠遠的，長期在廣州上班。"

金花也歎了一口氣："將就過吧！為了孩子。"

鄭斌點點頭。

金花說著話，連連打了好幾個噴嚏，看到金花好像精神不太好，鄭斌就問："你感冒了?"

　　鄭斌上前用手輕輕按了一下金花的前額，"哇！你有點發燒呀！"

　　"今天好點了！"

　　"不對！去看醫生吧！"

　　"我前天去拿了藥，這兩天燒退了。"

　　"不對吧？你還在發燒！"

　　"我還沒感覺，頭不痛了。"

　　"你還是去休息吧！"

第十九章 尋覓

女兒結婚後，生了一個女孩，明麗都在忙生意，也沒有時間幫忙帶阿孫。好在孩子基本上由親家管著。

那女婿叫鄭林，開始在銀行做貸款業務工作，可是嫌工資太低。為了得到額外收入，沒有按規定做好貸款工作，而是做假，違規把幾百萬的款項貸給私人企業，自己得了幾萬好處。後來因為那私企倒閉，造成死賬，使銀行資金損失。

鄭林被開除後，利用原來金融的朋友和人脈，勾結銀行內部的人，從事私人集資和理財業務。

可是，私人集資業務也出了問題，由於資金周轉斷鏈，百萬資金無法周轉兌現，私人投資者不斷來討債，女婿面臨被起訴的危險。

明麗為了幫女婿還錢，就拉了三十幾個煤炭公司的職工，做了每月十幾萬的"會"④，當然是她當會頭。

她得到首月的十幾萬錢，就拿去給女婿還錢。可難堵女婿的資金缺口。

女婿又出了歪點子：私下跟銀行內部的業務員，搞短期性的資金周轉遊戲，用五分甚至一毛以上的違規高利息哄騙朋友參加"理財"，獲取高額的"回報"。

致使那些貪便宜的，相信明麗為人的，投了好幾十萬資金。還有幾個人開始不相信，也比較謹慎，沒有投入很多錢。但由於跟明麗關係較好，也很相信平常明麗的老實和顧及往常的友誼，在明麗鼓惑下，也就投了好幾萬進來。

光煤炭公司幾十人，就被他們捲進去幾百萬資金。

結果，資金鏈還是接不起來，反而造成更大的缺口，私人投資著發現問題，開始報警，起訴明麗：製造非法融資和假理財活動，騙取錢財。

同時，她原來所做的"會"，沒能返還"會錢"（按月歸還參"會"

的人所投入的資金），也被朋友起訴。

不久，明麗和女婿被判上千萬元非法融資罪，鋃鐺入獄。

軍軍和明麗居住房子也被拍賣了。女兒也和鄭林離了婚，軍軍和女兒沒房住，只好一起到外面租住。

按法院的判決執行：軍軍和明麗是婚姻存續期的共同債務，所以要每月的工資也得扣除一半還債。

明麗入獄後，軍軍和莉莉應該是更自由自在了！

不過，還有很多被欠債的人，在等待還錢，因為明麗雖被判刑，可還缺大幾百萬元的錢沒法執行啊！

如果四年後明麗出獄，被欠錢的人難道不會來討錢嗎？

矮妹先去新加坡一年，通電話時，矮妹動員喜梅說，新加坡好掙錢。你以讀書的名義來，偷偷地去打工。

喜梅把晶晶交代給了金花，自己去了新加坡。

喜梅表面上是來讀書的，但常常到飯店洗碗，打黑工。

矮妹比喜梅先到新加坡半年，晚上通宵不回家。

後來，喜梅才知道矮妹三天打魚兩天曬網，常常不來飯店洗碗，大白天卻在睡大覺，幾乎都在夜總會。

有一次，矮妹也叫喜梅去坐臺。

矮妹當陪酒女郎，不到半年，掙了 20 萬。因為想孩子，也不想一直過那樣的日子，一年後就回國了。

回國一年後和陳可結婚了，當年生一女喚作珊珊。

她把出國掙得錢，拿去買了房子。

可是，剛住不到兩年，她嫌所住的地段不好，又把房子賣了。甘願全家租房來住。為何會這樣？

原來，矮妹看中了一塊宅基地。那是在北嶺下邊的一個村莊，是暫時沒有城市產權證，只有村裏的房產證明，就是所謂"小產權"。

　　矮妹看到占地五百平方米，蓋成別墅才五十萬，很合算，而且村長告訴她，以後政策改變，可以補領土地證和房產證。

　　其實，矮妹也還是很精明的，她得到這地方將來的規劃，可能五年或十年會拆遷，到那時可以得到幾倍的拆遷款。

　　她就向村裏付了錢，買了這塊地。又把戶口落到村裏，以便實現她的計畫。她用了一年時間，找設計、定施工、搞裝修，終於建成了一套比較豪華的兩層半別墅，還在房子周邊搞了一個小花園。

　　④"會"：類似於民間集資，固定了每人每月的集資額（每月人均一次性從千元到萬元不等）。一般由幾十人固定組成，參與者每月定日參加一次，事先由其中幾個人（本月急著用錢及想獲得現金）同時亮出"標"（比如，在條子上寫明您要準備繳納您將獲得資金的5%或更多的利息），最高"標"者將"標中"（將獲得全體參與者本月所給您的集資額，但需扣除您事先所寫的"標"及百分幾利息，如5%或更多）。當然，所"標"的利息在本次結算時同步從出資額中扣除（如出資人本月實際僅出資現金的95%或更少）。

　　當"會頭"（組織者）的好處是，首月免"標"，即在第一個月得到唯一的一次全體的全額出資的現金，而不用扣交利息（0%利息）。

　　在中國做"會"算是違法的，因為是沒有得到法律及金融政策的許可，以及銀行也不承認的行為。

第二十章 吉隆玻

喜梅在新加坡上大學，本來是讀兩年大專，還可以再繼續讀兩年升大學本科的。

可是，喜梅到新加坡讀書是假，想掙錢是真。矮妹常常拉她去夜總會陪客。

喜梅遇到了一個客戶。她想和喜梅調情。喜梅笑著說："你很符合我的口味，我很想和你談談。不過，我現在很著急，等我一下，我想去"大號"（廁所）。"

因為 KALAOK 只有一個小廁所，所以"大號"不能使用。喜梅去走廊找廁所。那個人不傻，他很快跟上她。喜梅進廁所後就沒出來。他等了很長時間。看到女廁所裏沒有其他人進出，他便想闖進去看看。

"喂，你進女洗手間乾媽？"一個中年人問道。

這個人約有大四十歲，名叫戴仁。祖籍是廣東人，是個有家室的。他在新加坡開了一個飯店，生意不錯。常常帶著朋友來這裏消費。

其實，喜梅早就在一個月前認識戴仁的。他可是一見鍾情，見到美麗的喜梅之後，幾乎隔三差五都來找她。

今天可是碰巧了，戴仁的出現，對這個人來說，結果就可想而知了。

這次喜梅碰到麻煩，讓戴仁給解了圍。從此，喜梅跟戴仁幾乎天天見面。

可是，坐臺不久，被人告發了。新加坡政府就把喜梅給驅逐出境了。

金花在推拿時，碰到一位公司經理，叫趙海生，這人四十五歲，離婚一年多了。金花看他為人比較忠厚，很講朋友義氣，經濟條件也不錯，身邊沒有孩子。不抽煙不喝酒，從不賭博。是個素質比較高的幹部。

金花想把他介紹給喜梅。

"我看國外的那個，只能做個朋友，幫幫你。可是不會有結果的。"

"能幫我一點也不錯。咳，過一天算一天。"

"你總不能這樣，一個女人家，還帶著孩子。再說，你年紀大了，一年年老了，總要找個伴。"

"我對男人都沒有信心，還不知道以後誰伴誰，誰照顧誰？還是一人過的好，自由得很。"

"趙總人不錯，姐不會看錯。你試試吧！"

金花也是出於好心，喜梅勉強答應了。

第二天晚上，趙總請喜梅到 KTV 包廂，金花也陪著去了。而喜梅卻帶著女兒去。

趙總點了水果、爆米花、瓜子等，還叫服務生提了一籃子小瓶啤酒。然後自己在點歌屏上，選了幾首歌。

"喜梅，我們一起唱個歌。"趙總拿著麥克風過來對她說。

"我不會唱。"

"你點一首你喜歡的，我陪你唱。要不你自己唱一首。"

喜梅擺擺手。

趙總只好自己舉起麥克風唱起來。金花也跟著唱。趙總唱完一首，喜梅、女兒、金花一起為他鼓掌叫好。

趙總放下麥克風，舉起啤酒來敬喜梅和金花。金花喝了一大口，喜梅卻輕輕地呷了一小口。

趙總和金花又唱了好幾首，喜梅只坐著聽，都不點歌，也不唱。

"喜梅，起來跳跳舞吧！"趙總伸出手過來邀請。

喜梅又擺擺手："我不會。"說著，和女兒一同啃著瓜子。

"晶晶，你什麼時候去上學？"金花問。

"九月三號，才開學呢。"晶晶回道。

喜梅說："今年暑假也沒什麼作業。我叫她去學鋼琴。"

金花說："學鋼琴不錯，增加樂感，也可以陶冶性情。"

喜梅笑一笑說：“我也就是這麼想的。”

趙總見喜梅不唱也不跳，酒都不喝，也不跟他說話，覺得有點尷尬。突然電話響了：“喂，喂，哎呀！你在哪一間？好，好，我在六零八，過來，過來！”

原來，一個朋友在另一間，趙總就請他過來。

門開了，進來一個中年戴眼睛的男人，喜梅猜想應該就是剛才打電話的人。

趙總馬上為他遞過一杯酒，那人端著杯子，舉到喜梅面前：“你好！”然後又將杯子在金花面前晃了一下：“請！”接著又對著趙總說：“喝！”

趙總應聲喝下，金花喝了半杯，喜梅剛把杯子放到嘴邊，卻又放到桌上。

在 KTV 包間，趙總和朋友唱了幾首歌，然後，坐下來說話。兩個男人都想和喜梅說話，可喜梅只是簡單應一句。倒是金花和男人們說了不少。

趙總覺得喜梅不怎麼喜歡這樣，自己也覺得很沒有意思，就藉故和朋友到包間外接電話。

“我很累了，想回了。”喜梅對金花說。

趙總進來了，金花說：“我們累了，要回了。”

“好吧！不好意思，招待不周。”

喜梅說：“謝謝，謝謝！”說著，拉著女兒出了包間，金花尾隨著到門口，回過頭說：“趙總，我們走了。謝謝！”

趙總笑笑，“白白！有空常聯繫！”他大聲說道。

但是，戴仁一直不肯放棄喜梅。自從喜梅回國後，戴仁幾乎每天都和喜梅通電話，後來用微信聊天。他倆越聊越過癮，戴仁乾脆就叫喜梅到馬來西亞，他藉口到馬來西亞聯繫業務，沒讓老婆知道。

戴仁安排好店裏的生意後，準備動身。可喜梅在前兩天就先到了馬來西亞的克魯斯酒店。

亞克魯斯是吉隆玻中心著名的商務酒店，才開業沒幾年。酒店就位於吉隆玻金山角，步行五分鐘左右的距離就是附有象徵性的雙子塔和陽光廣場，十分鐘左右的距離就是吉隆玻會議中心。此外，吉隆玻市中心輕快地鐵站就在酒店鄰近，即方便又快捷，旅客們可輕鬆到達各處。

酒店房客配有寬頻上網和有線電視。商務中心則提供的秘書服務和工作設施。且酒店也提供定時班車，以滿足休閒旅客提供往返主要購物區。

旅客可在餐廳享受中國和日本料理，明故宮和高村正彥或者是歐式地道的特色 Dondang Sayang 酒店咖啡廳。此外酒店地窖有著駐場樂隊分享音樂，是一個餐前飲品或整夜派對的理想場所。

喜梅到酒店，等了兩天。戴仁在電話裏說，還沒確定了那天到，因為他的店突然有事，這兩天還不知能不能處理完。所以她一直在等戴仁的電話，她一人孤零零在異國他鄉，等得好心焦。

今天，西梅突然接到戴仁的電話，說他很快就會到。她非常高興。她在酒店前美麗的小花園裏等待相遇。她焦急地環顧四周。

戴仁一眼就看到了，立刻跑上前，從後面抱住了西美。他們一動不動地站著，沒有說話，也沒有親吻。他們緊緊擁抱在一起，不想放手。

過了一會兒，他們又開始忘形地熱吻，不管周邊來往人的眼光。過了很長時間，是喜梅首先鬆開了戴仁的脖子。

"你全身都在出汗。去洗吧。"西梅嗅了嗅戴仁，示意他回房洗浴。

第二天，他們去超市購物。戴仁和喜梅經過一個小花園。花園裏似乎沒有人。

"我等了很長時間，但我總覺得我無法滿足我對愛情的渴望。"戴仁繼續抱著喜梅。

他們一次又一次地熱吻對方。她的臉變紅了，頭髮有點亂。

半個月後，喜梅回到了家。他們每天都要互相打電話和微信視頻。當然，多數是戴仁主動打來。

一年後，喜梅用戴仁的錢買了一套房子。
又過了半年，喜梅又買了一輛小車。

第二十一章 不夜城

金花正在打著盹。

"先生您好！到這邊嗎？這邊比較安靜。"小蓮喊了一聲，顯然大聲了一點，金花睜開眼：三個男人早已從大廳門口進來，前面一個約一米七五不胖不瘦的像個老師，中間跟著約1米七的略顯肥胖些像似老闆，後面較矮又瘦像個中學生。仨人已走在大廳的走道中段。

只見小蓮和香子跟近了那三人："躺這邊吧！"

像"老闆"的是我的朋友，叫鄭雄，他公務員都不當了，卻停薪留職，做起保險業務員。

因為政府公務員可以申請三年不上班，只領百分之五十薪水，但仍可保留原單位科員身份，直至期滿返回單位上班。

這個像"中學生"的叫蔡軍，也已經三十多了，中專畢業生，但剛到我公司工作，是搞軟體的。

那個像老師的就是我自己。

我擺擺手，顯然不同意，仍繼續往前走，鄭雄和蔡軍兩人也跟著。

走道足有十米長，兩邊各有十米寬，在昏暗的燈光下，面朝同一個方向，整整齊齊的擺著一排排的臥式沙發，整個休息大廳共擺放著一百多張這樣的沙發。大廳前方的牆上掛著一百英吋的投影螢幕，正播放著歐美的情愛影片，但廳裏聽不到影片的播放聲，因為客人都是用耳機聽的，偌大的休息廳卻沒有太大的響聲，算是安靜。

晚九點，生意不錯，大廳的沙發上已有幾十人，有的肚子上蓋著白色浴巾躺著睡覺，有的半睡半醒也蓋著浴巾不知在幹嘛，有的帶著大廳專用耳機很認真地在看著螢幕上的電影。

右邊靠近螢幕不遠的沙發上也躺著好幾人，有小妹為他們推拿。

我們三個人四處張望，走到左邊後排：已經有幾個人躺著，邊上也還坐著小妹，正在為他們做按摩。

然後又繼續往前走，看看右邊後排：有幾個人睡著。

前面的我對著後面的鄭雄耳語一下："太多人了"。轉身又和最後面的蔡軍說："找個安靜點的。"

隨後，我在大廳左邊前排靠近螢幕才五米的一排沙發上躺下，那兩人也就順序排隊似的跟著躺成一排。

金花看見我們躺下了，很快就跟了過來，她走到我右手邊，彎下腰輕聲地說："老闆要推拿嗎？"

"嗯。"我剛洗完澡，有些懶洋洋的。

"老闆，洗了澡，推一推很舒服的。"

我遲疑了一下："好吧。"

金花馬上蹲下來半跪著，伸手摸摸我的右手，又按按右邊的大腿。

鄭雄和蔡軍身邊也來了兩個小妹，注意一看：還是小蓮和香子。

金花蹲著，推了幾下，總覺得不順手，就開口說："老闆，我們到包間去吧！哪兒安靜。"

到包間？我感覺到，會不會被這些女人給"宰"了？還是去做"壞事"？

"包間多少錢？"

"不要錢，是免費的！"

直覺告訴我，這女人言語樸實，更像溫柔善良的樣子，應該不會有意想不到的事："好，那就去吧！"

"你們兩位也去吧！小蓮！香子！帶他們去吧！"

"我不去！"鄭雄說。

"我也不去，就在大廳吧！"蔡軍也跟著說。

"去吧，去吧，反正包間不用錢！"我對著他們喊。

"呵呵，不用不用！外面空氣好！"鄭雄和蔡軍兩人都微微笑著，顯然不想去。

"那我們走吧！"金花對著我說道。

"應該不會有啥吧？"我心裏有一絲絲緊張。但還是有點勉強地起了身，離開了沙發，並不再勉強那兩個朋友，獨自跟著金花走了。

金花撩開一片帳簾：眼前出現了一條昏暗的走廊，走廊的地面鋪著紅色的地毯，客人的腳步聲是一點也聽不到。我跟著金花走過走廊兩側的一個個房門：每個門上半部都是裝著透明的玻璃窗口，可以看到房內是否有人，並且感覺到房內的動靜。金花說，這也是方便公安局或老闆來檢查：有沒有搞七搞八。

金花熟練地隨手推開一個房間的門，撩起門簾："請進吧！"我低頭進入。

我心想，他們兩個還在大廳，而自己卻到包間享受，似乎有點不仗義。就對金花說："還是幫我叫他們一起進來吧！"

"會的，姊妹們會安排他們的，放心吧！"說完就順手關上門，拉上門窗的簾布，並指了指房間唯一的一張床，示意我躺上去休息。

我有時會來這種地方推拿，但是第一次來這家。至於進包間也是偶爾有之。我身子往後一靠，半躺半靠在床頭的一個枕頭上。不知金花又從那裏拿了一個枕頭，她一手輕輕扶起我的頭，另一手將枕頭從我肩下慢慢插入："兩個枕頭靠著，會更舒服些嗎？"顯得有點溫柔體貼。

我點了點頭，全身感覺有點舒服，心情自然也放鬆了。

金花拿過一張凳子，在我的右床邊坐下，左手習慣地抓著我的右手，她用右手輕輕推著，又摸摸幾下，問道：老闆，有沒有哪個地方不舒服？

"先按按腿吧！"

"好的。"

按了一會，我感到，這女人手法不錯，不重不輕，剛剛好。

在這個安靜溫暖的房間，我看著她，總覺得她長得不醜，那白皙的鴨蛋臉。雖然是盤著頭髮，當我看得出她那長長的秀髮。

看著溫情脈脈她，我真想抱她。

"我想抱你。"

"不，如果你想做別的事，就去三樓，"她嚴肅地說。

"三樓是什麼？"我有點困惑。

"三樓不一樣。我們二樓的老闆拒絕這樣做，否則會被罰款。"她看起來很嚴肅。

"哦，"我停頓了一下。"我不去，我只想按摩。"我搖搖頭說。

我突然想到做不正規的事，我問她："你能嗎？"

“嗯。”她尷尬地點頭，笑著說。

“多少錢？”

“一百。”

“直接給你？”

“不，記在帳單上。”

“你能拿到多少錢？”

“一半。”

“我會直接給你的。”

“不，不。”

深吸一口氣後，我臉紅了，說：“我老了，我不能。”她笑著說：“是的。”

她說：“我要出去一會兒。”

此時，我獨自躺在一個安靜的空間裏，但仍沉浸在舒適中。

過了一會兒，金花回來坐在床邊。我想了想，問：“你經常做這項工作嗎？”

“我最近經常這樣做。”他補充道，“客人很少。如果你不這樣做，你一個月內就賺不到錢了。”

“這個月你賺了多少錢？”

“這個月還沒結束。老闆要到 15 號才給我發工資。”

“上個月呢？”

金花把頭向右傾斜，靠在天花板上，目光轉向右側，心想：“十八個夜班，十個白班。”

她停了一會兒，雙手抱著我的左大腿，然後推了幾下說：“一百元一個夜班，總共一千八，七十元一個晚班，總共七百，全月總共二千五百元。”

“只有二千五？”我不解地說。

“還沒有呢，遲到又扣了一百元。”

“然後你必須做一些不正規的。”我冷笑道。

金花也笑著說：“是的，我做了十一次，得到了五百五。”

“這個月三千元還少了五十！”我說。

“是啊！最近幾個月都這樣。以前不是這樣的，現在看起來更不如前了。”

金花把手放在我的小腿上。“到年底，情況會好些。客人會更多。估計每個月有四五千元。”

“你看起來很瘦，你的手卻很有力氣！”燈光似乎亮了起來，我注意到了這個女人的臉，並看著她的身體。

這個女人看起來三十多歲，是漂亮的溜肩，她的頭髮很長，遮住了半張小臉。她蒼白的臉中間有一個尖鼻子，但她的鼻樑不算高，有點塌。深邃的眼窩裏閃現出一雙明亮的眼睛。雖然眼睛不大，但會給人一種很溫柔的眼神。

據估計，她身高超過 1.6 米，略瘦，腰圍小，曲線美，手稍長且柔軟。

我拉著她的手問：“你多大了？”

“你猜。”金花笑了。

“三十歲！”我認為她工作辛苦，看起來會偏老。

“不。”

“二十八。”

“猜猜看，請猜猜看。”金花又笑了。

“那麼我猜你三十五歲了。我想你也差不多吧？”

“呵呵，”金花小聲說，然後嚴肅地說，“我比你想像的要大。”

然而，仔細一看，我發現她的手背不像三十；她脖子上的皮膚有點松，有點紋路。

“你從表面上看不出來。”我笑著說，然後半起身，伸手抱住金花的頭，用手撩開她額頭上的劉海。我想說什麼，但我說不出來。

但我心想：額頭很小，不會有很好的“運氣”。

我放下雙手，再次拉住她的右手。“讓我看看。”

我摸了摸金花的手掌，然後捏了捏她的手指。根據我的經驗，這個女人的手又小又軟，所以我說：“你的運氣和命運都不太壞。也許你會遇到好運，至少是一輩子的中等生活。”

“哦，嘻嘻。”

“你有幾個孩子？”

“有兩個。”

“哦。”

"最小的男孩才十幾歲，即將初中畢業。大女兒要上大學了。"

我想了一會兒。這個女人似乎四十多歲了。

"你叫什麼名字？"

"鄭金花。"

"哦，鄭金花，你很力氣，只是很瘦。"

"我是一名農民。我從小就一直在勞動，我做這份工作已經兩年了。我每天都在用力，所以我的手有點力量！"

聽到這話後，我想了想。我覺得這個女人有點滑稽又有點可愛，所以我對她說："請記下我的電話號碼。"

"好的。"

第二十二章 兩個男人

回國一年後，喜梅愛上了大學教授白峰。她同時與他們兩人都有聯繫。然而，來自新加坡的戴仁只能每隔幾個月與喜梅見面一次。

白峰與妻子關係不好，一些具體問題包括夫妻問題很難解決。然而，白峰一有空就去找喜梅。

這一天，他們吃了很多海鮮，並喝了不少酒。

後來，他們都喝醉了，白峰乘著酒興熱吻了喜梅。

白峰把喜梅介紹到他的公司，安排她做收銀員，每月付給她 4000 元。事實上，這是白峰自己的私人公司。它有兩個小辦公室，通常只有白峰和喜梅。白峰經常在外面跑，他從不管喜梅什麼時候去上班，或者她是否來上班。然而，喜梅仍然認真地完成了他的分配的事情，並管好進出帳戶。

雖然上班時間不是很準時，但還是天天堅持上班。如果她不能按時完成工作任務，她會主動加班趕完。

金花對喜梅說："白峰對你很好，你有沒有考慮過嫁給他？"

"他和他的妻子都不能離婚。"

"為什麼？"

"他的妻子很不情願。"

"如果合不來，那就離開吧！"

"不過，如果他要是離了，基本上是'淨身出戶'。"

"啊？"

"他的房子和公司的資產，都是妻子的。"

"哦。"金花想了一會兒，然後說，"如果他決定離開，他的房子和公司都可以放棄啊！"

"他是大學教授，工資不低。可是他還是捨不得那個公司的。"

金花說："只要兩個人好，什麼都可以放棄。"

喜梅說："自從我和鄭平離婚後，我就把男人看透了！"

"不會吧？"金花不太同意。

"當然囉！男人沒有一個是好的！我只是想利用他一下而已。我想玩就玩一下，我愛玩，嘻嘻嘻嘻……"

喜梅再次來到馬來西亞。

戴仁從新加坡打來電話，告訴她後天會來。

兩天後，喜梅抵達吉隆玻。

他們似乎進入了一個夢幻般的環境。他是她的支持，就像港灣裏的船。她靠在他的胳膊肘上，靜靜地聽他說話。

事實上，在一段失敗的婚姻之後，在喜梅根深蒂固的思想中，男人是不可靠的，一切都是假的。一切只能依靠自己。

第二十三章 追求

因為矮妹開銷大，又要培養孩子，她又跑到美國去當陪酒女郎了。

矮妹開始也是跟著另外的華人女同伴學習如何當陪酒女郎。不出半年，她勾搭上不少中等收入的男人，這些人雖然不是大富豪，卻很常來矮妹工作的酒吧。除了陪酒，她被一個叫布朗西斯的喜歡上，他常常來找矮妹，給了她不少錢。矮妹半年下來掙了十幾萬。

一天，布朗西斯打電話給矮妹，卻一直打不通。她到矮妹的住處，也沒找到她。

連續幾天，布朗西斯都聯繫不上她，矮妹去哪了？她會出啥事啦？布朗西斯撥了911的電話，報警了。

金花推拿時碰到的老鄉黃劍鋒，是個工頭，她很愛金花，常常關顧。

黃劍鋒閉著眼對金花說："我的腰有點酸，這，這。"他自己向左側過身子，面朝金花，同時用右手指了指腰部。

"你趴著。"金花慢慢幫著劍鋒，將他的肚皮朝下，背朝上，平臥著。

金花開始輕輕地揉動他的腰部。

"你的手感很好，位置很准。"劍鋒剛說完，又突然"哎呦"一聲。

"怎麼啦？"

"很好！"劍鋒回道。

金花才知道，是推對了地方，他感到滿意。

劍鋒略略昂起頭說："多推推，很好！很舒服！"

"不能一直推這裏。"金花的兩只手沒有停下，邊推邊說。

"為啥？"

"老推這裏，會傷著的。要換換地方，緩一緩，等下再推這裏。"

過了幾分鐘，劍鋒問："你做這個有多久啦？"

"不到兩年。"

"學得很快。"

金花說："基本不需要學。剛進來的時候，師傅在我身上，從頭到腳，推了幾個位置。"金花又習慣性地推著劍鋒的腿，邊推邊說："然後師傅叫我推他，邊推邊說這裏那裏的。就這樣子，練了兩天，就上崗了。"

金花停了停手，用手背擦了擦自己額頭的細汗，說道："這要靠自己慢慢體會。"

"你適應做這個。"劍鋒笑笑說。

"其實我學什麼都很快。原來學做魚丸，也是不比師父做得差。"

"聰明！手巧！"

"沒有文化，只能靠手工賣苦力啦！"

"你原來還做過什麼？"

"最早和老公開石材廠，本來還不錯。都是我在管帳。"金花頓了頓又說：

"我後來去做衣服生意，讓他去做石材，他就做不好。"

"為什麼做不好？"劍鋒感到奇怪。

"他給人家運去石板，人家卻沒錢給他，總是賒賬。"

"及時催催，不就好了。"

"哪里啊，好幾個賴子，老是賒賬。到年底了，有好幾萬錢都沒要來。"

金花越說越氣："我過年前回來一問，你說他被人欠了多少？"

"幾萬吧？"劍鋒看著金花，遲疑地說道。

"二十多萬！"

"這樣啊！"

"所以，我叫他停了不要幹了，反正越幹越虧。"

"後來呢？"

"他去上海，做什麼園藝，賣肥料。"

"賣肥料？"

"把花鋪的廢土和種香菇的土，再和人屎人尿混在一起，再翻拗幾天，就成了肥土。"

"哦，那可是比化肥要環保，不少人種花種菜都會要。"

金花笑了笑說："你也很內行！"

"哈哈，我也是農民的，基本都懂一點嘛！"劍鋒笑起來。

金花推了一節鐘，說道："一個鐘快好了！"

劍鋒翻身起來，突然又正面躺下了，對金花說道："我沒過癮，再做一節吧！"

又笑笑說："您累嗎？"

"沒辦法，幹這一行的，習慣了，才做一節，不算累。"金花說著抓起劍鋒的左手推起來。

"看你瘦瘦的，手勁卻不小。"

"練出來的，常常每天做十幾個。"

"找你做的人不少啊！"

"是啊，多是老客戶點名找我。"

金花開始往劍鋒的胸脯上輕輕地摸搓，他感到一陣蘇麻，胸脯不自覺地抖了一下。

金花看到了，微笑地問："不舒服嗎？"

"有點刺激。"劍鋒詭異地看一金花一眼，他的右手已經壓在她的左手上了。

他又問："你跟老公分開後，就來做這個嗎？"

金花搖搖頭，抽回手，歎一口氣，說道："欠了那麼多錢，只好去新加坡打工。"

金花看劍鋒健談、大氣，像是個熱心人，似乎對自己也很關心。於是，對他萌生好感，話就多了起來。

金花告訴他，自己跟老公分開單幹後，先是經老鄉介紹，由蛇頭辦理去新加坡旅遊半年。本來想，六個月可以打工掙錢還債。哪里想到，到了新加坡才發現只有半個月的旅遊期限，到期就要回國。

"是被騙了！"劍鋒搶著說。

"是啊！"金花繼續說："我花了四萬塊，怎麼也要掙點回去，不能白來一趟。"

"那怎麼辦？"

"能賴就賴，想辦法躲在後廚洗碗囉。"

"早晚會被抓的。"

"是啊，可是我運氣好，借用別人的工卡，打下半夜的工。"

"什麼工？"

"服裝廠工人。有個沙江婦女，是正規工卡。因為下半夜的班比較辛苦，他不想幹只幹上半夜。所以我就頂了。"

"工卡可以借用？"

"不是，我們有點相像，工卡的相片不一定認得出。"

"那很好！"

金花用右手背擦了擦自己額頭上的汗，苦笑著說："好什麼呀。幹了兩年多就被發現，被趕回來了。"

"那沒掙到一點錢了？"

"我倒是掙到二十來萬，可是寄回來的錢，被我老公拿去還債，都搞光了！"

"不是說出國的才欠四萬嗎？"

金花停住手，直了直腰，憤憤地說："我老公搞什麼生意，缺錢，就填進去了！"

金花接著回憶："回來後，知道做魚丸很好，學了兩個月，就想自己開個魚丸店。但是，老公不但把我新加坡掙得錢花光，還把老家自留山，砍的杉樹錢也花得一乾二淨。"

劍鋒聽了，感慨道："那一點本錢都沒有了，咳——只好來推拿咯？"

這麼一個波折的人生，難道是因為她的聰明、她的好強而帶來的嗎？如果不是，那是她的命運多舛嗎？

再不是，就要問問她的老公是怎樣作為了。是那樣無能卻又頑固的老公害了她吧。

劍鋒聯想到懶惰不會管家的老婆，越想越覺得金花可敬，開始憐惜這個女人了。他要幫她，他下定決心，一定要幫助她。

想到這裏，劍鋒忍不住抱住金花，輕輕吻了一下她的額頭。

第二十四章 意想不到

五月底的一天中午，我從廈門到福州，在溫泉飯店住下，卸下出差的行李，換了件衣服，準備去公司住榕辦事處。覺得肚子有點餓了，便在飯店外的速食店吃了午飯。

我剛在飯桌邊坐下，"滴鈴鈴，滴鈴鈴——"，這是陌生電話，是打錯的，順手就按掉了。

剛吃完飯，準備起身，"滴鈴鈴，滴鈴鈴——"，我低頭一看，好像又是剛才打來的號碼。是誰？

"你好！你在福州嗎？"

"是。"

"你好久沒過來了，最近很忙嗎？"

"我沒有天天在福州。今天才過來。"

"你不常住福州啊？"

"也是常常來，最近去廣州出差。"我說。

我想起來了，就是那個推拿的，他好像給過那女人號碼，怪不得打過來。

"晚上八點過去吧！"我有點想念她了。

我大學畢業二十年了，在廈門私營電子公司的一個部門當經理。從金花看來，我的臉方圓，鼻高，高個，面白清秀像女人。

我自詡：不太長鬍子，年輕時像個小鮮肉，現在是個理工男。

我懂本行的電子技術外，天文、地理、軍事、藝術都會有點研究。

我和妻子的關係不錯，住在廈門湖裏區的商品房。

我是常常出差的。

而妻子是個舞蹈老師，常常夜裏很遲回家。

各忙各的，所以兩人常常不在一起。

從外人看來，我性格上較老實守信，愛說話但嗓門不算大、做事效率高。

但我自知，喜歡漂亮女人，更是常常討女人喜歡，甚至還有邂逅。

張麗娜自己在廈門開了一家舞蹈培訓廳，兒子陳斌書讀得很好，二十歲離家到美國留學，現在美國工作，快要成家了。

不過，我大部分時間都在福州辦事處。

張麗娜，基本都把時間集中在她的舞蹈事業，和我在一起的時間很少，最多是週末在一起，但在家的時間裏，還是各看各的電腦，各打各的電話，各管各的朋友。

張麗娜的娘家算是文藝世家，父母親都是有點名氣的藝術家，據說祖父一代是在皇宮裏為慈禧太后演戲的。

而我的父親是工人，祖上兩三代好像都比較窮，算是真正的貧農和無產階級。

我們是由同學介紹才認識的，那時正值工程師吃香的年代，麗娜羨慕搞科學技術的精英。

但是，結婚不久，我就感覺兩家的文化差別，即所謂的"三觀"不同。

文化修養較高的張家人不太看得起比較粗俗樸實的陳家工人階級，張麗娜也受到父母家的影響，看不慣陳家兄弟。有時還與陳家人有些衝突，常常轉變成對丈夫的我有意見，夫妻的口角時有發生。

不過，還算麗娜有教養，有了孩子之後，也就求同存異，勉勉強強過著日子。

不過沒幾年，因為國企破產，我就從國營企業的骨幹變成了私營公司的小老闆。原來是穩穩當當不緊不慢的工作和生活，變成了為私企牟利而忙忙碌碌。為了訂單，整天就像沒頭蒼蠅似得東奔西碰。

金花跟我打電話，也是出於偶然。

那天晚上，金花在洗浴中心實在沒有生意，她百無聊賴，突然想起我，想起那關心和理解她的樣子，想起我那頭頭是道的講話，想起似乎有著共同的語言。回憶那白皙健美的肉身，俊美圓方臉，和藹可親又頗有文化的我。

上次的電話號碼還記得嗎？金花問自己。

她在手機裏搜索著。

果真叫"陳老闆"的男人，那 11 位電話號碼在眼前跳出。她不加思索，順手就按了下去。

"滴鈴鈴，滴鈴鈴——"

"誰的電話？"對方不認識這個電話，"可能是騷擾電話。"

對方的我按了拒接鍵。

"是忙？還是沒聽到？"金花看看號碼的名稱，"號碼不會錯。"於是沒過幾分鐘，她又再重複撥打，"滴鈴鈴，滴鈴鈴——"

我正想再次掛斷電話，但突然一想：幹嘛又打來？可能是熟人。我試著接下。耳機裏居然聽到一個女人的聲音，而這女的聲音好像並不陌生。

原來是金花，我差點記不起她的名字了。

八點還差一點，我正要開車，突然手機響了，是老婆打來的。

"你週末回來嗎？"

"應該會吧。"

"週六是端午節"

"是啊。"

"等你回來商量兒子的婚事。"

"好吧。"我看看日期：今天是週四。

我開著車子，到了"不夜城洗浴中心"。進去後，我竟然忘記了那女人是在那層樓？只好又撥了那女人的電話。

"喂，我來了！"我記不住那女人的名字。

"陳總，我在二樓門口等您呢。"金花記得我姓陳。

我上了二樓的臺階，剛到轉彎處，就看到有個女人站在二樓上梯口的進門處，她笑盈盈地正看著我。

那就是那天見到的那個女人？今天感覺胖了一點，人也更老成一點，但臉部還是很白。

金花只是笑嘻嘻的不說話，右手上拿著手巾毫無節奏地左右甩動著，她高高興興地將我領進了包間。

我好像見到老熟人似得，一進門就抱住她，同時吻了她的額頭。

金花說：“我以為你住在城裏，為啥一個月沒來，就蠻打電話給您，沒想到您沒都在福州。”

金花指了指，就讓我躺在床上。

“你想我啦？”

“嘻嘻，嘻嘻。”金花不作聲只是傻笑。

“看您不到四十。”

“離五十不遠了！”

“不會吧！？”我有點驚訝，“不要騙我！”

“沒騙你。”金花淡淡地說，轉身去床頭櫃摸自己的錢包，從裏面拿出一張身份證，遞過來給我看。

“六五年，是啊，四十二了。”我又看了一下，但還是不信：“身份證是假的！”

“不信就算啦！”

金花接著說，“我的孩子很理解我，我跟孩子關係很融洽，不像我的一些同事，母子老是說不來，有代溝。我的孩子很孝順，想必我老了，他們會照顧我的。”

“你不是只有兩個孩子？”

“四個。”

“哇！”

“最小的男孩也十七，準備上高中了。”

我想了想，算起來這女人是有四十多。

“幹嘛生那麼多啊？”

“我上輩子欠我老公的！”

“為什麼這樣說。”

“他家的老太婆一定要我們生個男孩，可我們連生了三個女孩，最後還好生了一個男的。”

她接著又說：“可是為了這個男孩子，我們受盡了苦。”

“為什麼？”

“生了三個女的以後，我又懷孕了，算命說肚子裏是男的，這下可喜了老公。一定要保住男孩！乘著肚子不大，我們就東躲西藏。”金花邊說

128

邊推著，可是那手已經不在我身上的什麼穴位上了，我也不在乎她推哪里。

"是嘛。"我動了動身子，認真聽他講下去了。

"怕計劃生育的知道，要我去打掉！我們跑到很遠，躲到山裏的小地方，去撿破爛賣。

"第二年底，我們終於生了一個男孩。生完這個孩子，我身體變得很差。"金花說完，繼續推拿著。

"看你力氣很大，只是瘦點。"

"我的毛病很怪，一見冷水就會病！"金花接著說"所以我都是離不開熱水。"

我感慨地說："那是月子沒做好吧？"

"對啊！你說我哪有辦法做好月子，那可是在山裏偷偷生下他的。開始兩天還吃了幾個雞蛋，後幾天就沒啥吃的了。我老公也不太會照顧我，月子裏不但他要出去幹活，我才三天就下地了，自己煮點稀飯吃。有一天我還餓暈倒了，老公回來才把我扶到床上……"

"怪可伶的。"我動情地說。

"過了一年，村裏管計劃生育的，聽說我們在外地，是沒有按計畫生了孩子，屬超生的，但是找不到我們。沒有辦法罰我們，就找到老公的三哥。"

"找三哥幹嘛？"

"三哥是村長，他們要他帶頭處理他五弟違反計劃生育的事。叫三哥把五弟找回來罰款。"

金花接著說："我老公在兄姐中排行第七，男的數老五，他們家共有八個兄弟姐妹，他前面還有兩個是姐姐。"

"哦，他家這麼多人。"我覺得奇怪，接著問："結果呢？"

"三哥不承認五弟又有孩子，說村裏人亂說。但是有人報了信，管計劃生育的幹部可能是確定了資訊，所以鎮裏要處理三哥，不讓他當村長了！"

"三哥受了牽連。"

"是啊，過了幾個月，我們還是回去罰了款。"

"罰了多少？"

"兩萬。那還是他們手下留情，有的人罰三萬呢！"

"罰完了事了。"我半閉著眼說。

"事情還沒完呢。"

我睜大了眼問："村裏還有啥事?"

"按照規定,因為超生,我還得去做結紮手術。"

"不能再生了。"

"好像是把輸軟管剪斷了,永遠不能恢復生育能力了!"

"計劃生育真是沒有人性!"

金花接著說："結紮後,我常常莫名其妙地生病,顯然身體遠不如以前。"

金花摸了摸我的肚皮,又說："我怕冷又怕熱,最怕的是水。就是在夏天不小心碰上冷水也會感冒,不用說冬天了!"

"可伶的寶貝!"我突然起身,猛地上前吻了一下金花的額。可是因為說了不少話,口水沒有,只是覺得口幹幹的、嘴唇硬硬的,親額頭的感覺不好。

金花說："喝點水吧!"

"好。"

金花出去,用紙杯倒了滿滿的一杯溫開水進來。我一下喝了半杯,然後我說："到我住的地方來吧!"

"去你宿舍?"金花遲疑了。

"沒事吧!我都已經,已經都那樣了,還能幹啥壞事?"

金花遲疑了一下,說："那,好,好吧。"

"我先走,等您下班喲!我住在⋯⋯"

午夜時分,金花下班後回到房間。她正在整理她的東西,然後想:陳老闆愛我,想讓我和他一起睡。我想去嗎?

如果我不去,不就意味著我不喜歡他。

因為她記得有一次,一位算命先生說:今年你會遇到一位"貴人",他會幫助你,你的命運會改變!

他是"貴人"嗎?

反正去了,不過是如此,也沒啥!金花狠了狠心,決定還是不要錯過遇到貴人的機會。

夜，還是有點冷，她穿好衣服出了門。幾乎是摸著出了黑漆漆巷子，穿過了明亮的大街，她抬頭望了一下滿天的星星，心想：一個多月了，這人一直在我心裏出現，我是不是真的遇到貴人了？

她又想：這個男人喜歡女人。他愛多少女人？我是他安排的第幾個女人啊？

他是一個"貴人"嗎？反正豁出去了！

金花對溫泉酒店非常熟悉。她沒走多久，就走進酒店，上了電梯。

這一頭，我躺在沙發上想：這個女人會來嗎？

她似乎很喜歡我，因為她那樣對待我，她應該來！

這個女人看起來不錯。她雖然超過四十歲，但她的皮膚仍然很嫩。和她在一起應該感覺很好。

她慷慨、孝順，對家庭負責，能吃苦，絕不會通過賣淫賺錢。

她算是和我有相同的語言，她真的喜歡我，想成為我的情人嗎？

這個女人就這麼願意見到我嗎？她不僅會喜歡我，還會有其他男人嗎？

想到這，我的心有點酸。

我正躺在想七想八。

"咚，咚，咚。"

按以往這個鐘點，我會睡著的，可是今天精神很好，不會想睡。我很快從沙發起身，迅速拉動門把。

金花輕聲慢步進了房間，我讓她坐在沙發上，指了指特地買來的點心，叫她吃點。可是她不想吃，只是有點直呆呆地看著我。

自然，金花現在的思緒很是複雜：除了老公，我還從來沒有和異性在同個房間裏呢，我今天怎麼啦？

我難道要和他幹那些事？我如何對得起老公？對得起孩子們？

回頭一想，這些年自己也真不容易，現如今，自己幹的這活攢錢不多，可讓有些人覺得有點下賤。老公躲得遠遠的，自己卻要負擔女兒的大學生活費和學費。十幾年來，東跑西藏的，好容易按揭買了一套房子，可是還有十年的銀行按揭貸款，月月要還。

如果不是希望像算命所說：我會遇到貴人，那我對生活真是沒信心啊！

看看眼前這位像是貴人嗎？

我感受到了她的擔憂。我從床邊走到沙發前，拉著金花的手小聲說：
"別想太多，過來一起睡吧。"。

過了一會兒，她說："我覺得和你在一起很舒服，但我從來沒有和我
丈夫有過這種感覺。"

很快我就睡著了。她也有點累，很快也就睡著了。

我不知道睡了多久，但金花先醒了。

金花說："我要回去了。"

我說："為什麼現在回去？"

金花沒有直接回答，而是遞給我一杯水。

我喝了一杯，說："下半夜很冷。你最好不要出去。"

"我明天必須去上班。"

"我明天沒事做。我們去海邊吧。"

"我看看能不能請假。"

"好吧。那就在這裏呆到天亮吧！"

"好的！"

我和她在一起感覺很好。我們度過了一個愉快的夜晚。思前想後，我
又睡著了。

在金花看來，雖然我五十歲了，但和她中年的丈夫確實不一樣。

第二十五章 海風

我一覺醒來，看看表，已是早晨八點了。看看金花還在睡，想必是昨晚太累了。我由於習慣了上班族的生物鐘，一般不用人叫，六點都會自然醒的。可今天也是因為昨晚的原因吧。

想想今天要去海邊玩，如果太遲出發，下午到的話，玩的時間就緊張了點。想著想著，我決定還是早點去。

於是我輕輕地推了推熟睡的金花："寶貝，起來了！"

金花睡眼朦朧地說："再睡會兒吧！"

"今天要去海邊玩玩，路程遠，太遲了不好玩。"

"哦，我忘了。"她伸了伸雙臂，哈了哈嘴，坐了起來，搓了搓眼睛說："那爭取晚上回來，你不是明天要回家和大姐過端午嗎？"

金花打了電話，要和姊妹調班。然後對我說："好了，今天就放心和你去玩吧！"

剛上路不久，金花想起，海邊的村莊有個朋友好久沒見了，於是她撥通了一個電話。

"小青，你在家嗎？"

"這段時間沒生意，都在家玩哩。"

"你在哪？"

"我正朝你村裏趕呢，但不知道你家位置。"金花又說，"我到海邊玩，我們好久沒見了，你也去吧！"

"好啊！我到村口等你。"

"大概一個鐘會到。"

過了一小時，車子到了一個村莊，金花一眼就看見村口的小青，正站在那兒。

　　金花在副駕駛座伸出右手："小青！"

　　小青連忙迎上前，車子就在她面前停住了。金花開門下了車，抱住小青。

　　"想死妳了！"

　　"我也是。"小青歪頭看看駕駛員，問道："這位是——"金花接著回道，"是我朋友。"

　　"你好！"小青對我說。

　　"你好！"我回道。

　　"餓了吧？到我家吃個飯。"

　　"現在還早，我們到海邊玩玩！"

　　"那——那好吧！"小青有點尷尬，因為她東道主沒請金花到她家，卻倒被金花請了去。

　　一部車上坐了三個人，繼續開車，剛開半小時，還沒看到海，突然鑼鼓喧天，鞭炮齊鳴。我的車子正經過一個鎮子，路右邊是一條寬寬的河，河上有好幾條龍船，岸邊站滿了人群，是端午龍舟賽吧？這裏好不熱鬧！

　　金花叫到：停下停下！好熱鬧喲！

　　我將車靠路邊停好，三人下了車。我們擠上人群看時：只見兩條龍船一紅一黃，正並行前進，船上的人舉著漿，按船頭擊鼓人的鼓點，齊刷刷地有節奏地奮力地劃著。好像兩條船誰也不比誰慢，像水上飛龍，又像脫弓的箭，飛速前進。不到幾分鐘，那黃色的比紅色的龍船早一秒達到終點，岸邊的人大聲歡呼。

　　我一激動，只顧看熱鬧，手中的錄影機卻沒錄下，直說遺憾，遺憾！

　　小青把金花拉到一邊問："你這朋友認識多久啦？"

　　"沒多久。"

　　"看上去有五十了，比你大好幾歲，但長得很英俊，像個老師，白白嫩嫩的，帥哥一個，你運氣真好，手段真高！"

　　"沒有啦，他自投羅網，嘻嘻——"

　　"哈哈哈，哈哈——"

"你們笑什麼？"我問道。

"笑金花撿了個大元寶。"

"是議論我吧？"我想，我視乎知道這兩個女人在說什麼。

我們繼續前行，沒多久就到了一個大海灣。

我往近看，好幾個魚排連成一片，排上站著不少漁民。排上還用藍色的鋼瓦搭成小棚子，棚子裏外有好多遊客進進出出。

往遠看，還是有好多魚排，排中都搭著大小不同的小屋。成片的魚排占了大半個海灣。幾條小舢板，在各魚排間的水道上搖來渡去。

我停好車，和兩個女同胞一同下了岸，小心翼翼地踩著魚排上的踏板，登上一個魚排，進到小棚中。

排上有個女人拿著小本子，走過來，熱情地說："裏面坐！"然後對我說"老闆，要吃什麼魚？到這邊看看。"說著引導大家一搖一晃往邊上的魚排中走去。只見魚排的中間是一個個池子，那是用漁網圍成的魚池。

金花一驚：池中有那麼多大魚遊來遊去，池邊趴著一串串的海蟹，另一個池中養的是一大群大蝦。

女服務員問我："要吃什麼，請點！"接著她指了指大魚說："要不要來一只大烏魚，肉多肉嫩，味道美！"

又指了指："活活的梭子蟹，城市裏幾乎吃不到，因為上岸不久就不會活了。"

她轉身並伸手握住兩米長的小木柄，木柄另一頭是四十公分大的圓瓢，瓢是用魚網做的。她舉瓢攪了攪池中的蝦姑說："這又大又肥美，每人吃一只就飽了！"

我接過女服務員手中瓢子，撈了撈說："就這三只吧！"

"好！"她迅速在本子上記下了。

金花看到一個籃子叫到："這個好吃！"

"是啥？"我問。

看著金花所指的籃子，我上前一看：是好幾只章魚，正爬滿籃子。

"這好吃嗎？"

"我吃過，活活的用開水燙煮幾分鐘，就可以，味道鮮，好吃！"

其實我曾吃過，覺得不像金花說的那麼好。但還是附和著她，說道"好！來三只，一人一只。"

三人找了一張臨近水邊的圓桌，金花手腳麻利地拉了三張塑膠方凳，分別放在每人的屁股下麵，叫大家坐下。

小青看了一眼我，又轉頭向著金花笑了笑，金花舉目看了一眼我，好像也沒有很特別的意思。

我看到她倆的表情，心想：她們是啥意思？

我轉過臉看著周圍的海水，十幾米處又是另一片魚排。突然兩排之間的水道開進了一條小船，這船裝著的馬達"噠噠，噠噠"，震動聲好大。

再往遠處看，一片片一排排的魚排中間也有好幾條小船開來開去，大概是忙著往排上送海鮮或送青菜什麼的。

我身邊站著一位老漁民，深棕色的手臂和臉皮，顯得和非洲黑人差不多，頭髮有點灰白，看上去大概有六十左右。

"你這麼大年紀還在這風吹浪大的，很辛苦嘛！"我說。

"我不到五十，還不能算大啦！"他指了指不遠處的魚排上的一個滿頭白髮老人，"他快八十了，還在排上呢！"

"那船是送啥的？"

"運送附近魚排撈來的活海鮮，也有是岸上買的青菜。"漁民說。

"煮好了！大家來吃！"

只見金花拿著筷子往盤中夾了一只煮熟的章魚給小青，接著也給我夾了一只。最後她自己夾了一只，她張嘴一咬，呵，看她滿嘴擠出黑乎乎的章魚汁，我笑了起來："慢點好嗎？看你那個吃相！"

金花看著尾部和兩側身都是尖尖刺刺殼子的蝦姑，用右手的拇子和食指小心地捏著牠的尾巴，左手用筷子順著肚腸從尾部插了進去，緊接著用右手掰開牠背部的軟殼。那又鮮又白的肉露了出來。她張開嘴，慢慢靠近咬了一口，"哇！好多肉，味真鮮！"

吃完飯，下了魚排上了岸，金花叫我開車送小青回家。送完小青，金花說，你明天不是要回去和老婆過中秋嗎？還要商量兒子的婚事？

我看看表，回去很晚了，開車趕回去都半夜了。覺得人很累，不想回去了，就住海邊的旅館吧！

海邊小鎮的旅館還不少，但都是比較便宜，就是比較低擋啦。

我們找了一家旅館住下，雖然這裏沒有賓館好，但還算衛生，服務員也很好客和勤快，幫我們端茶送水的。

衛生間很乾淨，我們一同上衛生間洗起澡來。

我來福州之前，跟妻子說："我估計這個月又要在福州辦事處住十幾天，因為客戶對產品的意見很大，我一時還處理不完。"

"管你那麼多！"妻子似乎不太高興，但是又補上一句："你忙你的，我忙我的。你的事我也不知道，我也管不了。"

我聽妻子這口氣，顯然不是很高興。但妻子常常這麼說，也就習以為常啦。但她有時還補了一句："你老說去福州辦事處，是不是真的？是不是又去找那個"金花"？

我也回應她："不要老那麼說，上次我找辦事處的服務員開門，是打錯電話的。那'金花'是農村老阿姨，都六十多的了！"

我所說的"打錯電話"，確實是有一個晚上，我想打電話給金花，不小心卻按到老婆的號碼，還連聲叫道："金花，金花，你在哪里？"

老婆回答："你打錯了！這麼晚了，你找哪個金花啊？！"

"啊！"我心裏一顫：打到老婆電話了！

不過，我馬上冷靜下來。

"我是在辦事處，沒鑰匙，找管宿舍的阿姨開門呢！"

"哦，"張麗娜嘴上應著，心裏卻在打鼓：他找的不是老阿姨吧？

大多數時候，我們夫妻白天不會在一起，即使是晚上，張麗娜也直到十點才從舞蹈訓練中心回家，而我上半夜多在工廠加班。當我們都回家，我們洗漱後，已經是午夜了，我們才回到同一張床上睡覺。

事實上，我經常在福州的辦公室一呆就是十天以上，而在廈門呆不到半個月。

既然孩子們已經長大了，兩人都沒有必要為他們擔心。我們的婚姻生活就像路過客，我們只是睡在一起，但我們缺乏夫妻應有的愛情生活。主要責任仍然是妻子。

我和麗娜的夫妻生活總是不和諧，但我的欲望比張麗娜強烈得多。我認為如果夫婦生活不正常，會影響感情的。

所以當我和張麗娜睡覺的時候，我總是裝著主動一些，但張麗娜並不那麼在意。

因為我愛金花，我不知道她是否喜歡我。

她轉過身來，撅著嘴吻了我，我立刻做出了回應。

"唾液太甜了！"我覺得金花的唾液真的很像糖一樣甜。

我們一起度過了一個安靜的夜晚，沉浸在美好的時光中，沒有任何干擾。

第二十六章 新家

金花想在城裏買一套房子。

正趕上標富老鄉標中了一塊地，用於開發住房，他對標富說，我給你一套房子，很便宜，八十平米只要十五萬。金花出了五萬的首付，就定了這套在城市後山的房子，它一邊面向城街，另一面卻是背靠安靜的後山，看過去倒真是青山綠水。後山還有一條小溪流經房子邊上，還有人常常在房後的這條溪裏面洗衣服呢。就是說這套還是比較安靜的。朝向雖不是正南，而是更偏西。但山風習習，夏天就顯得很涼爽。

可是，還有十萬元是要向銀行按揭貸款的。金花每月要還一千多。

金花的負擔很重，又要還債，還要供女兒上大學。而老公在上海也掙不到錢，能把希希養好就不錯了。

金花參加黃家三伯最小的兒子結婚宴請，這本來是黃家親兄弟的事，可金花作為媳婦，卻要代表老公的身份。入宴前紅包出了五千，在酒桌上，喜娘叫一聲：「拜五嬸！」雖標富沒來，金花代表，仍要給五百的見面禮給新娘，要不然金花會覺得沒面子呢。

算起來黃家已有四代了，第二代有六兄弟兩姐妹，到第三代之後就有四十多人，如果子孫媳婿都來的話，就要快一百多口了。

要不是計劃生育，如果紅白（紅＝喜；白＝喪）喜喪事要辦酒，光是這個四代家族及姻親的人數恐怕會超過二百人，十人一桌，單單自家人就要辦二十桌以上的酒。

金花娘家無兄弟只有三個姐姐，母親因前夫早逝，她和三姐都是後父生養的。其他兩個姐姐雖是另一父親的，但四個女兒之間還是親密無間。

金花娘家已有四代，算起來子孫婿媳也有超過六十人了。

三哥蓋房子請酒，也算紅包不少，因為他當過村長名氣大，弟兄們都不好意思少出，每個兄弟姐妹家的都要出三千。

大伯標瑞的女兒月玉生女兒時請酒，包的最少，也要一千五。

金花的女友，平常關係好的，她蓋房子和兒子結婚都請金花，所以金花一次包了一千，另一次包了三千。

在農村，這百人的親戚往來，其人情世故固然負擔不小。每年每個月幾乎都會有紅白喜喪事。

就拿去年來說，好幾個親戚請酒的紅包錢就花了兩萬四。

年年紅包和白包，多數是金花出的。

就是說，老公在上海，什麼都不管，而金花雖在城裏，離老家近，老家的人情世故基本都是她在應酬。

我在網上看了幾篇關於我們人情社會的文章：

《分析人情社會的現象》

包紅包也就是隨禮，隨禮年年漲，物價連連長，可很多人的收入漲不了。

隨禮的講究很多，比如需要聯繫的領導的孩子送多少，親戚送多少，好朋友的送多少，一般朋友送多少，有用的朋友又送多少。

這裏有借機搞關係的、顧忌同事親友面子的、深交有感情的、過往情義的。多是躲不過人情債，做人是活的累啊！

在傳統概念上，辦喜宴就是結婚儀式，比到民政局結婚領證更能確定婚姻關係，你請了客辦了酒，就讓大家承認主人正式成為夫妻。如果不辦酒宴請親朋好友，倒是覺得沒正式結婚似的。

按理說，親友辦喜事，包紅包代表了對新人的一份祝福，但是錢永遠不能代替感情。可實際上，誰紅包給得多，就代表誰更親近的，把感情用金錢量化了。

北方人稱份子，也寫作分子，是一個老詞，打從明代中葉開始就流行。這種叫法，本身顯示湊份集資、群策群力的風氣。

湯顯祖《牡丹亭》第三十三出《秘議》："便是杜老爺爺去後，謊了一府州縣士民人等許多份子，起了個生祠"，便是一例，四處募捐修祠堂，頗有古代亂集資、亂攤派的意思。至明末清初之際，份子更加流行，譬如吳敬梓小說《儒林外史》通篇眼花繚亂盡是"湊份子"、"派份子"、"出份子"。例如第二十七回道："歸姑爺也來行人情，出份子"。全書有十個章回不止一次出現"份子"，有的章回出現四、五次。

所謂份子錢，就是在一個熟人圈中，大家集資向某人送賀禮。原本並不局限於婚事，其他大事，譬如做壽、滿月、動土、喪葬等等都可以湊份子，但是湊份子以婚喜事最盛。

份子現象與東亞文化緊密相關，與儒教泛家族主義以及群體取向的社會組織體系有內在聯繫，不光中國人湊份子，日本、韓國也有湊份子風俗。

如今的婚禮有多重功效，作江湖樣本效果神奇，涵蓋江湖化社會許多元素，譬如關係、人情、面子，是江湖化社會運作的範例。中國小城市婚禮運作，乃是關係網制度運作之集大成。借用喜筵賓客名單，就是關係網規模大小的證據。

婚禮大操大辦中的面子訴求，"份子錢"的人情運作，以婚禮為主要的現象。

擇來賓

主人制定涵蓋所有親戚和熟人朋友的來賓名單。名單的第一順序是所有近親。主人不請親戚，或者親戚不來，按習俗都會被人責怪。第二順序是同事，如果單位、公司規模太大，就只請本部門同事，尤其關係要好的同事。再往後是同學，包括小學、中學、大學同學，主要涉及常交往的同學。最後，依個人工作歷程，邀請部分戰友、工友、客戶等等。

其中最要緊，愛面子的家族會盡力邀請當地名流來撐門面。

這也是拉關係的好機會，有用的領導也是不能漏的。

派帖

擬完名單，到酒店定了酒桌，就要開始派帖子送請柬。按照舊禮，送紅帖的同時還要奉上一包糖果糕點，表示喜氣均沾。紅帖和糖果包的形式，是婚禮 CI 設計的一部分，顯示主人的品位和地位。

主要的關係戶，需要主人和長輩親自去送帖，以示尊敬。一般親戚可叫親戚中的一些人代表主人分送。

隨禮

客人收到請柬後，開始準備份子錢，包在紅包內並寫上自己名字。這一點很要緊，不寫名字就不能確認禮金屬主，而禮金是雙方人情交易的一部分，大家都很在意。譬如，在福州，送紅包時間沒有嚴格限定，但原則上可提前或赴宴時包紅包，但不能遲於酒宴時，遲了會被拒收。這是為什麼呢？

如果沒空參加或忘記了，第二天或之後數天補包紅包是不好的，會理解為：重禮，已結婚大家都已賀過了，你又重賀，好像是又結一次婚，意為不好。

特別是喪事，出殯後，只有主人回禮或辦酒菜答謝外，不可再補收禮錢。事後再收禮，好似又出現一次喪事，多不吉利。

送紅包時間一般有三種情形：一在通知下達時，在收帖的同時委託來人捎去；二如果沒有準備不要緊，可以在婚禮前任何時候呈交；三沒有空也不要緊，可以在喜筵當天親手或委託赴宴的其他親戚朋友交給主人。按習俗，主人家在酒店門口有專人收受，並記入紅包記錄冊。

根據主人對人情的理解和要求，親近或特殊的長輩可以免收紅包的。

匯總

主人收到紅包，客人吃完酒，從人情角度說，這一輪互動暫告一段落。但事不算完，喜酒吃完了，人情在加深，債務紀錄要刷新，人情平衡表要改寫。晚上，主人把當天的紅包記錄冊核對人頭，匯總金額。這本冊子，就等於一本人情帳，是本次人情的一個明細項目，來賓中將來任一方有紅白喜喪事自己都要如法炮製，紅包或隨禮給對方，相當於還禮。若時間隔得久了，價碼有變化，還要隨行就市。

人情帳很難徹底算清，陳穀爛糠刨起來不計其數。以前有張三欠李四的，也有李四曾經欠張三的，甚至還有家族中幾輩人欠下來的，來回禮錢，算不清誰欠誰。更加上兩個家族除婚禮外還有其他人情交易，所以份子錢就與總的人情債攪和一起，難解難分。這個爛帳其實是好事，正是人情體制和關係網系統追求的境界，無形之中加深了相互糾葛和聯繫，維繫了長久的人情。

每份份子價碼與筵席市場行情二者之間具有一種穩定態博弈均衡，價碼總是隨行就市，水漲船高，與物價水準及民眾生活水準密切相關。喜宴份子錢的總和，在扣除筵席開支後通常略有盈餘，也就是盈頭，每家每戶大多如此，屢試不爽，很少出現份子錢不夠開席的現象。

何以出現這種好像精心設計的行情呢？答案是份子錢價碼依喜酒行情推算，自然形成。比方說，按照當地物價及喜宴規格，一桌酒席行情一千圓，按每桌十人計，每人份子就是一百元，份子行情就是這樣自然產生的。當然，這是一般關係的親友的包紅包的參考根據，至於特殊關係的也更多或更少。

對於德高望重和高輩份的孤老往往在帖子上注明"免禮"，就是不收紅包的意思。

處理人情的一般經驗

年輕人結婚，一般都要辦幾十桌酒席，請親朋好友來喝酒，被請的人如何隨禮，錢送多少要看和新人之間關係，原則上遵循量力而行。一般來說，普通同事、朋友送二百元至三百元比較適中，關係特別好的朋友、親戚送八百到一千以上，家裏長輩交情好的甚至上萬也沒問題。

但隨禮的方法也是要隨人俗成：

一是，古語有雲，禮尚往來。如果以前別人來喝過你喜酒的話，那麼回禮的金額通常不少於你所收禮金的數目。

二是，禮金的數字儘量討好彩頭，最好成雙，但要跳過"四"這個數字。以二、三、五、六、八等數最受歡迎。當然，六六六、八八八之類的更好，福州人則喜歡三。

三是，如果不是不得已，還是親手將禮金送到新人手上，儘量不讓別人代轉，一是顯得誠意不夠，二是萬一出現紕漏說不清楚。當然也儘量不為別人代轉禮金。

四是，送禮的時間一般在婚宴的宴會廳門口都會設有簽到臺，前來賀喜的賓客統一在那裏繳上禮金、留下姓名。也可以在婚禮正式開始以前，新人招呼賓客的時候，或者婚禮後半段，新人敬酒的時候，趁著向新人道喜之時送上禮金。

中國人情的社會問題

"人情隨禮陋習"，屬於借機斂財的不良風氣。這從一種傳統習俗蛻變出來的結果來說，倒也恰如其分。然而，任何"物種"的蛻變，必然有著"適者生存"的規律，那麼，人情隨禮的傳統習俗蛻變為如今的借機斂財，在社會環境上到底有著什麼"造化"因素？

有一句話叫做"窮得只剩下錢了"，不知是富人的炫耀還是窮人對富人的挪揄？但用來解讀人情隨禮"蛻變"之謎卻十分合適。把"窮的只剩下錢了"拆解填充，就是"窮盡的人際關係，只剩下金錢來維繫了"。

人情隨禮陋習，從民間上升到官場，以此引申出這種"禮尚往來"，實則已經演變為"尋租"關係的觀點。如果說"在操辦婚喪喜慶事宜中使用公車或用公款、公物送禮"屬於權力尋租，那麼，民間"用一切機會辦酒席"也是為斂財而設的一個個臨時"攤位"。

人際關係"窮的只剩下錢了"，用錢來維繫的人際關係，必然帶有買賣或租賃的色彩。毋容諱言，人際關係冷漠，公共道德滑坡，社會誠信式微是不爭事實。在利益面前，別說是公共關係的無情，親情也在疏離。在這樣的社會現實下，本來是體現親情或友情的人情隨禮，必然被賦予物質的價值屬性。

在這其中，看似已經到了稱兄道弟的官場，但勾肩搭背的"親密"，還是基於利益輸送達成的權力尋租。其中"革命友誼"早已喪失殆盡，取而代之的是權力尋租下的"買官賣官"、貪污受賄。而對於這些，在落馬貪官的懺悔中，還執迷不悟於"禮尚往來"中可見。人情隨禮演變成利益交換的籌碼，已經在某種程度上被社會"約定俗成"。

在這樣的社會價值觀之下，借機斂財變得順理成章。官場可以"在操辦婚喪喜慶事宜中使用公車或用公款、公物送禮"尋租權力，民間何嘗不可借"父母大壽、新生兒滿月、孩子上學、參軍、蓋房子、買房子、訂婚、結婚"等設個"攤位"？二者雖然程度不同，性質不同，但前者對黨紀國法的背叛，後者對親情友情的褻瀆，都基於一種在利益面前的不擇手段。

也難怪，誰都離不開社會關係，所以，失去了法律、道德和良心保障的各種社會關係，只剩下金錢來籠絡了。而一旦涉及金錢關係，就難逃的冷酷無情，因此，被“搞得人人疲憊、苦不堪言”也是必然結果。此可謂人情隨禮比天高，人際友情比紙薄。

分析人情社會的弊端
變了味的隨禮

在社會的交往中，人與人感情的溝通有著不同方式，隨禮便是其中的一種。摯愛的親朋好友，朝夕相處的同窗同事，尊敬的上級領導，家中有事，都要去看看，或隨上一份禮物，表達一份心意，這是延續友誼的手段，增進感情溝通的機會，這些都無可非議。

隨著隨禮的次數增多，人們感到隨禮不是在增進友誼和情感，好像是在相互交易著什麼。

今天你辦滿月，明天我過生日，今天你結婚，明天我再嫁……你送他，他送你，搞的大家頻繁吃著“自助餐”，自己花錢吃自己的飯，互相浪費了金錢，主客雙方都不願意這樣，但礙於面子，沒有人願意捅破這層窗戶紙，就此隨禮性質也變了味道。

然而，隨禮的現象卻愈演愈烈，大有一發不可收拾的跡象。農村人辛辛苦苦外出打工和做生意所掙的錢，至少一二成（10%至20%）在人情的迴圈中花掉了，人情多的年份把半年收入都花掉了。

因此許多人在隨禮之後，心中都極其不情願，會在心裏罵道“萬惡的隨禮”。

金花今年春節回老家過年，短短的十多天，喜事就碰到六次，喪事也有一回。光隨禮錢就送出去將近八千塊，這還不算，朋友一個服裝廠和兩個小超市的開業，三個過生日的。那紅票子天天往外抽，抽的你心疼，但礙於“面子”，每次接到請帖，或者通知時，都還得滿臉帶笑的應道，“一定，一定，到時一定去”。

但二十年前的農村，一年到頭，也碰不到幾次能隨禮的事，隨禮的錢也很少，遇到結婚喜事，重要的親戚也就是十到幾十元，若是送一百，那可了不得。

有的親戚沒錢，送點雞蛋和線麵也成。那時農村窮，家家日子緊巴巴的，遇到誰家結婚和喪事，親朋好友都齊抬鑣，眾幫鼓的幫忙，出點隨禮錢，減少主家為辦事的虧損。錢是不多，但都是帶著一份真情和喜悅而去。

現在農村生活變好，家家戶戶都有點錢了，隨禮的錢也多了起來，要隨禮的名堂也多了起來，漸漸的隨禮也就變了味道。

村裏頭頭腦腦的幹部，要是家裏有個喜殯事蓋房什麼的，那可是大發了一筆財。村民哪個不巴結，巴結，都是明裏一份，暗裏一份的。幹部家的事多，老農民的事情也不少，結婚和喪事先不算，小孩子辦滿月、大孩子上大學、當上兵、過生日、蓋新房、搬家、開業、離了再娶、再嫁……等等。哪一次不得一百二百的，你請我了，我就得請你，於是家家想法子，戶戶找藉口，都得辦點事收回點錢。

今天你到我家吃，過段時間我到你家喝，吃剩下的飯菜也不能浪費掉，人人自帶馬夾袋，分好打包帶回家，還美言說"帶回去喂狗"。

在農村，這變了味的隨禮，愈演愈烈，真不知這社會的敗俗什麼時候能減少或停止。

不過，沿海村莊多數出國人的家庭，就有點特別。就是光請客，不收紅包，白吃！

因為，出國的人不管在國外經濟條件如何，總比國內好吧？所謂"港客"、"美國客"或"番客"就是在現在，也還是算有錢人，都要裝派頭。若收禮收紅包，就沒面子了！

像金花和標富這樣的收入，要培養大女兒上大學，供小兒子上中學，還貸，應付人情，今年就好像力不從心，還從二女兒那裏挪用了三萬元。

還好，二女兒美美掙點工資幫忙。她讀完初中，就去上海大賓館前臺當服務生，因為自學英語，且口語不錯，接待外賓業績好，升為前臺經理，所以工資加獎金可有八千以上收入。

不過，人情世故，也不是老讓金花出份子錢，雖然每年花在親朋好友的份子錢要一二萬，請來請去最密集的可能是這十幾年，加起來人情世故出去十萬二十萬。但金花想自己的兩個女兒結婚宴請也能收回十萬八萬的。

兒子以後結婚請的人更多，凡是以前請過她的人情，在這次也都要一個不漏的反請過來，就是說兒子請客更能收回紅包八萬吧！

算起來，也不會吃虧，更何況人情世故不能少，也躲不開。這種金錢往來對金花來說還算得上良性循環了。

有人送來請帖，我和金花商量包紅包的事，正說著，張麗娜打來電話。

我有點緊張，心想："我在福州，她就跟蹤了？"

"你電子廠的老職工陳師傅去世。"麗娜說。

"你怎麼知道的？"

"詹師傅告訴我的。"

"包一千吧！"

接完電話，我歎了一聲。

自從鄧小平上臺，規定領導死了不開追悼會。搞得底層國營單位職工也學著不開了，單位工會也不發訃告。

現在老人死了，都是靠耳聞互傳，才知道的。不然，就這樣黯然無聲地離世，也就沒人情份了。

嗨，陳師傅，幾十年的老同事了，要是詹師傅不敢傳話，我就不知道，老人家便悄悄地走了。

你可能會問：詹師傅不敢傳話，又會怎樣？

傳話，讓普通關係的同事知道了，就要包錢唄。而且，還要問問平常和陳師傅來往的、普通關係的朋友包多少？你就跟隨唄！

我是有所不同，我基本上算是他的徒弟，平常又有來往，就是有禮尚往來啊！

第二天一早，我送金花回去，自己又匆匆忙忙趕回家。老婆正等著我回來過端午節呢。

我知道金花買房之後，跟金花說：乾脆把銀行的貸款還了。

金花說我只能湊到兩萬，老公一點錢也沒有，沒辦法一下子還銀行。

我說：我把準備在廈門買店面的錢拿了八萬給你，我慢慢按月還那買店鋪的貸款。

金花說：那怎麼好？你要還店面的貸款，而錢卻被我用了？

"不要緊的，我過兩年就還掉了"又說：

"我幫你先把房貸還清了，不然月月的還，負擔很重。"

我心想，為了幫金花，我雖把買店鋪的錢用了，但我的經濟能力沒問題。主要不讓張麗娜知道就好。

　　可是，麗娜會真不知道嗎？

第二十七章　意外

金花二伯黃標春的大女兒黃月香嫁給了石頭村張其仁。

石頭村實行普選制度,就是每個成年村民都能參加投票直接競選村長。

張其仁的堂弟張其生到各家串戶說:"你們選我,我可以辦個大養雞場,大家來參股,另外,我和縣城的農貿公司有關係,可以把山地雞、香菇、筍乾還有茶葉賣出去。我保證兩年後,每戶每年至少增加兩千元鈔票!"

張其生為了說服大家,給他投票。每戶給了兩百塊錢,說是他借給大家的"開雞場的投資"入股用,以後分紅時再抵還。這明明是賄選嘛!

張其生是高中生,有文化,而且跟上面領導還有關係,叫他當一屆村長來試試也好。大部分的村民是這樣想的,加上大家也得了他的好處,所以選他的人最多,於是就當上了村長。

張其生當上村長後,確實幹勁很大,他一心想把村裏的經濟搞上去,讓鄉親們擺脫千年的貧困面貌。

他辦起了養雞場讓村民入股投資。搞了一年,因為缺乏技術,得了雞瘟,幾千只雞得了病全死了。

其生自然很著急,好在他的姨丈黃偉是分管農業的副縣長。很快得到縣領導的支持,並且從銀行貸到款,其生又請來了養雞技術人員來指導,還對養雞場的管理人員進行幾次培訓。技術人員還常常定期不定期來養雞場指導。

養雞場的事業得到恢復和發展。到第二年底一結算,石頭村的養雞場養了兩千只雞,盈利六萬元。

這下,不但彌補了原來的損失,還按期還了貸款,而且參加投資的村民得到分紅。

村裏辦的香菇、筍乾和茶葉作坊也在建仁的帶領下，經過大家的努力，收到較好的收益。

其生和幾個村幹部投的股比一般村民大很多，自然分紅也遠比他們多。

石頭村的經濟慢慢變好，過去出去打工的約有上百人，今年確有好幾十人回來參加村辦的作坊和養雞場上班。

黃偉帶著一撥幹部來石頭村考察，大家對這個當村長的外甥評價很高，作為姨丈的黃副縣長自然很得意。

其生辦了兩桌午飯給大家吃，說是縣裏幹部自掏伙食費，實際上每人才交十塊錢，可建仁每桌花了八百元菜飯，還拿了自家釀的地瓜燒酒給大家喝。

"感謝領導來我村指導，我其生三生有幸。"其生十分興奮，頻頻殷勤地向領導們敬酒。

大家覺得村長自釀的酒很好喝，其生一高興，就先幹為敬。結果自己喝了不少，但他酒量好，沒有感覺一點醉。

一位幹部右手拿著剛喝下酒的空杯，紅著臉，對其生說："我看了你們村的環境很好，竹林和杉木林面積比隔壁的鄧家村大，而且還有幾座山是原始生態林，保護的不錯。那林中的溪流和瀑布實在好，可以搞'鄉村遊'。"

"是啊！搞鄉村旅遊。"另一個幹部舉著一杯酒要和其生乾杯。

其生應了一杯，用手抹了抹嘴，"領導的指示很正確！"他又倒了一杯，回敬了那位領導，"就是能貸到款才好。

一位幹部聽了轉過頭，看了看副縣長，"縣裏能不能考慮，支持他們搞這個項目？"

黃偉笑了笑說："大家所提的這個意見，我也覺得不錯，這根上頭的精神很一致，我們回去研究研究。"

黃偉的辦事效率確實比較高。石頭村搞鄉村旅遊的項目，經過幾次會議，雖然流程有點複雜，手續有些麻煩，還差點流產。但由於黃偉這個副縣長的重視，加上其生村長跑上跑下，雖幾經周折，沒過幾個月就拍版了！

縣裏專門設立了"石頭村鄉村遊"項目，又接受了其生的"中藥材生產基地"建議，一併立項。請了北京林地景園規劃設計院的兩個專家來搞了一個規劃。

縣裏通過石頭村國營林業站和村委會合作進行旅遊項目開發，結合進行林下中草藥基地建設。

這下可有事幹了！作為村長的其生高興得幾夜都沒好好睡，白天到上夜，不是到林業站就是在村委開會，常常跑縣裏。就像打了雞血，整天精神抖擻，忙的不亦樂乎。他感覺到，自己正在進行著一生中最偉大的事業了。

石頭村屬中亞熱帶季風氣候，溫暖濕潤，雨量充沛，日照充足，森林覆蓋率達百分之九十五，空氣中負氧離子含量極高，年均氣溫十五到十九度多點。

村裏將作為全省林下經濟試驗基地，進行林下套種紅豆杉、草珊瑚、金線蓮、石斛、麥冬、富貴子等中藥材，計畫形成林下種植、養殖、旅遊的發展模式，建設生態休閒木屋、森林遊步道、"森林人家"等旅遊服務設施，就是想吸引週末遊人前來享受"森林浴"。

專家給這個基地起了個極好聽的名字：睡眠森林。

這是個森林康養基地，林場擁有林地面積三千七百多畝，森林覆蓋率百分之九十六，森林負氧離子含量每立方釐米高達 1 萬個以上，可算是天然氧吧。

縣裏的宣傳以及旅遊廣告寫到：

到睡眠森林看看，一個療養身心的好去處！

"睡眠森林"的總體規劃，形成"三區兩環"佈局（睡眠康養區、失眠調養區、舒心安神區和舒心環、健行環），打造總面積三百九十公頃的休閒、康養、療養基地。

"好睡眠康養"發展公司參與了項目開發。老總蘇亮說，森林中充溢著負氧離子、森林芬多精。

芬多精是一種芳香性碳氫化合物，由呼吸循環進入人體，可調節呼吸系統、神經系統、內分泌系統、血液循環系統，疏解身心壓力。

森林康養有別於森林旅遊，其核心服務在於森林療養，利用森林生態資源、景觀資源、食藥資源、文化資源與醫學、養生學有機融合，開展各種有益身心健康的活動。

通過一年的施工，建成"好睡眠森林賓館"普通客房五十七間，高級客房六套（領導來可住），總床位一百多張，餐廳接待一百五十人用餐。

多功能會議室能容納五十餘人開會或培訓。配齊了健身房、圖書室、閱覽室、書法創作室、棋牌室等文化體育設施。在房前屋後種植了各類有助睡眠、驅蚊的中草藥及植物，安裝了各類樹種標識牌、睡眠文化宣傳欄、導覽圖、標識系統，可線上即時監測當地的生態環境品質。

這座獨具匠心的森林賓館處處藏著貼心的細節。走進臥房，床鋪由純天然原木製成，躺下的一刻就能感受到不同。洗浴用水添加了龍膽草、黃芩、梔子、木通、車前子、柴胡等中草藥。對於睡眠要求高的人群也十分友好，使用的枕頭填充進薰衣草、決明子、茶葉、蕎麥皮、鹽砂和白鵝絨。

從此，石頭村和國有林場利用森林生態優勢，圍繞"睡好覺"這個主題，設立"睡眠森林，打造"森林＋睡眠康養"模式，開展森林有氧運動助眠、中醫助眠、膳食助眠等康養活動。

請來醫學專家進行論證，睡眠專科醫生說，"針對失眠程度，我們因病施治。輕症患者通過健身運動放鬆心情，並輔以藥膳調理，就可安然入睡；而對於睡眠障礙重症患者，則需應用醫療系統進行標本兼治。"

投資一百多萬元引進具有國際先進水準的睡眠及腦電監測系統，可同步記錄睡眠中的生物電變化和生理活動，用於失眠程度評價及失眠障礙的鑒別診斷。為提高診療水準，"睡眠森林"特邀第一醫院睡眠專科進駐掛牌門診，並與中國睡眠研究會簽訂合作協議，有關睡眠專家可通過網路進行遠程診療。於是，還以"中國睡眠研究會"的名義設立了"中國睡眠康養示範基地"的金字招牌。

其生的"中藥材生產基地"就是在適合的樹林下種植中草藥。其中，富貴子的面積最大。

富貴子又稱朱砂根、紅涼傘、百兩金，自然生長於山谷林下或丘陵陰蔽濕潤的灌木叢中。性喜陰涼、濕潤的中性沙質土壤，喜薄肥勤施，忌濃肥，耐高溫。所以，種在松林下比較能遮陰又得到濕潤的環境。

株高一米左右，葉片互生，質厚有光澤，邊緣具鈍齒，有紅葉、綠葉兩個品種。夏日開花結果，花白或粉紅色，排列成傘形花序；果實球形，似豌豆大小，成熟時鮮紅、透亮，環繞於枝頭。那串串紅果閃爍著喜慶吉祥的富貴之光，象徵著成功和豐收的喜悅。

富貴子作為花卉大家族中的一支新秀，一直成為聖誕、元旦、春節、元宵佳節時尚的口彩花卉，深受盈富居室的喜愛，在昆明世博會和海峽兩岸花卉博覽會上，獲得觀果類花卉的最高獎，被花卉權威專家稱為"是今後壓倒國內銷量最大的觀果花卉產品——金桔的期待產品"。

縣裏組織機關幹部參加和從縣級單位抽人，什麼"財政局責任區"、"建設局責任區"、"機關黨辦責任區"、"共青團責任區"……

在沿路插牌設區，分片包乾，對富貴子等中草藥的種植進行管理。

其生叫堂哥張其仁來參加管理這個基地。

看起來，村裏的這個專案規劃的很好，前後花了兩千萬，很快建成了。從頭到尾都表現出縣裏領導的正確，也說明了張其生當村長以來，一改過去的面貌。

對小小的石頭村來講，是無法承擔的，尤其是投入如此巨大的資金。可是變為全縣要做的項目那就有錢來了。

其生和林業站長在建設項目中，吃了不少材料供貨商和設備廠家的回扣，當然這都是那些商家和廠家的業務員，在神不知鬼不覺下合夥幹的。

總之，建成"睡眠森林"和縣級中草藥基地，在石頭村，可算是史無前例的。

一個攝影協會的朋友告訴鄭方新，那睡眠森林很不錯，山清水秀，樹茂林密，溪流飛瀑，清涼幽靜。山上還有人工"樹畫"。

"樹畫？"

"大樹皮上畫彩畫，可好看，很逼真！"

方新也看到前幾個月的過期宣傳，被生動而感人的宣傳所吸引。他感覺這裏林密氧足，能放鬆放鬆自己疲憊的身心很不錯。頭腦一熱，就開著車，帶著一家四口前往。

方新是一個私人企業的總經理；女主人黃麗明辦了一個健身廳，自己當老闆兼健身教練；大兒子鄭瑋剛上大學，五一放假回來；小女孩叫鄭倩倩，今年剛上高中，當年是違反計劃生育偷偷生出來的（單位只能生一胎）。

　　車子在彎彎曲曲的山路行進，坐在車裏的人，一個個左甩右搖。黃麗明的頭被甩到副駕座的車窗上，她急著說：“哎呀！開慢點！”

　　“哦。”車子一下子慢下來。

　　倩倩拿著手機伸出窗外，朝著路邊山坡上，搖晃著搶拍竹林中縫隙射下來的光柱。汽車一拐彎，手抖了一下，沒拍好，卻見大路左邊出現一條叉道，道邊立著一塊大石頭：睡眠森林。

　　倩倩喊道：爸爸，到了到了！

　　車子在兩座大樓前停下，車門一開，大家望著周圍茂密的山林，舉手遮陽，抬頭看著藍天白雲，倩倩激動地蹦蹦跳跳，一下沖上不遠處寬寬的木樓梯。“哇噻！漂亮的小別墅！”

　　倩倩剛跑上樓梯上方的平臺，突然驚叫“呀！”倒退一步，“啊——”接著大哭起來。

　　“怎麼啦？！”鄭瑋上前一看：原來美麗的小別墅前荒草平臺中，出現一條小蛇！

　　方新退了一步，說道：“不要緊張！等一等牠就跑走了。”

　　方新走進賓館大廳，習慣性地找前臺。可左看右顧：空空的大廳，正門左邊大牆上貼著“睡眠康養基地項目規劃”三米高、五米寬的大彩圖。對面大牆掛著“石頭村國有林場辦公綜合樓示意圖”。正對大門的後牆高處掛著一塊金光閃閃的牌匾“中國睡眠康養示範基地”。可是，大廳裏連一張桌子一個椅子都沒有，只發現牆腳下邊有一個開著口的黃色編織袋，露出紅黃白色的垃圾。

　　大廳沒人，是不是找錯了接待處？

　　方新有些內急。他通過大廳，走到大廳後面，往左看到“洗手間”，一推門，探頭進去，一張網蒙住了他的頭：到處是蜘蛛網。他沒暸解意，倒退出廁所。

　　麗明站在大樓門口叫道：“方新！那邊有人！”

　　他倆通過大樓前的道路，走到了最裏面的一座兩層小樓下，看到裏面有三個人。經詢問得知：兩個男的是林場正式職工，還有一個村裏雇來管房間和廚房的阿姨。

這間應該是值班室，可沒有掛牌子。他們泡茶拉呱，應付上班時間。見到方新他們，也不理睬。

麗明看到門外有幾個簸箕，每個簸箕上都曬著一塊的金黃色的大糕餅。

"這是什麼？"

"酸棗糕，"阿姨起身走了出來。

"我們想在這住兩天別墅，能安排一下嗎？"

"一般沒人住，如果要住也可以安排……"

"我們想在這住幾天，享受一下睡眠森林。"

阿姨上了木制臺階，方新尾隨其後，到了離地好幾米高的木制小平臺，平臺被松枝綠葉緊緊圍著。緊連著平臺的是一座酷似樹屋的小別墅：那房子被掛在高處，由四根幾十公分粗八米高的水泥柱子撐著，周邊緊靠著六棵十多米高的松樹。

方新環顧四周，略有高處攬勝之感：南面是百米寬的山溝，順著溝底由近望遠，近處絲絲綠草未能成蔭，遠方個個山峰顯而易見；搖頭左右，山梁水杉重重疊疊卻綠中帶黃。抬頭望，蔚藍天色沒一絲雲彩。哎！好久沒下雨了，乾旱啊！

阿姨用食指往門把上輕輕一按，然後擺動金色的門把，帶指紋門鎖的房門開了。

房內古樸典雅：中間放著黃色雕花木床，窗上掛著白色暗花布簾，窗兩側相向擺著一對南國特色的竹木沙發，對著窗口設著一個古香古色的小茶桌。

"房間似乎有點黴味"，方新對阿姨說道，順手掀開疊的整整齊齊的被子，用鼻子嗅嗅，"哇——"被子潮濕發黴了。

"這個房間好像都沒人住過。"阿姨笑笑說。

"那其他房間呢？"

"也差不多。"

方新推了洗手間的門，不料，卻碰了點蜘蛛網。他甩了甩手腕，"那沒法住了！"

方新從房間出來，手撫了一下欄杆，發現原本美麗的木欄杆卻是粗糙開裂，差點刮到手掌。

155

這是一個緊連著木屋的木橋，木橋十五米處是通向一個十米見方的平臺。

方新想看看平臺，剛伸出一只腳，便覺得腳下有些不尋常，仔細一看：木橋好像開始腐爛。

"先不要過來！"方新對麗明擺擺手。麗明停住了走向平臺的步子。方新自己卻繼續往前走。

但他卻是低著頭睜大眼睛，看著自己腳下的木板，試一下走一步，手抓著欄杆小心前行。

剛到平臺，方新就止步不前了：原本平整的木板平臺局部腐爛，已經出現好幾個洞！

阿姨這才不好意思地說了真話：前兩個月"好睡眠森林賓館"也是偶爾來幾個人住一兩天，不過現在常常是空樓空房，經營不下去。

半年前，受領導的指派，專科醫生輪流來過半個月義診值班。第二個月因為沒什麼可診，就撤了。

不能住，怎麼辦？

方新想，因為是五一假期，難得放假幾天，全家一同出來享受森林氧吧，享受山野的美麗。可是沒法在這個"睡眠森林"，進行"森林+睡眠康養"了。

既然來了，就隨便和翠綠山景、湛藍天空合一張影，上山觀賞觀賞樹畫，走走林蔭小道，吸吸這裏清新的氧氣，品品奇花異草和珍貴的中草藥。

"上山囉！"方新招呼著老婆和孩子們。

方新剛到上山的路口，前面立著一塊路牌，牌上畫著，沿山下彎彎曲曲的森林步道，直至仙岩峰頂的路線。

大家一步一個臺階，走上由花崗石板砌成的臺階和用防腐木板鋪就的小路，幾千米的步道兩側的松林下密密麻麻種滿了一盆盆的"富貴子"幼苗和小樹。還有幾小塊"金線蓮"苗地，石斛、草珊瑚、麥冬等也有種植。

仔細一看，盆裏的"富貴子"小樹有一市尺（33.3釐米）以上高，葉黃欲枯，整坡皆同。走在高大濃密的松林下，似乎沒有什麼陰涼之感，中午的陽光從樹縫射下，卻感到有些許燥熱。

繼續前行，"機關黨辦責任區"、"共青團責任區"的牌子立在路旁，看上去有些遜色，有點開裂。牌下麵的草藥已枯死。

連續乾旱一百五十天，幾乎沒下什麼雨了。

到了仙岩峰頂，只見一個美麗精緻石亭，圍著亭子十多米半徑，形成一片平臺小廣場，好像可以停十多輛汽車。

廣場邊上，對著亭子，立著兩米高，五米寬的宣傳屏，屏面最上頭寫著"中藥材生產基地平面圖"，屏中便是放大的彩色衛星地圖，在上面標注了中藥材種植點、建築物（房子和亭臺及衛生間）、道路等。

小廣場的另一邊，鄭瑋發現了一條通往山下的水泥車道。下山的路口有個洗手間。他有些內急，便去推那扇門。不料，門卻彈了回來。他又用力推了一下，並使勁用身子頂住。卻從門縫裏掉出幾粒東西。俯首下蹲，拾起一看：應該是酸棗。

原來，附近的村民在周圍撿拾酸棗，一包包的酸棗臨時存放在此。而廁所早就沒人用了。

哦，麗明想起來：原來阿姨也是來山上撿酸棗，做酸棗糕的。

美麗的睡眠深林建成的第一個年頭，沒有幾個遊客來村莊"睡眠"。

輪流抽派來的縣機關各責任區的幹部，在週末來了兩次，替中草藥基地澆過兩次水，後來因為忙，也抽不出人來。

村裏的草藥種植戶也不來了，沒有工資補貼又沒事做，好一段時間沒來。

從遠處看過來，兩座雄偉的大樓和幾座錯落有致別墅式賓館，十分融洽地鑲嵌進翠綠美麗的森林中，在藍天的映襯下，展現著絕美的畫面。可現在一旦進入睡眠森林，卻發現問題。

睡眠森林變成了到處雜草叢生的山野，好一派凄涼景象！

為什麼這新建成不久的美麗村莊變得如此模樣？

這縣政府財政投了這麼多錢，是不是就此打了水漂？

領導是不是僅僅做了短暫而非凡的表面業績，沒有實際效果，卻浪費了不少的資金（用財政撥款就是用老百姓納稅的錢）？

其仁好像幾個月領不到工資了。他也就沒什麼事要管，整天到處遊蕩。

可是他很想發財，這當然靠賣苦力是不行的，也自知吃不了那份苦。但是，他想著能不能通過歪門邪道發財呢？

於是跑到山上去盜砍原生紅豆杉，一根四米長碗口粗的紅豆杉原木，可偷偷賣得幾百元。

可他運氣不好，才剛砍了十來根，還沒拿到錢，就被人發現，抓去坐了 15 天的牢，還罰了幾千元。

哪來的錢？他只能找人借了高利貸交了罰金，這樣一來又欠了債，他也真難，錢，錢，錢，就是缺錢。

真是無可奈何啊！只好又到外頭去轉轉，想想辦法。

他到了城裏，也只是找了一些苦力活，幹不了兩個月也不想幹了，於是又重新轉回到了村裏，還是整天無所事事。

到了春節，打工的人都回來了，但一些人常常不在家，到哪去了呢？

原來都躲到深山裏賭博去了。

他很快也就上山去了。真沒想到，才兩天功夫，居然贏到五千塊！心裏大喜，信心大增，朋友給他算了一卦：近日會發財！

他就有些相信了。於是，通宵達旦，吃和睡都在山上那簡陋的小屋裏。可沒過多久，不但把原來贏得五千元都輸回去了，還又再輸了一萬元。因為自己確實一點積蓄沒有，只好又向人借了高利貸。

月香看到此景，勸他別再賭，好好找個活幹，他哪里聽得進去？還是繼續在上山賭。

其仁真是"氣人"！月香氣不過，便跑去找景春。

景春從小就喜歡和月香在一起，雖然月香比他大五歲，但是他卻非常喜歡她。你看他眼中的月香：一米六五高挑又苗條的魔鬼身材，白潔的瓜子臉上方，一對彎彎的秀眉，掛著下麵兩只水汪汪的大大圓圓黑眼珠，筆直的鼻樑下方，長著不大不小又不厚不薄的紅唇。尤其是月香退去衣服露出仙女般的玉體。

月香看那景春一眼的俊秀：快一米八的個頭，鵝蛋形白臉，壯實的身體，說話沉穩，對她從不大聲哼哈。尤其是月香和他在一起總感到一種難以言狀的溫暖和無人可比的體貼備至。

清明時節，天氣一陣雨一陣晴的，很多人到河邊折小春筍，這小春筍似乎折也折不完，這邊折那邊又長。

雨後的竹山，大片的竹筍，好像一瞬間都從土裏冒出來。

大部分竹筍都是由本村的承包主人管著，自己叫人采挖，別人是不能亂挖的。

景春約了月香，找了沒人管的山去找竹筍。南山那幾個山頭，好多年沒人管了，也就沒人種樹種竹，但卻自然長出不少野竹子。

昨天又下了幾場小雨，自然又長出不少竹筍。

景春拿著一把鋤頭，黃月香拿著一個編織袋。他們剛翻過山坡。景春看到道路右側有一草地，鬱鬱蔥蔥。景春坐在草地上，感覺柔軟舒適，喊道：香，來吧，坐下休息！

景春抬頭一看，周圍沒有人，他對黃月香說：“我想親你的！”

他迫不及待地低下頭，張開嘴，輕輕地親了她。

“嗖嗖，嗖嗖——”月香好像聽到了什麼？尖叫：這是什麼！？

景春抬起頭，看到一條黑色的大蛇在一米開外移動！

“蛇！”

“唰”的一聲，倆人同時都爬了起來。

景春和月香因為害怕，突然沒有心情繼續了。

“嘿，讓我們繼續挖竹筍！”

不到半天，就挖了不少毛竹筍。月香背的那一袋，也足足有五十斤。

她走在前面，景春在後面，只聽得：

“等我一下，下山的路找不到啊！”

“這裏平平的，鑽過前面的蘆葦叢，應該就可以下山……”

“啊！”月香突然腳下一滑，連人和袋子一同往下墜。

景春尋著叫聲，往前一看，沒見著月香：“香，香！”

跑前看，還是一片濃濃的蘆葦草，不見人影。

正在著急，卻聽到腳下：“阿春！快！我掉進洞了！”

他低頭一瞧，濃密的草叢中居然有個黑洞，也不知那洞有多深。

他撥開了草，仔細一看，哇！那黑黑的洞至少有四米以上深度！隱約看到，月香委曲著身體躺在洞裏。

“我的腰不能動了！”

景春看了看洞裏的月香，又望望四周，有些茫然：我們不明不白在這山上幹啥？卻又出了事，讓人看到會如何笑我們啊？

　　他不敢喊人，定了定神，心想：先把她救上來再說。

　　景春抓著洞邊的草根，將肚皮貼著洞壁往下滑。到了洞底，景春抱著月香使勁往上頂，月香叫著"好痛！不行！"月香痛的昏死過去，景春急的不知所措，就朝洞上方大聲喊：快來救人！　快——來——救——人——

　　沒見有人回音。哎！這山頂根本就是四下無人啊！景春只好繼續使勁去托月香。

　　但是，手夠不著洞頂，光靠景春一人還是沒辦法把月香托上去。托了幾次，最後景春肚子也餓了，更沒了力氣，就只能在那喘氣。

　　後來，他也就順勢躺在了月香身邊不動了。

第二十八章 牙醫

三哥當過村長，不管怎麼說，家底還是殷實的，在村裏還算是比較富一點，可是二兒子黃仁清就不給黃家掙氣。

初中時書還讀得挺好，可到了高一，因為在市郊的一所不太好的中學，學習就降下來。勉強讀到高中畢業。

好在三哥標虎委託大哥標瑞，在煤炭公司找了一個零時工，實際是做建築工種，工作比較辛苦。

有一次，到西陽坪鎮上灣溝村附近修一條通過村莊的廠區專用路，工程隊臨時租住在農家。隔壁農家有個女孩叫於藍，面目清秀性情溫柔，人也聰明。正在讀高一，放學回家時被仁清看到，於是仁清就開始追求於藍。於藍邊讀書，邊和仁清談戀愛。

於藍勉強讀完高中，畢業後也沒有找到工作，仁清卻急於要和她成親。

"你是臨時工，收入那麼低，我嫁給你不就受苦了。"於藍不太願意地說。

"我父親有錢，叫他出錢幫我們開個店，你當老闆娘，生活就好過了。"

標虎為了兒子，還真的支持了一些，於是在村頭開起了食雜店。於藍也答應結婚了，不久就有了一個女兒。。

實際上，這食雜店周邊已經也有同樣的店，真正能來買東西的村民就不多，生意不太好，但一時也沒別的辦法，只能勉強把店開下去。

標虎見於藍是高中生，人也聰明。為了兒子，就想培養於藍去學牙醫。

花了兩萬元，於藍學成了，在村邊的醫療所裏面，專設了一個牙醫室，幹起牙醫，來看牙的人還真不少。

此後，雖然仁清的工資才兩千多，可於藍的牙醫收入都有四千多。生活還是很好過得。

標虎還幫他們買了房子，於藍也在公公支持下湊錢買了一輛小車。

可是仁清看老婆比他掙得多，心裏不平衡，自己手頭又常常很緊，就想多掙點錢。轉了一圈，沒掙到錢，倒是去地下賭場賭贏了一萬多塊錢，這下迷上賭博。

沒幾天，他輸了三萬，還是於藍幫他還了賭債。

"以後不敢賭了！"於藍埋怨仁清。

"好。"

過了一段時間，仁清還是抵不過賭博的誘惑。開始是想把那三萬贏回來，結果前後又輸了二十萬。他不敢讓於藍知道，卻以投資為藉口向朋友借了錢。

仁清簡直昏了，死命去賭，結果堵債欠到四十萬。只好用房子作抵押，貸了款還部分賭債。

他繼續想通過賭博贏回來還債，能行嗎？結果是更慘，又輸了三十萬。

標虎雖然有點錢，但也不是暴發戶，也沒有那麼多錢幫兒子啊！

仁清跟妻子講："人家來追債了，我要躲起來了！"

仁清失蹤後，房子又被銀行依法抵押拍賣了。於藍就住到了公公家。

開頭一年，仁清用新的號碼給於藍打電話：

"我現在躲的地方不好在電話裏講，我想回來一下。我現在暫時在外找了一個工來做，我不能跟你說了。你好好照顧好我們的小女兒吧！對不起！"

於藍放下電話，想到這樣的小家庭如何維持啊？想著想著，眼淚不住地流下來。

她想，還好他老爹還在，會幫忙一點，不然我們母女要如何辦？

一直過了三年，都沒有仁清的消息，他是死是活也不知道。那個新電話早就打不通了。

於藍還好有一技之長，不然他靠什麼養活自己和女兒啊？總不能老靠上年紀的公公照顧。

於藍想離婚，去找一個新婆家。但是，一直沒有找到。加上公公對她的女兒非常關心，經濟上常常資助，使得於藍也很為難。日子一天天過去，仁清仍然沒有音信。

　　她一天過一天，每天上班當牙醫，下班接女兒放學回家。一晃五年過去了。

第二十九章 出院

月香和景春躺在洞裏，月香望著洞口的天空直歎氣，景春也在喘著氣。

過了一會兒，景春緩過勁來。他看了看亮堂堂的洞頂：難道就沒有辦法了嗎？

他看了看洞底四周：發現有幾塊石頭和幾塊硬土塊。對了，把這些東西重疊起來，墊高了站腳的高度試試。

於是，他把石頭和土塊搬過來，一塊塊地壘了起來。終於，墊高了兩尺的站腳位置。然後他又費了很大的勁，把月香重新抱起來，先用肩背頂起他的身體，最後用力把她的身子頂到自己的頭頂上。月香馬上抓住了洞口邊的一根藤，用力往上攀，景春用頭頂上她的屁股，上去了！景春繼續用雙手托著她的腳底，終於把她頂到洞口邊。

月香忍著疼，用了很大的勁，死命抓住洞沿的葦草頭，終於一翻身滾上洞頂，她喘了一口氣，轉頭往洞下麵看時，只見景春還站在洞底呢。她反身用一根樹枝伸向景春，可她的腰部已經沒有一點勁了，哪還能拉得上他？

她又轉頭一看，正巧，看見一根爛得發黑的毛竹，一頭正對著她，可那毛竹卻是有不少裂紋，但月香沒有辦法站起身，再去找更好的毛竹和木頭了，只好努力伸出右手去勾，但勾不著。她忍著痛，移動了一下身子，終於抓住毛竹的一頭，然後兩手前後替換，拉動了毛竹，就一直往洞下麵推著。只聽"撲通"一聲，毛竹全下了洞。

景春看到了長長的大毛竹，高興地說"我來，我來！"

"您穩穩地往上爬，小心別斷了！"月香喘著氣說道。

景春雙手抓住毛竹、兩腳緊夾著，一弓一撐，像蟲子似的往上撐，剛撐到洞口，只聽"啪嗒，啪嗒"毛竹的爆裂聲！他身子顫抖了一下！

還算景春反應快，他右手迅速抓住了洞邊的葦草頭，但左手仍握著毛竹，往上一使勁，右腿迅速踩住了洞壁上的一個草頭，左手鬆開毛竹，順勢抓住洞沿的另一束草。身子往上一使勁，終將上半身貼到了洞頂邊沿，月香順勢拖住了他伸上來的左手。景春用力往右就地一滾，翻身離開了危險的洞口！

景春躺在洞邊，喘了一口氣，然後翻身爬了起來。

"沒事啦！我可以背你下山了！"景春說。

他雙腿跪著，"趴上來吧！"月香就爬上景春的背部，"抓緊！"景春說道。然後他背起金花一搖一擺地下了山。

好容易到了山下，他把月香放在公路邊。

過路村民發現後，幫忙打了120電話，過了半小時，救護車終於來了。

過了一個月，月香的脊樑裏縫著一根鋼鐵，已癒合，快要出院了。雖然她是脊樑骨折斷，但靠著這根鋼鐵，總算可以勉強不用拐杖，一瘸一拐，慢慢走路了。

醫院護士送來一張單子，要她補交醫療費2200元。

月香楞住了。剛剛前兩天去向父親黃標春要了五千元，那還是父親去借的湊的錢呢。

現在再去那裏湊錢啊？

第三十章 神仙閣

自從我認識了金花，我在麗娜面前裝著很想要，但畢竟是裝的，我的心早就飛到金花那裏去了。

從今往後，我要跟金花在一起，是比較容易的，只要是在福州辦事處，就可以了。

而金花自從和丈夫分開做事，一個在上海種植園，帶著十歲的男孩子；另一個則是在福州做著辛苦的侍候人的營生。

丈夫一個月還打不了一次電話，有也是有關錢的事。

這樣，金花比起我是更加自由，但還是要多做點工時，因為不上工就沒有錢，我也不能包養她，對不？

金花知道，我無法從妻子那裏得到任何愛的滿足。從目前兩人的互動來看，她也覺得我們的婚姻和生活不盡如人意，甚至不和諧。

在這個世界上，想要實現和諧生活的夫妻可能不多。

"每次和你在一起，我都覺得很舒服。"金花深有體會地說。

我說："你和標富不這麼認為嗎？"

金花回答："我也很驚訝！為什麼我和他沒有感情，但我和你不同？"

我想了一會兒，然後分析道："女人和男人一樣喜歡新鮮感吧！我和你在一起是很開心的。"

她咽了口水說："我想是因為我喜歡你！"

"他比我年輕，應該很強壯，不是嗎？"我指的是黃標富。

"不，他的身體似乎很虛弱。"金花喃喃地說。

"我覺得你對他還是有點反感，因為他沒有賺錢的能力，所以關係很差。"

"是有點，但也不完全是這樣。"金花頓了頓又說："他石材生意做不清楚，我叫他跟我一起去做魚丸，因為我認為這生意很好。但他不聽我的，還把我用命換來的錢給花掉，所以，我對他很失望。"

"最後我說，你幹你的，我幹我的，所以就此分開了唄。"

我說："是暫時分開掙錢吧？"

金花說："是啊！"

"那你說用命換來的錢，是什麼意思？"

金花回道："就是我去新加坡打工寄回來的錢，本來是拿去還債的，他卻拿去投了上海種植園，卻又是做虧了。"

我曾聽金花說過，她在新加坡打黑工，受盡苦難和被逐回國的故事。

遲疑了一陣，我勸金花說："其實標富也算是老實人，只是他所做的讓你太失望了。"

所以金花對我算是移情別戀了，我心裏這樣想，卻不敢說出來。

聽了金花的話，我似乎更激動起來了。

今年，金花覺得在不夜城工資拿不到三千元，上個月才二千五。他覺得太低了，就想換個公司。

金花不想做不正規的推拿，還是離開了洗浴中心。

我告訴金花，最近很少來福州了。因為有人頂替我管理辦事處，不需要我這個經理老出差了。老婆張麗娜也知道，最近老公會少去福州。

因此叫金花乾脆也到廈門來：那樣我們又能常常在一起了。

金花來廈門後，找了另外一家小點的盲人按摩店。

老闆是個退休的護士長，生意還好。那家店除了金花，全是半盲和全盲的推拿師，但金花深受老闆的愛戴，因為覺得她技術不錯，找她的客人也比較多。

我通過仲介，幫助金花租了一間房子，那是在靠半山坡的一幢房子，已住著四戶人家，都是外來人租住的。東家是農村來的，兩公婆是開石灰廠的，掙了不少錢，就到城裏來買了這座二手房，是一座兩層樓的占地一百多平的。這房子地處比較偏僻了一點。可是倒也安靜。因為在半山也很通風。夏天也很涼爽，但冬天由於風大，會冷一點，不過廈門這地方，一年四季好像就沒有冬天。東家對金花很好，分配她住二樓的一個房間，那要比一樓更舒服更安靜，因為比人來人去、過道式的一樓好多了。

金花幾乎每晚都回家，因為他在附近的一家按摩店工作。她從早上九點工作到晚上九點，然後呆在家裏。

下班後，我在公司吃晚飯後，我經常直接去金花那裏，金花幫我按摩到半夜。大約兩三天，我們將進行愉快的交流，但我會在午夜前回家。因為我在公司加班也不至於常常下半夜不回家吧？這也好向老婆交代了吧！

麗娜反正也不太管我，因為她對性的要求也是很淡薄，她只關心她的舞蹈事業。可能更主要的原因是，我的工作關係，她也習慣了，更重要的是，麗娜喜歡舞蹈班的鄭老師，他們本來是成為夫妻的，但不知怎麼的陰差陽錯，麗娜就沒有跟鄭老師結合，而跟了我這個沒有藝術細胞的電子工程師。

我和張麗娜有不同的愛好，但矛盾並不多。感到這是一個不痛不癢、沒有多少幸福結合的婚姻。

我說，當我來到這裏時，我感覺自己像一個神仙。每當下班後金花為我按摩時，我都能舒舒服服地享受愛的溫柔。讓我們把這座房子稱為"神仙閣"吧！

金花激動地說："是啊！和你一起生活真的像神仙一樣。"

可是一天，金花正在幫我按摩，按摩店老闆突然打來電話，讓她去店裏。

因為客人太多，金花的手藝好，客人請她按摩，所以已經是晚上十點了，她不得不再次上班。因為金花和她的老闆關係很好，她非常尊重他的安排。

所以我不得不開車送鄭金花去按摩店。但那天偏偏下著大雨。

大約三個月後，金花仍然覺得那裏的收入不如福州，但她總是很高興能和我在一起，所以她喜歡留在廈門。

然而，有一天，她聽了在內蒙古的女伴阿金的話，和她一起去那裏開了一家按摩店。她說那裏的按摩生意蠻好的。

　　為了生活，金花痛下決心，暫時離開我去了呼和浩特。

第三十一章 蒙古姑娘

阿金開的這家推拿店，只有兩名技師，就是阿金和一個小姑娘。阿金自己當女老闆，也當技師。對客人服務很好，態度也很熱情，可就是技術不太好。過路的不知底細，想推拿按腳就來店裏躺下，做的不舒服也沒辦法，下一次就不來了，反正多數來的都是過路客，相當於只能做一次生意。

阿金知道金花技術好，如果她來合作，周圍的固定居民一旦知道金花的手藝，不要多久，生意就會好起來。所以一直鼓動金花，要和她合作開店。

阿金從呼市打電話來說，她租店和裝修已花了兩萬，還想請金花合股再添兩萬，這樣股金共計四萬元。利益也就各半分成。

金花對我說："我用你的信用卡套現兩萬，好嗎？"

我說："好啊！"

於是，我出了兩萬塊錢，讓金花去投資蒙古推拿店。

初夏，金花到了呼市一看：確實如阿金所說，這裏沒什麼人會推拿。只寥寥幾家店，多是三五人小規模的，很缺師傅。而且技術好的店，確實不多。

海拉爾東街，附近有鐵路線，往東就是火車東站。阿金的店鋪就租在這條街，南面不遠便是市政府，再往東一點是呼市火車頭體育場。

高檔的璧儷宮大酒店、普通的全季酒店、如意賓館、全國連鎖如家酒店，都在店附近。因為是在城市的中心，居民當然不少。

政府的人、鐵路員工、還有搞工程的小老闆、他們辦事辛苦，常常要在這歇歇腳，推拿按腳的。當然，也有不少外地做生意的老闆來放鬆放鬆的。

金花來了以後，沒多久客人就增加了不少，營業額上升很快。

金花出主意，再雇兩個女孩子。可是那些孩子不太會，但卻很肯幹，因為她們都是農村來的，比較能吃苦。

在金花的培養下，才過半個月都提高了技術，而且也會懂得接待客人，生意越來越好了。

呼和浩特是多數蒙古人居住的地方之一，這裏的人所吃三餐裏，有麵條、蒙古包子，餿子，蒙古餜子，偶爾還有加糖的炒米，湯類有奶茶、奶皮子，牛羊肉是不可缺少的，也是三餐基本都要吃的。

最主要的是這裏的人在吃飯時，湯湯水水較少。不像南方人，尤其是福州人，沒湯下不了飯。

從金花的飲食習慣來看，餐桌上，大多是烹調出來大塊的牛羊肉，吃起來香噴噴，令人垂涎，可又是吃鹽不用錢的樣子，鹹得很吶。而且無辣不成席，辣死你。

如果不是在這裏，而在沿海的福州及周邊，多數人吃的比較清淡，偏愛吃點甜的，尤其不愛又鹹又辣的。當然，基本不放鹽也不放辣的海鮮，是福州人的最愛。金花也差不多是這樣的飲食習慣。

可在內蒙古呼市，為了生意，沒有時間自己做飯，只能在邊上速食店吃。但金花對這店裏吃的東西也不適應，而且不愛吃辣、也怕吃的太鹹。多數吃麵條和饅頭，基本沒吃到乾飯。尤其是喜歡吃稀飯的她，若是吃早餐也是吃不到的。

也許是水土不服，人整天像生了病一樣，夜裏常常失眠。

冬天來了，這裏的天氣愈加乾燥，金花從來都沒有來過北方，嘴唇乾的開裂出血，喉嚨口常常會冒火。不斷地喝水也無濟於事。

金花受不了這裏的天氣，因為冷風一吹，常常感冒發燒，就不斷地吃感冒藥。

今天又感冒了，金花整夜似睡非睡，就老想我，也想二姐的身體，越想越睡不著。

我在電話裏對金花說："生意那麼好，再幹一年看看吧！"

"我無法忍受天天睡不著的日子，而且我天天都在想著你，我受不了了！"

第三十二章 西北妹子

我對金花說，怎麼也要幹到年底回家過年吧。你讓那些姑娘咋辦？

我嘴上這什麼說，好像無所謂。實際上，我天天想著她，我發現我倆已經陷入不能自拔的愛情泥塘裏。

這是分開後的幾個月裏，越來越體會到的、也就是從來沒有的感覺。

幾乎天天都要聯繫，隔一天沒電話，好像對方要失蹤了一樣。

對我來說，應該算是想女人了。而這時突然想到另外一個女人，想到那個與我說不清關係的女人。

記得三年前有這麼一天，朋友邀請我去一家洗浴中心。在推拿的時候，我叫那服務員幫我洗腳，她說不洗腳只推拿，我就不高興了："有那麼專業分工嗎？"

那女孩的口氣有點硬："是啊！你換個人吧！"

我本來也想換人，可是看到這姑娘身高估計有一米六五，人也蠻漂亮的，就想：老子就喜歡你這脾氣，我就不換人！還是要那姑娘做，並說道："你不做腳，也罷，就推拿吧！"

那姑娘在店裏的名字叫櫻子，是西安來的，本來高中讀的不錯，就是沒考上大學，不得已，到了福建打工，可也沒找到什麼好工作，就只好到這來，做了推拿女，但她並不甘心做這個。

在推拿時碰到一位大學生叫陳建明，是個建築師，他很愛她，可因為她是推拿女，怕家裏人不接受。關係就不敢公開，一直拖著。

我原先不知道這些，因為櫻子不太想跟我講。但我老覺得櫻子對我一陣好又一陣冷談的，不知怎麼回事，總覺得她心事很重。

有一天，櫻子生日，我請她到小飯店吃飯，我點了很多海鮮，她吃了很多。櫻子語文好像不錯，還說了典故。我本來就牛皮哄哄，正好發揮我愛吹牛的長處，竟和她談古論今。一餐飯吃了三小時，席間，櫻子都顯得很高興。

吃完飯出來，我繼續帶她去逛百貨商店。我指著一件皮衣，對她說："這是福鼎真皮大衣，你穿穿試試。"

她不好意思地說："很貴，不用吧？"

"難得今天高興，我喜歡你，就讓我表現表現吧！"我指著一件皮衣說："這件紅的怎樣？"

櫻子搖搖頭說："我不喜歡紅的，我覺得太豔。"

售貨員過來，指著一件米黃色皮大衣說："這件顏色比較大眾化，款式也大方，適合她穿，你試試吧！"說著，就把大衣從衣架上提下來，給櫻子試穿。

"合身嗎？"我摸了摸櫻子的腰部，接著又示意她轉向鏡子。我和她一同看著鏡子，看著她微微轉動著苗條的身材，然後說："很好看。"

櫻子沒有表態，只是自己伸開雙手，又將身背側轉到鏡前，聳了一下肩膀，斜轉著頭，看看自己的背面。然後才說道：

"還好吧？"

我覺得可以，就說到："就這件吧！"

櫻子聽了，好像是點了點頭。

我覺得她沒意見，那就算是同意了。

我覺得她畢竟是農村來的，性格上也不太喜歡打扮，更不太會打扮。很顯然，她不像有的女孩，一到衣服店，就如魚得水，若不買到一件衣服是離不開的。可她就是不會挑衣服，而我這個男人恰好也是不懂得買衣服。

於是我對售貨員說："就這件了，多少錢？"

"一千二。"售後員說。

櫻子是和一個也是西安來的妹子合租在一起。

那妹子五官生的比櫻子更漂亮一些，圓圓的臉蛋，但就是個子很矮，有點兒胖，圓嘟嘟的。

她曾經給我推拿過，手法也不錯，講話聲音很是柔和可愛，但她早已結婚。

她公開名字叫燕子，在西安農村結婚後，生了一個男孩，但和丈夫性格不合，加上丈夫做不了生意，也沒什麼技術，連泥水和木工活都不會，體力雖不錯就只有幹點力氣活，但也是吃不了苦。因此生活很是困難。

燕子跟老公講，她要出去打工，老公不讓去。燕子說，我們總不能餓死在家裏。於是兩人老是爭吵不休。

後來，燕子終於孤身一人跑到福州了。

在福州推拿時，碰到一位小學老師，很喜歡她，兩人常常在一起混。之所以那老師敢公開這樣，就是因為他跟老婆關係不好，想離婚後跟燕子的。

我幫櫻子介紹工作到自己單位。可是在填表時，櫻子好像很不上心，剛填完表就要走，她匆匆忙忙地離開，使我感到有一個男人跟她。

我跟蹤了櫻子。大清早在她住的門口守候：看看有沒有男人進去。結果等了兩個小時，沒有見到什麼人進出。

於是，我就按耐不住，直接沖進房子裏，似乎想抓奸似得。

那房子也有兩家人住，我走到我熟悉的左邊那間，聽到櫻子的房間裏有男的聲音，我叫一聲"櫻子"。裏面的女孩回答："櫻子不在，是她讓我在這，她去朋友那裏睡了。"

我聽到是燕子的聲音，原來燕子跟那老師在房間過夜。

我這才明白，櫻子昨晚根本就沒在房間。她去了男朋友家睡了！

我吃醋了，那也沒有用。誰叫自己是有家庭的，人家年紀輕輕的，總要嫁人吧！

我又一想，覺得自己很好笑：自己是櫻子什麼人啊？

你若跟她，不明不白的，算什麼？

不過，我還是把櫻子招進了自己的公司，並當上前臺客服人員。

於是，櫻子脫離了那所謂不乾淨的推拿女工作。至此，陳建明覺得他找了一個公司白領的老婆，而不是推拿女，在朋友面前有面子，跟父母也好交代了。不久，他們就結婚了。

我本來是想采野花的，卻不料為櫻子這個農村姑娘成全了一妝美事。在婚宴上，還做了櫻子和建明的證婚人。

《斷舍離》是創始人山下英子的銷量超四百萬冊暢銷書，書中所闡述的是稻盛和夫、宮崎駿、張德芬、楊瀾、林夕、李冰冰、林依晨等名人影響至深的減法哲學。

　　斷＝斷絕不需要的東西，舍＝捨棄多餘的廢物，離＝脫離對物品的執著。扔掉不需要的東西，才能得到重要的東西。立足當下自我，踐行新陳代謝式美學思維。健康、金錢、婚戀、家庭、時間、家居、事業、臨終……總會遇見人生的各種美好！脫離心中執念，人生才能輕盈前行！斷舍離是通過立足當下和新陳代謝原則，梳理自己與物品的關係，先從觀念上認識現狀，停止自我否定，構想居所具體佈局，然後通過雜物整理瞭解當下自己的真實需求，進一步構築令自我愉悅的生活狀態。

　　所謂斷舍離是"出"的美學，不僅是家裏的物品，不需要、不舒服、不合適的情感和被父母強加的價值觀都可以通過分離和捨棄，讓身心變得輕鬆起來，慢慢的一些"奇跡"會發生，人生因而發生巨大改變。

　　在我看來，這種捨棄執念的思想，在物質層面，有它明顯的優點：就是脫離不理性的思維，對有些事"當斷不斷自受其亂"的意思。

　　但是在精神層面，是有很嚴重的缺點：比如唯利是圖，自私和勢利。

　　同時帶來對"人類的愛"追求和"無私奉獻"精神以及對人的情感的傷害。

　　比如，真正的愛情是無私的，母親對孩子的愛是不講報酬的。如果也按"斷－舍－離"處理，就很可怕：無情無義，沒有道德，沒有真朋友，只有自私和孤獨的自我。

　　對於櫻子，不在跟我聯繫，就有"斷"掉我這個無用老友的意思。

　　十幾年了，微信不回，電話不接。可是有一次，突然打來電話：她說掛錯了！只勉強寒暄了一句，就掛斷電話，從此不聯繫了。

　　我偶爾發現她在直播平臺談讀書的體會，她對觀眾說：你們看過《斷舍離》這本書嗎？

　　哦，我明白了！原來她對我的態度，居然來源於《斷舍離》。

金花在過年前，就從蒙古回到了福建。

她實際在呼市不到一年就想回廈門了。周日又回到"神仙閣"。

前一天，我覺得昨晚加班到淩晨三點，有點疲勞，還未過中午就去午休了。沒想到醒來卻已經是傍晚五點了。"這麼好睡！"我自言自語地說。

好像生物鐘亂了，上半夜不想睡，到了下半夜兩點才覺得有點困，可是剛躺下卻又想麗娜的話："誰知道你在哪加班？"

麗娜天天晚上跳舞到十點，洗完澡比較疲勞，按習慣上半夜就要睡了。

因為我常常上電腦過午夜，怕影響麗娜，加上又極少和她過性生活，因此我常常一個人在書房睡。

"我和金花的事，她是不是知道了？"

我躺在床上，翻來覆去睡不著。

我和金花能公開在一起多好。我又能幫她，她也不用那麼辛苦。我們在一起又有那麼享受的生活。

她知道了又能怎麼樣？我們早就不像夫妻了，沒有了夫妻應該有的生活，各幹各的。還不如離了算。

兒子二十五歲在美國已經成家立業，不需要我們管。可是兒子是反對我們分開的。

有一次，我愛上一個離婚的女同事，麗娜就想跟我離婚，可是岳父很愛我，反對離婚，我對老人說：

"我也不是真正愛那女的，而且已經脫勾了。"我看了看麗娜又說：

老人說："你們又沒有很大的矛盾，還沒有到無法在一起生活的程度，而且你們的兒子也反對，一家人好好的就此散了嗎？"

我也想到，麗娜也不是很不愛自己，只是兩個人到了沒有什麼互相吸引的階段。離婚也要考慮很多問題。如幾百萬家產、兒子的感受，父母的意見。

因此，要想與麗娜離婚也很麻煩的。

尤其是現在，我若和金花在一起，可金花做不到：老公是老實的，又沒有明顯的外遇，主要是不想離開金花，金花兒女四個沒有一個願意解除原有好端端的家庭，如果離婚，壓力很大。

我想來想去，直到下半夜還在胡思亂想，已是凌晨四點才迷迷糊糊睡著。

早上七點鬧鐘響了，要趕著上班去處理事情。

到了中午，我一下班，開車就前往"神仙閣"。

當我關上門時，我擁抱了金花，"我太想你了！"金花也順著我湊過臉來，我親吻了她出汗的臉。

然而，金花感到非常油膩和不舒服。對我說："洗澡會更舒服。"

我激動地說："好的。"

洗完澡後，我又擁抱了她。

看著我臉上的汗水，金花說：親愛的，你累了嗎？

現在，我真的很想休息一下。因為我昨晚睡得不好，中午有點累，但我不覺得累，因為我很久沒有和金花在一起了。

我們被彼此吸引，仿佛坐在一個裝滿蜂蜜的糖罐裏，裏面有淡淡的甜味。

幾分鐘的激情對我們倆來說都是一個非常快樂的過程。那種觸動心靈的愉悅、舒適、迷戀和激動，無法用語言來形容。

上帝創造了人。除了給予的精神智慧之外，在真實的身體中必須有更多的成就，以及人類幸福的巨大祝福。

愛的行為是上帝真正的祝福。我們可以用真實的心、情感、藝術和智慧正確地理解和建造它，就像一座美麗的城堡。這樣一來，這種享受就是一種非常健康的生活，對彼此的身心都是有益的。

我們兩人從愛夢中逐漸恢復了意識，靜靜地擁抱著，沉默了很長時間。我們倆一句話也沒說。

愛的行為也有起伏，讓溫度逐漸冷卻，仔細品嘗，然後在下一次昇華……

第三十三章 截然不同

我兩三天都會去金花那裏，金花仍舊去那家盲人按摩店上班。

說是盲人按摩，實際上店裏只是一對年輕是盲人，還有一個是視力很差算半盲。其他兩人師傅沒有眼疾，視力正常。

營業執照上的法人是趙鳳英，她是醫院退休護士，老公也在醫院工作。女兒燕燕十歲時發高燒，夫妻兩人工作忙，以為是感冒，讓女兒在家休息，哪曾想發燒不退，沒及時退燒，得了急性腦膜炎。回到學校讀書後，總覺得視力變差，配了眼鏡還是不行，視力越來越差，幾個月後眼鏡變得越來越模糊。

燕燕算是讀到初中沒畢業，十六時去了推拿培訓班學習，推拿成績很好。

十七歲後，鳳英申辦盲人推拿營業執照，讓燕燕開起了盲人按摩的營生，她推拿班學友健健也是盲人，技術不錯，也來這家店幫忙。

這兩個年輕人技術好服務周到，來推拿的客人很多，常常讓客人排隊等候，很多人來推拿都要預約。

燕燕和健健參加一次區域性專業比賽，中國和泰國等有部分推拿高手來參加，燕燕和健健在小組賽中，得了雙人的三等獎。

鳳英去人才市場找了兩個師傅來幫忙，那兩個不是盲人，但技術略差些。

金花的手法很好，鳳英很喜歡她，金花去了一個月，鳳英就發給她五千元工資。

晚上十點鐘，我來了。金花問我："你累了嗎？"

"我不累，但我覺得有點不舒服，"我習慣性地躺在床上說。

金花說："我給你按摩一下。"

"非常感謝！"

金花把手放在我的頭上說："從頭開始。"

她推了一會兒，我感到很放鬆。

"嘀鈴，嘀鈴，嘀鈴玲——"我驚醒了，是床邊的電話響了。

"爸爸可能中風了吧？！"麗娜突然在電話裏大聲喊道。

"啊！"我停了幾秒鐘，然後問："他現在在哪里？"

"120 救護車很快就會到達，"麗娜說。

我岳父因為心臟病在醫院住了一個月，他剛從醫院回家，就發生了這事。

我迅速穿好衣服，趕往醫院。

我岳父心臟病發作了，在醫院的急救中心，但急救仍然無效，他去世了。

在完成了她父親的葬禮後，麗娜對我說："我想打電話給我在新加坡的堂弟，告訴他，他的中國叔叔已經去世了。但他們沒有應答。為什麼？"

我聽著，想著。

我還記得她新加坡的堂弟對中國大陸探親。那時，我和妻子帶他去參觀了廈門的風景。因為他非常喜歡攝影，所以他和我有很多共同之處，我們很談得來。

十多年前，我們無法通過微信或 QQ 聯繫他，只能通過電子郵件。我經常用簡單的英語聯繫他。這麼多年來，我有時會通過微信聯繫他。

我給他發了一個微信的資訊：

你好，阿勇弟弟！

你叔叔昨天因病去世了。這是訃告。

我已經好幾天沒收到他的回復了。

後來，我給他打了個國際電話，終於通過了。我很高興。但是一個女人接電話。她回答說："你的電話號碼打錯了！"

我很震驚！這明明是這幾年的電話，怎麼會撥錯了？

後來，我對麗娜說："新加坡人不願意和中國大陸的人交往，因為就連他們的領導人也不認中國祖先。"

麗娜無奈地說："上一代人有感情，所以他們有聯繫。現在，下一代已經改變了。他們可能害怕和我們交往，因為今天的年輕人對他們在中國大陸的親戚沒有感情。"

麗娜頓了頓又說，十年前，這個來自新加坡的叔叔回來了。他是想念從小在一起的哥哥，還帶來了很多東西，比如糖、衣服，尤其是電視機。

他給我父親和我姑媽帶來了兩部日本"NATIONAL"電視。

姑媽從鄉下來看她的哥哥。叔叔還帶來了一臺"Sony"的"三用機"。

然而，我的叔叔帶來的錢不夠治病。所以他要賣掉了電視機和"三用機"，以換錢治病。

為什麼來自新加坡的富有的"華僑"沒有錢回家接受治療呢？

這就是我所知道的。

事實上，他的叔叔在新加坡並不是一個富人，但十年前，中國大陸的人認為生活在國外的"華僑"總是有錢的，至少比我們大陸的中國人富。

所以，只要他們回國後，都能給我們的兄弟姐妹帶來一點東西，但我們似乎覺得很值錢，因為我們太窮了，缺乏最基本的生活品。

我母親曾經對我說，不要說親近一些（如兄弟和侄兒），就是"華僑"的遠親（如外甥或女婿，甚至關係遠一點的親戚），只要他們能聞到一點氣味（得到一點東西），他們似乎是覺得是得到很多，甚至認為給一點點就可以吃一輩子。

讀者們：你認為我用錯了這個詞嗎？"給一點點就可以吃一輩子"？

雖然我母親說的誇張一點，但在二十世紀七十年代或更早之前，沒有錢買白糖，甚至買"粗紙"（是粗糙的"衛生紙"）。家用電器是高端奢侈品。你看，當時即使是基本的大米（細糧）都不夠吃，所以我們不得不吃粗糧。我們還有可能根據"營養"理論來安排每天的膳食嗎？

此外，麗娜的叔叔老了，想家。他想念和他一起長大的老哥。雖然他的健康狀況很差，但他覺得他在這個世界上的時間已經不多了，所以他沒有聽從孩子的建議。相反，他堅持要回到中國。他想帶病回家看望他的老哥。

據說廈門醫院的醫療水準相對較高，所以他也想到大陸治病。

事實上，他在新加坡並不富有，只是一名普通工人。他以前是個商人。他投資並管理了一艘貨船，並賺了一些錢。然而，海運貨物的營業利潤急劇下降，該船在無法繼續運營時被出售。但幾十年後，賣船的錢也被消耗掉了。

因為他愛"面子"，所以他帶回兩臺電視機。除了給他的老哥一臺外，他還要給他的妹妹一臺。如果"華僑"沒有帶任何禮物回國，那將是沒面子或忘恩負義的。

然而，他並沒有很多錢。當他發現不足以支付醫療費用時，他想賣掉兩臺電視。這時，他也顧不了"面子"。所以讓麗娜幫著處理電視機。

此外，事情還在繼續發生。

麗娜的姑姑本來可以得到了一臺電視機，可現在沒有，她心裏感到不舒服。

大陸沒有多少人有很多錢，不能買得起電視機。此外，當時的電視節目也並不豐富。

當時，大多數電視節目只播放唯一的官方中央新聞。還有一些國際體育節目，有時是一些革命時期的舊的黑白電影節目。沒有多少人會喜歡和關注這些重複的電視節目。只有一些部門組織大家來看電視，為了"政治"學習的需要。

對今天的人們來說，看電視時"追劇"的現象在當時是不可想像的。

只是因為找不到電視機的買家，麗娜才提出自己買走一臺電視機。事實上，是為了幫助叔叔解決缺錢的問題。另一臺電視機被另一個親戚買下了。

然而，這讓她的姑媽感到震驚："你張莉娜以低價買了這臺電視機，得了好處，卻對老叔叔撒謊，說是以高價賣了電視機。"

事實上，電視是根據當時的市場價格計算的，麗娜並沒有得到任何好處。於是她和她的姑吵了起來，兩人都很生氣，彼此不相信對方。麗娜甚至對上天發誓："我沒有從叔叔那裏得到任何好處。如果我得到任何好處，天地不容！"

因為還有一臺"三用機"要賣，麗娜姑姑的侄子霖霖也想買這臺機子。但是霖霖認為麗娜出價太高了。

為了買這臺"三用機"，他們的兩個表兄妹吵了起來。

"你的價格太高了。你根本沒照顧我。我們還是親戚嗎？"霖霖不高興地說。

麗娜回答："我是以低於市場的價格賣給你的！"

"你放屁！"

因為想念家鄉，叔叔回到了一次家鄉，那就是他出生的地方。十幾歲的時候，他跟著父親去了新加坡。

村長聽說他從國外回來了，立刻來看望他。

"村裏開辦的一所小學，去年教室非常破舊了，經常漏雨，影響到學生上課，它需要修復，但是村裏非常困難，資金非常短缺。"

村長繼續說："你們都是愛國華僑。我希望你能給學校捐出一些錢。"

叔叔說："你需要我捐多少錢？"

村長說："這取決於你的能力和意願。至少十萬元。如能出更多不限。"

叔叔，你有這麼多錢嗎？

他不得不回答說："這次我沒有帶很多錢，因我只帶了一些錢回來治病。"叔叔猶豫了一會兒，對村長說："對不起，我記住了，回到新加坡後，我一定會籌集幾萬元來幫助我的家鄉。"

在他的叔叔留在廈門接受治療期間，侄子阿勇也從新加坡來到他的父親身邊。

當他聽到內地親戚因賣電視機爭吵的事時，可能就產生了對大陸中國人的看法。除了中國人對物質和精神不文明的印象以及新加坡人對祖國的普遍態度外，他們不喜歡或不重視與中國大陸親戚的長期關係。換句話說，下一代新加坡人不想與大陸華人有任何親緣關係。

從許多類似的事件中我可以看出，如果中國親戚不向"華僑"索要禮物和錢，他們就會被村民嘲笑；如果"華僑"不送禮物和錢就回國，他們會受到本國的親戚的冷淡對待，或者他們會私下抱怨你。

換句話說，就像乞丐一樣，我們並不羞於討錢，可我們卻仍然有"面子"。

因此，那些想要回國的"華僑"，如果沒錢或物帶給親戚，他們通常是不敢回國的。

我還記得一個臺灣的親戚離開大陸幾十年了。當他回到家鄉時，他先向親戚預告，他在臺灣的法庭上擁有數千萬元的房產糾紛案未判，而且肯定會贏。

這意味著他這次回到大陸的時候並不是沒有錢，而是暫時缺錢。

他所說的目的是，如果他說他沒有錢或不能捐款，他就不敢登陸大陸了。

可以看出，大約在 1990 年以前，我們的經濟生活是很糟糕的，從而產生“人窮志短”，並不是“人窮志不窮”的現象。

我的五叔是糧食局的局長和“人大代表”（就像是國會議員）。

他因公務訪問了新加坡，並找到了他年少時就出國的“老四”（第四個弟弟）。這兩兄弟從小就分開了。當他們在外國見面時，彼此都非常興奮。根據中國習俗，“老四”的妻子為“老五”做了“麵條”和雞蛋。“老四”計畫按照“人情”的習俗給“五弟”一臺電視機。

後來，由於某種原因，它沒有被寄到中國。也就是說，五叔並沒有得到電視機，但新加坡的後代和他們的兒子們對他們在大陸上的親戚就此懷有偏見。

當新加坡的“老四”和大陸的“老五”相繼去世後，大陸“老五”的兒子去了新加坡旅行，也想找他們的堂兄弟。他根據他父親留下的地址找到了這所房子。他叫了很久的門，好像沒人。過了一會，有一個女人走出來開門，她對他說：“這不是你要找的人家。”

“老五”的兒子說，“他幾年前還住在這裏。他為什麼現在不住在這裏呢？他從搬走了嗎？”

“我不知道”，那女人冷冷地回答。

“老五”的兒子並不相信。他以為他的堂弟還在屋裏，就朝樓上的方向喊道：“大陸上有房地產，也有一套是你的。你不要房產嗎？”

他對那個女人說：“我不是來要錢的，我是來找我的親戚的！”

那兄弟是真的還住在樓上嗎？他聽見了嗎？

第三十四章 新歡

金花回到老家看望婆婆，聽到婆婆在嘮叨："標春沒好運，他的女兒也這麼衰啊！"

金花問："出了啥事？"

"月香受傷住了院，交不起醫藥費。"

"月香怎麼受的傷？"

"跟那個野男人上山去玩，摔得。"

金花從小就和月香很好，是因為村裏常常有人說，這大侄女和五嬸都是黃家的美人，兩人長的又很像姐妹，氣味相投，因此更覺親近。自從金花到了黃家，兩人挺有緣的。兩人常常在一起，上山砍柴、下地種地、在家挑水做飯。

金花聽到這，趕忙說，我要去看看大侄女，於是就趕到了醫院。

剛進病房，金花就聽到護士對月香說，錢拿來了嗎？交了錢就可以出院了。不然住在這，天天要算錢的。

景春在一旁說："我們入院時，繳了三千元，現在還欠醫院兩千元錢呢！"

這時，金花進來了，她問了月香受傷的前後經過，也沒埋怨倆年輕人什麼，就給了她 2000 元錢，並說道：

"你快點拿了這錢去把帳結了，出院回家養著吧！"

"嬸嬸你也有困難，"月香不好意思收。

"那你還有什麼地方能借到錢？"金花說"趕快去結了醫院的帳，不然拖一天就是多一天的住院費啊！"

月香想想也無可奈何，再說嬸嬸也是關心我，月香還是擦著眼淚收了錢。

金花說："滿山都是礦洞，這礦老闆也真是的，光想著賺錢也不管安全，挖完沒用的洞，也不馬上回填，村裏的人掉到洞裏也不是一回兩回了。"

她看了看月香，又好像對景春說，我們要去找律師，叫挖洞的人賠償！

景春說："我們又不知道是誰挖的洞？去找誰呢？"

金花說："都是在附近幾個村的人幹的，只要認真查，是知道的。"

景春說："我去問過，可沒人敢承認。"

景春因為沒錢，底氣不足。他想，如果找律師，要花很多錢，又不能保證有結果。

金花說："我去找法律援助中心的，請求給予免費的法律援助，目的就是要把違章挖礦洞的人找到，賠償她跌入礦坑的醫療費用。"

金花帶著月香的女兒到了縣裏的法律援助中心，中心的人說，月香有丈夫，有家，不算孤獨無援，不能申請法律援助。另外，這案子也不好搞，農村都是熟悉的人，會互相包庇，很難找到挖洞人。再說，要確認挖洞的人和他的責任也有困難，也就是官司難打了。

"你爸爸要出來幫忙！"中心的人對月香的女兒彤彤說。

"我爸跟我媽不好，他不管！"

"不管是不對的，他們還沒離婚，還是夫妻，夫妻有互助責任！"中心的人繼續說："如果你父親不管，你就跟他說，以後他老了，你也不養他！"

二年後，月香到醫院拆掉了鋼板。恢復後的身體還好，但卻變成了長短腳。景春也不再跟她來往了，找了一個和他的年齡相仿的姑娘，可能要結婚了。

美麗的月香竟然成了半殘人。但月香有不錯的手藝，會做一手好衣服。她在鎮上的街上開了一間衣服店。

命運對月香還是有所眷顧。一對男女兒女對她不錯，同情和偏袒她。

最終，月香和張其仁離婚了，兒子也已成家有了一個男孩，女兒去了廈門跟朋友開了一家小小的美容店。

不久，他認識了縣裏的一個離異男人，名叫謝福田。他有一個男孩，已經準備讀大學了。福田由於小時候得了小兒麻痹症，臉部有點歪斜，但對她很好。由於常年在新疆做建材生意，一年才能回來一兩趟，但由於互相有好感，幾乎每天都通電話和微信。為了她和新家庭，福田想回到老家，可是在新疆已經呆了好多年，做建材的路子很熟悉，生意也很穩定，如果回來，生活會面臨新的問題，這讓福田感到很為難。

第三十五章 陪護

　　因為沒有上海戶口，不能在上海參加高考。年初，小兒子希希回到太姥山的高中繼續上學，準備迎接高考，金花決定回去照顧他，爭取考上大學。

　　半年時間裏，因為離家遠點，金花為了方便希希學習，另外租了一間靠近學校的房子，四百元月租，供孩子讀書。找不到合適的事情，沒有錢掙，靠著自己身上僅剩有的幾千元和老公寄了幾千元以及我每月給的兩千元生活。

　　每天幫希希煮飯洗衣，希希每天和她住在租房裏睡，金花一早七點前，為希希做好早餐，他吃了飯就去學校自習和上課，中午十二點放學回來，吃了午飯，休息一會兒，下午一點鐘半又要去學校，晚上六點回來，吃了晚飯，七點又去學校自習，十一點回來睡覺。

　　六月七日，是高考的第一天，一大早金花跟著希希到學校門口，八點半剛過，他就進入考場了。

　　天氣很熱，太陽很大，金花拿著一把扇子在校門口的樹下等著。

　　我知道今天高考，打電話問：

　　"兒子進去了嗎？"

　　"九點開考，八點半就進去了。"

　　過了一會兒，我又打電話："考出來了嗎？"

　　金花看了看手機上的時間，已是是十一點十五分，然後回答說："還沒呢，"

　　很快又說道："鈴聲響了！"

　　過了幾分鐘，金花看到考生們陸陸續續出來了，家長們往門口湧。

　　出來的考生越來越多，金花在人群中很難看到兒子是否出來。

她搖動著頭，東張西望，還是不見兒子。突然身後有人叫了一聲："媽！"她猛回頭一看，是希希。他前幾分鐘就出來，可人太多，擠在一起，母子互相看來看去，都看不到對方。

金花迫不急待開口就問："考得怎樣？"

希希遲疑了，好像不好意思地說："有一題沒來得及做，其他好像都做對了。"

"不要緊，應該不會低。"金花鼓勵道，接著又說："數學考過就好了，下午還要考語文，再努一把力！"

"餓死了！"希希摸摸肚子說道。

"快去吃飯，休息！"金花馬上帶著希希回到出租房。

下午考語文。

第二天，上午考英語，下午是政治和物理化學。

過了半個月，成績出來，希希總分是 617，比本一線高了很多，可以選較好的本科一批學校。

金花對希希說："儘量在本省讀吧！"

報考擇校那幾天，希希卻去參加軍校體檢，沒有和金花一起翻資料選擇學校。

金花叫我也來幫忙擇校，我拿著升學擇校資料翻來翻去，根據希希的理科分數，提出幾個擇校方案。

希希喜歡讀軍校，金花說："提前批的軍校，不用交學費，畢業定向到部隊，很好！"

我找了幾個提前批次的軍校，技術類的軍校專業分數不夠，指揮類的分數可以達到。

可是，我認為：學指揮類的畢業後，主要是帶兵打戰，沒有企業需要的專業技術，而將來轉業到地方企業工作，合適的路子很窄。

不建議報軍校指揮類專業。而專業類，如電子、航海、機械等軍校專業分數又不夠。雖然指揮類分數可能夠，但不想報。

"提前批的軍校就報不成了！"我對金花說。

金花說："那就放棄提前批吧！但是普通高校也有招軍隊專業的，你

188

看看。"

我查了查武漢、大連等幾個高校，有軍隊專業。但是他仔細看了看招生簡章，發現一個普遍的問題，說道：

"不是軍校，普通高校都要繳大幾千學費。"

金花馬上就說："那也沒事，花錢就花錢唄！"

我又看了看，發現希希的分數也只能報普通高校的軍隊指揮專業，如炮兵和陸軍的指揮專業。我對金花半開玩笑地說："這些專業出來就是參加打戰帶兵，容易立功提拔的。嗨嗨……"

金花冷笑了一聲說："那不行，一個兒子，最好不去打戰！"

"是啊！要去軍校，就學技術，在部隊一般不到最前線，會安全點。"

我又翻了幾次擇校資料，對金花說："看來軍校報不成了！"

金花也過來看了看說："那就看看普通學校吧！"

我和金花翻看資料、查找、計算了兩天，得出幾個學校，列了一個表，可能需要填報的第一志願、第二志願、第三志願，都順序排出了。

金花看了看，感覺報這些學校都不太不合適，錄取的成功率也不高。

兒子還沒回來，金花打電話給兒子，問道：

"你選了學校沒有？"

"我沒有資料，沒法決定，我這幾天回不來，等回來後再看看。"希希回答。

過兩天填報時間就要到了，我提出十幾個學校，排出了第一到第四志願的順序，可是金花看了，總覺得不是太理想，很是顧慮地說道：

"這沖，穩，墊，第一志願填的能沖的上去嗎？"又繼續說：

"如果沖不成，這幾個學校會穩得住嗎？"

我看了看，自己列出來的志願選擇學校的順序，有點自信地說：

"我反復看了，又計算了，只有這樣的，差不多了！"

金花說："看來分數不算高，學校難選。"

金花在房間裏，度了幾步，突然說道："師範有嗎？"

"師範？"

"福建師大看看。"金花說。

我邊翻書邊說：“師範多是當中學老師的專業，語文、數學，還有，還有化學和物理，好像都是教學的，沒有合適的專業，將來不會去企業幹的。”

　　“你注意看看。”金花也過來看了看書，指這書上的“社會管理”專業說：

　　“這是幹嘛的？”

　　我看了看說：“將來可能會去社區當幹部。”

　　“也不錯啊！”金花笑了笑又說：

　　“好像現在也是熱門。希希在學校變得很愛做這方面的工作，他當了幾年學生會工作，現在好像也很有愛心，關心搞群眾工作。你再注意看看分數？”

　　我說：“是啊！去社區也不錯，就是工資比較低。”

　　我看了看師範大學裏面的社會管理專業，往年的錄取分數，然後說：

　　“按估算今年的分數完全夠。”

　　金花說：“把它放在第一志願吧！”

　　在最後一天填報志願時，還差一個小時，在保險公司上班的嬌嬌打電話給我說：“網上志願再進去改一改，還是學金融吧！分數也夠。”

　　我正在開車，我把車靠邊了一下，然後拿著電話：“你媽媽說，學社區管理呢，我也覺得可以。”

　　我把車停住，說道：“我和你媽商量一下。”

　　希希還在福州，金花和希希商量，結果還是贊同金花的意見，第一志願報福建師範學校的社會管理專業。

　　希希還在福州，馬上就要終止填報了，他找了一臺電腦，在關停網上填報的最後幾分鐘，確定了填報志願。

　　四嬸（四哥的妻子，農村婦女習慣跟兒子叫）對金花說，他在醫院當護工，工資四千，也不太辛苦，就是有時要給病人端屎端尿擦屁股，比較髒臭。

金花不以為然地說：“那沒什麼。”想了想又說：“現在也只有幹這個了！”

金花到醫院去，在老年病房，陪護一位八十歲的老公公。老奶奶沒有了，兒女都在國外，住院有兩個月了，金花服侍他很是認真，讓那老人很滿意，只是身子不能動，頭腦很清楚，大小便也很正常。因為沒什麼事，他常常把自己的身世告訴金花。

金花也沒覺得很累，可就是晚上睡在那窄窄的躺椅上，不能翻身，整夜睡不著，一天天過去，過了半個月，她睡不好，更吃不好，覺得受不了。雖然每天的護理工錢是一百五，一個月下來也有四千五，但金花吃不消，想離開醫院了。

老人家實在捨不得她離開，求了金花幾回。金花被求的也有點不捨。要不要繼續在醫院做護工呢？她想徵求女兒的意見。

第三十六章 萬能帳戶

　　兒子考上師範大學的社會管理專業，除了學費每年要六千，金花每月都要轉二千給兒子當伙食費和日常消費。

　　醫院的活不幹了，為了家庭的生活開支，總要另找事情做。

　　六弟媳婦先去做保險業務有一年多，她的業績不錯，升到小組級的主管。

　　有一次，六弟媳碰到金花，對她說：

　　"五姆（五伯母，農村人的妻子都是這樣跟著兒女來叫的），你口才好，我看你很適應做保險。只要到公司培訓一個月，掌握保險知識和基本行銷方法，你就能如虎添翼，比我更好了。

　　可金花才初小文化，金花心裏沒數："我文化那麼低，字也知道的很少，合同也看不懂。我擔心做不來。"

　　六媳笑了笑說："你一定行，你先試試。我估計你一個月後就很厲害了！"

　　金花不太有信心，但又一想：我現在也沒別的事做，那就試試吧！

　　金花就跟著六媳去做了幾個客戶的單子。當然，是六媳的單子，金花只不過跟著聽聽看看，六媳是如何跟客戶打交道的。

　　不久，金花去太姥山縣的保險公司當了正式業務員。

　　每天按時上下班，認真聽課，參加定期和不定期的掛鐘活動（提前根據日程安排）。

　　金花每天準時到保險公司上班，主要是天天聽課，常常參加各種行銷活動。

　　通過一月的培訓，金花終於對保險業務有所瞭解。而且對保險合同條款也理解的不錯。

經理說，你可以大膽的單獨去做了。遇到問題，我還可以協助你的。

金花發揮了她買衣服和經營石材廠的生意頭腦，也算有她自己的生意經。她第一步，動員自家人以及堂親表親買單，緊接著，自己、老公、女兒和兒子，每人都投了一兩份保險。他們為標富、嬌嬌、美美和西希希投保，並計算出他們每年要支付六萬多元保費。

過了兩個月，除了親戚的單子，熟悉的、要好的姐妹的單子也做了幾十單。

金花為自己買了一份人壽保險。她必須連續十年支付保險費，每年一萬二。

因為自己首先也要交保費，生活負擔加重。但她開始有收入了，也就是保險業務開始發展。

第一個月保險業務業績收入六千元，第二個月五千元。第三個月是四千元。

但是，金花很快就升到組級的主管。在努力一把，就要升到經理級了。

她需要繼續做業務，否則業績會下降。

金花動員嬌嬌的男朋友做一單保險。然後她自己又做了一個。我也還幫著做了一萬元的保險。

就這樣，金花在第五個月獲得了六千元的傭金，第六個月獲得八千元的傭金。如果再訂購三份客戶保險單，她將很快就要晉升為業務經理。

金花想到了她的好朋友，他們都在做生意、做工程賺錢。

金花對他們說，雖然你現在可以賺錢，可以後是不是都能穩定收入？所以你應該提前做好未來的計畫。如果你買了保險，你就沒有後顧之憂了。

金花還表示，新推出的保險非常好，非常優惠，過兩個月後可能就會終止優惠活動了。

金花說的是有道理的。更重要的是，朋友們相信金花，信任她。所以他們大多數人都是按照金花提出的保險計畫購買保險的。她的一位朋友告訴她，這個項目非常好，她想做，但目前經濟非常困難。由於資金周轉不足，她暫時不會購買。

金花瞭解了很多有關保險的知識，對這項保險有了更好的瞭解。她對她說，既然想做，就應該抓住機會，否則，她會錯過時間，如果優惠指標用完了，就買不到了，就不知道下次什麼時候才會有？

她再次想到，只剩下兩個單子了。如果我完成了，我可以晉升為經理。然後立即增加一萬元的績效獎勵。每月將有一千元的固定績效獎勵。

因此，她對朋友說，如果你想這樣做，我會先為你支付第一筆保費。

朋友說，太好了！我會還給你，明年繼續支付保費。

後來，她動員她的四伯（她丈夫的四哥）也購買了另一份保險。

在過去的一年裏，金花通過運用學到的保險知識和業務經驗，更加熟悉了保險條款。她試圖向她的朋友和親戚介紹優秀的保險類型。她為黃家的大部分人及其父母投保。

總之，她動員黃家大部分人購買保險，也讓娘家的親戚購買保險。

"我再做一單就升經理了！"

我說："你再找閨蜜女友做幾單唄。"

金花搖搖頭："幾個閨蜜還有顧慮，她們說，手上沒現錢，都顧不上現在了，還要考慮以後嗎？"

我說："你不會跟她們上上課講講道理？買保險是為了長遠啊！"

金花苦笑了一下："我說了很多，女友萍妹對我說，跟老公商量商量再回我，結果好多天了也沒回。我再打電話，她也故意說這會沒空，有空再說。"

金花看了看我，笑笑說："你再幫忙買一單吧！"

"我想一想，在計算一下利弊。"我邊說邊略有所思。

"一年交一次，一萬二。"

"有點多，我十年前買的才交兩千。"

金花說："過去是，現在錢小了，但利益也高很多。"

"怎麼個高法嗎？"

"過去險種少，只有終結或出險時才有兌現受益。現在不同，交費一年以後，就有返回紅利，還可以自動把紅利轉入萬能帳戶，利滾利。算下

194

來，你不急用錢的話，放在萬能帳戶裏的錢一直在增加。到了七十歲帳戶有八十萬元。到九十歲有一百萬，到一百零三歲……"

"哈哈，我能吃到一百零三歲？太好了！"我大笑起來。

金花不好意思地說："保險的方案就是這麼計算出來的。"

我說："理論上，是這樣。可是錢都不拿出來，一直存著不提現，幾十年當然會有。"

我算了算，又說："如果出險或者急用錢，要拿出來，萬能帳戶就沒有很多錢了。"

"而且，"我頓了頓又說："如果合同到期，或說出險，賠付金額只有實際投保總交費的一倍多，我粗算了算，基本才拿回投入的錢呢。"

金花很快就回道："是啊。以前都要到合同終止，或者說出險時才拿到錢。可是現在一年後就可以返回，包括萬能帳戶的錢可以提前領出來。不過，如果不急用，就不要太早領取，不然收益就少很多。"

"以前的險種，到終止時，一般都可以有三倍的保險金領回來。不過——"我停了停，朝金花笑了笑，接著說："那也是自己拿不到，卻是兒女或受益人拿了。"

"是啊，現在的險種，等於是更早拿回錢來，自己花。"

金花又說道："不過，到終止時，所得的基本保險金，只有應交的保費拿回來。"

金花接著說："一般來說繳費都設定為十年，以前是二十年的較多。十年後，就可以多拿點紅利和萬能帳戶上的收益了。"

我說："十年繳費完了，就去拿，或者說十五年以後去把錢拿出來，也不是很多，"我想了想又說："拿幾萬是有。可是——"

我又說到："可是，所謂萬能帳戶的收益，就大打折扣了！"

金花說："所以保險是長遠效益。"

我補充道："她們往往沒有看長遠，只好短期。因為，你那做生意的女友，習慣掙快錢，看現錢。就跟，就跟賣東西一樣，馬上想要收回成本和利潤。"

"有的還想提前收回利潤。比如，預交和買會員卡之類的。"金花接著我的話題說。

我說："買會員卡，多是服務類的生意，等於先交錢，後面慢慢消費。"

"好了好了。說了這麼多，你買一單吧！"

我笑笑說："遵命，反正買點保險是可以的，沒有什麼不好。但要很有效益也難說。"

"保險就是防範於未來，長期打算，不是光考慮現在。"

我說："對啊！尤其是沒有固定收入，或者有時有錢掙，有時卻沒錢掙的人群。一定要買一兩份保險。"

"是啊！尤其是我那些朋友，要乘著生意好，好掙錢的時候，趕緊買一些保險。防止困難時苦惱。"

"困難時？"

金花說："是啊，遇到困難，可以從萬能帳戶中貸款。"

"能貸多少？"

金花說："可以貸好幾萬。"

"那還不錯，"我說道。

金花說："那你先買一份人壽兼理財的險，既有壽險的保障又考慮到理財的收益。"

"謝謝你！想得周到。"我故意斜了一下眼，笑了笑。

金花卻有點嚴肅地說："保險公司都儘量設計出好的方案，讓參保人挑選最佳方案的。"接著又說：

"還有重大疾病險，為了花大錢治療大病而設計的。"

我想了想說："是啊，這種險對於身體不好的人有利。但是——"我略頓了頓又說道："花大錢，老沒發生大病，就不太合算。"

金花說："剛交沒幾年保費，就出險得了大病，就及時解決大病醫療的困難了。"

"不過——，"我笑了笑問道："是不是有人得了重病，卻不說，瞞過實際身體狀況照買重大疾病險的？"

"按理說，要先經過體檢，沒有重大疾病，才可以買重疾險的。但聽說確實有人作假，瞞過保險公司。"

我感到奇怪，急著說："能瞞過保險公司？"

金花放低聲調，靠近我說："是有聽說保險業務員搞名堂，違反合同，在簽訂前違反身體狀況調查的規定，幫客戶作假，有大病卻照辦理了重大疾病險。但是，但是如果查出，業務員是要承擔法律責任的。"

金花繼續輕聲說道："我的那個客戶在保險合同生效一年後，就去報出險，說自己得了大病。"

"結果，"金花頓了頓繼續說："保險公司查到一年前，就是在合同之前，就有醫院的癌病報告記錄。"

"那不露餡了？"

"不過，經過協商，保險公司還是決定，再過一年後，就是合同兩年後，照樣給予大病醫療報銷。"

"是嗎？不是按違規而不給報銷，你卻還照報銷？"我驚訝了！

金花從容地說道："是啊，現在保險公司比較人性化，幾乎是特地救助有困難的人。不過要兩年。如果兩年復查沒夠上大病，也就沒有了。"

我認為，這是特例，也有點不追究業務員的失職行為。於是，笑了笑說："這是特例吧！"

"是啊。一般沒有這樣。要認真查清楚沒那六十種大病才行。正常合同生效兩年後得病，可以報銷的。"

金花說著，就去倒了一杯水，一口氣喝下，她說了很久的話，口有點渴了。喝完水，馬上又倒了一杯水，遞過來給我。

"還有躉交保費的。"

我嘿嘿笑道："我知道，是錢太多先交掉！"

笑後，我喝下杯中的水，抬頭看了看金花。

"是啊！"金花回看了我一眼，然後回憶："我認識的一個漁民，今年魚排買了很多魚，掙了幾百萬。可是前年刮颱風，虧了幾十萬。"

金花伸手收了我的杯子，然後繼續說："我就鼓動他，趁今年有錢，就把十年的保險費一次線交了。以後不用交，萬能帳戶每年還不斷進錢。需要時，還能從中貸好幾萬急用。"

我說："能貸好幾萬就能解燃眉之急。"

金花說："是啊，因為他是躉交，也就是繳費多，利息多，分紅多，萬能帳戶一下子就進很多錢。所以貸款額度也高。"

她晉升為業務經理後，每月收入超過五千元。在一些月份裏，她賺了兩三千元，有時是八千元。最近，她收到了一萬元的傭金和獎金。

每天早上八點，金花會到保險公司報到，然後參加學習和會議，直到中午十二點回家。她經常在下午四處走動，制定保險單。她經常晚上去別人家談保險業務。她有時會去福州找朋友做單子。

　　她經常來來去去，顧不上吃飯和休息。她那繡著美麗花朵和金色鑲邊的女式拖鞋也變得寬鬆，仿佛要被磨壞了。

　　本月，她將前往武夷山參加保險公司舉行會議。事實上，除了定期培訓外，公司還經常組織非現場會議。金花是一名業務經理，所以有很多會議要去參加。

　　一年後，金花不僅補上了自己交的保險費，還多賺了 5 萬元。他成為公司的傑出商業經理，並贏得了幾個不同的獎項。

　　金花工作努力，得到了領導的讚揚，也賺了很多錢。

　　兩年後，親戚朋友的保單變少了，找陌生人投保變得更加困難了。

　　可是一位同事卻做得很好，因為她為大企業下了一大批訂單。然而，金花無法下大訂單，僅靠私人小訂單已經難以維持了。

第三十七章 面簽

眼看出國的半年期到了，矮妹為了脫離布朗西斯，就悄悄地離開他，回到了中國。因為匯不出美元，她暫時把錢寄存在同伴帳戶上。

回到中國不到半年，她不讓布朗西斯知道，又悄悄地去了美國，從地下錢莊轉回了十來萬美金。然後又要準備去澳大利亞，繼續到酒吧陪酒。

金花躺在沙發上，正在打盹。"突突，突突突……"

手機一直在震動，金花睜開眼，看看來電號碼，知道是矮妹從美國打來的。她沒馬上接電話，卻是先瞄了一下大廳的掛鐘：半夜零點剛過。

矮妹隔三差五來電話，她也知道金花回家了，可以在自己房間跟她拉呱。

不過，今天似乎打遲了點，好在今天金花也是剛回家，累得打了一下盹，但還沒洗漱。

矮妹最近都是隔天打一次電話，開口就是罵她丈夫沒本事，才使得她要去美國掙錢，很是辛苦。

金花勸她說，命該如此，就不要怨命啦！不過老公還算老實，會努力掙錢，又幫你帶女兒，還管著前夫孩子。

矮妹回道，他能掙啥鬼錢！還不夠自己吃飯呢。金花說，比我老公強多了。

今天又是來訴苦的吧。金花這才懶洋洋地按了一下手機接聽鍵。

矮妹在電話裏劈頭第一句就說，"老公說，他要投資什麼鬼項目，叫我借點錢。我說，你屢次投資都是虧得，這次又搞什麼啦？"

"搞什麼？"金花問。

"好像是跟人合開電工材料店，我也搞不懂，不知道行不行。"

"你同意了嗎？"

"我同意個鬼！我說我沒錢，你真要搞的話，那你自己想辦法，我管不了。"

矮妹接著說，有個華人後裔叫布朗西斯的，想和我結婚。

"他黏住你啦？"

"我怎麼能同意呢。可是他在我身上也花了好多萬。"

"你死定了！"金花笑著說。

"金花你出來吧！這好掙錢。"矮妹突然轉了話題。

"可以嗎？"

"好辦，你可以試試。"

"我幫你介紹上海的出境哥，先花兩千塊，他幫你搞材料，然後你去上海領事館面簽。"

沒幾天，金花叫我收一下郵件，我打開郵箱收到廣州一個叫"happy men"的郵件，正文寫：

你把附件裏的表格填清楚了。身份證和護照關鍵頁面複印上傳。

還有幾張附件：一張是表格，要金花填寫姓名、身份及身份證號碼、戶籍地、電話、工作和收入情況、財產，出境目的。

另一份文字資料是，證明金花是一家臺灣某企業的員工，經理是楊文強，介紹員工去美國考察。

金花去公安局出入境處辦了一本出境用的護照，申請目的地是美國。

我就幫她填了表，填了護照上的號碼，寫好戶口上的地址，工作就按假的填：臺灣某企業員工，派她和楊文強老闆同行美國考察商務。有一套七十萬元的房子，年收入五萬圓。

我發過去的金花照片和護照及房產全是真實的，但工作單位卻是假的。還匯了二千四百元給出境哥。

happy men 在郵件中回道，收到款，等五月以後會通知到上海面簽。

可是，金花等到六月十日還沒接到面簽通知，不免有點著急。打電話給出境哥。他回道，因為人太多，要排隊，所以一直往後推，估計快了。

果不其然，六月十八日，出境哥打來電話，已約好六月二十五日來面簽。

金花和我提前一天到了上海，住在出境哥約定的南京路朋友旅館306

房。我進房間一看，這間沒有窗戶，並排著兩張單人床，門左邊倒有個小廁所。進了門，金花就把廁所的排氣扇打開了，那排氣"呼呼"的聲音好響。

當晚九點，有人敲房間的門，金花開門一看，有一對不認識的年輕男女站在門口。

金花問："找誰？"

"小許叫我們來您的房間。"

原來出境哥姓許，他通知幾個人都到金花的房間來集中。

金花就順便把門開著沒有立馬關上。

接著，又進來了六個人，多是姑娘。

我看看表，已經夜裏十點了。房間裏除了金花和我算是中年人，統統是二三十歲的年輕人。先進來的那對，看起來比較苗條點，她倆靠牆站著，金花拿過一張凳子請他倆坐，男的不好意思說"不用。"就靠著牆壁站著，女的卻看看凳子說"謝謝阿姨！"就坐下了。其他姑娘都隨便往床邊坐，一個胖點的姑娘卻徑直坐到床中間並往牆靠著。金花坐在床沿，我看到一屋子的女人，不好意思似的，蹲縮在靠裏的單人床上。

正在這時又進來一個一米六八、個子不算太高的男子。進來就順手關上門。他對大家招呼也不打，好像對這些姑娘早就認識似的、說話聲音也不大，劈頭就對姑娘們說，大家小聲點，聽我說：

"你們明天八點前到樓下來，我帶你們到南京路梅龍鎮商廈2號門口集中，大概九點一個個排隊上三樓面簽。我會一個個叫你們的。"

小許打開背包，拿出一大疊A4打印紙，一個個叫著名字，分發給大家資料，每人都有三四頁的樣子。他接著說：

"這些資料上的東西要熟記，比如，你是哪人，幹啥工作，同行人名字，同行人職業。都要流利地說出來，好像都是真實的。要說去美國旅遊，還要說沒去過美國，很想去玩玩。不要說美國有親戚。"

那個在床上靠著牆壁的叫陳紅，她斜著眼開口說：

"明天能過嗎？我真擔心。"

"你是哪的？"

"我是江西的。"陳紅回道。

"江西好像問題不大，福建有點難。"小許又接著說：

"大家不要緊張，很多人都可以去旅遊的。"小許嘿嘿笑著說。

金花看著姑娘們，心想，這些姑娘年輕又靈活、文化也高點，又不是福建的，更容易出去吧！

不料，小許轉過頭看看金花說道：

"像大姐這樣，更容易通過。"金花聽了心裏感到了一點點寬慰。

小許又說，"好了！我先走了。祝大家明天順利通過！"

小許走後，姑娘們還沒馬上離開金花他們的房間，有些總想多知道點什麼，於是繼續交談著。

先進來的那對情侶，坐著的叫黃麗麗，對大家說，"我們兩個如果一個通過，一個通不過，就都不去了！"

"哇塞！兩個好恩愛喲！"

"嘻嘻！"黃麗麗舉起右手理理自己的頭髮，笑了笑。

次日早晨，大家按時跟著小許到了南京路梅龍鎮商廈的二號門口，小許說，"你們在這等著，不要亂跑。"

這是個十來層高的大廈，樓下對著街道的有東南角一號門和西北角的二號門。

太陽照著街道，一絲風都沒有，實在悶熱，大家就站到2號門前。沒幾分鐘，有的人熱得受不了就往門裏面站。又等了十幾分鐘，不見小許來。

我走出了二號門，沿街邊往南走了二十米光景，看到前面右邊就是一號門了，我走到門前，轉頭看看左邊：對面沿街前後，幾幢大廈都掛著外國領事館的牌子，有英國的、瑞士的。

一號門早就有幾十人在哪里等進門面簽了。門口有保安，不讓大家隨便進去。人們沒有在門口排隊，只是圍在門口一圈，只等有人來叫一個，就進去一個。沒進去的人，多是三三兩兩，有的在烈日下撐著傘，有的在樹蔭下站著，還有的人直接曬著太陽但卻坐在街邊線的石沿上。

過了一會兒，有人傳話，說是小許叫大家往一號門走，在門口再等一下，馬上就要進去了。

金花和幾個姑娘就跟過來，和我在一起，站在一號門外等著。

等了足足半小時，還不見有人叫金花進去。

這時，又有人從二號門傳話過來，說是還是再到二號門等待，馬上要進去了！

金花和我又回到二號門，因為這是商場大門，沒有保安把門，可以隨便進出。金花透著玻璃門往門裏看：裏面是一個大廳，櫃檯縱橫。她推開門伸長了脖子往裏看，然後移步進了商場，我也跟入。

哇，一陣涼風吹過來，裏面好涼快啊！

這一層櫃檯擺著的都是金銀首飾和玉器。正對二號門往裏十來米處，是一個通往二層的自動手扶電梯。

金花看到上梯口的右邊有個小攤位，前面橫擺著一張桌子。上前一看，是專門畫美甲的，桌前坐著一位姑娘，正等著服務員畫指甲呢。金花看看人家的指甲，又低頭看看自己的指甲，好像也想畫指甲。

突然電梯上方有人喊："到了！到了！"金花往左抬頭一看，是小許在喊她。

"不用緊張，"我說。

"越說越緊張，"金花用右手掌按了按前胸，又說："反正看運氣啦！"

"就是嘛！"我說道。

金花一溜煙上了扶梯，不見了人影，我就只好仍在一樓等著。

我東瞧瞧西望望，只在門口附近溜達，心裏揪著：金花能過嗎？不能過——

能過——不能過——能過！准能過！

我看了看不遠處的櫃檯，卻沒有到櫃檯去看那金銀寶貝，心想：現在身上沒多少錢，金花去美國又要花好幾萬，就沒法送她所喜歡的這些東西了。

附近沒有地方坐，我只好踱來踱去。過了半個小時，他覺得腰有點酸了，可找不到能坐的地方，於是又來到扶梯前面。我抬頭看看上方，還不見金花下來。

金花上了扶梯到達二樓後，看到這層是個偌大的電器商場。只見小許在一排櫃前揮揮手，示意她一直往前走，到西面的位置再上到三樓。

金花到了上樓處，看到很多人擠在電梯門口，那是準備上三樓或更高樓層的。前面的保安看到她，就擺擺右手，指了指左邊的步行梯："面簽的，不用等電梯啦！從這邊走上三樓！"

金花一步一步踩著臺階，登上了三樓。

哇！三樓是個大廳，沒有商場櫃檯，卻有幾百號人，排成蛇形隊伍，一個跟著一個前進。在隊伍的盡頭是四個窗口，離窗前四米處橫著欄杆，欄杆前站成了四個隊。

當其中一個窗口轉身出來一人後，排在欄杆前面的人就聽從保安的指揮，又進去一個。

一個轉身出來的男人，雙手舉著一張黃黃的三十二開的單子，興高采烈邊看邊往左側走，他顯然通過面簽了。

接著，保安手一揮，欄杆前一個女孩急速往窗前走，她在窗前端端正正站著。金花排在她後面不遠，看到窗裏面坐著不像美國人，倒像中國人。

"是中國人當美國的簽證官？"金花想。

總覺得那女孩在窗前站的時間比前一個男人要久一點。只見女孩搖搖頭，又點點頭，還用右手撓撓頭。

她終於轉身出來了，手上沒有拿黃單子，看她皺著眉頭噘著嘴的樣子。嗨！可能是沒通過。

"滴鈴鈴，滴鈴鈴——"一陣手機鈴聲，金花看看：是黃劍鋒打來電話。

"你在哪里啊？"

"正在排隊。"

"什麼便宜貨？"

"不是，是在美國領事館。"

"啊，你是，是要去美國？"

"是啊！"金花接著說道，"要到了！我等下跟你說。"

"哦，好。"

我一會兒又走到大門外，漫無目的地把目光轉向大街。看著那來來往往的人群。我好像突然有意識地要在人群中尋找什麼？找什麼？我在問自己。

找女人，對！有沒有漂亮的女人？他似乎要認真找一找了。

遠處走過來一個女人，走路的樣子挺好看：那擺動的肩膀和扭動的屁股，好像在勾引著我。那女人正朝我走來，越來越近，當我睜大了眼睛看時：沒見到誘人的飄髮，只看到粗糙的黃臉。咦！是個五十開外的老太婆。我很納悶：這老女人遠處看多像成熟性感的姑娘啊！

我不甘心，又找了好一陣，過來了好幾個姑娘，但真是沒有好看的：不是個子矮些，就是嘴巴大點，還是鼻子過扁……呵呵，好笑，我一時覺得自己好無聊哦。

金花還沒下來，她是不是通過了？沒通過？我的心又懸了起來。

我百無聊賴，又回到門裏面。剛走到美甲櫃檯前，我突然感覺左上方電梯上有人下來，抬頭一看，是金花！

"怎麼樣？"我沖口而出。

金花還在扶梯的半腰處，慢慢往下降。她似乎聽到了我的問話，輕輕搖了搖頭，顯得很疲倦的樣子。

"沒過。"我好像不是用耳聽到，而是用眼看到金花在說。

第三十八章 阿裏山

　　我躺在賓館的床上，金花剛從浴室出來，頭上蓋著一塊大毛巾。她雙手極快地用毛巾來回搓著那長長的、黝黑的濕漉漉的頭髮。

　　"你也來洗嗎？"金花邊搓頭髮邊問。

　　"等一下。"我的頭枕著雙手，繼續說：

　　"你怎麼就沒通過？簽證官跟你說了啥？"

　　"是啊！我也不知道為什麼會那麼緊張。"金花擦好了頭髮，把毛巾順手往沙發扶手上放，回過頭對著我說："也不知道為什麼心跳的那麼厲害，不斷砰砰地響，我不敢抬手按自己的胸脯，怕裏面的人看到，只好自己在心裏安慰自己：去得了去不了無所謂！不要緊張不要緊張！可不聽話的心臟還是在'砰砰，砰砰——'氣死了！"

　　"你平常遇事都比較冷靜，常常會演戲。"我略帶嘲笑的口吻說。

　　"是啊！我去不了，也沒關係，本來就沒什麼好緊張的。當簽證官問我去過哪個國家，我回答，去過新加坡，去過馬來西亞。我說了這話以後，就感覺自己不對頭。簽證官又問，你計畫去美國幹嘛？我聽了更緊張，雖然按事先準備好的臺詞回答，我說，去玩啊。但是說話好像有一點點不連貫了。"

　　"那也沒說錯話啊。"我看著她的眼睛說道。

　　金花略頓了頓說："是不是我心裏有鬼，是想去打工，卻說是去玩，我本來就不會說謊。"

　　我嘿嘿地冷笑了一下，說："你從來不說謊？"

　　"至少沒說過大謊，好像偶爾說點小謊，那也是為了成全好事，說些善意的謊言。"金花好像還有點自信。

　　我問："最後簽證官怎麼說？"

金花抓抓頭說：“沒說不通過，她只說，我們把你的資料先上交上去，再看看。還對我說，可以在網上查詢，好像還勸我耐心等消息。我一聽就知道沒轍了！”金花又補了一句：

“我低著頭，有些喪氣，剛剛沿著黃線走出來，在門口有人問我，拿到黃單沒有？我說沒有。那人又說，那你手上沒有退回的資料啊，我說都被收去了！那人覺得奇怪，咦，沒黃色單子就是沒通過啊，一般是馬上把資料退出來給你的。”

聽了金花的話，我想了一下說：“我幫你分析，一是，前一天小張說你容易通過這句話，你聽進去了，你心底就有一定要通過的壓力，而不是無所謂，不是帶著輕輕鬆松，大不了來上海玩玩的思想。”

金花閉了一下眼，略有所思地說：“嗯，仿佛是有點這樣。”

“再就是，你第一次出國去新加坡就受到那麼大的挫折，當她一問你去過那裏，勾起了你的回憶，心理壓力突然變大。”

“是啊。但是有理智的想法是，去不了不要緊啊！”金花有點對她自己不服氣的樣子。

我歎了一聲：“可是當時理智抵不過原始本能的心裏壓力，還是緊張啊！”

我有一個月沒和金花在一起了。從上海回來後，為兒子結婚的事忙了一陣子。

今晚上，我又和金花在一起。

我突然想帶金花去臺灣走走。

金花答應了。

因為她已經到保險公司上班，要按正規企業員工管理制度，去保險公司申請十天的事假。

辦完請假手續，她就跟著我上了廈金（廈門到金門）客輪。

這次所走的臺灣全島旅遊路線，在島上基本是乘大巴的。

兩天前，我們就已經做了通關準備。

去金門需憑《港臺通行證》領取《金門通行證》才可以登船，那《港臺通行證》我們早在一周前到出入境管理處辦理好的。

預計到達渡口時，導遊去領取船票和金門的《通行證》，過關時，檢證口對《身份證》，《金門通行證》進行查驗。登船前憑船票上船。船到達金門渡口上岸後，到通關口出示《金門通行證》，錄入手指印查驗後，出了檢查關口，才能上了金門島。

我手機早就開通全球通，金花沒有，手機就不能打電話了，整天要跟著我，不然，是無法互相聯繫的。

早上，準備從廈門的廈金航線渡輪到金門。

我們打的（士）到了碼頭，已經聚集了好多遊客，大家都在等船靠岸。因為是清晨，海面很平靜似乎沒有風浪，只見碧波蕩漾的海上，來來往往的船隻不少。雖然碼頭停泊著好幾艘船，可我不知道哪艘是我們要乘的。

導遊來了，是個男的。他舉著手中小旗喊著："臺島遊的旅客過來集中！"

我們都移步往導遊那邊靠近了。

我問導遊："到金門的船來了嗎？"

"馬上來了！大家做好準備。"導遊邊說邊看著手上的一張紙，接著喊道："張碧蓉！"

"來了！"一個女士應道。

"陳春生！"

"是我，來了！"

"鄭金花，陳躍進！"

兩人一齊："到！"

……

導遊喊道："大家跟著我，一個接一個來。"

我們一個個跟著下到浮動的碼頭平臺上，然後登上船梯，上了"廈金客輪"。

"突突，突突——"客輪離開了碼頭，又見船體慢慢地轉了一個方向，然後，似乎是劈波斬浪，直直朝前開著。我站在船頭，眼望前方。金花靠過來，指著那幾公里遠的海平面上，有一絲濃濃的灰色的線，問我："那是什麼？"

我看了看，已經覺得那條線越來越粗，就告訴金花："那條線，應該就是金門島。"

"好像才一點點。"金花覺得奇怪。

"金門和廈門差不多大喲。離我們才幾公里哩！"我經常看到海，覺得很習慣，又說道："因為海上霧汽大，遠處仍然看不太清楚的。"

金花伸長了脖子，把手掌舉在眉上，目視前方說道："看清楚了！這金門島看來越來越大了！"

船終於靠岸了。上岸後，金門的碼頭上出現了一位當地的導遊小姐，穿戴也很隨意，身高不到一米六，長相也很一般，不算漂亮，可臉蛋還算白皙。她舉著小旗大聲地喊道：廈門來的遊客跟我來！"

我們這個隊，連跟團的一男導遊，一共有十六人。大家跟著地導小姐進到一個小學校，據說是本島歸國華僑贊助的學校。導遊叫我們坐下，那正是小學生們上課的教室，我們都是大人，可是坐在孩子們的座位上，那椅子顯得小了點。可是我們還是按導遊的指引坐下，認真地聽導遊講：

金門原來是一個小島，島上多是漁民。但沒有出海時，就是捕魚淡季，漁民們就會在島上種植。島上風大，土壤貧瘠，也比較缺水，不利於種植水稻，只能種耐旱的高粱，所以，勤勞的人就開荒種了很多。高粱能當糧食，但人們發現它也可以用來釀酒。後來連當時住島的國軍也都會釀酒，用高粱釀出的酒居然很好，廈門一帶的人都知道，金門島上的高粱酒。高度的白酒慢慢地成了"金門高粱"，名冠大陸和世界。

導遊還介紹說，因為海島還是比較窮，所以島上的三分之一人口，出國謀生的較多。但是，很多人不忘祖宗，只要掙了錢，都會回來蓋房。

因為海風大，還年年會遇到颱風，所以金門的房子大多只有一層高。可是都按傳統閩南的四合院格式，青磚紅瓦，蓋得很別致，多數房子不乏雕梁畫柱，做工精細，很有南方古民居建築風格。

出了教室，我發現，除了漂亮的民居院落，在另一邊還有很大範圍的圍牆，牆內房子蓋得和民居差不多。可是圍牆離地一米左右，平行而整齊地畫著一條黑黑的邊線，那二十公分寬的線條，居然繞著圍牆一圈。為什麼這大房子要畫黑線？

　　導遊介紹說，活人住的房子都和其他地方一樣。而人們都將去世人的牌位，放到這黑線的大房子裏，實際上就是大陸人說的"祠堂"。每年到規定的日子，都會舉辦祭祖活動，同族的人，不管大人小孩和婦女都會到這祠堂祭拜祖先，也少不了，要點香燒紙，放鞭炮。召開一些儀式和活動。

　　離小學校不遠，我看到有座房子的牆上，貼著廣告畫，居然是偉大領袖毛主席的木刻畫，就是文化大革命那時常常見到的，可是畫的下邊卻寫著"金門高粱大家愛喝"，怪怪。

　　導遊帶我們去參觀一個水下石洞。

　　導遊回顧說，一九五八年八月二十三日大陸解放軍炮兵，突然從大陸的廈門沿海海岸打炮過來。直到一九七九年一月一日，大陸和美國建交的當天，中共通過《告臺灣同胞書》正式宣佈停止砲擊。

　　現在看到的這個石洞，就是當年臺軍的水下掩體。

　　我們進了這石洞一看，非常大，高度有七八米，足有兩層樓高，寬度也有七八米，洞底是一條通往海邊的水道，能行小型的艦艇，沿著洞邊是一條一米多寬的岸路，就是人可以徒步行走的通道。

　　原來是，海上打戰時，臺軍的小型軍艦可以從海岸邊的海水裏躲進洞裏，然後還可以從洞裏直通島內，靠岸上山。當然也可以神出鬼沒地從島內陸地進入水洞，突然出現在海上，方便進軍和撤退。太好了！

　　金花說，這有什麼好看啊？光溜溜的石洞，如果沒有開燈都是黑乎乎的，我的手機都拍不到風景。

　　我說，一看到這情景，我就聯想很多，還有點感慨。

　　"為什麼？"金花不解地問道。

　　"國共兩黨軍隊在金門和廈門兩邊對恃了二十年，'金門八二三炮戰'，廈門這邊的解放軍調了幾百門大炮轟擊金門島，叫'萬炮齊轟金門島'，我們小時候還會唱：山在搖地在動，人民的大炮顯威風，呼隆呼隆呼隆隆，我們的大炮飛到金門島，打得那蔣匪軍鬼哭狼嚎！

　　"可是，金門的臺軍也不是草包，他們也調集百門大炮回擊。廈門沿岸乃至附近同安，也遭到臺軍炮擊。

　　"據說一天之內，金門都有四萬個炮彈爆炸，島上靠西邊，就是朝廈門的那一半還不止，是大半邊島都落了炮，平均每三平米都落一個炮彈。

島上西面幾乎沒有空的，全部山頭和地表層都沒有倖免，土石都被炸的鬆軟鬆軟的。

"好在居民大部分撤離，有的撤到東岸，有的很早就跑到臺灣，當然有一部分早就出國了。來不及跑的，有的就躲進臺軍的石洞裏。個別被炸死的也有。"

兩岸炮戰，老百姓苦啊！兩岸和平多好！

金花有點明白了，我之所以會感慨。

可是，我們參觀完石洞，剛出來，就看到一排人安靜地坐在地上，閉著眼，盤著腿。我一看，就知道是練法輪功的。

我想，他們故意是在我們這個旅遊團面前示威，告訴我們，他們在支持法輪功，反對共產黨的迫害。

導遊小姐很認真地對我們說，你們不要理他們，不要領他們的宣傳小冊子。不然，也帶不回大陸。

不一會，居然出現了舉著五星紅旗的人出來，不過才一人，他搖擺著紅旗，只站在法輪功隊伍的側面，似乎也不敢和他們直接對幹。

接著，我們上了"莒光樓"。蔣介石總統在樓提匾："勿忘在莒"。直意是，大陸山東莒縣的士兵們不忘故鄉，要想著反攻回家。全意在，國軍將士不要忘記"反攻大陸"。

下午，我們就乘小型飛機從金門出發，直飛臺中機場。在空中，金花從窗口往下看，海面波光粼粼，有不少船隻來來往往。

我說："這就是臺灣海峽，臺灣和大陸兩岸才一百公里寬呢。可是過去，是不能直通飛機，也不能通船。"

"是嘛。"

"因為兩邊都有軍艦防範，不能隨便過來過去的。"

"解放軍在左邊，國民黨在右邊。"

"是的，可是中間有一條寬大的海面，全世界的船都能經過，連美國的軍艦都來過。"

"啊？"

"兩岸的中間叫公海，不是哪個國家的，是公共的。"

"哦。"

傍晚，從金門乘飛機到達臺中市住宿。累了一天，我們同住一室。一關門，我把包包隨便一放，伸手抱住金花。

"還不累嗎？"

"不累！過了這一村，就沒有哪一店了，機會難得。"

我們像兩只蛇一樣纏在一起，親熱了一小時才去睡。

第二天一早，從臺中出發，乘大巴到日月潭，乘遊船上了潭中島，看蔣介石和宋美玲夏宮。導遊講張學良不算軟禁，他住在山裏養老，與村民有來往，還一起照相，相處很好。

第三天中午，我們又一點不覺得累似得，高高興興地坐了兩小時汽車，進入盼望已久的阿裏山景區。

阿裏山，阿裏山，我們在報上看到你的美景畫，在電臺的歌聲裏聽到你的聲音，可今天才真正進入到你的懷抱。

金花蹦蹦跳跳，像個天真的小女孩，感覺到處都很好看，手拿手機，這裏拍拍，那裏照照。每一顆樹都覺得好看，每一朵野花都覺得稀奇。

金花看到一朵野花很好看，就一直蹲著拍。

"那有什麼好拍的啊！"我接著指了指，遠處的火車站說：

"那是日本人統治臺灣時，建的火車站。過去看看。"

導遊說："幾十年沒有火車了，只是留著參觀用。"

我們走近一看，車站不大，都是木結構的，可不算舊。

"還很新的樣子。"

導遊說："估計是修過。為了讓陸客看。"

"陸客？"

"就是你們啊，就是大陸來的客人。"

導遊指了指一大片大樹，說："這是阿裏山古樹群"。接著又說：

"都叫神木，多是紅檜樹，有四十多棵，其樹齡約為六百年至兩千三百年左右。其中比較有名的是阿裏山神木、光武神木、香林神木、千歲檜神木等。"

在阿裏山主峰的神木車站東側，聳立著一棵高淩雲霄的大樹，樹身略傾側，主幹已折斷，但樹梢的分枝卻蒼翠碧綠，搖曳多姿，為阿裏山增添了不少魅力。樹高約五十米，樹圍約二十三米，需十幾人才能合抱，巍巍挺立，虬勁蒼鬱，被人們尊為"阿裏山神木"。

神木約生於周公攝政時代，故又被稱為"周公檜"，據推算它已有兩千三百多年高齡，是亞洲樹王，僅次於美洲的巨樹"世界爺"。一九五六年秋，樹身曾遭雷擊，現在上端所植之二代木，為一九六二年栽種。

在周公檜的東南方有一棵奇異有趣的"三代木"。三代木同一根株，先枯而後榮，重複長出祖孫三代的樹木，是造化的神奇安排。橫倒於地的第一代枯幹，樹齡已逾千年，矗立的第二代只剩空殼殘根，高一丈的第三代則枝繁葉茂。

我問：神木是怎麼叫出來的？

導遊說，原本指的是臺灣阿裏山上一棵千年的紅檜。該樹木為日本技師小笠原富次郎於一九零六年十一月發現，被日本人尊稱為"神木"。阿裏山森林鐵路通車後，成為聞名中外的臺灣地標之一。

由於神木附近為早期日本的伐木區，所以除了阿裏山神木等紅檜得以保存外，其餘紅檜都被大量砍伐，運回日本，日本很多神社與鳥居所用的，是早年來自阿裏山的巨木紅檜。

戰後國民政府接收林場後持續伐木，大型紅檜繼續被砍伐殆盡。

一九五六年六月七日清晨，阿裏山神木遭到雷擊，樹心油脂被焚毀，雖然還存活，卻也在不久後即告枯萎。林務局管理處在神木殘軀上種植紅檜幼苗，以保持其綠意盎然的樣子。此舉曾遭致批評欺騙遊客。

一九九七年七月一日，神木本身因連日大雨，一半的樹身迸裂傾倒在森林鐵路上，壓壞了鐵軌。於一九九八年六月二十九日，正式放倒神木，阿裏山神木也因此走入歷史，傾倒的樹身就此橫置於原地，成為遺跡，供人瞻仰。

金花靠近一顆樹王，叫我拍。我東搖西擺，找不到位置，定不好鏡頭。因為樹邊圍著好多人，大家你推我擠爭著拍照。

我好容易幫金花拍了半身人半棵古樹的。金花看了說："沒拍好啊！"

"沒拍好？那，那再拍一張唄！"我見此心裏有點不舒服。只見她跑到一個年輕姑娘那邊，看她在拍一顆花樹，招招手，叫道：

"美女，也幫我拍一下。"

那女孩二十來歲，長得很秀氣，金花叫她"小玲"。

她竟然落下我，跟著這年輕的少女，到處跑，像瘋婆似得，好像把我忘了。

也聽不見導遊在喊，更不聽我在叫。氣死我了！

原來，兩女人像瘋了一樣，跑來跑去互相拍著照，把我撂在老遠。我找了好一陣，也沒找到金花。

下午，出阿裏山，路過嘉義、臺南。

傍晚，抵高雄過夜。

晚上，我想起白天，金花老跟那小姑娘在一起。

"我看你們跟同性戀似得。"

說著說著，我沖上前，抱住她："我要把你從小姑娘的手裏搶過來！"

說著說著，我又動手動腳，壓在她身上。

"一身臭汗，還沒洗澡呢。"

"是你臭還是我臭？"

"你臭我香。"

我高興地都著嘴，直抵她的脖子說："你香你香，讓我舔舔聞聞香！"

第四天，清早六點，就 morning call 了。

我們上高處攬海岸碼頭風景。高雄港是世界等級的國際港口、臺灣最大的深水港,臺灣鐵路的南部大站。高雄可謂海陸空交通十分發達。

上午去參觀土產店，買"一條根"。這東西原產自金門，不僅可以治療風濕病，還可以治療腰腿骨痛、跌打骨折、扭傷挫傷、腰肌勞損、肩周炎、頸椎病、咽喉腫痛、肝腎疾病、產後傷風等症狀，尚有神奇的保健作用。

出了店，大家又都上了車，車子不停地行進著。

小玲突然在座位昏倒，差一點甩出座位，好在被同排座位的男士老陳扶住。

金花在前排與我同排坐著，轉頭看到這情景，馬上起身到後面抱住小玲。

可能年輕人不習慣，這幾天都是起早貪黑的乘車趕路、遊玩。早晨是起得太早，她吃不下飯，是餓著肚子上路的。

"可能是低血糖，早晨沒吃飯。"金花找了一粒糖果叫小玲吃下，又給她喝了幾口水。小玲慢慢地緩過來了。

第三十九章 故宮

第五天，到最南端的墾丁海岸風景區。

到了鵝鑾鼻，我看到綠色海岸，黃色的沙灘，藍色的海水。尤其是白色的燈塔聳立綠色山坡上，很多男男女女在這樣美麗背景中拍合影。

"金花！金花！"我忍不住叫金花過來拍照。可沒見到金花，她到哪去了？我一時找不到她，我有點生氣：是不是又和那小姑娘瘋到哪去了？把我甩在這。

這兩天，我總沒法和金花一起拍照，可是好像沒有機會，她是嫌我拍不好，老找小玲拍照了。

我心裏很不痛快，自己跑到橋下去拍海灘風景。可我的眼睛還是在搜尋著金花。雖然海風朔朔，但是我還是仿佛聽到了金花叫小玲的聲音，我尋聲望去，終於看到通往兩座礁石的長長的橋上，有兩個小黑點，那很像金花和小玲。

晚上，兩人又是住進同個房間。我有點不高興地說："今天我都沒拍到你，我們老是分開，你老跟那小姑娘，真掃興。"

"哈哈，你吃小姑娘的醋啦！"她咯咯的大笑。

第六天，晚上到達臺東市，那賓館邊有大便味。

"應該農民種地的原因，很臭！"金花醒醒鼻子說道。

不過，我們住的房間也太豪華了！

房間足足有五十平米。那兩個大床鋪，那套沙發都是歐式的。均是黃色木質的，還鑲著金色的花邊，就像似英國皇宮裏的家俱。

光衛生間就有八平米，鋪著黃玉一樣的地板，在裏面都可以不穿衣服跳著舞。

睡前，我倆沒忘照例做著喜歡做的事。

第七天，清晨出發，沿東線海岸前進，經過花蓮縣瑞穗鄉舞鶴村。

雖然汽車在高速飛奔，在我眼前"刷的"移過一座巨大的高塔。那是什麼？

我馬上猜到，那應該是"北回歸線"的標塔。因為我對地理比較感興趣，很早就在地球儀和地圖上知道臺灣南部是經過"北回歸線"的。

行至中午，進入花蓮的"中橫"峽谷公路，它東起花蓮太魯閣，西至臺中縣的東勢鎮，全長約三百公里。這條路是建在太魯閣著名的立霧溪邊，邊上要麼是深山溪穀，要麼就是懸崖峭壁。

從花蓮的太魯閣至天祥村一段二十來公里長的公路。這是從險峻石崖和石洞開鑿出來公路。

很多退役的國軍老兵，也就是"榮民"參加了這麼艱苦的工程，也犧牲了不少人。

導遊還說，當時的蔣經國總統愛民擁兵，上百萬從大陸退到（戰敗撤退）臺灣的老兵們退役後，領到一大筆錢，多數在眷村買了土地種田，娶妻生子，安度晚年。當然有不少前妻還留在大陸。就像漳州東山的"寡婦村"，當年男人被強征硬抓當兵去了臺灣，全村大部分妻子成了"活寡婦"。

晚上到達宜蘭過夜。

導遊過來說，少訂一間房。你們夫妻是不是今晚分開住？

我說：為啥？

十二個人都安排完六間，現在還有兩間。

你們夫妻用去一間，最後只剩一間。可還有一個叫老丁的男士和另外一個叫小玲的女士，不是夫妻總不好同住這剩的一間吧？

所以導遊就對我們說："能不能今晚你們夫妻分開住？如果可以，那老丁就和你（指我）住，鄭阿姨（金花）就和小玲同住。"

"是小玲？"金花似乎有一點慶倖的樣子，可我心裏卻很不舒服，但只好表態，"可以"。

我和金花天天晚上住一間，門一關，就是兩人世界，自由又方便。一洗完澡就緊緊相擁，進行著僅兩人才知曉的好事。體膚相觸，言語不斷，

216

直至困倦而眠。而且每晚都不例外。

今晚苦了。好事做不成，只應酬睡在隔壁床的老丁幾句，就閉目不言了。可是，我眼是閉了，心卻靜不下來。

導遊啊，導遊，我們已習慣了日日神仙夜，你卻害我倆隔牆如隔天河，非要像那牛郎和織女，度夜如年！

我翻來覆去睡不著，乾脆盼著天快點亮，好去找可愛的金花。可黑夜漫漫，多久見天白？

我不知啥時睡著了。

第八天，我們從宜蘭出發，中午到達臺北。從下午到晚上都在逛臺北的商店，這下我可一步不離金花。

晚上，金花買了一瓶"屈臣氏"洗髮露，說是名牌。

第九天，上午參觀臺北故宮。

金花問："臺灣怎麼也有故宮？"

"這故宮裏的東西是從北京故宮搬過來的。"

"幹嘛不留在北京？"

我說："問得好。這些都是老百姓進貢給皇帝的，讓皇帝好看好玩的東西。因為後來皇帝被推翻了，就由新政府保管的。那為什麼搬到臺灣來了呢？就是因為打仗，又因為原來的中華民國政府敗退臺灣，所以就遷移過來了。"

"北京不是也有故宮？裏面還有不少寶貝吧？"金花略有所思地問。

我說："當然還有一些沒有遷走。"我頓了頓說："有很多不容易保管的不能搬動的寶貝，應該是放進北京的中國國家博物館了，在那裏保存文物的條件很好，東西才放得更久。"

"不過，"我繼續說："後來從地下墳墓裏挖出來的一二級文物，應該很多也都放進在中國國家博物館了。"

臺北故宮裏，總計六十九萬多件文物，其中銅器六千二件，繪畫六千七件，陶瓷器二萬五件，法書三千七件，玉器一萬三件，法帖近五百件，漆器近八百件，絲綢三百件，琺瑯器二千五件，成扇一千八多件，雕刻六百多件，印拓近一千件，文具二千多件，善本書籍二萬冊，錢幣近七千件，檔案文獻近四十萬冊件，雜項一萬二件，織品一千六件。館內藏有翠玉白菜、毛公鼎、散氏盤、快雪時晴帖、《早春圖》、《華子岡圖》、《永樂大典》、《四庫全書》等稀世珍品。

有個玉雕其外形像秤鉤的吊墜，叫玉豬龍。

金花看了看那玉，玉色雖清白透明，可發現還有異色斑塊，更有凹凸不平處。就說：「這玉也不是很好。」又歪著頭說道：「頭是像豬，可那算是龍的尾嗎？」

我說：「我記得，考古學家也沒有統一說法。有的說：像是幼龍，就是小時候有點像豬頭；也有的認為：本來就設計成豬頭。但不管怎麼說，到現在也沒搞清楚古人的意思。」

我接著感歎道：「這可是代表紅山文化，距今七、八千年啦！」我想了想，又補上一句：「那時候的人可能都沒有鐵制的刻刀，而是用堅硬的石頭做工具刻的。」

「那還像是石器時代的嗎？」金花有點疑惑。

我一時也答不上來。

「那很好看！」金花靠過來，指了指，小聲說道。

我一看，是翡翠白菜。

它高十八點七公分，寬九點一公分，厚五點零七公分，利用一快半綠半白的罕玉為原材：綠色琢為菜葉，白色琢為葉柄，菜葉尖上雕刻著一只螽斯和一只蝗蟲，寓意多子多福。在二零一一年它憑藉著自身擁有的獨特性，依據歷史性、重要性、稀少性、藝術性、人氣性選拔原則，被收錄到臺北故宮博物院出版的《精彩100》書中，被列為臺北故宮博物院十大鎮院寶物之一。

我指著一塊金黃色的石塊，碰了一下金花說道：「你看，好吃的紅燒肉！」

「真的！」金花感到奇怪。

這塊奇石，叫東坡肉石也稱紅燒肉石，是臺北故宮三大鎮店之寶之一，高五點七三公分，寬六點六公分。該石產自內蒙古阿拉善。

東坡肉是在清朝康熙年間供入內府，此奇石是一塊天然的石頭，色澤紋理全是天然形成，看上去完全是一塊栩栩如生的五花肉塊，「肉」的肥瘦層次分明、肌理清晰、毛孔宛然，整塊都相當逼真。

我們沒有去細看書法文物。在快出來時，卻見大廳牆上掛著放大的字聯，足有六七米長。那是西元三百多年的東晉書法家王羲之，所寫《蘭亭序》以及家書。我們看到的是放大好多倍的複製品，供人參觀和欣賞。而原件可是另外保存，不讓一般人看的。

晚上仍住臺北。

第十天，乘飛機返金門，買免稅煙酒，渡船回廈門。結束旅遊。

第十一天，在廈門的賓館"神仙"了一夜。

金花說："好奇怪，這十天，天天白天玩得很累，我們兩個怎麼天天晚上還是那麼有幹勁。"

第四十章 姐妹店

半年後，矮妹又回來了。

回國後，矮妹把十六歲的男孩送到澳大利亞去讀高中。

矮妹就沒再出國了。她在福州城北開了一家足療店，她是掛靠一家較大的連鎖公司，公司的名稱叫"金手指養生堂"。

金花看矮妹開的店生意不錯，也想自己開這樣的店。

她想，要開店沒經驗，沒師傅，沒有修腳的特效藥。就想到矮妹那裏瞭解一下，學點經驗。

矮妹說："你掛鄭遠元的旗下，需要六萬元掛靠費。"又說：

"雖然它宣傳上說會提供修腳專用藥，和提供技師。可是實際上不能保證技師到位。而且，現在已經不讓在福州入圍掛靠了，因為營業網點已佈滿。"

她繼續說道：

"不如掛在我的上線'金手指'，只要四萬元，並且可以提供特效專用藥，技師也有保證四個。"

"是啊！你現在掛靠'金手指'還好吧！"金花說。

"好是好，可是近來技師老是要不到。"

"為什麼？"金花覺得奇怪。

"我現在在新北路地段，生意不錯，但四個師傅不夠。電話老催，上線說給人，但拖著，來不了人。哎——"矮妹著歎氣，繼續說：

"開始答應我，保證四個以上，現在一個師傅走了，幾天也沒法補充。"

矮妹指了指，坐在邊上排隊等待的客人說："你看，有不少客人等不住就走了，這兩天營業額少了一千。"又說道：

"女的師傅一個也沒有，因為有的客人喜歡女的來做。"

金花想了想說："那'金手指'也靠不住。"

"是啊，不如你跟我合作，你買我一萬元藥，不用繳其他費用，我們自己培訓師傅，並在你那裏培訓，培訓成功後，至少留三人給你。"

金花說："我想想，還有就是店面還要找一下。"

"你自己看吧！"

金花在電話裏對我說："我，還要交一萬塊買他的藥，而且我當心培養不出技師。你的意見呢？"

"他是你這麼好的朋友，就和她合搞試試吧！"

我又問："誰來當老師？"

金花說："就是那個小詹，技術還行，會講，應該會教人技術。"又說："目前他和矮妹合作，也是店裏的主管，實際上矮妹都不太管，經營和技術管理全都交給那個詹師傅了！"

上午，我和金花一同去租店。聽說東區是個繁華的地帶，就一同乘車到了東區的步行街。

那東區步行街，地方蠻大，我們東走走西看看，過了兩三小時，還是找不到合適的店面。

金花看到一個空門店，店門貼著：旺店招租電話 13805588XXX。

金花按這個號碼打過去，對方應答：已經有人交了定金預租了。

我和金花又找到一個空店。

"請問你這店租多少錢？"

對方說："八千，押金是三個月租金。"

"這地方偏了點，不能少點嗎？"

"我那是好地點，好多人來租，一分錢不能少。你不要，下午還有兩個要來談的。"

我說："你看這比較角落，這地方不一定很好。"

"是啊！五千差不多可以試試。"

"我們再找找吧！"

金花想起喜梅，順手拿起手機，撥了。

"妹，你說啥地方？"

"祥林路，興業銀行對面那條街，街名忘了。就是大商場邊上那條小街，整排店鋪，好像還有一個空店。"

"我去看看。"

中午，金花和我又開車到了祥林路，停好車，金花東張西望，看到興業銀行。

"是，對面有條街。"金花指了指，兩人過了斑馬線，轉到那條看似不大的通往社區的小街。

看到一排店面，可是沒有空店。兩人不甘心，就一直往前找，直到街尾還是沒有。只好折返回來，又回到剛進來的街頭。

"是不是走錯了，還有另一條街？"我說。

金花指了指，"到大商場裏走走，是不是裏面有空店？"

那商場確實很大，除了一二層主樓是百貨櫃檯，三樓和邊樓還有食雜和小雜貨店。

兩人轉了一圈，沒有看到空店。

走累了，兩人找了一家冷飲店坐下，各喝了一杯可口可樂。

"再去那條街看看。喜梅昨天才看到空店，怎麼就沒有？"金花不死心，想必是漏了。

於是，我和金花又進入那條街，走到一個叫"恒華花園"的大門口，我往社區大門裏看了看說：

"這個區是個高檔社區呢，如果這附近有店就不錯！"

"你看！"金花指了指大門右邊的地方：原來有個空店！

兩人馬上走了過去，這店就是緊挨著社區的門右邊，走到跟前，只見店門緊閉，門上貼著"本店招租電話 13519812xxx"。

金花拿起手機，看著門上的號碼，撥了過去。對方回應，金花問："你這店租嗎？"

"是哪裏的店？"對方問。

我在邊上聽了，心想：這東家還有不少店面呢！

"是祥林路這小街的，'恒華花園'邊的店。"金花答道。

"哦，我要租六千塊。預交三個月。"

金花說："那能來開個門嗎？"

對方說：“我在比較遠，下午才能來。”

金花跟我來到門前，金花把眼睛湊近了門縫，看了看。

從門縫裏看，前面房間才進兩米的樣子就是一面牆，右邊才有門進入裏面。這前廳幾乎沒用，只能勉強放個迎客的小櫃檯，客人修腳只能從側門進入里間了。金花望瞭望店的右側，是緊靠社區大門邊，裏側有窗戶。

“我們從社區大門進去看看。”金花帶著我進了大門，然後往右邊走了幾步，就見到門店右側延伸過來的牆上，有一個大窗戶。

我先行幾步，跨過雜石堆，踩著建築的棄土廢砂，到了窗前。那窗口離地一米五光景，我伸著頭隔著玻璃往裏看：窗內被一塊木板遮擋著，還有一尺寬的縫，靠近玻璃，可以看到房間裏的部分情況：

就是在店前庭後面有著空空的房間，面積大約四十平米。

我又往房間的上面看了看：房間高度有四米五，可以隔成兩層，下層二米五，上層二米。

往地面看了看：僅有一張破沙發，其他地方空空的，沒有多餘的東西。這地面顯然是要鋪地板磚或地格的。

店面的後頭還有個後門。門的一側顯然可以圍成一個衛生間的。

這時，金花已繞道後門位置，但因為沒有門縫，看不到裏面。

又東看西看了一會兒，我倆才從小區大門出來，折返到了店門口。

金花又看了看門縫裏，我也湊過來，鼻子靠著門縫看了一回。

“這前庭太窄了，不能擺什麼。”金花說。

我說道：“就做個前臺可以，然後客人從側門進入房間洗腳。”

金花想了想：這間要自己裝修，費用包括，鋪一層木樓板，搭一個轉角樓梯，鋪五十平米的地板磚，美化前臺，搞個廁所。大概要四萬。

我說：“可以省點，三萬夠了。”

“不太夠。”金花說。“我們再到別的地方看看。”

我自己一人往小街前走了兩三百米，又返回到大街口，與金花會合。

我說：“這是個比較高檔的居民區，加上社區是個豪華區，這裏面的客人消費能力不低，生意會好。”

金花說：“不是轉讓的舊店，要自己裝修，花四萬塊。如果這店開不來下，就不好轉讓，那就白去四萬。除非將來有人租去做同樣的生意。”

“不合算。到別的地方看看。”金花跟我邊走邊說道。

我們離開了這裏。

我想起來：他的辦事處附近是城鄉結合部，外地打工特別多人租住這裏，有點像"紅燈區"。類似的服務店好幾家，夜間還很熱鬧。

於是，金花和我一同去了"紅燈區"，我開車到了我熟悉的這條街。

這是一條東西走向的小街，喚作"廟西街"，雖然只有半公里長，店鋪卻一個挨著一個，但都是小商販開的小店，卻甚是熱鬧。成人和兒童服裝、女裝、花和精品、雜貨、文具、冷飲、速食、排擋、燒烤、手機、小家電、中西藥等普通生活用品店幾乎都有。

美髮、推拿、小診所也在這街找得到，推拿店一家在一樓有門面，另一家則在二樓，但樓梯口卻有霓虹彩門。

金花看了看說："這街已有推拿店兩個了，我們去那邊另一條街看看，說著又拉著我往街西頭走。

西頭街口連接著另外兩條街：一條往北，才幾十米長，叫"廟北街"；另一條往南，卻有百米長，喚"廟南街"，並且直通到負有盛名的縱橫東西向的"東門大道"。

在三街交叉口有座古戲臺，臺面離地五尺高，背靠廟北街的道路西側。戲臺往三街各向三十米左右，熙熙攘攘，全是周邊菜農挑來的菜擔子。不過，此時已是傍晚，沒有幾個人擺菜攤了，在空攤位附近的地上留下稀稀拉拉的殘根爛葉。

金花說："這廟南廟北街的，如何不見廟？"

我想了想說："好像上次聽戲臺前閑坐的老人講，這戲臺後面原本是個廟。破四舊（1966 年文化大革命運動前奏的運動）時被紅衛兵拆了。"

金花走到戲臺後仔細觀察了一遍，果見一面巨大高墻，墻頂部確有人字形斜屋頂的痕跡。她搶聲說道："是哦，原本這裏是有大房被拆。"

金花往戲臺右邊的廟北街看了看，發現街頭第一家店門上有一張招租貼子，上前一看：

本店轉讓 電話 150121212xx

很不錯的號碼，金花拿起手機撥了過去。

"老闆，你這店還租嗎？"

"那裏的店？"對方反問道。

"你不止一個店嗎？"

"是啊！你是廟北街還是東亭街？"對方問道。

"廟北。"

"哦，要租。"緊接著又反問道："你租店做什麼用呢？"

"我開修腳店。"金花又問："裏面多少平方？租多少錢？"

"有八十平米，只有一樓。我店原本是這街頭的飲食店，生意很好，開店的不知何故突然不開了！還說，租期合同未到期，他要轉讓。"對方又說道："腳按店可以。"

"轉讓費多少？月租多少？"金花問。

"轉讓三萬，月租五千"

金花說："我做腳按，店內的家私用不上，而且原來的店可能很油膩，我還要重整修吧？"接著說："轉讓費能免嗎？"

"不行，因為這是原租店的要這麼多，不是我店主所要的。"

"能開門看看嗎？"金花問道。

"今天晚了，我住在臺江，有點遠，明天早上來。"

金花想了想說："我明天再打電話跟你聯繫吧！"

掛斷電話，金花指了指南邊的廟南街，對我說："我們去那邊走走？"

我隨著金花也轉過身，並說了聲："好。"

金花和我就往前走，我們順著街道，一個轉臉看右邊，另一個轉頭瞧左面，卻是一個個的店面掃了過去，沒幾分鐘就走了近百米，幾乎到了街的盡頭，看到塔山大道。

沒有看到一間要招租的空店。天色已晚，我說："今天遲了，看不到啥東西，先回吧！"

金花說："再回去看看，那個店面！"

我說："門關著，要等東家明天來開門呢。"

金花對我說："過去再看看吧！"

於是，他們又到了戲臺後的廟北街。

金花發現那家店門雖是關著，卻也有很大的縫。她的眼對著門縫往裏面看，藉著昏暗的光線，她竟然看到店內很大一塊地方：右側擺著一排已拆下的不銹鋼鍋灶、蒸鍋、排風扇、煤氣罐等；中間和左邊橫七豎八擺著好幾張桌椅。後面是因為更遠點，看不太清楚。對門有個窗的房間，那裏面好像就是廚房。

我也湊過來看了一回。

金花說："這地方處在三街的交叉口，人流量應該不小，有在戲臺後面，也比較適合休閒養生。"

接著說："這間面積頂大，就是店裏店外衛生很差。需要裝修萬把塊，才能搞清楚弄漂亮點。"

她看了看街道裏頭，想了想又說道："這城鄉結合部，裏面住的都是農民消費能力會不會不高。"

我說："這門店緊挨著一家理髮店，這樣生意搭配還不錯。"繼續說道：

"可是，理髮店也沒開的樣子，是不是生意也不好？"

我又說："據說，這裏的農民可都是拆遷戶，住到附近新樓房了，這條街都是待拆的舊房，多數是租給外地打工的住。"

"是啊，不知道有多少人會來推拿修腳和養生呢？"

我和金花坐上車，我開著車，金花就打起電話。

電話是給喜梅打的。喜梅在電話裏說：

"古橋鎮那邊是農村，我去過那裏的新區，我朋友對我說，原來有一家駕訓的辦公室要轉租，是新蓋不久大樓的一樓店面。附近是拆遷區，農民已有一大半住上新套房，哦——，是那個叫建設新村的，哪里的人應該比較有錢。"

金花說："你發個定位給我嗎？"

"好。你到那裏問問有沒一家駕駛員培訓辦公室？"

天色已晚，金花他們到古橋鎮已是晚七點了。

很快就看到門口寫著：科目一考試、駕駛員培訓處等廣告。裏面燈火通明，走近一看，裏面還有兩張麻將桌，正熱火朝天、劈裏啪啦地幹仗呢！門口還坐著一位老大姐和兩個人，圍著一張茶桌，在泡茶呢。

金花他們進了店門，看到老大姐就問："這間店轉讓嗎？"

"轉啊！"老大姐應聲回道。"來坐。"金花就坐下來，老大姐為她倒了一小杯茶。我東張西望，然後繞過麻將桌，幾個人看都不看我一眼，只顧麻將牌。我繼續往裏面走，又從樓梯上去，看了看二樓。

老大姐問："你們想開什麼店啊？"

"修腳店。"金花答道。

"哦，我這是樓下50平米，樓上30平米。"

金花坐著，接過小茶杯喝了一口，抬頭看了看四周說："這間租金多少？"

"四千一，轉讓費陸萬。"老大姐姓劉，她直直地說，好像沒有讓你討價還價的機會。

"租金能不能少點？轉讓費低點？"

"我是辦駕訓的，現在不想做了！可是我的合同未到期。"

金花問："到哪時？"

"還有兩年。"老大姐道。接著說："你看我的房間，原來花了幾萬塊裝修，才不久還很新，你不用裝修，就能營業。"又說：

"租金是統一定的。你看這一整排店鋪都是同一個人向村裏承包的，然後整條街按一樣的單價租給我們，我這間就是四千一，而且這排店鋪的合同，都是定為每年遞增百分十。"

金花說："那明年就是四千一加四百，四千五囉！"

"對！後年就是五千！"

金花不禁縮了一下頭，還伸了一下舌頭，說："這裏生意這麼好嗎？"

"應該是，這裏多是拆遷戶，有錢人多呢！"老大姐好像有點諷刺誰似得，不像是對金花說。

"是啊！我們這就有幾個千萬富婆，嘻嘻，嘻嘻……"最靠近的麻將桌上竟然有人插話。

"好吧！你給個電話。"

老大姐給了金花一張名片，上面寫著：劉金妹。

出了店鋪，金花講："這店可以租，因為租金不貴。至於，轉讓費高了點，看來轉租容易，萬一開不下去也不怕。"

我說"好像人流量不小，就不知道這裏人消費水準如何？"

金花說："這裏多是拆遷戶，是有錢的，但往往捨不得消費，很多農村的老人更是這樣，很小氣。"

過了幾天，金花和我就來訂合同。

轉租人老大姐叫兒子來，還有出租人張建，金花算承租的，就是出租、轉租和承租人三方訂立了轉租合同。

這店面是村的集體財產，張建是出租人，實際就是先從村裏承包來，在出租給最終的租戶及承租人，所以金花才是承租人。

合同寫明月租金四千一，並且寫死每年遞增百分十。合同期三年加轉讓接租兩年，共五年。轉讓費六萬。

包括三個月的預交房租，共交了七萬二千三百。租下店鋪後，給了半個月的預備期，用於刷刷貼貼和佈置，計畫四月一日正式開業。

店的隔壁就是廣告店，店的女主人是個年輕人姓郭，金花叫小郭把自己的店面頂上的牌子換成“金手指”。

金花花了一千圓叫了刷牆的，把樓上樓下白花花刷了一遍，顯得亮堂堂的。

原來的照明佈置算是合理：樓上樓下兩側牆上方，天花板正頂端早就裝了燈。廁所和廚房照明也有了。

我根據金花的計畫，到網上訂購了洗腳專用軟沙發椅八張和推拿床四張。

金花去收羅了一些舊桌椅，到舊貨市場搞了一張舊前臺櫃。買了毛巾二十條、一次性消毒巾五捆、消毒櫃一臺、洗腳盆十個。

店裏留下舊的空調三臺、冰箱、抽油煙機、煤氣灶、煤氣罐及廚房用具也很齊全。自來水使用如常，廁所及沖水系統都有。就是洗腳用的熱水器需要買一臺八十升的，我也幫著在網上訂了一臺是臺灣櫻花牌的，才三百元，可能不是正品。

店裏是包吃住，自己煮給員工吃比較便宜，也滿足大家口味。避免去街上吃，上班時間受影響。所以金花準備叫姐姐來當炊事員，店裏統一買菜煮飯。

金花在附近的農民家租了兩間房，給員工住，自己暫時住在二樓三合板圍成的內間。二樓外間擺了四張推拿床。樓下齊刷刷一排擺了八張單人軟沙發，紅紅的甚是整齊好看，真有點像正規的足浴店了！

金花還專門擺了一張辦公桌給小詹，當做老師上課專用。

金花和矮妹簽了一個不太像樣的協議。協議提到：矮妹提供給金花兩名以上技師，金花要付給矮妹營業額的百分三，作為連鎖提成，同時要一次性向矮妹買一萬元的治腳的藥品。

開始，矮妹提供兩個技師。但店裏需要至少四個技師。

實際上，金花後來發覺：矮妹自己店裏技師都不夠，哪有人再給我們呢？

接下來的問題是，開業前三月二十九或三十就要叫技師來接受客人試營業。要向矮妹要三個技師。

矮妹說："沒問題。到時你和店長詹師傅聯繫。"

到了三月二十九，金花打電話給詹師傅：

"技師來了嗎？"

"今天人沒來，明天吧！"

第二天上午，金花又打去電話，詹師傅說：

"下午吧！"

到了下午，金花又催詹師傅。回答是：師傅還在從重慶來的路上。

金花可急了！明天可是正式開業，放鞭炮，請客，店裏開始接待客人了！沒有技師怎辦？她打了矮妹的電話。

矮妹說："不急！我明天一定想辦法，先叫兩個師傅過來，讓你開張！"

金花這才有點放下心，可心裏還是有點嘀咕：詹師傅搞啥鬼？矮妹不會害朋友吧？

喜梅、矮妹、我各自買了鞭炮前一天晚上就送到店裏。還有幾個金花的老鄉和朋友送來立式花籃（開業剪綵專用的）六個，都寫著"開業大吉"、"某某恭賀"等字樣。

開業那天，九點剛過，店門口兩側整整齊齊各擺著三個大花籃，我親手點著三串大鞭炮，劈裏啪啦的響了十幾分鐘，好不熱鬧！引來了不少人前來觀看：這附近開了一家洗腳店！

矮妹在昨天下午說，他能請派出所所長來參加開業宴席，可是所長說沒空，矮妹就請動了管該段的段長老丁來。

上午十一點，喜梅、上屆租戶老大姐、隔壁理髮的"剃頭哥"、建設村村長，都到店來了。但沒見段長老丁來。

"嘻嘻，十二點請各位到'幸福大酒樓'吃飯。"金花笑著並大聲對來賓們喊道。

我看沒有一個師傅來，有點急了，對金花說："現在十一點半了，師傅還沒來？"

金花也急得滿身出汗，剛要撥電話，矮妹進來了。她一見金花就說："老丁過會兒直接去酒樓的。"

"師傅沒來啊？"金花問。

矮妹笑了笑，撥了詹師傅的電話。

"已經過去一會兒了，估計到了吧？"詹師傅在電話裏對矮妹說。

"還沒來呢，哦哦，來了來了！"矮妹尖叫著。

果然，進來一高一矮，穿著一白一黑的兩個師傅來了！

金花忙迎上前，穿白的高的那個說："我叫劉東，"又指著穿黑的矮的，"他叫劉喜。"

劉東劉西（喜）？兩兄弟名字這麼順啊！我心裏一笑，問道"你們，是兄弟？"

"你看像嗎？"劉東反問道，接著又回道："不是，他是巴東的，我來自巴西。"

"你是南美巴西來的？"我笑起來。

"不是不是，是四川西部。"劉東正說著，劉喜端來一盆熱水放到一位客人的腳前。"劉東，這位你做。"劉喜放下盆子，直起身來對劉東說。

"好。"劉東對著木盆，指了指正靠躺在沙發上客人的雙腳說："請試試水，燙不燙？"

"走了走了！"我對貴賓們說："請吧！到幸福大酒樓！"

店裏留下兩個師傅，和四個來洗腳的客人。其他人，也就是被請來的貴客，跟著金花和我，離開了新開的足浴店，一個跟著一個，步行往酒樓去了。

幸福大酒樓離養生堂不遠。

中午十二點准點開席，矮妹、喜梅、老租戶劉大姐、"剃頭哥"、村長來了，還有包租店東家張建也來了。

我數了數來賓，問矮妹："段長呢？"

"我們先開席，老丁遲點來。"矮妹說著看了看坐到位子上的賓客。然後拉了我一把，我跟著她走出房間，在門口右邊，靠近我輕音說：

"金花幹嘛呢，幹嘛請亂七八糟的人來？"

我感到不解：誰啊？

"連那個剃頭哥也請？"矮妹臭著臉說。

"哦，"我也不知要說啥了。

"吃吧，大家開席啰！"金花招呼著。

吃了一會兒，金花問矮妹："段長怎麼沒來？"

"他不來了！"矮妹回道。又說："剛才我催過了，他好像說沒空，臨時出警了！"

吃了一會，我發現酒不夠，對金花說："我再去調酒來！"

金花說："不用了，兒子過幾分鐘就把酒扛來了！"

果真，兒子希希一個肩扛著一箱啤酒，左手還提著一袋酒，滿頭是汗的來了。

我小聲叫了："希希！"忙上前接了他左手的那袋酒。兒子鬆手後，緊接著用雙手小心地扶著紙箱放到了腳下。

金花舉著杯子說："感謝大家的光臨！以後要請在座的多多關照！乾杯！"

說完一飲而盡。

金花今天不知是高興還是咋得，跟桌子上的每位都喝，還算會有點酒量，可十幾杯葡萄酒下肚後，臉也發紅了，頭也有點暈了。

我也是跟兩桌的人都喝了，頭也是有發脹。

喝完酒，散了客，金花和我歪歪倒倒地回到店裏，看到兩劉還在幹活，金花也沒打招呼，先扶著梯子上了二樓，到後間的地鋪，和衣躺下，呼嚕呼嚕睡了。我衣褲也不脫，也就躺到了金花身邊。

說是詹師傅要來搞培訓，金花還專門準備了一張辦公桌。可是詹師傅不但再也沒有新的師傅來，也更沒有新手來培訓。

師傅不足，正在著急，突然來了一個女的，喚作紅紅，年紀快五十歲大了點。據她自己說，原來幹活的那家店，離家遠了點，照顧不到孩子上下學。

真算金花運氣好，紅紅的技術不算很好，卻是很勤快，對客人熱情會說話，每天也能做十來個單子。金花甚是滿意。

幾天來，人手還是不夠，金花問了矮妹，還是沒有人。正在著急，店外來了一個人，那人穿著一身黑衣黑褲，理著平頭，鬍子拉碴，長得圓圓的黑臉蛋。

一進店就問：老闆呢？

金花不等上前問話，他就搶著說道：我想來你這幹活！

"你會修腳還是推拿？"金花問。

那人回："我什麼都會，這活幹了五年以上了！"

那人叫鄭峰，金花叫他在自己身上試試，腳上按按。折騰了一會，金花說：你的力道很大，大部分穴位也摸得准。"

"那是當然！我在東門路時，找我的客人很多！"

鄭峰很好高地繼續說："我是因為老闆很小氣，我借了他一點點錢沒還，就囉囉嗦嗦的。我氣不過，就走了！"

金花說："你的轉頭和拉手動作要輕點，不然容易使客人受傷。"

"我會掌握好力道的。"

金花說："不同的客人，要注意使用不同的力量。"

"放心吶！"鄭峰又問："工資怎麼定？"

"先按對半提成。"金花又說："過一個月，技術好，底薪四千。"

"好的。"鄭峰很是爽快的答應了。

又到了交錢的時候，詹師傅開著車來到店裏，向金花要了一千五，那就是合作合同：按營業額的百分三提取培訓費。

詹師傅剛走不久，打來電話，叫金花調劉喜去詹師傅店裏幫忙，詹師傅說這幾天他的師傅生病了一個，店裏忙不過來。

金花也是著急。本來詹師傅還會來一個技師，結果沒兌現，他自己也拿不到上家養生堂的人。現在倒好，反來要人。

"我今天店裏一個師傅請假，本來就沒人啊！"金花著急地說，"你不會去催下養生堂，要個人救急？"

詹師傅說："我沒辦法。"說著，就放下電話。

到了下午，金花突然發現：劉喜不見了！他問劉東，劉東說劉喜接了詹師傅的電話走了。

金花氣炸了！要人不通過她，居然直接把劉喜調走！劉喜還是我店裏人嗎？！

電話打過去，詹師傅說，過兩天就叫劉喜回來。

過了兩天，還不見人回，店裏太缺師傅了。

金花和我一同去找詹師傅。兩人進店看到詹師傅正在忙著，又不好與詹師傅爭執，怕影響店裏的師傅。只好出了店，留話詹師傅：過一會兒，手上空了，到門外的社區裏大樹下說話。因為店太小，沒地方坐，只能是店外找地方了。

過了一會，詹師傅到了大樹下，金花先開口："為啥不把劉喜還回去啊？"

"我店缺人。"詹師傅冷冷的說。

金花紅著臉說："剛才我看你店裏師傅還有兩個閒著，是咋回事？"

詹師傅好像有什麼事說不出，很乾脆地說："叫你幫忙你不幫，才借兩天你不幹！"

詹師傅河南人，煙癮不小，他點了一根，順手遞給我一根，我擺擺手。詹師傅瞇著被煙熏的眼說：

"現在劉喜也不想過去了！"

"還不是你的主意！"金花很生氣地說。

"你去問劉喜吧！他不喜歡在你那裏，可能收入太低了。"

金花只好冷靜地說："生意還好，劉喜手上忙不完，怎麼會收入低？"

"你看你，搞得師傅都不願去你那裏。你要學會管理，讓員工聽話，工作上才會主動熱情。"詹師傅右轉向我說："你當領導的知道，一個企業好壞，不全靠工人技術好壞，而是要靠領導會不會管理，尤其這樣的行業，服務要規範，提高客人對你的信任度很重要，要不然誰還來你店裏？"

"要讓員工積極工作為你的店賣力，就需要老闆會經營管理，服務要有規範。"詹師傅撥了撥手機上備忘錄說，"我這裏都寫著如何改進服務規範，並讓員工遵守。"

金花被說得，臉上露出尷尬的表情。

我想，詹師傅就覺得金花沒有文化，不懂管理。想必詹師傅你小看她了。金花其實在大的養生會所幹了五六年，心裏就有一些管理經驗，說她沒文化，不會管理，是不實之詞。

233

你看，從開業的前期，金花就對我說，如何在開業前找合適的地方開店，用她的人脈聘請同事和老鄉當技師，估計開店後的業務量，預算成本和利潤以及三五年內的經營風險等等，不比我這個大學生差，而我學過企業管理還不一定管得好這樣的私人小公司。

我很是佩服她，文化低點卻很肯學，而且很快學到手。在足浴推拿這個行業算是很有經驗，不但自己技術高，接觸一位客人就留下一個，客人點名要她，可是她要管店，總不能老是當技師。

至於管理，她參照原來大會所的管理，又借鑒詹師傅那邊的經驗，店裏管理不比詹師傅差，員工都不想輕易離開。劉喜也不例外，是詹師傅找藉口硬把他調走的。

劉喜之所以會聽他的，就是因為是詹師傅帶出來的，可能還有股份。

那為什麼詹師傅這麼倡狂，要和金花對著幹，原來的合同都不遵守？

金花告訴我：詹師傅有股份，實際是店主人，而矮妹又不在行，只能依靠詹師傅管店，他說啥就是啥。

我納悶：詹師傅一點也不看在金花和矮妹的關係上，不給矮妹面子，還來個釜底抽薪，不但不給人，還在關鍵時候把人抽走，好像是故意要搞垮金花的店。

看來矮妹也是傀儡，反正她又不管店，卻有分成，神仙自在。卻在經營上由著詹師傅橫行霸道。自己天天去美容屋，上高檔衣店，帶著小女孩吃海鮮。

金花對詹師傅說："我現在確有困難，你現在如果沒那麼緊張，就把劉喜送過來吧！"

詹師傅裝著很同情，還轉過頭對我說："我儘量去養生堂要人。"又對金花說道："你那麼喜歡劉喜，我去動員一下。不過，"他頓了頓，抽了一口煙說："但是不能保證劉喜會過去。"

金花有求於詹師傅，就說："你儘量吧！"說著就招招手，示意我離開了。

我邊開車邊說："矮妹跟你這麼好，都不會出來說詹師傅嗎？！"

金花有點氣："說不定是矮妹叫詹師傅出面搞我們。她自己躲在後面。"

我說："從表面上看，他們店裏要不到人，才出此下策吧？"

金花說："按照矮妹的為人，好像是她在搞鬼。不然詹師傅不會那麼大膽，連她的主人面子都不顧？”接著又補一句：“還怕我怪她，說管不了詹師傅。”

　　不管怎樣，金花這新開的點，缺少技師，不少客人來了，都不想排隊等一等，就離開了。如果老這樣，營業量就會大減啊！怎麼辦？我和金花一時也找不到辦法，真是頭疼！

第四十一章 中秋夜

金花打開窗戶，一束月光照進了房間。"今晚月亮真圓，"她突然想起：八月十五日不是中秋節嗎？

我笑著說："這麼巧！我們有這麼美妙的夜晚！"

我們相擁在窗前，抬頭望著明亮的月光，我笑了笑："十五的月亮很少照在我們身上，多麼安靜的夜晚！"

我們看著一動不動的月亮，金花的肩膀靠著我。

過了一會兒，月亮慢慢地移到房內，顏色似乎變暗了。

"你和標富應該不錯，"我說。

"我覺得他不如你。"

她的丈夫比我小很多歲，為什麼她和我這樣的老人更親近？我仍然無法理解，但即使我問她，估計也得不到滿意的答案。

金花真的愛我嗎？還是暗藏著什麼秘密？我和金花能長久這樣嗎？我又是一陣胡思亂想。

但又轉念一想：今天能和金花一起享受這麼美妙的夜，也確確實實難得。能享受一夜是一夜，能管的了將來嗎？

想到這裏，我又緊緊地抱著金花，暫時讓自己忘記家庭，忘記工作上的煩惱，全身心地投入到兩人的世界中去。

我們能否繼續下去，取決於我們的愛有多深。

我幾乎每個週末都和金花在一起。我每年約好幾天去太姥山。

如果這能持續很長一段時間，那將是一種永久的平靜，是一對長久的夫妻。但我們仍然很擔心，特別是當我更加擔心的時候。我經常問金花：標富會知道嗎？如果哪一天讓他知道會是什麼結果？

我們都想更頻繁地見面，更真切地感受到對方的存在。為了達到這個程度，就要準備冒風險，鼓起勇氣，再向前跨出一步，越過深谷。

所謂勇氣，即雙方都採取不顧自己家庭的膽大妄為的行動。只要具有堅定的意志，我們就可以更為自由而酣暢地充分享有屬於自己的時間了。不言而喻，為此將要付出巨大的代價。我和金花將會引起各自配偶的懷疑，從而發生爭吵，很可能最終導致家庭的崩潰。因此，如何才能做到既能滿足兩人的願望，又能兼顧家庭，是眼下最大的問題。

如果現在金花的家庭如她所說的那樣，已經沒有夫妻所要過的生活，丈夫在的時候，妻子只是應付丈夫，沒有感覺，做夫妻的意義又何在呢？

當然在這一點上，我和妻子也是一樣。從這個角度來看，可以說我已沒有家庭原來的幸福了。不過，金花比我的處境更難，因為妻子必須要拒絕丈夫的要求才行，而我只要不主動就沒事了，可見男女的確不同。

迎著月光的照射，我心情漸漸放鬆，也放開了膽子。

金花沉浸在她的思路中，看著這辛勞勇敢、單打獨鬥的女人，如果沒有人支持，她該如何撐下去？我內心充滿了對她的愛憐，我忍不住又緊緊抱住了金花。

我親著她的面龐，又抬頭去吻她被凌亂頭髮披蓋著的前額，繼續緊緊摟著她。

當涉及到我們各自的家庭時，隨著話題的深入，我們逐漸失去了對自己的控制，但我們沒有任何好的解決方案。

然而，我始終覺得沒有新的變化，也沒有結果。

事實證明，現在我們都忘記了那些不愉快的事情，靜靜地躺著。即使是一個實際問題也無法解決。通過相互交談，我們可以相互理解。我意識到了她的感受，所以我必須放鬆，變得更加自信。

"我是什麼樣的人？"這個問題純屬多餘。但我想親自聽她說。

然而，為了不讓我失望，金花輕輕地把頭靠在我的肩膀上。當然，答案是肯定的，但她沒有說出來，也許是因為女性的獨特的口是心非習慣。女人越回避，男人越想問："你喜歡我嗎？"

問這個問題似乎很愚蠢。她背著丈夫來看我。她為什麼不喜歡我？我想確定她喜歡還是不喜歡我？

這一次，金花很快回答道："我不喜歡你。"

我凝視著她的臉，發現她似乎很自然。

"我真的很難過。"

"你在說什麼？"

"和你一起！"金花想說什麼？我還沒有回應，金花再次說道：

"我討厭我無法控制自己，迷失方向，失去理智。"

她困惑了嗎？這不意味著她同意嗎？我想。我補充道："但這和他不同嗎？"

"這不像他！"

看著金花嚴肅的臉，我覺得她是那麼天真可愛。沒有什麼比看著心愛的女人逐漸體驗幸福，更讓男人感到幸福和自豪的了。像一個堅硬的花蕾，逐漸放鬆和軟化，最終開出一朵有香味的大花朵。我可以在她的開花和成熟過程中發揮催化作用，這證明我的影子已經深深地映射在她的心中，我可以從中感受到愛的滿足。

金花說："不像他！"與標富相比，我可以得到她尚未得到的快樂。

金花告訴我，在那之前，她不知道什麼是真正的幸福。更具體地說，她和標富從未感到如此幸福。

我再次走近金花，小聲說："那你就不會忘記我了。"不管她怎麼變，她都不會忘記。

"我不會讓你逃跑的。"

"不要說太多。如果我逃不掉你該怎麼辦？"我沒有立即回應。金花沒有迴避，卻有點逼問："你不擔心嗎？"當金花逼問我時，我記得她說過："這是墮落"。

"我們不會有什麼好的結果。"

"？"

"沒關係，別擔心"。我安慰金花，再次感受到了男女思維的差異，尤其是我和她的年齡差異。

老實說，我不同意金花的比喻，我也不認為幸福是一種罪過。事實上，已婚男子愛上已婚女子是不道德的。但恰恰相反，這兩個相愛又渴望對方的人到底怎麼了？

常識和道德隨著時代的發展而改變，相愛的人的結合是永恆的真理。遵循這一寶貴原則的罪過是什麼？

我在心裏說服了自己。然而，無論我多麼勇敢，如果金花不同意，我們的愛情也不會長久。無論男人多麼開放，如果女人膽小怕事，我們的愛情很難進一步昇華。

"我們沒有做任何壞事。"

"不。"金花出生在一個封建傳統觀念的農村。她是一個已婚女性，所以她總是覺得我們"很墮落"。

"但是，因為我們太相愛了。"

"這麼說是不公平的。"在這一點上，真相毫無意義。男人只需要默默地服從頑固的女人。

讓我們一起墮落吧。如果你堅持這樣的幸福。

金花也很疑惑，為什麼我和丈夫如此不同？

這是因為我很善良。我想我會在她困難的生活中給予她充分的經濟幫助。我愛她就像我發自內心地愛自己一樣。同時，她也讚賞我更高的文化素質和成就，這提高了她的文化水準。當然，最重要的是，男人和女人之間的交流如此愉快，這是不了解女人的丈夫所無法做到的。

現在我開始明白為什麼金花喜歡和我在一起，每次都是如此的快樂。

這是因為她從感恩到崇拜再到愛情所致。

金花愛我，感謝我；我更愛金花，因為她的堅強和同情心。我們不能用其他方式表達我們對彼此的愛。

我們漸漸睡著了。

當我醒來時，我甚至無法睜開眼睛。陽光照在我的臉上。我歪著頭，努力避開強光，看了看手錶。現在是早上七點鐘。

金花也醒了："幾點了？"按照老習慣，她不應該醒來。

"睡吧！"

"別睡了！我們說說話。"

"滴鈴鈴，滴鈴鈴——"一陣手機鈴聲響。

"喂，嗯，嗯……"金花抓起手機應答，聽到電話裏標富的聲音。

"噗啐！"我突然打了一個噴嚏。金花的手跟著抖了一下。

標富在電話裏說了什麼，金花回道：

"哦，哦，我，我早醒了。"金花接著說。

"哦，我正跟同事們在餐廳吃早茶呢。嗯，喔⋯⋯我等下要開會。"

聽到標富又說什麼，金花繼續回道：

"好，我看看中午開完會能不能趕過去，帶媽媽去看看。"

原來是標富打電話來，要金花回老家看看母親。因為標富聽老家的侄女說老人家頭暈，情況不好。

"嚇我一跳！"金花放下手機，接著對我說，"我正想騙標富，我還在睡覺，哪想到，你突然一個噴嚏，讓他聽到！"

"他聽出是男的聲音了？"

"可能吧！"金花接著說，"還好我反應快，騙他說在外頭吃早茶。"

我說："那就是說，在吃早飯，邊上有男的聲音就不奇怪了。"

"他開始以為，我跟平常一樣還在睡覺。"金花抱住我的脖子繼續說，"就因為破例，這兩天不在店裏，因為保險公司活動，在外地開會。所以一大早才在吃早餐呢，嘻嘻⋯⋯"

其實，標富也有點感覺不太對，本來金花大清早都在睡覺，為何在電話裏居然有男的聲音呢？

可金花說，今天不在店裏，在外頭開會，邊上才有別人，甚至於有男人的聲音。這，這很正常啊！

不過，標富有一次聽到同鄉的"小矮腿"說："我聽說你老婆有跟一個男的很親熱。"

標富相信：金花背後應該有個男人。但她不會承認，因為也沒有抓到證據。

春節到了，在銀行的大女兒嬌嬌帶著男朋友金林回來，在上海的二女兒美美也回來了，標富和兒子希希更早一點從上海回來的。

標富把嬌嬌拉倒一邊問："你媽是不是有男朋友？"

"我不知道。你聽誰說的？"

"聽你姑父說的。"

"我想，家裏的經濟負擔又那麼重，而媽媽卻把這個家安排的好好的，她對這個家已經很負責了！您分擔了多少？"嬌嬌又說，"總之，媽媽無論做了什麼，我都會理解。如果有個人幫她有啥不好？"

標富被說的眼睛吧啦吧啦的，直直看著大女兒，說不出話。

過一會兒，他又轉身對二女兒美美說：“你媽不顧我的臉面。”

“她哪里不顧你啦？”美美又說：“我同情媽媽。”

當天晚上，標富睡在右邊，金花頭靠在床的左邊，標富往左轉著頭問：“人家都說你跟一個男人很好，很親密呢，是嗎？”

“有啊！你不在，我有困難就只好靠朋友了！”

“你們太親密了吧！”

“你聽誰說的？我真心對朋友，這些年也有很多好朋友，真心對我，從外頭看，是來往很親密。”又說：“你看到我跟那個男的上床了？”

“倒沒人說。”標富小心的說。

“今年保險我交五萬，買房還要我出。裝修時你才拿了一萬，你說你要出兩萬，在哪呢？”

“我的錢討不回來，資金太緊張了。”標富又說道：

“我抓不到證據，算了。只要你不要刷我男人的臉就行！”

“我刷你的臉了嗎？”

標富突然想起嬌嬌和美美的話，很悲觀地說：“我做父親的很失敗！孩子們都偏向你！”

標富心裏在想，這幾年她生意也很艱難，但她實際上都有些錢。家裏的人情世故都是她在應酬，幾萬塊保險只差了一萬多，向我要了去交，其他都是她交的。她似乎有肝膽的人幫忙啊！不然她一個女人家，就這麼有辦法應付那麼多負擔。

這幾年老婆比他本事大，老家的人情世故我沒管，也都是她去應付的，一年好幾萬的保險也多是她交的，女兒的大學費用全是她負擔。

我整年都在外地，想掙錢卻沒本事。難為她把這個家維持的好好的。連老媽，女兒，親戚的事都是她在應酬。

自己沒本事，有什麼臉面去指責她呢。只要沒人捅破事情，就睜一只眼閉一只眼了。

金花沒在熟人面前出我的醜，我在表面上還是堂堂正正的男子漢。

兒女們都不站在自己一邊，說明她在兒女心中的地位了。

哎！我真是……

第四十二章 換腎

標富的二姐黃春香，十七歲就嫁到螺島，老公大她七歲，叫李木升，結婚後生了二男二女。女兒是月明和月亮，兒子是建春和建秋。

木升的父親年輕時候也很會做生意，掙了不少錢，可是掙得錢大都花到窯子店裏去了。

四十歲那年，和死了丈夫的女人結婚，這二婚的老婆比他小十幾歲。

木升十五歲時，父親實在是養不起三個孩子。在單位工作的叔叔就把五歲的木升接去養。

木升在叔叔家讀書也不上進，十五歲時，叔叔對他講：

"你書也讀不好，還是去學點手藝吧！"

於是，叔叔經人介紹，找了一個銅匠當師傅。木升不愛讀書，可學手藝卻很快。跟著師傅走街串巷，幫人做銅壺，打鐵皮桶。

三年後，師傅生病死了，木升一人繼續當銅匠。

但是，工廠化生產的銅鐵錫器具越來越多，又便宜，而且塑膠製品也日趨豐富，人們買手工打的銅鐵錫器就慢慢少了，木升也就掙不了錢。

有一天，木升看到一個在街邊算命的先生，就想：自己從小生活很辛苦，到底將來命運會不會改變？

他就請先生算算。先生看了看手相說："你的命較硬，人很聰明，但一輩子要很努力掙錢才可以。"

"先生，我可以不可以跟你學啊？"

先生看了看說："可以，我正想找個徒弟，因為我老了，一個人也走不動了。"

於是，木升跟了算命先生。先生在附近比較有名，很多人做墳修墓遷墓，都請他算算。

先生將羅盤往墓前一放，調好東南西北，什麼坐乾向巽，坐艮向坤。專挑吉地旺穴。他指著羅盤圖，細說此地這朝向將是生意亨通，家財興旺，子孫發達之類。說得主人一高興，給錢多多。

給人算命，看面相，摸手相，翻那本破舊的算命書。不過，他已熟練不用看書，有看也是瞎看並無細看，只憑自己的經驗：看來者說話和表情，就能猜出幾分情況。

先生有點眼疾，常常裝著看不清。還常常裝著發呆發楞。

客人一坐，先猜中客人有幾兄弟幾姊妹，父母存亡。說對了，繼續下麵的編造。

若說不對，巧妙地狡辯，或賴客人沒說清楚。

有時還無意探聽有無祭拜掃墓等事，收集資料。

然後，裝著很認真地伸五指掐指節，算著天干地支，核對生辰八字；又很神秘或詭秘地口念著連自己都聽不懂的什麼。

有時，還搖搖晃晃，心神出竅，貌似已故人說幾句話；或變聲走調、或怪聲怪氣講一段胡話。

過了一會，神志清醒，說出人話。

總之，以說好聽的為主，不說壞的，或故意模棱兩可。

讓客人總覺得很准，聽得高興給錢。

沒多久，先生得病而亡。

木升自行給人算命。因怕有時算不准，不敢在家鄉附近，就東南西北地到處漂泊，在異地他鄉給人算命。

自從和春香結婚後。木升也就改行去養牛了。

和春香一起養牛，木升一早去賣牛奶，春香一早就去山上、溪邊或水塘旁割草。

木升養了十年奶牛，收入還不錯。還學會了點獸醫知識，尤其是會給牛人工配種。

所以，春香常常負責白天割草和大清早擠牛奶，有時也去買牛奶。

而木升常常出門當獸醫或給牛配種。大半時間沒在家養牛。

一天，村裏通知他拆除牛欄。因為島上修公路，測量劃線正好經過牛欄。

木升告到鎮政府，也沒辦法解決。因為修公路是全鎮規劃的，改道也很難。

沒辦法，木升辛辛苦苦搞得養牛事業，就要終止了。因為村裏也沒辦法給他安排重建新牛欄的地方，那八頭牛只好賣掉了七頭，還剩下一頭產奶很高的母牛，一下子捨不得賣，只好臨時拴在地頭，風吹雨淋的。不久奶牛也生病沒奶了。

一大早，門前不遠處的龍眼樹上，有一只喜鵲"喳喳"叫著。按老人的說法，一定有喜事。

太陽剛升起不久，春香的家還真的來了兩個客人。

一個是女的，年紀大約四十不到，中等個，身材勻稱苗條，面容清秀是個美人。

另一個是男的，年紀有大三十了，體高好像還沒有超過女的。圓頭方臉，面部嫩白，戴著眼鏡，好像書生。

他們是姓張的姐弟倆，剛從國外回來。

一進門，木升很熱情地請他們上座。

正對著家門的大廳裏，擺的一張八仙桌，周邊用四張兩人座的長板木椅圍成的。

男客叫張霖，女賓叫張麗。木升是安排姐弟倆坐在面對大門的左排，月亮和大姐月明坐在面對大門一排，木升自己則坐在右側面朝著張家姐弟，哥哥建春獨自背著大門而坐。

不一會兒，春香端上酒菜，木升分了筷子給兩客人，並招呼兒女們上桌一起吃飯。

桌上擺了海鯧、九節蝦和魷魚，三盤全是很新鮮的海產；還有炒豬瘦肉、紅燒豬腳各一盆；苦瓜煮花蛤一大盆湯；空心菜和白菜也上了兩盤。

木升拿著筷子，習慣性地往八碗菜盆上方揮了揮手，說道："兩位，別客氣，快夾去吃！"

木升揮手，是做著趕蒼蠅的習慣動作，但大廳被春香拾掇的很乾淨，房子周邊也比較衛生，幾乎沒有看到蒼蠅。

建春首先夾了一小塊豬蹄，遞給坐在他右側的男客碗裏，"張先生，吃這個。"

那男趕緊用碗接住那不大不小的肉塊，並點著頭連聲說："謝謝！謝謝！"

春香端來兩碗白米飯給客人。席間，大家只顧吃，並沒有說很多的話。

月亮已經準備和張霖結婚，今天來會親，也是張霖特來見見岳父的。

張霖的情商好像是低一點，是這個在韓國的姐姐張麗不放心，特地從韓國回來，帶弟弟會親的。

張霖現居美國，和父母同住。

是木升的妹妹跟美國的鄉親聯繫比較多，才拉了這條紅線的。

張霖在美國出生，從小跟父母講華語，所以在語言上跟月亮，跟木升家的各位都沒有障礙。

張霖還上過美國的大學，但成績不太好。他的頭腦差一點的原因，可能是小時候得了腦膜炎所致。

開始月亮是不同意的，姑姑也對她說："你爸還是很寵你，讓你讀完高中。可你再也上不去了，能繼續讀大學嗎？

"像現在這樣，自認為文化比哥哥姐姐高，可是你還是找不到工作。這幾年，你高不成低不就。你做生意也做不過姐姐，實際今年你掙不到錢，常常在家吃父母的，長此以往，還是找個婆家嫁了。"

月亮不高興地說："我幹嘛要靠男人啊？"

姑姑也不讓她，大聲說道："你不嫁人，家裏這麼困難，能怎麼辦？你不能老吃父母的。男大當婚女大當嫁啊！"

"我自己會養活自己。那男的傻傻，靠不住。"月亮只是嘴硬，但明顯聲音變小了。

姑姑感到她有點回心轉意了，便放低嗓音，耐著性子對她說道："聽親戚說，這個小張，人十分老實，你略略對他好一點，她會很聽你的話。再說他小張有自己的家產，他的店面，只要你屬害一點，不就都是你的？"

"他那傻樣，叫我一輩子陪他，我受不了！"

"他其實不傻，我親戚很瞭解他。他只是性格耿直一些，頂多就是情商低一點點。聽說他炒股可會算，常常是贏的。"

為了父母，為了這個困難的家，也為了自己能擺脫現狀。最終，月亮還是點頭了。

月亮到了美國，和張霖結婚，成了美國公民。次年生了一個男孩。

父母分給張霖一個像小超市一樣的店，夫妻大部分時間主要就呆在店裏，靠它收入，每月也有上萬的收入，日子算過的很滋潤了。

可是，張霖基本上很少跟月亮說話，兩人之間沒有太多的感情交流。張霖除了忙售貨，就是每天按時盯著電腦線圖看股市。也基本上不管孩子。接送孩子上幼稚園，都是月亮的事。孩子生病，他為了炒股也顧不上。月亮覺得和他在一起生活好無聊。

更主要的是，兩人的夫妻生活很不協調。

這時候就有人介入了。

有個叫陳希的沙江人，最先是偷渡到美國，和一個跟他一樣，僅有臨時綠卡的同鄉姑娘結婚。還和她生了一個男孩。

後來，那女的帶著孩子離開了他，和一個有點錢的美國公民結婚了。

但是，陳希人很聰明，又很吃苦。自己在紐約開了一家小餐館，離月亮的店鋪不遠，一個人生活過得去。

陳希身高一米八，人長的十分英俊，被月亮看上，常常偷偷與他約會。

終於，讓張霖父母知道了。於是叫兒子和她離婚，張霖卻對此表現的很茫然，也很無所謂。月亮更是心涼，於是鐵定了要離婚。

月亮悲傷地說："原來他對我這麼無為所謂，我早該分手了！"

分手後，月亮自然和陳希在一起了。

月明初中沒讀完，就到處去做生意賣東西。

開始跟著木升買過煤氣灶。弟弟建春也跟著去。

那煤氣灶出自一些小工廠或地下無生產資質的私人作坊，都是用便宜的鍍鉻鐵皮做成的，假冒一些名牌產品。

賣假貨的村民們，專門從這些地方買來。因為成本比較低，一般只二三十元。但他們按低於不銹鋼一半的正規產品價格來賣。

因為不銹鋼的煤氣灶一般都要三四百元，但是木升父子女三人都只按一二百元的價格賣出去。

他們賣貨時，統一說辭：貨運司機給工廠運貨時，半路偷卸一些貨來，便宜賣給我們的。所以這些煤氣灶，都是我們撿來的便宜貨，借機壓低價好賣出去，賺它一把。不過，只有這幾臺，機會難得。快來買，賣完為止，再沒機會了。這煤氣灶是不銹鋼的品質很好，還是名牌的。

明擺著，這是三無產品（無廠名和廠址及電話、無許可證號和產品標誌及生產日期、無產品說明書及技術數據），會被工商局抓到沒收和處罰的。

木升是被工商局抓到過，也處罰了。可是為了生活，他還是硬著頭皮繼續賣。

他們推著自行車，走街串巷。常常裝著有點不敢聲張的樣子，專挑想買便宜貨的下手。軟磨硬泡，買一臺就賺一臺。

往往是臨時居住在城裏出租房、做小生意或打工的，會買這便宜的。因為他們也不傻，就是假貨，只要能用幾個月或一年半載，若離開或搬走，扔了不可惜。

還有一些老人家，錢少，習慣節約，能用又便宜，耐久不耐久不管。

碰到會砍價的，木升他們也就以"虧本價"一百或七八十元也可以賣掉。

月明有時候比父親賣出去的更多，二弟建春人老實點，口才又不夠好，也不太會買嘴皮騙人，所以賣的最少。

"你這反正是偷撿的，五十賣我，你還是白賺的。"一個年長的在小弄子裏，對月明說。

他看上去有點消瘦，但人很精神，比較會說話，更會砍價。

月明說："老哥，我們當然都想多賣點錢，機會難得，賣完就沒有了！"她用手背擦著自己額頭上的汗，又說："我也是農村人，沒有錢生活，只是找了這個機會賺這一點點錢，就只有這臺了，賣完就再沒有了。我也很累了，便宜賣掉回家了！"

那人笑笑說："肯定還有很多臺，小美女，你今天賺不少了！"

月明苦笑著說："就算是撿來的，我走大半天了，才碰到你，七十元？連跑腿費都不夠，一頓飯錢都掙不到啊！"

"五十賣我，不然我不買了！"

"算我吃虧，七十賣了回家！"

那人要走，可沒走幾步又回頭了："加五塊，我拿了！"

"六十五，今天這口灶就半送你了！"

終於，把這個灶賣出去了。

過兩個月，父女子三人，走了四個市和縣，賣了不少，也掙了幾萬元。

煤氣灶買到了武夷山下。晚上，住在小賓館。

木升問月明："你這幾天領了十個灶去，怎麼一分錢沒給我？"

一家人是分頭賣灶，每天每人自己分了幾臺去買，木升記錄下來。誰賣出去了幾個灶，把所賣的錢全部交給木升。

月明對父親說："爸，前天領的還沒賣完呢。等今天再賣出去後，一起交錢"。

到今天晚上了。月明還沒交錢。她回父親道："還沒賣完。"

"我看你基本買完了，怎麼還沒交錢啊！"木升很不高興。

月明很大聲地說：我欠了朋友錢，先拿去還了！

"你是老大，你要帶頭遵守規矩，你不交錢，那弟弟也跟你學，我們家還掙什麼錢？叫我當爹的還怎麼安排生活？"木升又嘮嘮叨叨地怪她：

"你這女孩，你現在很會花錢了。以後你出嫁，我拿什麼給你啊！？"

木升的意思是，沒攢點錢，他都出不起給月明的嫁妝。

"你攢什麼錢？我不出嫁了！"月明很生氣，也很凶。她找到自己的錢包，抓出一把鈔票，摔倒了父親的腳跟前，鈔票散了一地。然後，月明氣鼓鼓地離開房間。

木升和建春手忙腳亂地蹲在地板上檢著鈔票。

木升突然想起，女兒呢？

木升沒在女兒的房間找到她，就到櫃檯問服務員，

服務員說道："你女兒徑直走出了賓館。"

她要到哪去？木升追出了賓館，四處張望，也不知女兒去哪了？

後來，木升才知道，月明離開他們，先回了家。她告訴木升，煤氣灶不好賣了，她要另想辦法掙錢。

木升也管不了她了，只好由著她，想必女兒平常還比他屬害。

"站住！"

木升猛回頭，發現身後有人叫住他們。那是在南平市的一條巷子裏，木升父子被三個年輕人大聲喊住。

"你他媽的，敢賣我假貨？！"三人中一個最胖的光頭喊道。緊接著對木升喝到："兩臺煤氣灶的錢趕快退給我！不然揍死你！"

"我賣你煤氣灶？"

"前兩個小時，就是你啊！"

"我的灶是好的，不是假貨。"

"你好大膽，竟敢騙我？！"

三人沖上前，那胖子先用左手抓住了木升的肩膀，右手一拳打在木升的頭部，他一下子摔倒在地。木升顫抖著說："你不要冤枉我，我要報警！"

"你報吧！"那人一腳踢過來，正中胸部，木升昏了過去。

月明是自己去賣數字手機，那當然也是水貨，不過能打電話能發短信，就能買的出去。

在路上碰到也是買手機的男孩子，比月明小兩歲，他是隔壁村的名叫陳東林。兩個人一同買手機。

兩人配合的很好，每月大約都能賣出三十來個手機，淨掙六千。

他們到各地白天賣手機，三餐在一起吃快餐館，晚上同睡一間房。除了白天賣手機比較累之外，在不太累時，晚上少不了抱住不睡，做男女之事。

不久就結婚了。

兩人繼續到各地去賣手機。

　　月明說：“我們在大點的地方很多同行在這些地方都買過了，我們一直在這些地方已經賣的很爛了，是再也賣不動了。我們不妨到山區小地方試試？”

　　“小地方的人可能窮些，手機也不好賣。我看去浙江大的城市看看。”東林抽著煙，還不緊不慢地喝著茶。慢條斯理地發表自己的意見。

　　月明有點不高興地說：“浙江，浙江，很多人去了，都賣不了什麼。住店又貴。而且車費花不少。現在手機開始普及，山區小縣城目前去賣的人少點，說不定能搶到機會。”

　　“浙江的大地方畢竟手機用量大，我還是堅持去。”

　　“我不去，我先到武夷山看看。”

　　兩人意見不統一，結果分開去賣手機。東林先去了浙江，而月明則去了武夷山。

　　過了一個月，月明買了四千五，在山區小縣城的住宿吃飯都很便宜，只花了大幾百元。

　　東林遲了一周回家，身無分文。路費還是月明寄給他的。

　　為什麼呢？

　　東林最早在杭州，生意很好，才賣了十天的手機，就淨掙五千元。他高興地去和一個同事一同去卡拉 OK 廳喝酒，還找了陪酒女郎盡歡。沒想到跟一個女人很談得來，就出臺了。

　　才和她沒搞幾個晚上，身上的錢就用光了。

　　東林發現和這女人混，沒有好結果。就離開了。

　　他離開杭州，到了紹興、寧波等地，但又過了快三十天，所進的四十部手機才賣出三十部，扣除住宿和交通費及花銷，入不敷出了。當他發現浙江不行，想溜回家時，吃了最後一碗十塊錢的麵條，還差了老闆五毛錢。趕緊打電話叫月明寄給他路費。

　　回來後，東林感覺一直賣手機不能掙到錢，想去借點錢開店鋪。月明考慮在好地段租金很貴，還不一定掙到錢，就不同意。

　　東林還是堅持開店，他去和一個曾經認識的浙江女人合夥開店。那女人是有丈夫的，只不過她跟丈夫不好，自己跑到福建來開店。兩人不清不楚地在一起，為什麼那女的會跟東林呢？

因為東林長得比較俊，而且意趣和言語比較投機。東林又和她玩的很舒服，兩人就黏在一起，不想分開了。

說實在的，除了東林掙不到錢，家裏這幾個月的開銷都是月明負責外，東林跟那女人的事讓她知道了，很生氣。

月明想離婚，可是她已經懷上寶寶了。月明只好先跟東林分開住，還沒有去辦離婚手續。

轉眼寶寶都六歲了，不用操太多的心了。月明突然想到，要去美國。

福寧離開福生後，仍去當抄表工，可一點工資養不了家。沒幹一個月，就到朋友開的一家推拿店上班，可那是一家偷偷經營的雞店，雖然很掙錢，但自己也分不到很多。

福生就想著自己當老闆，他和另一個朋友合開了一家推拿店，但是表面是開正規店，實際上也不是這樣。

福生有個當民警的同學，就是管這個片區的。藉著他會罩住這個店，福生就找了幾個漂亮的小姑娘，明裏是推拿，暗裏確實在推拿間幹起了賣淫的活。

姑娘們收入和福生對半分成，生意不錯。可是幹不到一個月，就被人舉報，福生被抓了。

罪名是容留婦女賣淫罪，判了四年。

福生的老婆也就帶著兒子回娘家去了。

銀鈴得知福生坐牢，受到很大刺激。

沒錢換腎，血透也好幾天才去一次。只能去中藥店買點中藥，或者自己到野地裏拔些老家人傳說的草藥，似乎自己騙自己，過一天算一天，能挨過一日算一日。

沒過多少天，銀鈴就因腎嚴重衰竭，去世了。

標瑞知道妻子去世了，很悲痛。

他躺在床上不能下床。原來，每天早中晚靠福生下班回來照顧。

標瑞肱股骨頭壞死，做了手術，一個腿還是不行，還是要靠拐杖走路。後來雙腿都不來勁，還要扶著輪椅走。再後來，全走不了，乾脆躺床鋪了。

標瑞血糖也很高，不但有糖尿病，需要天天打胰島素，還有高血壓，日日吃藥。

可是，有一天福生突然沒回來。卻只見月玉從廈門回來。

標瑞問："阿生去哪里了？"

"去國外做生意。你沒人照顧，去老人院吧！"月玉冷冷地說。

月玉在廈門工作，福寧"遠走他鄉"，父親的頭腦也不太好使，尤其是不能走路。住在單位宿舍，不能自理，也沒人照顧。因此月玉就把父親送到老人院。因為他有四千養老金平衡老人院開支。

月玉每月回來一次，除了繳納住老人院的基本費用外，還替父親辦理用藥和增加營養及生活用品等其他開支。

尤其是，月玉買了一大包止尿布和止尿褲。因為標瑞常常小便失禁，老人院沒能承擔這些開支。

可是，標瑞的床鋪總是臭尿味得很。因為沒有專人護理，而普通護理，往往沒法保證做好標瑞的衛生。

月玉只好把父親抬回家，花六千元請來一位保姆，一起吃住。除了標瑞四千元養老金，其他由月玉和福寧分攤供養了。

保姆很細心，除了吃飯、餵藥、打胰島素，大小便都處理的很清楚。身上也就沒有了臭味。

可標瑞天天在想：我不能動，兒女也顧不了我了，我啥時跟銀鈴去了？

標瑞這輩子都不知道，小兒去了哪里？真的出國也要有個信？他當然懷疑福生出事了！可沒人告訴他真情！

第四十三章 美國夢

大舅媽銀鈴去世那天，月明代表母親黃春香前來送葬。

大舅媽的好姐妹寶妹從美國打電話回來致哀，正好是月明接的電話，她順便問一下寶妹的情況，然後把自己想去美國的想法告訴寶妹。寶妹說："我問問看。"

寶妹找了一個假結婚的案子，寫信來，幫助月明去美國。她請了律師鄭軍，按照鄭軍的安排，有一個叫 Johnson 的美籍華人要到中國找月明，目的是要和他結婚。實際就是搞假結婚，才有可能使月明移民美國。

這個 Johnson，今天二十六歲。十年前和歐裔女人結婚，拿到綠卡，生了一個混血女孩。過了三年後離婚，第六年又結婚。在後來的四年裏又結了兩次婚，但都是假結婚，一次是華人女孩拿到了美國的結婚證，並拿到綠卡，而 Johnson 得到三萬美金。兩年後，就離婚了。後面一個婚姻也差不多，Johnson 幾乎靠結婚掙了八萬美金。現在 Johnson 已經三十六歲了。

按照鄭軍的暗示，在申請前，月明要提供和 Johnson 見過面的證明材料，就是他們的合照，還有來往信件及國際長途電話記錄和中美往返機票，才有可能證明他們有戀愛的經歷。

一個月後，Johnson 就真的來到中國找月明。並在春香家呆了幾天。Johnson 和月明，去照相館照了合影。

Johnson 回到美國後，還跟月明打過電話。月明也主動打過越洋電話。在 Johnson 回國後的一個月裏，兩人也故意進行書信來往。

又過了一個月，鄭軍律師幫 Johnson 找了一個熟悉移民事務的小夥子，名叫 James。這 James 幫人辦理過好幾次移民事務。所以對如何辦理月明和 Johnson 結婚事務十分清楚。

按照鄭軍律師的要求，要準備結婚意向聲明書，要 Johnson 作為美方申請人作親筆簽名。在書中，需要簡述 Johnson 和月明兩人相識、關係發展的經歷。並寫明：保證在中國方面受益人（就是月明）獲得簽證來美後的 90 天內與 Johnson 結婚的聲明。

James 需要收集李月明的身份證和戶口名簿。

寶妹將電話打到電力公司搶修值班室，那天正好是老鄉張生值班，他馬上叫月明來接電話。

"你準備一下戶口名簿和你的身份證。"寶妹在電話裏說。

"那我只能從郵電局用傳真送過去！"

"可以，您儘量快點！"寶妹說。

過了一星期寶妹寄來了一張英文的結婚許可單和一張英文面簽通知書。

接著寶妹又打電話來，要月明帶著那張結婚許可單和麵簽通知書，到公安局申請出國的護照。

寶妹在電話裏又對月明說道："你再到東門派出所打一張無犯罪記錄的證明。"

在美國這邊，James 跟 Johnson 說，要先去辦理美國的 K1 簽證申請。

James 從 Johnson 和寶妹那裏瞭解了基本資訊後，對 Johnson 說：

"你要把你的美國公民身份證明，就是美國護照，複印一份給我。"James 對 Johnson 說道，然後又說："馬上去拍一張照片。"

"我有舊照片。"

"不行！你要到照相館去，告訴他，按護照規定的格式和尺寸來拍一張。"

"好，"Johnson 回道。

在美國移民局 USCIS 官網（http://www.uscis.gov）上，James 按簽證要求，填好表內所需的資訊，上傳了表格，並交了費用。

上網填寫好 I-129F 表格和 G-1145 表格。

填完後，沒有馬上向網路提交。

因為他覺得還有些內容沒填好。就打電話給寶妹：

254

"月明那邊的公安局證明是不是傳給我，我好對清楚，不讓它有錯誤。"

"還沒傳來，我打電話去催一催吧！"寶妹對 James 說。

於是，寶妹晚上八點，又萬裏長途的打電話過去，這時中國那邊是上午八點，黃正福的電力公司搶修值班室是卓文彪師傅值班，他接了美國打來的電話。

"我是美國，你幫我叫一下張生好嗎？"

"什麼？"卓文彪有點聽不清，覺得聽筒裏的聲音很雜，"咕嚕咕嚕……"大概是大洋彼岸經過衛星過來，又經過很差勁的國內長途線路，自然會這樣。不過他突然覺得雜音好像又小了一些。

"哦，你找張生，他今天沒值班，是在宿舍裏。"卓文彪說。

"我傳呼他，你過半小時再打來！"放下電話，文彪就用傳呼機呼了張生。

半小時後，寶妹又打來電話。

"哦，是寶妹啊！"張生終於趕到值班室接電話了。

張生跟寶妹是堂表親，自從黃正福受傷後，很多事情不會做，常常是張生這個表兄幫忙的。寶妹起早貪黑殺鴨拔毛，張生有空都會來幫忙的。

顯然，那個時候，月明沒有安裝家庭電話。張生在值班室接了寶妹的越洋電話，就親自用口頭轉告月明，要把公安局的證明件用電子郵件發出去。可是，月明不可能有電子郵件，她就到網吧請朋友阿甘上網，用朋友的電子郵箱發給美國 James。

在美國，James 收到電子郵件後，就重新登入移民局 USCIS 官網（http://www.uscis.gov）上，按簽證要求，繼續補充材料，填好 G-1145 表後，上傳了表格，並交了費用。

不久，Johnson 就收到移民局的電子郵件的回復。

Johnson 在 USCIS 的官網上下載了 I-129F, 那是 Instructions(指南)。

在 I-129F 的 PART 2 部分都是關於中國受益人黃月明的資訊，其中 31a-32f 部分要用中文填寫中國受益人黃月明的名字以及地址，這個地址就是以後月明要接收美國領事館寄來的包裹用的地址。還有在填寫大使館一欄裏，要填：GUANGZHOU，因為移民簽證都在廣州辦理。

因為他們在遞交材料之前，Johnson 到中國時，他已經送了鑽戒給月明，所以把鑽戒的購買收據和照片也一起複印了。

作為中方受益人黃月明，她的護照影本也已經用傳真發給美國的 Johnson。

在結婚意向聲明書寫到：中方受益人黃月明親筆寫並簽名的簡述及兩人相識、關係發展的經歷並保證在中方受益人黃月明獲得簽證來美後的九十天內與 Johnson 結婚。

黃月明和 Johnson 兩份結婚意向聲明書基本是一樣的，只不過裏面敘述的角度不一樣。

James 在 Cover letter，附上了一個清單，在一至四項上列出了雙方所有的材料，放在最上面，以便給移民局工作人員檢閱核實。

準備這些材料，都是通過 James 幫忙弄的。

申請的費用是 $535，寶妹到銀行去交了，James 把這些材料，按照官網上提供的電子郵件地址，全給發出去了。

現在就是等通知了。

James 告訴寶妹：可能要等的時間很漫長，如果運氣不好的話。

在美國的申請者 Johnson 遞交申請給 USCIS 後，USCIS 發給他 notice of action i-797（批准通知）及 receive notice（確認收到通知）。

Johnson 是在二月日號收到這個通知的。所以在之後美國領事館發來的郵件裏，有一個 "優先日期"，就是二月五日，在後續預約面談的時候也要用到這個優先日期。

在首頁（P1）上有四個字母加十個數字的案件號碼及 Case number（案櫃號）可用此號碼在：
https://egov.uscis.gov/casestatus/landing.do 上自行跟進案子處理狀況。

因為提前知道了等的時間很久，Johnson 就沒有上網去查進度。

第二頁（p2）批准通知中，申請被 USCIS 批准後，USCIS 發給美方申請人 Johnson 的 notice of action i-797（批准通知書）。 Johnson 是在八月十七日收到的這個通知的。

第二頁上有外籍人士登記號碼即 "A" 號，就是 alien registration number（外籍人批准日期）。申請批准後檔案會轉到美國國家簽證中心 NVC 做進一步審理。NVC 審理完成後，分配一個 GUZ 加上是個數字的新的案件號碼，然後將檔案轉到美國駐廣州領事館。

在這個期間，美國申請人 Johnson 準備擔保的材料，就是 I-134 表，三年 1040 表，三年 W2 表，還有雇主信等等。

這些材料弄好後，James 用郵件寄給了中國的李月明。

對於 p2.5（發廣通知）。就是同期的檔案一批發廣，不需特別理會，可以在官網 https://ceac.state.gov/ceac/ 跟進簽證申請狀態。

接著算第三步，就是準備材料了。

一是，面談前的簽證申請說明通知。

檔案在廣州美領做面談前審核，審核完成後，發給中方受益人李月明郵件包裹。月明是在九月二十七日收到的廣州美領郵寄來的包裹，裏面有一張約見信，還有告訴她如何進行下一步的指令。根據這個郵件，去準備相應的材料。然後用 EMS 回寄給美國領事館。

十月二十五日，月明收到了一個 NVC 發來的信，告訴月明所提供的材料已經轉交到廣州美國領事館，讓月明登錄 NVC 的網站申請簽證和準備材料。實際是 James 代為登入並做了申請。

因為之前收到的電子郵件和郵包裏都有這些，所以這封信沒什麼用。

又一是，需要寄回給美國領事館的東西有：

一件是，中方受益人黃月明的護照頁影本。一般也要把那些頁都複印一份寄過去。但是月明沒有寄，因為 James 說也沒關係，因為美領都有了。

又一件是，中方受益人黃月明的簽證照片兩張（照片背面最好寫上黃月明的名字和 GUZ 號碼，並用透明袋子裝好）

再一個是，線上填寫 DS-160 表格，及網址是：

https://ceac.state.gov/genniv/default.aspx

又一個是，同時把確認頁列印了一併寄回去。

登入 https://www.douban.com/note/501248006/ 的頁面，上面的帖子裏有詳細的說明怎麼填寫。

最後一個是，再將美領的通知信，原封不動的寄回去。

接著，最後是，月明在等待面談通知。美領審核完郵寄回去的材料後，發了電子郵件通知。自然是中國這邊月明的朋友阿甘的 Email 地址，早就在相關表格及材料中有注明。所以阿甘收到並列印一份給月明的。

James 在美國收了電子郵件後，也用 Email 會給阿甘及月明。

James 在十一月十二號收到了美領的郵件，其中通知月明要在簽證申請服務網站：

　　http://www.ustraveldocs.com 登記資訊，繳費和預約，阿甘也幫月明做了。並明確了面談日期。然後註冊，登錄 CGI 網站：

https://cgifederal.secure.force.com/ApplicantHome

按指引完成上面的每一步驟後。註冊，登錄，查看所需要準備的材料。主要是重新刷新一下 DS-160 的條碼和個人資訊。

　　James 線上填寫了月明的個人資訊，這裏就要用到之前說過的"優先日期"，美領的電子郵件裏也有顯示 Your Priority Date（先行日期）。

　　之後，阿甘幫月明線上繳費，進入中信銀行的頁面，繳納了一千八百五十五元後，得到了一個 CGI 號碼，按號碼輸入，之後就收到中信銀行的繳費收據號碼(Receipt Number)。阿甘將上面的收據列印下來了，準備面試時給月明帶上。

　　最後，就是預約面談日期。

　　月明要等公證都辦好了再預約。

　　所以，接下來一步，是準備去公證處公證。包括下麵的幾個方面：

　　首先，未婚公證：其實未婚公證不一定需要，因為美領要求的準備材料裏沒有這一個，但多做一個總是好的。

　　其次，出生公證。其實是去派出所，根據戶口開了一個證明。然後再去交了五百元，做了公證。James 在郵件裏說，這在後續涉及到申請綠卡之類的，也是需要的。

　　再就是，未刑公證。去戶籍所在地的派出所開了無犯罪記錄證明。

　　因為月明從小戶口沒有變動，會簡單點，否則，需要從出生到現在全部戶口所在地的證明才可以。

　　又是要，國外未刑公證。因為月明沒有出國工作過，所以 Johnson 提供了警方證明和英文翻譯公證。實際上，Johnson 提前就辦過。就省了這個時間。

　　後面是要，駕照公證。月明帶上駕駛證就可辦理公證。一份三百六十元。

　　再後面是，護照。月明的護照是前三個月去辦得。到福州的出入境大廳，拿身份證原件和影本，填表，拍照，簽字，繳費，總共花了半個小時，加快遞費一共二百元。五天後收到護照。

最後是，曾用名公證。月明的戶口薄上沒有曾用名，就不用了。

剩下一個學歷學位公證。因為月明不是大學生，也就算了。

所有公證辦下來，一共花費三千多元，不包括路費。

真是一個大工程啊！

接著，就是等待預約面談了。

阿甘幫月明登陸 CGI 網站，選擇預約面談的時間。約好後將該面談確認頁列印出來。體檢單和麵談預約表是當天帶去的。

月明預約的是十一月十九號上午七點五十分的場次。

月明在福州市的醫院體檢中心做專門出國體檢專案單，預約體檢日期單，線上填寫申請書和疫苗接種單，都要列印，體檢時帶上。

月明預約的體檢日期是十一月十三日上午八點半，是吃了早飯去的。

在美國，Johnson 也是要體檢的。預約面談需要的材料是：

十張簽證照片；

約見通知信（帶 GUZ 那串號碼的信）；

護照原件和影本；

赴美移民體檢醫學調查表和赴美移民體檢資訊登記表，這都是月明在福州市的醫院完成的。

由於 K1 簽證不強制要求打疫苗，但是在福州方便一些，所以月明還是去打了。

體檢報告四天後，月明去拿的。月明是十一月十七號上午八點半去拿到的。帶上護照和取回單，護士給了他一個體檢報告封包（白色大信封），一個疫苗接種的影本，一個疫苗接種證書（小黃本），一個光碟，還有一張注意事項單，退回來三張照片。護士交代了每個東西的使用方法。小黃本不用帶去面談。

但在美國入境時如果檢查，出示 DS3025 表格就可以了。

打加強針時要帶上小黃本。光碟不用帶去面談，不能拆開，在美國入境時需要帶去，不要托運。白色大信封面談時，由月明當面提交。

體檢報告在六個月內有效，如果是及時入境美國就沒問題了。

現在到了面談的一步了。

面談材料準備清單是：

一、美國簽證中心、美國領事館發出的預約信；

二、至少八個月有效期的護照；

三、兩張剛拍的簽證用照片；

四、在 https://ceac.state.gov/GenNIV/Default.aspx 上按提交的，用於 K 簽證的 DS160 表確認頁；

五、網上登記預約確認頁；

六、出生公證；

七、未刑公證；

八、關係證明檔（就是月明和 Johnson 交往後，各時間段的合照和與雙方家人的合照，機票，信件，email 等，每月挑選 1 份）；

九、體檢材料封包；

十、經濟擔保材料及收入證明。

以上十個是按照 K1 申請指南，根據月明的實際情況準備的，照著指南做就是。

在 Ustraveldocs.com "準備材料" 中，阿甘幫月明下載了：

K Visa Instructions-Chinese OCT2018.pdf 檔。

另外，月明還要準備了中英文簡歷，暨經歷，是從中學起寫，工作和經歷寫明歷任工作單位職位和工作專案。

各次繳費收據，申請和批准書等準備了。

面談地點是廣州總領事館移民部：廣州市天河區珠江新城華舊路四十三號，地鐵三號線 B1 出口出來就是。

十一月十八號月明到廣州。之前 James 打電話指示月明，到廣州後，和一個叫鄭新華聯繫，鄭新華就是在中國這邊專門配合移民的。

從美國寄來了面簽所要帶的材料，鄭新華已經收到。

James 指示月明一到廣州，就聯繫他。

月明到了廣州，剛在一家三星賓館住下，馬上就跟鄭新華聯繫上，鄭新華隨即給了月明所有材料，包括 Johnson 寄來的稅單，工作證明，銀行證明等。並且交代了面簽時應注意的事情，月明覺得那盡是雞毛蒜皮的小事，可鄭新華提醒他，美國簽證官可注意這些細節啦！他們懷疑中國人不誠實最不講信用。

第二天早上去了美國領事館。

月明在門口，找到鄭新華。在鄭新華的指引下，先去領號碼。在美領外面有兩個排隊區域，月明找到了移民的排隊 B 區。月明提前半小時開始排隊。

排到月明瞭，在美領工作人員指引下，她拿著護照和約見信，換取了一個號碼牌。

接著過安檢。還好月明除了那一包材料外，沒帶什麼。不然就是要寄放在安檢處，出來時再去領。

實際上月明有背了一個包包，裏面就是兩件衣服和一瓶水。據說不能帶，在排隊前，她就在美領外面的報刊亭花二十塊寄存了。後來月明才發現衣服可以臨時放安檢處，不用花冤枉錢。

可是在安檢時，男的要拔去皮帶，還脫了一件外套。月明女人家褲子是帶鬆緊的，就沒這茬事情。

過安檢後，根據工作人員指示，就進入領館的面簽大廳。大家一個接著一個排著隊。

月明在 A 區等待叫號。她後面的一個人拍了拍他的肩膀，月明回過頭，那人指了指前面的電子螢幕，小聲對他說："注意看上面的號碼和對應窗口！"，月明點點頭。

螢幕上出現了月明手中的號碼，窗口號是 3，排到月明瞭。

月明到了三號窗口，工作人員叫月明把材料給他，讓他遞進去。

月明呆呆站在面簽窗口前，她看到窗裏面是一個鼻子高高，臉蛋白淨，留著一頭金髮的美女，倒有點像俄羅斯女人。

她當場拆封了月明的體檢包，看了出生公證，無犯罪記錄公證，經濟擔保材料。然後問月明，所交的照片是不是最新的，月明說是。

"張開您的五個手指，按這裏！"那美女說。

月明舉起右手，對準手紋屏上的手形壓了上去。

通過了！

"請您發個誓，保證您所提供的材料都是真實的。"

"我發誓！"

月明早就知道了，心想，我們就會搞這一套了，反正發誓就等於說幾句假話，而且還要裝得一本正經的樣子。

這美女面簽官面帶笑容，和藹可親地對月明說："你去美國做什麼？"

月明感覺她的中國話還是很標準的，只是帶了美國腔而已。

"我要去結婚。"

"你認識這個，叫——"她眼睛又掃了一下電腦螢幕接著說"叫Johnson 的，多久了？"

"半年多。"

"這麼短時間？"

"是經熟人介紹，所以我對 Johnson 瞭解很多了。"月明接著補充說："我們算一見鍾情！"月明說這句時，音調提高了。事先鄭新華教他：要顯得很想和 Johnson 結婚的樣子。月明記住了。

"哇！"雖然美女感到很驚奇，但聲音卻不大，顯然是由於工作關係，壓低了音調說的："你們很浪漫呀！"她微微張開嘴笑著說，月明發現她抹了好紅的口紅。

她沒有再看其他的材料，也沒有再要和 Johnson 的關係證明。問道："您去過美國嗎？"

"沒有。"

"您是福建人？"

"啊！"月明感到很突然，因為他早就聽說福建人，特別是長樂、福清的非法移民最多，作假材料、假結婚的很多。他聽說的老家就好幾個做假結婚的，其中有一個敗露了，不知是不是有人告密，雖然通過面簽，卻在美國被懷疑，被遣送回國。但大多數都能騙得過去，這也是鄭新華事先安慰他，叫他不要太緊張。

"是啊。"月明馬上冷靜下來，並苦笑道。

可是，她卻沒有再看月明，只顧低頭在電腦上記錄什麼。

一秒、兩秒、三秒……

"砰，砰，"月明感覺自己的心跳開始加快。

"恭喜您！祝您新婚快樂！"才過不到十秒鐘，月明永遠難以忘懷的、可愛可親的美女，居然帶著仙女般的甜笑，邊說邊伸出雪白細潤的右手，把一張黃色的帶有中文內容的通知單遞了出來！

月明慌忙伸手接過單子，單子的 logo 下麵第一行寫著：

面談已結束，感謝您的申請！

"感謝我的申請？"月明不解：到底通過沒有呢？

"通過了。"美女微微地笑，淡淡地說。

"通過了？！"月明有點不相信自己的耳朵，沖口而出。

美女笑笑的點點頭，不再說話，只是舉起右手掌，示意月明往左邊退出。

站在窗外旁邊的工作人員說道："你通過了，快點往左邊走，下一個！"

"你的材料！"

月明差點忘記去拿那剩下的、沒啥用的材料。

"您過幾天到網上可以查進度，一、兩周就能收到簽證和護照了。"那工作人員又回頭對月明說。

"謝謝！謝謝！"月明也不知道還能說什麼，快步沿著地面黃色的禁止線邊緣走了出去。

阿甘幫月明於十一月二十三號在 CEAC 網站上查詢進度，發現已經通過了。他及時告訴了月明。

終於在十二月五號收到了 EMS 的簽證材料。包括貼簽護照，兩張申請社會安全碼的指南，還有一個不能拆封的信封，是要求入境時遞交的。

月明收到簽證後看一下入境的有效期，是二零零五年四月二十九號之前。

她前後辦簽證，共花費一萬兩千元。

在國內這邊，從準備材料，一直到廣州美領館面簽，實際上都是 James 通過電話，聯繫和指導月明的。

月明已經知道，入美後的社安號取得，還有綠卡，工卡，回美證的辦理，都是要按美國政府的規定去做。

月明終於去了美國。

月明如期和 Johnson 在美國領了結婚證。可是他們壓根就沒住在一起。月明是找到妹妹，住到妹妹那裏去了。也是妹妹幫她在華人區找了做美甲的工作。但沒住多久她和妹妹發生矛盾，離開了妹妹，自己單獨租了房子，自己做事。

跟妹妹爭吵的原因是，妹妹知道的一樁假結婚的生意，讓月明掙了七萬元，而月明才分給妹妹月亮一萬多。

妹妹的未婚夫陳希很愛她，他們很快就要結婚了。

陳希跟月亮說，這單生意是你牽的線，怎麼倒讓你姐得了頭籌？

月明學了美甲技術，想自己開店，但是在紐約似乎開同樣店的人太多了，生意不是太好。她想去別的城市看看。

芝加哥華人較多，在那裏做美甲可能很好。經人介紹，月明先和芝加哥的一個華人朋友聯繫，準備自己開車去，她開了一天一夜的車，行了八百多英里，到了那裏。

在芝加哥考察了三天，又過了兩天也沒租到合適的店。因為有租店的地方，做美甲的店好像很多。到了第五天她也沒有確定下來在芝加哥開店。

又打聽到洛杉磯華人更多，做美甲生意不錯，她又從芝加哥，風塵僕僕，開了兩天一夜的車，行了一千多英里，到了那裏。

洛杉磯城有個地段，做美甲的店不多，但是有個店面雖然可以租，但是店面太大，有二千英尺，月租金要一萬美元。另一個地方一千英尺，月租卻要七千元。

月明擔心租金太貴，營業成本太高，掙不來吃。

她也打聽到，其他幾家店情況，有一家兩個人工作，租四百英尺，租金三千美元，可是月明擔心，營業額每月難以超過五千，扣除租金等，也就沒有可賺的，那還幹什麼？

月明出去了快半個月，也沒有定下來，是否到中部或西部去。

回到紐約，繼續著美甲工作。她和店裏的小弟關係很好，他比自己小三歲，技術也不錯，客人很喜歡找他。

兩人相約自己投資開店。

小弟名叫 raiser，華人說像"來塞"（鐳射），就叫他"鐳射"弟，他是馬來西亞人，

從小就和父母一起來到美國，他十五歲時跟父母出遊，同車的父母不幸在車禍中雙雙去世。他是在福利院生活到十八歲。後來自己出來工作。

小弟今年四十三歲了。談過幾個女朋友，都沒能正式結婚。他很喜歡月明，月明體重二百四十磅（一百一公斤），五英尺二（一米六）高，略為肥胖些，但臉蛋圓圓的，眼睛大大的，有點像俄國人。

鐳射弟也和月明差不多高，五英尺二，是個大肚腩，有三百五磅，走起路來，身子有點向左傾斜，是因為左腳有點彎曲，不知是不是那次車禍造成的。臉蛋是四四方方的還帶點圓的，頭髮也長得很少。總之長得不是很俊。

可是自從鐳射弟喜歡上月明，除了工作時很賣力，對客人的服務也很耐心和負責外。每時每刻幾乎黏在月明身邊，屁顛屁顛的，月明叫幹什麼，他就幹什麼。好像是月明的奴才。

月明開著車，副駕坐是鐳射弟。突然電話響了，是東林從大陸中國打來的。

"你女兒不聽我勸，天天和女同學在一起，最近又不去上課，老師打電話來怪我。"

"你也要管管啊！"月明冷冷地說。

"你跟她講吧！我管不了她。"電話掛了。

過不久，女兒芊芊也是從大洋彼岸打來的電話。

月明邊開車邊聽女兒在叫苦："我好鬱悶！"

"咋啦？"月明問道。

芊芊一般三兩天會給媽媽打一次電話，可最近天天都打電話，有時半天就來一次，好在月明最近沒那麼忙。

"我同學笑我，是胖子！"可以感覺萬裏之遙的那頭女兒的表情，電話的聲音有點不正常，略帶沙啞。是在哭吧？月明知道。

月明忙勸她說："其實你一百零七斤不算胖，只要能吃能睡精神好，就是胖一點點身體算很健康。"

"還健康呢，同學說我越吃越胖，肚皮又大了一圈，下巴的肉老收不上去，醜死了！"

女兒似乎很生氣，接著又說"吃那個減肥藥，一點沒用！"

"皇帝還讚揚楊貴妃，是以胖為美，一個女人語言美、心靈美更是重要，男人就會愛。"月明笑笑說。

"管她男人愛不愛，我的閨蜜說的最重要！"

閨蜜？月明感到她有點同性戀的苗頭了。

女兒常常不去上學，說是怕同學說她變胖了。

沒想到月明不覺到美國有九年了。女兒已經十六歲了，初中讀完不想再上高中，東林逼她去上學。女兒不想去，月明勸她："美國年輕人至少是大學生，你好歹學點技術，有點文化，才好到美國來混啊！"

後來去了一家差差的中專學校，同學在找男朋友，她就找同性玩，整天比美。月明每月大概有給五百美金，她常常不夠花。

月明心想，自從沒跟東林在一起，女兒不太理東林這個父親，因為他沒錢給他。是我虧欠女兒的。

女兒現在心理和性格都不正常，我離她這麼遠，現在沒有辦法。到時來美國在我身邊就好了。現在只能儘量勸她讀點書，學點英語之類。

月明的手機裏收到老鄉的一段視頻，裏面是表達：一個沙江人，深夜告別懷孕的愛妻，借高利貸一萬八美金，請蛇頭幫助偷渡到美國打工。年復一年，兒子盼來了爸爸辛苦掙來的一點美金，換得麥芽糖，媽媽的眼淚卻像麥芽糖拉成兩行。

裏面的歌聲唱到：

（送別前的一段）

手機裏面的相片，一張比一張美。

幾十年好快，一眨眼都無影蹤。

幾多往事滄桑。

當初生活很渺茫，吃不飽向誰人講。

不甘躁動的心，做什麼都成不了。

抓頭撓耳，一家生存還要去扛。

嗨一聲，出洋去闖一闖。

我起身，我起身——
萬八美金，萬八美金，
慢慢清，慢慢清——
高利貸啊，債不輕。
萬八美金，萬八美金，
我娘燒香拜不停。
萬八美金，我爹撈面保太平。
萬八美金，送到碼頭夜深深。
萬八美金，交代的話記入心。
（兒子唱到）
月光光，照池塘，
騎竹馬，去買糖。
我爹今天又寄錢，
知我愛吃麥芽糖。
麥芽糖，拔長長，
爹一去，去很長。
媽媽剛才流眼淚，
兩行淚越流越長。
（離別後的一段）
萬八美金，灶頭枕頭忙不停。
萬八美金，不敢生病不敢停。
萬八美金，半夜聽到兒聲音。
萬八美金，抱著電話親一親。
萬八美金，哭泣的人莫傷心。
萬八美金，夢中與你抱緊緊。
萬八美金，敢拼能贏無絕路。
萬八美金，老婆孩子等一等，
老婆孩子啊，你再等一等——

　　月明聽了淒美的歌聲，想想來紐約的自己，她想兒女了。又看看遠離
故土的那些老鄉，是不是唱到大家的心裏了？

眼淚撲籟籟地流下來。

第四十四章 英國夢

中午，火熱的陽光照在門前的地板上。張秋菊搬了張凳子坐在門口邊，她望著門外的地面，心想：這地板像似燒熱的煎蛋鐵板，如果雞蛋放上去，不到十分鐘就會烤熟吧！

門前樹上的知了叫個不停，他在等弟弟春景回來。

一個小時過去，還聽不見汽車開來的聲音，秋菊等得好焦心：今天她要去學校領農機大專畢業證，後天農械廠招工需要這本證呢。

弟弟和朋友去外地賣手機，今天開車回來，她約好叫弟弟開車送她到學校。

她正要打電話給弟弟，就聽得隆隆的汽車的聲響，越來越近。

果然，那輛熟悉的桑塔納的轎車開到家門前，車子徑直停在家門不遠處，從駕駛室下來一個人，卻不是弟弟。緊接著，在駕駛室右邊下來的另一個人：那才是弟弟。

弟弟指了指那人說：“這是我的朋友，叫李建秋，手機賣的很好！”弟弟好像有意誇他。

建秋很有禮貌地對秋菊說：“你好！”

秋菊仔細看了看：這小子圓方臉，長得一頭有點卷的黑髮，個頭不到一米七，雖不算高，但炯炯有神的眼睛，直勾勾地盯著她，讓秋菊感到有點不好意思。

建秋轉身到後車箱拎出來幾個塑膠袋，走到跟前問秋菊：“廚房在哪里？”

秋菊看了看，問道：“是什麼？”

弟弟搶著說道：“是豬肉和海鮮，要拿到後面洗洗加工，煮著吃。”

秋菊看著建秋，伸出雙手說：“給我吧！”

建秋搖著頭說：“不用過手，我直接提到廚房吧！”

弟弟從車後箱抬下一小箱啤酒，放在大廳。

秋菊說：”走吧！“

弟弟說：“哦，好。”

弟弟對建秋說：“我們很快回來，你在家等我們，看看電視吧。”

“好的。”建秋回道。

過了一個鐘頭，弟弟開車送秋菊去學校領回了畢業證。

秋菊端上加工好的肉和海鮮，就擺在大廳的一張大桌上。

建秋打開一只啤酒瓶，遞給弟弟，又打開一只啤酒送到秋菊面前。

秋菊擺手說道：“我不要喝整瓶，倒一杯陪你們喝就行了。”

建秋笑笑說：“這一小瓶，幾口就喝沒了。”邊說邊把瓶子往秋菊面前放著。

秋菊也就不說什麼，拿了一個碗，把啤酒往碗裏倒滿，然後舉起酒碗，對著建秋說：“這幾天你們賺到大錢了吧？祝賀你們！”

建秋舉起瓶子，向著弟弟和秋菊說：“是賺到了！來乾杯！”

弟弟也舉起瓶子，他們三人一同碰了杯，弟弟咕嚕咕嚕將一小瓶啤酒一飲而盡。建秋視乎喝了半瓶，稍稍放了一下酒瓶，緊接著又抬起瓶子繼續把整瓶酒喝幹了。

這時，秋菊也把碗裏面的啤酒喝掉了。

“今天真高興！”弟弟抹了抹嘴邊的啤酒沫說道。

春景常常相約建秋一起出去賣手機。他們賣的不是正品，是水貨。就是海上走私來的手機，什麼雜牌都有，作為數字機，能打電話，能發信息，有人買這種手機，就是因為比正牌手機便宜一半。市場正品手機五百元，它一二百就夠了。

他們常常到福州以外的小縣城賣，每天起早貪黑，在大街小巷遊走，叫賣。

“這種手機直接從廠家買來，省去稅收和中間環節，是直銷的，所以又好又便宜。”

“很好賣，就剩這兩只手機了！快來買，今天沒貨了，脫銷啦！”

“多少錢？”

“一百五。”

“這麼便宜，能不能用？”

“你試試，好用得很！”

“假的吧？”

“不信，你馬上打一下。”

他們兩人七哄八騙，盡找那些貪圖便宜的人，共賣出去二十部。算下來，每臺成本二十元，每臺至少賣到一百二十元，淨掙一百元。有的賣一百五，淨掙一百三。

建秋更會哄，碰到一個很乾脆的買主，先是跟那人討價還價，第一回出價三百元，只磨到第二回合就以二百五出手了。

從早八點到晚上六點，兩人共掙了兩仟五。其中建秋就掙了一千六。

這個月有五天下雨，沒有賣幾部。但只二十多天，兩人就足足掙了四萬元。這兩三個月幾乎每月都有近萬元收入，他們可高興啦！

建秋常常和春景在一起，他幾乎把春景的家當自己的家了。

秋菊準時五點從農械廠下班回來，而弟弟和建秋往往七點才到家，所以晚飯也都是她做的。做好飯，就和弟弟以及建秋三人共進晚餐。

秋菊感覺建秋話不太多，做事很實在，而且人很聰明，生意做的好，又對弟弟很講義氣。雖然建秋賣的手機總是比弟弟多，但是建秋還總是和弟弟平分收益。

更重要的是，建秋很喜歡秋菊，在她面前很會獻殷勤，好像總是唯命是從。

有一次，秋菊感冒發燒的很厲害，建秋抱她上車送醫院，整夜在病床陪著她。

在外地賣手機，晚上一有空，總要和秋菊打電話。

他們在熱戀中，有一個月沒見了。那天建秋和弟弟回來，建秋剛進門，一見到秋菊，就忍不住抱住秋菊。

不久，春香小兒子也就是月亮的小弟李建秋與張秋菊結婚了。

手機現在不好賣了，春景就去了一家酒店當保安。建秋自己一人繼續出去賣手機。就因為賣水貨已經不吃香了，建秋常常掙不到什麼錢。加上建秋出手大方，碰到朋友常常是他做東，回家常常是空空的錢包。

建秋，越是沒錢越想掙錢，有一次居然想到地下賭場賭一把。可是沒半天，卻把自己半個月掙得錢都輸光了。

回到家裏，不和秋菊睡。整天關在一個房間裏不出來。好像精神有了問題。

家庭生活開始困難：農械廠效益不好，秋菊有時才拿一千元回來；建秋手機難買，但不想去幹力氣活，總想通過做買賣掙錢，因為他自信是個做生意的料。

他前後賣過假手機，賣過假不銹鋼鍋，賣過電子手錶和假自動手錶，還賣過假空調。

通過他的騙人和賣假貨的豐富經驗，和軟磨硬泡的耐勁，有時卻是賣了不少貨。表面上他話不太多，卻總能抓准客戶的心裏，說出的話往往能打動客戶的心，乖乖地把錢掏給他的。

可是，上一周建秋被工商局抓了，沒收了假手機，還罰了款。

回來後，又是一人躲到自己的那間專門裝配手機的屋裏，不出來了。

秋菊叫他也不理。

秋菊進房間見他躺在床上，就說：

"你去開車拉客，一個月也會有幾千塊收入呀！"

建秋說："從早到晚，常常整夜不能睡覺。白天頂著太陽，熱的要中暑，晚上開車直打盹，黑不溜秋很危險。碰到搶劫就倒楣了！"

"那總不能等著坐吃山空啊！"秋菊憤憤地對建秋說。

"我不去！我還是想想辦法做買賣吧！過不了幾天，我出去做買賣了。"

"你總是說，出去出去。你都說了好幾次了，你呆在家裏都兩個月了！這日子沒法過了，我要回娘家去。"

建秋聽了很氣："滾吧滾吧！"

秋菊流完了淚，寫下日記：

二零零六年五月二十二日　晴

也許不知道淚水可以得到教訓，在這次流淚中，突然明白：他不值得我掉淚，也不該因為他而掉淚。

人很奇怪，當他想明白一件事，就不會再讓他自尋煩惱。沒煩惱，自然會心情好。心情好，自然會好好地為自己打算了。

靠天靠地靠他人，不如靠自己來得實在。在世間，除了自己，沒有人不會背叛的。區別在於有心還是無心。但出賣就是出賣。那是不爭的事實，再多的理由也成為可笑的藉口。

好像處在銀白色的大地中，站在碩大的摩天輪上，它一直旋轉，轉得分不清東西南北。

第四十五章 迷途

秋菊在二零零六年六月二日的日記裏寫到：

結婚後的第三天，我就後悔，我在很早就知道自己那不合適的婚姻。

不知道是孝順，還是愚孝，還是其他。

我既然也踏進墳墓，一個自己都不知道如何的未來。

現在也許我的肚肚有小 Baby，我有點茫然，但我可以肯定，我會努力地生下 Baby。

只是對我而言，我有點不清楚，我是個有個性的女生，不該計較一些我不在乎的事。

目前在乎什麼，其實心中清楚。

當從別人口中說到："活著就有希望"，我的眼淚就不覺地從眼眶中脫落下來。

二零零六年六月二十七日，晴

熱的要死，又是一年的夏天，除了悶熱，是多事的季節。

人是奇怪的動物，看不順的事物，它怎麼弄都是不合心意的。也許是太過於執著。很累，但也改變不了事實。

抓的太緊，反而得不到，還會產生很重的失落感。

二零零六年七月一日

夏天還在，炎熱依舊。

今年的世界盃足球賽在熱力競行。

夏天讓人感覺熱外，依然還是熱。只是還是懷念，那段時光......

不久，秋菊生下了女兒，叫盈盈。

有了這個女兒，建秋還是很愛她。他也常常出去掙錢，還不忘為女兒買東西。

這樣，總算安安靜靜過了幾年。

但是，錢還是不好掙，建秋做老行當，又是被抓被罰。回來後，乾脆不理老婆，也不管孩子，整天把自己關在房間裏。

秋菊叫他改個行當，不要靠騙錢的方式過日子。建秋理也不理。

秋菊氣得回了娘家。

這下慘了，五歲的盈盈常常餓著肚子，跑到隔壁叔叔家吃飯。

秋菊知道後，回來想把盈盈帶走。

秋菊在日記裏寫到：

二零一一年七月七日，多雲轉雨

連續十來天，終於下雨了。它給人清爽，但爽不到我的內心。

我放下驕傲、自尊，卻得到的是更多的憂鬱。

面對的是，說完一件好玩好笑的事，可他卻問"你說什麼"的人——

你再多的情啊感啊，都冷卻了。

過了半個月，秋菊回來，她見建秋還是呆在家裏。就很不高興地說："這家沒法維持了！我們離婚吧！"

"離就離！離了自由，各幹各的，各管各的！你走吧！"

秋菊還真的走了。可是建秋還是不讓她把孩子帶走。

秋菊隻身回到娘家，越想越生氣：一家三口人，快半年了，勉勉強強靠我一千多元工資糊口，這人還亂買東西給孩子，還欠著親戚朋友錢，這日子看來過不下去了！

秋菊想，建秋這人越來越怪，總想掙大錢，又沒什麼文化，高不成低不就，苦點的活不幹，大錢又掙不到。幹嘛不實際一點，面對現實，根據能力，實實在在過好日子呢？

可是他總是想投機取巧，甚至想開賭場。原來我不知道他的頭腦這麼固執，是不是有神經病啊？

這可有點被她說中了。

秋菊向法院提交了第一次離婚訴狀。

建秋不同意，法院駁回離婚訴狀。

　　秋菊跟婆婆還是說得來，常常在她婆婆面前訴苦。春香人本來老實，她也怪兒子不爭氣，這樣下去如何維持一個家庭啊！

　　但是，春香對秋菊說：「秋菊，建秋可能又犯了！」

　　「犯什麼？」秋菊不解。

　　「他可能是有點神經病，跟我那個二哥的兒子黃維西一樣。」

　　「是說二舅的那個大表弟神經病？」

　　「我懷疑建秋也跟我侄兒一樣，犯有精神病和抑鬱症。」春香頓了頓又說：

　　「我侄兒常常悶在房間十天半個月不出來。可是有幾天人不見了，不知跑到哪里去。

　　「突然，派出所打電話來說，你兒子偷東西，來自首。快來做保，把人領回去，以後看好他。

　　「回來仍是悶在家，可是沒過多久又偷偷溜出去偷東西，也照樣去派出所自首。」

　　秋菊聽了大笑：「為什麼自己去自首啊？」

　　「說是在家太難受了。到監獄可以釋放心情，解開疙瘩。」春香苦笑了一下。

　　秋菊問：「他有什麼疙瘩啊？」

　　春香想了想回答：「應該是掙不到錢，才苦惱。」

　　又回憶起來說：「那次去南平賣假手機，被公安局抓了。放回來時他說：『我被罰一千元，手機本錢也沒了。我已經到古田賣手機了，為什麼南平會知道，一定是被一起的朋友給供出來的！那可是好幾年的好朋友啊！他也會出賣我？！』

　　「我侄兒又說：『朋友為了逃避罪責，也能出賣朋友，真想不通。想想為了掙錢，低三下四，七騙八騙，東藏西躲，那麼難。做人難。聽說在

276

監獄裏不用幹活，吃了睡，睡了吃。所以⋯⋯'

"有一次，還悶在家裏玩火，差點把房子燒了。"

秋菊說："那去看醫生了嗎？"

春香聽了搖搖頭說："做了幾次心裏測試，和神經病診療，醫生就是診斷為精神病和抑鬱症。"

春香又說："我二嫂陳玉香長期犯精神病，也可能是傳給大兒子了。"

"神經病會遺傳？"秋菊覺得不可能，說道：

"那二舅母和大表弟有精神病，也會傳染？"

春香回憶說："醫生說過，主要是性格軟弱和思想固執，才會出現相似的毛病。我的理解，就像是傳染了。"

"那建秋也被表弟傳染了嗎？"秋菊歎了歎氣，再沒說什麼。

春香不敢再說下去，畢竟只是懷疑自己小兒子有毛病，隨便去肯定他有神經病，不就更促成秋菊離婚的決心了嗎？

對啊，春香想，我說錯話了！居然說自己的小兒子有神經病，媳婦秋菊會怎麼想？這不沒事找話，害了他們的婚姻？嗨！我真笨！

秋菊長期不在家，建秋也長時間躲在屋子裏。

有一天半夜，隔壁的鄰居發現：緊鄰建秋家二樓墙外的臨時搭蓋的鐵棚頂上，有一個黑影。

仔細一看：是建秋！

他為啥半夜爬到自家的二樓窗戶外,爬到無依無靠、危險的棚頂幹嗎？

又過了一個月，秋菊回來，要帶走孩子。建秋自然不肯，秋菊提出明天去辦離婚證。

建秋瞪著眼睛說："我愛你，也更愛女兒。你為什麼看不起我，對我一點感情沒有？"

秋菊靜靜地說："你死活不改，這家沒法維持。"

"我向你保證，我想好了辦法，一定會掙大錢！但是要給我時間啊！"

"你保證多少次，還寫了幾次保證書，但總是這樣想入非非。明天去辦離婚，孩子你也帶不了，還是我帶。"秋菊又大聲喊道：

"你就是個癲子！就是個好吃懶做的痞子！神經有毛病！我這輩子真是嫁錯人！"

"不要離婚！我向你保證！如果我食言，就像我的這只手指……"建秋不知道何時找到一把菜刀，突然舉起，要往自己的手上砍下去！

"你不要嚇我！你敢嗎？！"秋菊喊著。

"當"的一聲桌板震了一下，只見建秋的中指的一節彈了出來！鮮血賤到了自己身上，也賤到秋菊的臉上！

秋菊向法院提出第二次離婚，建秋還是不肯離婚，法院第二次駁回。

春香對秋菊說："建秋從荷蘭回國後，就時常出現怪怪的脾氣，不是常常不說話，就是突然不見人影，要不然半夜不睡，到處亂跑。"

"媽，你能告訴我，他出國出了啥事？"

五年前，建秋碰到小蛇頭林威，林威告訴建秋，在沙江的大蛇頭陳孝空說，只要預交了八萬元，他就可以到英國打工，掙很多的錢。因為在英國每天的最低打工工資都有一百英鎊，就是說每月只要幹二十天，其他十天還可以去玩。這樣至少兩千英鎊，就是每月快掙到兩萬人民幣啊！這在中國要幹一年呢。

小蛇頭又告訴建秋，到了英國再給十二萬，然後就可以幫助找到工作和住處。

這是多麼誘人的計畫，建秋自己有一萬五，春香丈夫李木升向朋友借了四萬五，春香也幫兒子向娘家兄弟借了兩萬，就交給了小蛇頭。

其實那小蛇頭是在本地，而他的上級蛇頭在歐洲，也是中國人。

聯繫人告訴建秋，先以旅遊的簽證飛到歐洲，然後鑽進貨車渡海到英國。

建秋終於踏上了去英國的路程。

第四十六章 孤兒

李木升正在老人活動室打牌，他剛壓了五十元錢，這下手氣不錯，贏了五百元。正要繼續戰鬥，突然春香在門外大聲喊：木升！兒子電話！

木升一聽，更是得意："今天運氣太好了！一來，手氣好，贏錢了！二來，一定是兒子到英國了！"

他手裏抓著一疊錢，眼盯著桌子上，頭也不回地對沖進來的春香，高興地說："你跟兒子講，好好掙錢，多省點，寄錢回來還債。"

"不是啊！出事了！"

"啥？"木升只好收回正準備壓錢的手。

英國的老鄉傳回傳真件，那是英國倫敦時報刊登的華文消息：

二零零零年六月十八日。英國港口城市多佛，凌晨時分的多佛仍舊是熱鬧非凡，過往多佛海關的車輛絡繹不絕。

海關人員在檢查一部車的相關證件時，發現該車輛的戶主 W 公司的名字很陌生，於是例行檢查。員警將該車的後箱打開，瞬間，一股惡臭撲鼻而來，一幕慘不忍睹的景象出現在人們的眼前。車箱內疊放著幾十個人，顯然，這些人已不省人事。員警立即採取搶救措施，可結果發現除兩人僥倖生存外，其餘五十八人已經全部死亡，其中五十四人是男的，四人是女的。

這是一部運載番茄的冷藏卡車，車主是荷蘭人。他派司機將卡車從荷蘭鹿特丹開往比利時澤布魯日港，然後將車開上海輪，運抵英國。

警方當場拘捕了卡車司機。

這個事件引起英國當局的高度重視。通過英國"國家犯罪（調查）組"傳給了國際刑警組織。在國際刑警組織的協調下，一場多國之間的協作戰鬥全面打響。

警方經過調查，初步還原了事件真相：

在多佛港的橋頭或岸邊，總能看到幾個形跡可疑的男子，他們在手中拿著一張報紙，佯裝讀報；或者倚著橋欄杆裝著若無其事的樣子，仰望著天空或低頭看著遠處的大海。

　　在一名知情者的指點下，身著便裝的英國員警來到了附近進行暗中觀察，觀察發現在貨車的不遠處總有人站立在一旁。知情者稱，那些看上去似乎在等人的都是小蛇頭。他們的目的只有一個，等待貨車司機，並設法與他們搭訕。假如，雙方就此達到利益上的一致，那麼貨車的後門會突然打開，一些不知從何處冒出的非法移民便會如迅雷不及掩耳般鑽進卡車後面。

　　這批共有六十八人，在登上卡車時由於人太多了，實在裝不下，有六十人上車，但還有八個人沒能上車。他們當時還因此而狠命詛咒埋怨，沒想到卻撿回了性命。這八人得到慘案消息後，有個沙江人向家裏打電話報平安。

　　英國華僑紛紛前往多佛認領親人。一名姓陳的華僑通過太姥山親戚寄來的照片在太平間認領了他的十九歲的表妹。聽說這名女孩花了二萬一千美元從中國出發，歷經了俄羅斯、捷克斯洛伐克直到西歐。

　　同時，警方與有關方面對五十八具屍體進行了檢驗。根據屍檢結果表明，死者多為二十歲上下的青年人，遇難者死於呼吸衰竭。同時，在醫院的協助下，抓緊時機從倖存者口中瞭解情況。

　　在英國，由“國家犯罪調查組”全面負責本案，領頭的探長便是以破獲英國著名的殺人狂特大案而出名的肯特郡警督丹尼絲·麥克古金，並且與英國的情報、海關、移民部門及歐洲各國相關部門緊密協作。丹尼絲呼籲遇難者在英國的親屬不論是否是合法公民都應該勇敢地站出來，向警方提供線索。英國警方聲稱，本案的突破口就在兩名死裏逃生的偷渡客的身上。兩名倖存者目前已經被警方從醫院轉移到一處秘密地點，嚴加保護起來。

　　當地時間六月十九日，荷蘭的辦案小組初步搞清楚了那名荷蘭司機的名字叫佩裏·沃克，三十二歲，居住在荷蘭鹿特丹市。與此同時，荷蘭警方在國內還成立了另一個由謀殺與欺騙破案專家組成的小組在荷蘭全國範圍內進行大規模的偵破工作。

　　當英國和荷蘭警方循著報關單上“萬德斯皮克公司”的地址和電話號

碼一路查將過去之後才發現，這是一家上周剛剛在鹿特丹註冊的假公司！犯罪嫌疑人盜用了荷蘭阿姆斯特丹萬德斯皮克家庭成員的名字，用這一家人的兒子艾弗·萬德斯皮克的名字註冊了一家假的運輸公司。對此，萬德斯皮克一家感到萬分震驚。

荷蘭警方在進一步的核查後發現，犯罪嫌疑人是用手機向鹿特丹商務部註冊這家公司的，所用的手機號跟萬德斯皮克家的手機號除了兩位數字外幾乎一樣！而這部註冊公司用的手機現在已經停止使用。這一切證明犯罪分子顯然是精心策劃這起偷渡事件的。

不過，讓荷蘭警方感到可疑的是，艾弗本人神秘失蹤。為此，荷蘭警方搜查了位於鹿特丹工薪階層區內的三幢公寓，逮捕了第二名嫌疑犯，二十四歲的卡車車主萬德斯皮克。經查，此案與萬德斯皮克家有牽連，於是第二天又將五十二歲的老艾弗逮捕。

隨著調查的不斷深入，警方還發現，在多佛港遇難的 58 名非法偷渡者在兩個月之前先去了比利時。但比利時在逮捕他們之後又把他們放走，讓他們離開比利時。比利時內務部已經證明，有六十多名偷渡者曾在四月非法進入比利時，當局曾對他們實行短暫拘留。這些人被錄下指紋，並被告知，不得進入無需護照的歐盟申根地區。英國沒有簽署申根協定。

六月二十一日，英國警方也逮捕了兩名犯罪嫌疑人-居住在倫敦的一對中國夫婦。

同日，英國諸多媒體都披露了大難不死的兩名偷渡客通過中文翻譯向醫院醫生講述的可怕的死亡經歷。

六月十九日當天，鹿特丹當地的氣溫高達攝氏三十二度。卡車開出後不久，車廂裏的空調製冷系統突然停了，先是有人中暑，感覺虛弱，出汗不已，接著就有人昏迷了過去。過了沒多久，許多人開始中暑，有些人的體溫超過攝氏四十三度，呼吸越來越困難，多數人都癱倒在地，昏迷不醒。身體稍強壯一點的人開始瘋狂地拍打著車廂暗門，高聲呼救，希望能引起司機的注意，停車把他們放出來。然而，他們根本不知道，由於整節車廂密封性能極好，所以駕駛室裏的司機根本不可能聽到他們的拍打聲和呼救聲，許多人就在呼救拍打聲中失去了知覺，慢慢地倒地死去。在伸手不見五指的車廂裏，兩個命大的偷渡者掙扎著踏著同伴們的屍體向門邊擠去，那裏有惟一的一絲空氣！當車門最後被打開的一剎那，他們倆有一種"天使從天堂來救我們了"的感覺。他們還告訴翻譯："十輩子也不想偷渡了！"

他們還向荷蘭警方透露：有"一只白人的手"將集裝箱車的通風管關掉，導致同車的五十八名中國偷渡客窒息死亡。

生還者對警方說，他們由中國的福建省出發，前往英國的多佛港，在偷渡過程中，多是中國蛇頭負責，但有時由白人運送他們。

幾乎與此同時，至少有三名在倫敦的遇難者親屬先後與倫敦華裔律師湯華洛進行聯繫。儘管這三名遇難者親屬由於自己也是非法移民，擔心出面後會遭到英國執法部門遣送回國，但他們還是向湯律師透露了這些不幸的偷渡者遇難前的部分情況：

今年一月偷渡到英國的二十歲的中國人陳洋打電話給湯律師說，他斷定他的侄子、十九歲的陳霖肯定在遇難者之列。陳霖父母為了能讓兒子偷渡到英國，先後借了二萬一美金交給蛇頭。今年二月，陳霖從國內起程。他和其他的偷渡者先是到了俄羅斯，然後步行幾天幾夜翻山越嶺穿越捷克山區，最後總算平安潛入荷蘭。在擔驚受怕、艱苦萬分的偷渡途中，陳霖常常打電話給先期到達英國的親戚，告訴他們自己已經到了哪里。陳霖還透露說：偷渡客一行一路上還由全副武裝的"蛇頭"押送。陳洋說："我是十八日接到他從荷蘭打來的最後一個電話。他告訴我說，他們一行將於當天夜裏抵達英國……

但從那以後我就再也沒有聽到他的音訊！我現在只想告訴那些夢想到國外發財的人：永遠都不能再幹偷渡的事了。"

截止六月二十二日，在各國警方的協作下，已抓獲犯罪嫌疑人五名。他們是：卡車司機佩裏·沃克；車主萬德斯皮克；車主之父老萬德斯皮克；中國人廚師易友和翻譯郭英。

通過調查與審訊所獲情況，經綜合分析，警方已初步弄清了偷渡團夥與死者的情況。這個偷渡團夥成員遍佈世界各地，他們分別來自英國、荷蘭、比利時、捷克、土耳其、俄羅斯、中國等國家。這些團夥成員也就是我們平常所說的"蛇頭" 在偷渡活動中扮演著不同的角色，起著不同的作用。低級"蛇頭"負責在有關的地區物色偷渡客，中級"蛇頭"負責接收低級"蛇頭"交給的偷渡客，等接納到一定的量後再轉給高級"蛇頭"。在高級"蛇頭"之上還有"頭目"，這些頭目負責指揮、協調、管理、通

關及偷渡費的收取與開支等事項。另外在這個團夥裏還有一些臨時雇來的
"幫手"。正是由這種種的人構成了一個縱橫交錯、錯綜複雜的龐大偷渡
網路,而偷渡團夥的成員就是在這樣的網路裏四處穿梭,實施販賣人口的
勾當。

至二十二日,警方已捕獲的五個人是這個偷渡犯罪團夥的重要角色。
佩裏·沃克多次參與了由首腦召集的走私中國偷渡客的研討會,是他關閉
了車內的通風器,並負責開車;易友與郭英是負責翻譯的;而車主萬德斯
皮克父子則是因為欠了黑幫的賭債而鋌而走險,主動當上了幫兇,幹起了
販賣人口的勾當。

五十八名死者及兩名倖存者均來自福建。他們於二零零零年二月從福
建出發前往俄羅斯,之後步行幾天幾夜穿越捷克山區,四月份到達比利時。
在比利時期間曾被比利時當局拘留,後又被釋放,並於六月抵達荷蘭鹿特
丹,在鹿特丹他們被安排進了一部冷藏大卡車的車廂,準備前往英國多佛
港實現偷渡夢想。

建秋打電話回來是六月二十五日

木升認為,建秋沒到達英國,那是蛇頭的責任,如果能在荷蘭或歐洲
國家住下來,找到工作也可以。

"你跟蛇頭講,幫助找到工作,掙了錢,先還他。"木升侃侃而談。

"不行啊!他們正找我們還錢呢!"建秋著急地說,接著補充道:"要
十二萬啊!"

"那他不就幫助找工作嗎?"

建秋說:"沒有給找工作啊!"

木升氣呼呼地說:"那還給什麼錢?!"

建秋說:"你不還錢,可是,可是我們現在被控制在這裏!"

"那,那怎麼辦?"木升想了想,說道:"你先想辦法跑出去。"

"……"

在歐洲的蛇頭派了小蛇頭把留在荷蘭的八個人集中到一棟房子裏,並
對他們說:"你們在這等幾天,我們重新想辦法渡船去英國。叫家裏人先
再繳五萬元。"

"能不能到英國？"大家覺得很懷疑，因為英國多佛港出事，政府已經緊張了，還有機會進入英國嗎？

沙江人馬鐵把建秋拉到一邊小聲說："我們躲出去，去找荷蘭的難民所。"

建秋感到不解："難民所有飯吃，有工打嗎？"

"有飯吃，但可能打小工，錢比較少。"馬鐵對著建秋的耳朵說道。

馬鐵想了想又說："現在不可能到英國，我們先跑出去，就不繳蛇頭的那十二萬。在荷蘭或許能掙到多點的錢。"

建秋想，已經繳了八萬塊，那還是打拼西湊的。家裏再也難搞到錢了。而且現在到英國是沒有希望了。心裏一橫，小聲對馬鐵說道："今晚我們跑吧！"

建秋和馬鐵趁夜色逃出蛇頭的控制點。兩人跑到一個公園裏。在公園的樹林裏過了一夜。

初夏夜晚的鹿特丹，尤其是半夜，氣溫也不到二十度，建秋從行李袋裏掏出一件外衣蓋住自己的肚子，靠在公園的椅子睡著了。馬鐵也差不多是這樣睡著的。

建秋也不知道是被嘰嘰喳喳的鳥語，還是被晨跑人的腳步聲震醒。他先用手搓搓眼，睜眼看到一片綠色草地，周邊還長著稀稀疏疏的樹木。

不是說荷蘭的公園到處開滿鬱金香，可這裏卻見不到。

突然有人喊："站住！"，他回頭一看：不好！是蛇頭跟蹤來了！

他拔腿就跑。蛇頭邊追邊喊："你快還錢！"

建秋拼命往前跑，慌不擇路，竟然跑進一個死胡同。眼看蛇頭撲過來，就要抓住他了。

建秋抬頭一看，上邊有個窗戶，離地才兩米高，他死命往上一躍，兩手抓住了窗口的下沿。

眼看蛇頭沖過來，要來拖住他的腳。建秋迅速往上收腳，同時伸出右手要去抓住被打開的玻璃窗框。

蛇頭正抓住他的右腳，建秋用力掙扎，蛇頭把他的鞋給拉脫下來。

建秋順勢收起右腳，全身一躍，終於爬上窗戶，他使勁將頭和肩膀抻過窗框。房間的光線似乎很暗，但他卻顧不得裏面是什麼情況，只管頭朝下並伸直雙手，迅速往房內的地板插下去。

"噗通"一聲響，驚動了屋裏的一對老年夫妻。

"喔特事，依他倍兒？（Wat is er gebeurd？）"好像問他發生什麼事情了？建秋忙指著窗外，老爺爺上前往窗外一瞧：窗下有個人！

老爺爺對窗下的人喝了一聲。那蛇頭見上面有人，只好悻悻而去。

老爺爺回頭一看：見建秋的右手都是血，地板上也滴了不少。忙叫道："系般此夠弄！（he bent gewond！）"

什麼意思？建秋這才感到自己的中指好痛！自己只顧逃跑，也不知啥時候受傷的？估計老爺爺是說自己受傷了。

老奶奶連忙拿了紗布幫他包紮。

後來，建秋老覺得自己這根中指不能用力，想必是少了一根筋。

老夫妻與建秋沒辦法溝通，雙方說的話，誰也聽不懂。

建秋皮膚有一點點黑，老夫妻左看右看，看他肯定是亞洲人。如果是中國人，可皮膚又不黃；是不是印度或馬來西亞人呢？

終於，老爺爺找來一個半懂不懂華語的人，他問建秋：

"你是哪里人？"

建秋說："我是……"

他突然意識到：我不能暴露是中國偷渡客！

於是他故意用變了調的福州話回答："歪系對呢男，歪野妹拜……"

其實大概想說，我是哪里人，我也不知。

建秋為何故作糊塗？

原來他聽同伴講，如果說自己是政治避難，也很難自圓其說。乾脆說自己沒有國籍，是孤兒，可能還有機會。

那人聽不懂建秋說什麼，就拿了一張地圖給他看。

建秋裝著不會看地圖，擺擺手："歪恩拜"。大概是說，我不知。

那人又拿了一張有爸媽和孩子的圖片給他看，並指著圖上的爸媽問："你爸媽在哪里？"

建秋看機會來了：因為他想說明自己是孤兒，沒爹沒娘。

於是，就用右手指著圖上的孩子，用左手指著自己說："歪沒巴呢。"又將右手指著圖上的爸媽，左手不斷地擺動。

那人看出來：哦，沒有爸媽！那是孤兒了。

這對老夫妻是不可能收養這個"孤兒"的，看出來也有二十多歲，不是小孩，只能送到難民所。

在荷蘭難民所裏，建秋承認說，他是父母違反計劃生育，偷生出來不管，被遺棄，變成孤兒。

建秋被送到荷蘭的國際學校去讀書。在校學習荷蘭文、英文。

可他那裏安心讀書呢？家裏還欠著十幾萬，蛇頭一直找機會來追債。

整天胡思亂想，時而覺得很苦悶，時而感到很無聊，看到難民所裏有人抽大麻，他也去試過，不過他突然清醒：不能抽！也沒錢抽。

"你好好回來！跟我走！我會安排你偷偷去英國。"

"你們都被員警通緝了，還能幫我們？"

是建秋又碰上蛇頭那夥人了。他們想抓住他。建秋說完卻拔腿就跑了。

蛇頭就來追他。可能是有人報警了，警方進行了全城搜捕，在阿姆斯特丹的蘇馬特拉卡德（SUMATRAKADE）碼頭，員警發現了追趕建秋的那一夥人。

這夥人被逼到高速公路上。於是，警方的飛機在高速公路的上空不斷地定位跟蹤他們。並不斷地喊話：下麵的人，站住！站住！（Mensen beneden, stop！Stop！）

日子真難熬。雖然這裏每天都有發放食品。早餐送來兩大塊麵包和一罐牛奶。顯然，麵包是可以吃一整天的。

晚上又送來的是四個蘋果和兩根胡蘿蔔，還有不見什麼肉的一小鍋熱湯。

至於難民所發的兩歐元，可以讓他出去做做公車。

建秋試圖出去掙點錢。可是，語言不通去哪里找活幹呢？

終於有一天，他找到一個餐館，裏面的一個僱員會一點華語，建秋就到後廚去洗碗了。

可是那個僱員其實不是中國人，好像是中國周邊的一個國家，聽一點華語，大部分的話也說不清楚，但勉強可以幫建秋傳達老闆的指示。

建秋不但每月掙不到幾十歐元，還常常擔心蛇頭找他麻煩。

沒辦法還是回到難民營，回學校吧！

七月的一天，建秋打電話回來。

"我現在難民營裏，沒餓肚子，還有地方擠一擠可以睡覺。"又說："可以出去掙錢，可是，語言不通，好難找到掙錢的工作。"

建秋一次又一次打電話給父親，要求回國。父親回話說："你好容易出國，借了二十幾萬要還吧？！"又說："你去掙點錢，還清債務再說。不然我哪有別的辦法還債啊！"

想回國回不了，想多掙錢又沒辦法，建秋可苦惱啦！整天鬱鬱寡歡，常常吃不好睡不著。又擔心害怕，啥時蛇頭又找上門。

"我的命怎麼這麼苦啊！"

"你現在能混得下去，先混混！"木升在電話裏勸他堅持一下。

建秋哭著說："我要去自殺了！"

他老想不通，思想壓力很大，慢慢的性格也變了，常常不知道自己說了什麼，幹了什麼。難民所的醫生也感到他的神經有點問題了。

於是，按照精神病的檢查流程進行，但檢查結果也沒能明顯證明他有神經病，只是在診斷表中主要說明，他有抑鬱症的現象。

他想到中國駐荷蘭大使館，去了幾次。使館工作人員叫他找證明材料，他拿不出，因為他一下子沒辦法證明自己，而只有自己一個人口述材料。

建秋氣的沒有辦法，"我回不去，就是回去了，如何還債？我天天擔心，處處被蛇頭追。我沒法活了！"

於是，他臥在了鐵軌上，然後閉上了眼睛。

"喂！快起來了！"巡邏的員警喊他，原來是有人報警。

建秋被員警送到了國際紅十字會。

最終，父親給大使館寫了請求信：訴說兒子是被人騙出國，請求辦理回國手續。

父親在寫給中國駐荷蘭領事館的信：

李建秋，一九九九年農曆十二月廿三，蛇頭未經父母同意，被騙去英國。二零零零年西曆六月，英國多佛港事件發生，辛得超生。後被蛇頭關押荷蘭。五個月後，跳樓逃生，後蛇頭幫在荷蘭追殺，我兒逃進外國人家中，手指被砍後，到我家要現金十二萬。我怕孩子有生命危險，答應等孩子掙錢後還他八萬。被迫無耐只好去借兩萬元，先救大命不死。至今孩子還在難民營。可蛇頭不斷逼債行兇，為救孩子安全，不得不請求政府有關部門幫助，追回孩子以及我全家人的安寧。

在中國福州公安局的證明下，中國駐荷蘭大使館終於幫建秋辦理了護照，是專門用於回國的。

國際紅十字會買了機票。建秋途徑法國巴黎，然後飛到北京。

經過百般周折，建秋終於回國了。

後來，父親在他的抽屜裏發現一張荷蘭文的單子，經過懂荷蘭文的人翻譯：這是一張難民所的精神疫病的檢查記錄，大體是認為建秋有輕微的精神疾病。

建秋回國後不久，就到廈門的叔叔那裏學廚藝，他人聰明，學得倒很快，幫助叔叔把小飯店生意搞得的比較紅火。

叔叔表面開的是飯店，實際上是個帶卡拉 ok 的小酒吧，天天有人來喝酒唱歌，還叫了幾個小姑娘來陪酒。

建秋和一個陪酒小姑娘好上了，常常兩人騎著摩托車出去玩。可小姑娘另有一個男的想跟她玩。

結果，就因為爭風吃醋，建秋和那個男的打起來。叔叔看著侄兒這德性，怕壞了小酒吧的名聲，就叫他回去了。

回老家後，就是到處做賣假貨的生意。

當秋菊的舅舅知道外甥女要想嫁給建秋的時候，對她說，建秋工作不穩定，不合適。

秋菊說：只要他會努力掙錢，我們夫妻同甘共苦，會生活的好。

舅舅還是不同意。其實舅舅有聽說建秋到荷蘭待不住回國的事情，但並不知道多佛港事件跟他有什麼關係，所以總是心有餘悸。

開始生意做的不錯，建秋精神很好，可是一旦碰到困難，又常常掙不到錢，賣假貨老被人抓，又常招人辱罵，因此，舊病復發。所謂舊病，應該就是在荷蘭受苦遭難得的抑鬱症，或者說是間斷的神經病。

秋菊想，舅舅當初不同意這門婚事，現在看來很有道理，可為時已晚，後悔也來不及了。

秋菊實在受不了，和這樣的神經病沒法生活下去。終於，下決心第三次提交了離婚訴訟。

建秋歷來和二堂弟很要好，二堂弟人很聰明，平常辦事和做生意都比建秋高一籌，因此建秋比較聽他的。

二堂弟說：好容易找到一個老婆，不能讓她離婚！

又說：離婚等於你敗訴，你做一個男人多沒面子，被老婆休了！古人只有男人休女人，哪有女人休了男人，做人太沒臉面了！

建秋想：對啊！我愛老婆，處處讓著她，是她對不起我。我沒有錯，為什麼讓她離婚了？

我死也不幹！

可是建秋估計第三次離婚會成功，他想：如果法院判離婚，都是她舅舅搞的鬼！我要幹死他的舅舅！

在法庭上，被告方李建秋辯護說：我愛老婆，只是我出國受到一點刺激，有時思想不通，身體不好，沒去掙錢，雙方感情沒有破裂，我也沒有家暴。

我會想辦法掙錢養老婆和孩子，為什麼要離婚？

秋菊說：“我已經第三次要求離婚了。”

離婚的理由是，建秋不肯離婚，但他說一套，做一套。多次寫保證書，卻都不履行。

雖沒有打我，但常常發起脾氣很可怕，刀砍自己的手，威脅我。我覺得十分恐怖。

說得好聽，卻好吃懶做，大錢掙不到，小錢又不去掙。

總夢想投機取巧掙大錢，想開賭場賺不義之財，也常常做不切實際的事。就是有掙點錢，聽說常常有錢花在婊子身上，或者自己花光，而不養家。女兒常常餓肚子，還是他叔叔看女兒沒人管，才領去吃飯。這樣的老公名存實亡。

建秋憤怒地說："我從來都是膽小怕事，不做壞事，努力掙錢養家，只是錢太難掙。"

又說："我愛女兒，只是因為出去掙錢，才有時照顧不周。你幹嘛常常離家不管，女兒才沒人照顧的。你把我說的一錢不值！太可惡了！"

因為夫妻不和，難以維持婚姻關係，已經分居三年，並且女方第三次起訴離婚。法庭判決：離婚。

判決的錘子"彭"的一聲響："休庭！"

建秋想"完了！"

他直呆呆坐在椅子上，大約十分鐘。

他突然意識到，今天和老婆分開了，老婆跑了！他發狂了！

他想：她的舅舅已經出了法院，要帶著我的老婆女兒走了？

"我就這樣失敗？！"

"我就這樣讓她的舅舅欺負，讓老婆奚落？！"

"不行！不行！我要報復！"

建秋趕忙沖到自己的車子上。

他要幹嘛？

當他打開車門後，迅速從車後備箱摸出早就準備好的斧頭和汽油，然後去找她的舅舅的汽車。

建秋拿著傢伙，東張西望，看看法院門口沒有她舅舅的車。他又沖到街上找，終於發現了她舅舅的車。

秋菊和女兒早上了車，他的舅舅腳剛上一只在車上，另一只腳還在地上，正準備關車門。建秋沖了上去，舉起斧頭朝後車輪砍下去！

可是，斧頭彈了回來。

可能是斧頭不鋒利，也可能建秋沒力氣。砍了兩下，砍不進車胎。

車子還是沒有發動，可能舅舅也慌了，一直打不起火！

建秋立刻抱起整桶汽油往車身潑，然後打著打火機。

"嘭！"車子立刻燃氣熊熊大火。

建秋倒退兩步，然後立刻上了自己的車。

"完了！"建秋想，老婆和孩子還有那可恨的舅舅活不了了！

他突然頭腦發脹，他開著車離開了現場，然後直往前沖，他要去哪？

"老婆孩子完了！反正我也要完！"

"我不是懶漢！我是有時對生意沒有信心，才待在家裏的。

"我沒有後臺，沒有門路，沒有文化，出去正正規規做生意有多難！

"我做不正規的生意，被人發現，隨時會被人打死！要不然就是被罰款，白乾！要不就是抓進去坐牢！

"你看我老爹，被人幾乎打殘，肝都打壞了！"

"我在死之前，要去找她媽說清，我沒有錯，還我清白！"

還能還你什麼清白？

他是亂了，他的精神是亂了！

建秋邊想邊哭，車子開得越來越快！竟然不知自己開了多少碼？

按估計隨便都有 150 碼！太危險了！他已經看不清對面開過來的車！更看不清路上路邊有多少人經過！

這條路通向哪里？

他的淚眼有點模糊，只大概看得見常常開車經過的熟悉的路！

"我要去問問她的娘，我哪里對你女兒不好？我哪里對你不孝？

建秋的頭越來越發脹，心臟跳得越快。他幾乎看不清國道上的人，也不太清楚迎面來的車。

實際上，國道兩邊有不少行走的婦女兒童和老人。迎面開來一部小車，他習慣性的感覺馬上要從它側邊擦過。可小車裏的司機看的清清楚楚：天哪！這車怎麼靠的那麼近，不是撞上來，就是馬上要擦傷我的車了！趕快避讓!

可建秋沒有什麼感覺,車子"刷"的一聲,像大風似得,刮過那小車!

沒有撞上,而是開過去了!兩車之間有沒有刮傷他不知道。他繼續在想:

"我常常來看你,我真心的愛你女兒,我也愛我們的孩子。

"我沒文化,我不會攢錢,可我努力了啊!我難道就沒有翻身的希望嗎?

"舅舅看我不起,媽媽你也看不起我嗎?

"媽媽你不是說得好好的,要我們改正缺點,從頭再來,好好過日子嗎?

"媽媽和秋菊一定是相信了舅舅的謊話,翻臉不認人了!

"人家說,勸和不勸離!你們怎麼這樣對我!"

"老天啊!怎麼對我這麼不公啊!"

建秋想,我要去跟岳母討個說法!

他突然又想起二堂弟的話:"不能離,不能離!讓老婆休了,太沒面子了!"

想到這,建秋又猛地用力踩著油門,車子更加快了速度,在沿江大道賓士!

"哐當!"

"嚕嚕!"

建秋似乎感到車子刮到什麼,接著聽到車後有人在大叫!

車前方有人在死命向他舉著雙手:"停車!停車!"

耳邊聽到一個婦女十分淒慘的哭喊聲:"撞死人啦!撞死人啦!"

建秋開始發狂了,只知道往前沖,只知道朝張家村方向沖!

但他還是意識到,可能沖倒人了!

他突然想到:怎麼辦?人命關天!

一股熱血沖上頭頂!

"反正我要和張秋菊同歸於盡!"建秋幾乎昏了!

他已經撞死二人,撞傷三人,可他全然不知、還是全然不顧?!繼續往前沖!

有人已經報警了！

眼看建秋的車從沿江大道拐進了往張家村的小村道。

前方不遠就是張秋菊的娘家，他們一定到娘家了，我沖過去，一同赴死吧！建秋幾乎看到的，他熟悉的彎彎曲曲的路，突然變成筆直筆直的路了！

這時，在臨中午的村道上，孩子們三三兩兩、正高高興興、活奔亂跳地走著跑著，還有幾個老人陪著，放學回家囉！

"噗嗤！"

"咣當！"

"咣當！咣當！"

車的旁邊、車的後頭，連著幾聲不尋常的怪叫聲、哭喊聲，然後又出現慘叫聲……

建秋已經聽不見也看不著周邊的任何東西，任何人了！

他只有一個勁地往前沖，往前沖！

"我要死了！我要和你們一起死！"建秋昏了，除了想死，其他一點思維沒有！周邊發生了什麼他都不知道，其實他也不想知道，他要從容赴死！他要和妻子，和她那舅舅，和她那媽媽一起死！在這世界上活著沒意義了！一點意義也沒有，只有死！

突然闖過來的汽車，孩子們是來不及反應，更也來不及躲閃，被沖的死的死傷的傷！

兩個雙胞胎男孩同時被撞飛：

一個飛到離路南邊五米遠的圍牆上，貼在牆上一秒鐘後才落下，直挺挺地倒在牆根的綠草上，身子動了一下，然後就不動了。

另一個才飛一米遠，但卻很高，三米高！他打了兩個跟鬥，頭朝下，直插到地面。"彭，噗！"腦袋像錘子一樣砸下來！腦袋開花了嗎？

不知道！可是見到血噴四濺！

三個女孩子，正嘻嘻哈哈笑著，突然車子闖過來，她們反應很快，趕忙躲閃。可是已經來不及了！一個撞斷了一條腿，一個撞飛了一只胳膊，還有一個運氣好點：刮去書包，但連人帶著，半飛半騰，拖了十米！但頭也沒破，只是一只手指抹去一層皮。腳後跟擦去一小塊肉。

三個接送孩子的大人，也被撞死！

另兩個大人也躲不及，受了重傷，其中一人傷勢較輕。

慘劇出現！撞死撞傷好多人了！建秋開始有點清醒，他發現老婆娘家門前並沒有車！他們開到那裏去了？

他不是要找岳母嗎？怎麼又找什麼車？那舅舅的車不是著火了嗎？人不是全完了嗎？

他好像又想起來。

他一分神，車子差點開到路邊，右邊的車輪被石頭顛了一下，車身彈起來！建秋下意識地右方向，居然駛近了一條岔道，然後又開到略寬的道路上。

找不到他們，咋辦？

死了好多人吧？！我活著也沒意思！

讓員警來吧！抓我吧！判我死刑！

不過，我要死的驚人，死的驚天動地！讓全世界都知道：老天對我不公平！

我為啥受這麼多的難、吃那麼多的苦？！

連我老婆都看不起我？！我沒有男人的臉面，沒有做人的資格？！

"一一零，我要報警，我殺人了！在張家村！我殺了好多人！"建秋撥通了本地一一零。

可他似乎不滿足，他要讓全世界人知道：我的冤、我的恨！我反正讓全世界知道，臭名遠揚！

於是，他又加撥零一+一一零，居然北京的一一零接了，還做了記錄。

"嘰咕，嘰咕"，好幾輛警車都開來了，員警個個手握著槍圍過來了。幾個記者擠過人群，高抬攝像機直對準那小車。

這時，建秋又想逃出去，因為他似乎清醒過來。我要活！我不是故意的！可是員警已把他的路堵了。他躲在車裏，不出來。

整條道路上都是人，把建秋的車團團圍住，大家的目光都投向不開窗的、黑黑的駕駛室。不過，人們空出了一個圓圓的圈子，因為員警拉開了十米半徑的警戒線。這條國道上的公共汽車、長途客車、大貨車和小車都堵住了，排成了長長的隊伍。

幾個員警臉朝左邊的駕駛窗，不斷地喊："開門！開門 ！"

建秋像死了一樣，聽不見也不願聽見，死坐在裏面。

不知相持了幾分鐘，一個員警終於用鐵棍砸破車窗玻璃，另一員警把手伸進窗裏，然後拉開了車門。幾人一擁而上，把他拖出汽車。

拖出來一個臉色像白灰一樣，死白死白的人，他的腿基本沒動，被硬拉強抬上了警車。

這是驚天大事啊！一共死了七人，傷了十二人！

第四十七章 相逢

其實，車上的人並沒有被燒死，舅舅很快打開門，把車裏的外甥女，外甥孫女都拉了出來。

春香想，建秋被判刑處死後，還留下女兒，這也是李家的根啊！

秋菊總是要嫁人的，還是把孫女要來吧！為了孫女有前途，把她帶到美國去，讓她小姑姑月亮培養讀書，長大了就在美國工作。

春香找到秋菊的娘家。

自然，親家母金妹已不把春香當親家了。

"金妹，秋菊呢。"春香不大好意思地對原來的親家母金妹說道："我想把孫女帶去美國培養，將來也才有前途。"

"秋菊說，她自己要帶。"金妹面帶不悅地說道。

其實，秋菊早就知道，春香想要回女兒。可是秋菊認為，我估計一輩子都不會嫁人了。我只能和女兒相依為命，我哪里捨得把女兒交給她姑姑去，而且還是去遙遠的外國。

月明到美國後，搞到一個公務出國"指標"。就叫二弟李建春離家出國，可建春老婆不肯他去。

月明就把"指標"給了的堂弟李建東。

李建東到了美國，就去申請政治庇護。

不久，在月明的介紹下，和月明開的店裏的僱員，也是五年前從沙江來的小姑娘劉梅結了婚。

建東申請庇護暫時沒有消息，準備請律師上法庭。

沒幾天，劉梅的政治庇護在大庭得到通過，取得臨時綠卡，正在等待年內拿正式綠卡。

這時，建東便繼續詢問移民局：妻子已獲政治庇護，將取得居留權。作為丈夫要求也給予居留權。

不料，移民局居然接受了建東的申請，比劉梅更早拿到綠卡。而劉梅卻在後來的幾個月後才領到綠卡。

"我認為有女的參與也很好，"我笑著對金花說。

她說："我知道，女的可以更自由，掌握最佳角度，並根據我的意願達到最舒適的水準。"

我盯著她的眼睛說："過去，我總是主動，但你是被動的。今天你可以主動，你可以試試。"

金花笑了笑，饒有興趣地說："好吧！讓我重新做一次男人。"

我的腦子有點糊塗，我的頭腦是蒼白、朦朧，但一會兒又有點清醒。當我一片空白時，我什麼都想不出來；當我朦朧時，我總是感覺：是金花還是麗娜？當我醒來時，我覺得麗娜以前從未有這樣做過，我以前也從未有過這種感覺。

金花為什麼如此興奮，臉上凌亂的頭髮，搖著頭，有節奏地喘氣。

我模糊地看見媽媽柱著一根手杖，好像要來找我似的，問我："你是來拿藥來嗎？"

"哦，我在藥店買的。"我看了看我的手，但它是空的，上面什麼都沒有。哦，我把它撂在藥店了。"

我又錯了。它可能在金花的店裏。我正在想，金花卻來了，她手裏拿著我媽媽的藥。

"媽媽，你最近感覺好嗎？"金花問媽媽。

298

"嘿，嘿，很好。我不需要買藥。這裏有很多水果。"媽媽指著桌子上的葡萄。

我看到金花帶來的不是藥，而是一袋香蕉。

"老人沒有牙齒。最好吃點香蕉。"金花對我喊道，"哎，哎，你怎麼睡著的？"

我睜開了眼睛。我真的睡著了，我還在做夢！

"我可能太累了"。我看了看左手腕上的手錶。下半場三點鐘了。這是人們睡覺的最佳時間。整個城市都睡著了。

金花也看了看時間，"哦，我也該睡覺。"

金花習慣地拿起手機看了看，發現黃劍鋒在半夜十二點發來微信：明天我過來，你應該在店裏吧？

"劍鋒明天來店裏。"

"他來幹嘛？"

"不知道。"

"我就躲躲。"

"不用吧，他好像知道我有你這個朋友。"

"那我會會他。"

第二天中午，黃劍鋒真的來到店裏。一進店就對金花說："晉江那個萬達廣場，可以開個店。"

"我去看過，大店錢不夠，小店不賺錢。"

"開大點的店，我參加投資，如果虧了，我分擔。"

這天，我沒在店裏，不知是真沒空，還是要躲著黃劍鋒，連我自己也不知道。

黃劍鋒接著說："我的朋友已經租了一個店，地點很好，店租不貴。隔壁還有一套，是同一個東家的。他租不下兩間，叫我租下。我想想還是和你合租吧！"

金花想了想，"走吧！下去看看。"

於是，金花就和劍鋒一起去了晉江。

到了萬達，金花看了看那個店面，指了指店前的街道，對劍鋒說："這個地方對著仿古村落,過往的人很多,可是不一定有人愛在這裏休閒消費。"她指了指那幾個店面說，"你看都是零售和小吃的店。"

劍鋒點點頭，指著另一個方向說："我們到那邊看看。"

金花跟著劍鋒到了另一條街。

金花左看看右瞧瞧，來回在這條街上走幾回，然後又進了幾個店鋪，跟看店的人打招呼說話，問這問那，大約過了半小時，對劍鋒說道："這條街比較好，因為有個消費水準高的千人社區，豪華的，晉江樓價最高的"，她頓了頓又接著說："社區出入口都在這附近，你看，休閒和娛樂的店開了那麼多，外部車只能單行，很像步行街，是個很休閒的街面。"

劍鋒點點頭說："你有經驗，判斷的正確。這條街的店租也更貴。不過，這條街沒有店面了。"

"是啊！這裏暫時沒機會了！"金花又回頭看了一回，然後拉了劍鋒的手臂說："走吧！看看其他地方吧！"

"現在我還沒看到還有什麼好的地段。"劍鋒有點冷冷的說，顯然有點洩氣。

看看天色已晚，他們就在萬達廣場附近的巴什拉克四星級酒店住了一夜，但不知金花和劍鋒是不是住一間？

這是後來，我審問金花的話。

第四十八章 酒仙

　　初一的半夜，標富回來了，金花看他有點醉，問道：「你跟六叔（福建人的妻子通常跟著兒女稱呼自己的兄弟為伯伯、叔叔）喝了多少酒啊？你是不善喝的哦。」

　　「標金開了五年的老酒，硬要我陪他喝。」然後又說：「他有點借酒澆愁呢。」

　　「他愁什麼？」金花看了看標富那紅紅的眼睛，又說：「他岳母是局長，工資又高，老婆又是局長的小女最愛，他可撈到好處不說，還發牢騷嗎？」

　　「岳母老了，身體又不好，早就離開職位多年。」他閉了閉眼，有點氣喘，頓了頓，又睜大眼睛說：「他說現在生活困難點，方敏怪他沒本事，連岳母在背後都說他。」

　　「六弟在這家是個上門婿，沒地位。」標富繼續說。

　　六弟黃標金的老婆叫王方敏，沒有在單位上班，是開小賣部的。

　　方敏長得身高體胖，在中學時是校鉛球隊的，初中畢業，被保送上體校。

　　母親範常月原是縣商業局長，南下老幹部，因生病提前離休。她不同意女兒去幹辛苦的體育工作，以為以後到企業當工人比較好，所以不同意她去上體校。

　　父親叫方成功是軸承廠的黨委書記，也是南下幹部，解放前就是軍隊幹部，文革時期是廠裏的軍代表，後來變成廠裏的黨委書記。

　　但是，方成功比較四方，也就是不會以權謀私。因為長子已經分配工作了。小女兒排隊又沒排上，也就是招工指標讓給別人了。

一年拖一年，最終，方敏還是到廠裏的服務隊做了炊事員，實際是臨時工的待遇。後來，食堂人太多，方敏又因為查出有乙肝三個加，就連食堂臨時工也幹不成。

最終，自己在廠區開了小賣部，自己投錢自己掙錢，沒有吃工資了。

家中共有二男兩女，老大女兒中學時上山下鄉，後來回城分配到浙江拖拉機廠，離開福建在外省成了親。

老二及長子分配到塑膠廠，剛成家就生病去世，媳婦肚裏留下遺腹子。

老三及小兒子，從小得了急性腦膜炎，因為常月工作忙，耽誤了治療時間，變成半癲半呆，不會讀書，也沒能工作，在哥哥病逝後不久也走了。

因為兒子都走了，父親方成功，剛退休，整日思兒心痛，不久也病逝了。

經人介紹，六弟黃標金成了方敏老公。

當時，母親常月是不同意的，因為標金是個地方國營紡織廠工人，親家是農民，他原來希望找個幹部家庭，可現在有點門不當戶不對。

但是，方敏自己體材不好，覺得能找標金這個健壯的男人已經可以啦！可能也命中註定，標金長得不帥，收入又低，可方明對她有好感，就是要他。母親也沒轍，勉勉強強同意他們成親。

春天的一個清早，標金六點起床，走到房間外的一個水池邊，一頭就栽進水池裏，用冷水沖洗著頭，常月看到了，說道：「不能洗冷水呢。」

方敏從廚房出來，聽到母親的話，也跟著說道：「標金，不敢洗啊！」

標金會意地停住了手，方敏遞過毛巾，標金連忙接了，擦起臉來。

為何那麼緊張，原來昨晚他們在床上那個。常月知道後，怕女婿生病，才這樣阻止的。

「以後注意，搞完的第二天起來要洗熱水，不敢洗冷水！」方敏小聲對標金說。

「我在河裏，再冷都不怕！」

「那不一樣，晚上沒有搞，是可以啊！」 方敏笑笑。

方敏很愛老公，標金也蠻愛搞的，他們兩三天都要親熱的抱一回。

後來紡織廠倒閉了，沒活幹，標金整天在河裏撈魚蝦。

有時，幫助方敏看看店。

可是標金常常在水裏，所以養成了天天喝酒的習慣。而且煙癮不小。雖然喝的多是便宜的酒，抽的是低價的煙。可是幾乎三餐要喝半斤白酒，手上不離半包煙。

標金常常乘著酒性，張開滿嘴的酒氣，要瞅過來親方敏的臉。

"嘴好臭，討厭死了！"方敏推開標金，轉身背著他。標金伸手去用力去扳她的肩膀，方敏只好隨他轉過身，面對他，那曾想，標金正朝著她那雪白的地方張開嘴使勁吻了過去。

"今天來大姨媽了，不能來。"方敏推開他，標金想和方敏過癮，沒有成功。

結婚一年半，方敏還沒有懷孕。媽媽問方敏："你們咋搞的?到現在還沒懷上？"

常月回憶說："我和你爸那時，半年才請三天假，就懷上了。懷你哥的之前，你爸出差路過才一晚上就中了。"

"你們天天在一起，怎麼就不成啊？！"她急著追問方敏。

"那你去問他吧！"

常月氣了，"你咋說話呢！"

"他天天喝那麼多酒，又抽那麼多煙，我簡直受不了！"

"不讓他喝，也不讓他抽！"常月很生氣。

方敏就去對標金說："想要兒子，你就別喝了！"

有一段時間標金就沒有天天喝酒了。

結婚兩年後，春節剛過，方敏發現有兩個月沒來月經了，到醫院檢查，醫生卻說，沒有懷孕。

這就奇怪了？從醫院回來，方敏又來月經了。

標金忍不住，又常常喝酒了，不過他多數是晚上喝，可是一喝起來比以前的量更大了，常常喝的傻傻的，連話都說不出來。

他們結婚三年，方敏還沒懷孕，到底是因為標金喝酒過量，酒精中毒，還是方敏太胖，引起不孕，連醫生也診斷不清楚。

常月急得很，咋辦？

金花自己沒辦法養那麼多孩子，又聽說六弟生不出孩子，就把三歲的紅紅抱給了方敏，金花對方敏說："反正都是自家人，自家血統。"又說"您先養著，以後不想養了，或者孩子想回來也可以，反正算她有兩個娘！"

可是，紅紅剛抱過來第二年，方敏卻又來月經了，還突然又懷孕了，過了九個月，居然生了一個男孩。

因為方家沒有男孩子繼後，常月就把標金當兒子，差不多就是招婿上門。可是在報戶口給男孩取名時，卻還是跟了標金的姓，姓和名是：黃方斌。雖然姓黃，可平常都叫後二字：方斌。

有了兩個孩子，生活更困難了，常常就靠常月的離休工資支持。可是，標金老是糾結：自己是個上門女婿，就有點像是天天借酒澆愁。慢慢就是上了酒癮，三餐都要喝酒，一沒酒喝，或者酒喝多了，總是罵孩子，有時還打方敏。後來像是成了酒精中毒，不喝酒都不舒服，也不會下河撈魚了，只能窩在店裏，幫方敏看店了。可身體越來越差，到醫院檢查時，發現胃裏長了一個瘤，但還不知道是不是惡性的。

他常常算不清賬目，幾乎是個廢人。

生活這麼難，老公又沒用。在廠裏老宿舍區的人搬走，到新區去了不少，這個小店生意一年不如一年。方敏就想到一個工業區去開店。

在新的地方開了也是小店，店名叫"南區食雜店"。這裏的店租便宜，生意還好，還跟一個離婚的男人叫陳俊生，他常常來店裏，那人對方敏極好，常在店裏住。

實際上，陳俊生是浙江的大姐介紹的，他也是浙江那邊的遠親。前兩年，跟老婆離婚了。才結婚一年就離婚的原因，先是因為跟小舅子打架，發展成和女家關係很糟糕，影響到夫妻關係。

大姐以前對標金印象還好，可自從他變得嗜酒如命，體弱不能幹活的時候，開始討厭他。

考慮到妹妹幾乎不能依靠老公，生活和做生意都那麼難，應該要有個男人幫他。

陳俊生會做廚師，手藝很好，做事勤勞，早先也對老婆很好。就是因為性子太直，做什麼都很急躁，才發生了和小舅子打架的事，而且事情搞得很大，把人也打得傷勢很重，吃了個官司，影響到老婆跟他的關係。

於是，大姐交代，叫俊生去幫幫妹妹。表面上俊生從大老遠地來這裏，是打工。實際上也是為了方敏來的。

　　標金開始還以為陳俊生有家庭，姐姐介紹他來福建，順便幫幫他們。後來也發覺方敏和俊生關係不一般，心裏很是不快，但沒有聽到太多的風言風語，也就一天過一天，有點習慣了。

第四十九章 畲家

大姑黃秋香嫁到龍穀寨，老公叫雷永富，是個老實巴交的農民。二弟雷永貴可是響噹噹的龍穀寨的村長。

龍穀寨坐落在太姥山中，是海拔較高的一個村莊。大部分人是畲族。

畲族是中國的少數民族，主要分佈在福建、浙江、江西、廣東等地。廣東省潮州市北部鳳凰山是畲族的發祥地。

畲族人的始祖名叫盤瓠(中文音：hù)，是春秋時期一位真正的歷史人物。

在西元前七百四十四年的楚與盧戎戰爭中，盤瓠殺敵立功、受封以及與公主結婚等，是有歷史的真實記載。

畲族沒有自己的文字，按照代代口口相傳，把有關始祖盤瓠的傳說畫在布上，製成約 40 幅連環畫式的圖像，稱為"祖圖"。

傳說盤瓠是狗頭人身，所以祖圖又稱"盤瓠圖"就是"狗"圖騰，把盤瓠視為始祖和至高無上的尊神，是畲族信仰的主要標誌之一。

畲族民間習慣用"高皇歌"傳頌盤瓠王英勇殺敵不平凡的經歷和繁衍子孫的豐功偉績。

畲族每年從正月初一直到正月十五，定期舉行隆重的祭祀，族人共聚祠堂、懸掛祖圖，燒香瞻仰流傳了千年的"狗頭王"畲族祖圖，以示祭祖祈福，這是畲族人最為隆重的過年方式。

初一早上，全家叩拜狗頭王盤瓠；老人講述祖先創業的艱難；然後舉家團聚、唱山歌、送賀禮。青年男女則走鄉串寨，以歌傳情，互敘友情。

"三月三"也是畲族傳統節日，每年農曆三月初三舉行。節日期間，附近幾十裏同宗祠的畲族雲集歌場，自晨至暮，對歌盤歌，內容為歌頌盤瓠，懷念始祖。整個畲山，沉浸在一片歌的海洋之中。晚上，各家吃"烏米飯"深夜，進行祭祖活動，祭狗頭王盤瓠。

畲族婦女最主要的裝束就是"鳳凰裝"。紅頭繩紮的長辮高盤於頭頂，象徵著鳳頭；衣裳、圍裙（或手巾）上用大紅、桃紅、杏黃及金銀絲線鑲繡出五彩繽紛的花邊圖案，象徵著鳳凰的頸項、腰身和羽毛；紮在腰後飄蕩不定的金色腰帶頭，象徵著鳳尾；佩於全身叮噹作響的銀飾，象徵著鳳鳴。已婚婦女一般頭戴"鳳冠"，它是在精緻的細竹管外包上紅布帕，懸一條30多釐米長、3釐米寬的紅綾做成的；冠上有一塊圓銀牌，下垂3個小銀牌於前額，稱為"龍鬚"，表示是"三公主"戴的鳳冠。

關於"鳳凰裝"還有個傳說：高辛皇帝把自己的女兒三公主嫁給畲族的始祖盤瓠王，成婚時皇后給公主戴上鳳冠，穿上鑲著珠寶的鳳衣，祝福她象鳳凰一樣給生活帶來祥瑞。三公主有了兒女後，也把女兒打扮得象鳳凰一樣；當女兒出嫁時，鳳凰從廣東潮州鳳凰山銜來鳳凰裝送給她做嫁衣。從此，畲家女便穿鳳凰裝，以示吉祥如意。有些地方把新娘直接稱為"鳳凰"。因為新娘具有"三公主"的崇高地位，所以在新郎家拜祖宗牌位時是不下跪的。

因為狗是畲族人最忠實、最敬重的動物。畲族村裏幾乎家家戶戶都養狗。尤為值得一提的是，村民們並不把狗當寵物，而是視為家庭一員，不但從來不打狗，不殺狗，就連狗一日三餐吃的東西也和人吃的一樣，狗死後還要"厚葬"。

龍毅寨的村民在過年、三月三節，還有蓋房、辦婚事或喪事時，仍保持著畲族傳統習俗，進行儀式和舉辦活動。除此之外，平常沒有什麼文化活動，精神生活算是比較枯燥。一旦傳統活動到來，村民們都很重視而且全家參加，好不熱鬧，就有一點像外國人的狂歡節。尤其是大多活動跟吃都有關系，就是有酒喝有肉吃，愛喝酒的人大聲猜拳喝令猛灌酒，直喝的不認了家門。

有人會問從前畲族人為何都住在深山裏？

下麵的這段傳說，應該可以自圓其說：

新石器時代的高辛氏（即帝嚳）時期，劉氏皇后夜夢天降婁金狗下界托生，醒來耳內疼痛，旨召名醫，卻醫出一稀奇美秀三寸長的金蟲，以玉盤貯養，以瓠葉為蓋，一日長一寸，身長一丈二，形似鳳凰，取名麟狗，號稱盤瓠，身紋錦繡，頭有二十四斑黃點。其時犬戎興兵來犯，帝下詔求賢，提出：能斬番王頭者以三公主嫁他為妻。龍犬揭榜後即往敵國，乘番王酒醉，咬斷其頭，回國獻給高辛帝。高辛帝因他是犬而想悔婚。盤瓠作人語說：「將我放在金鐘內，七晝夜可變成人。」盤瓠入鐘六天，公主怕他餓死，打開金鐘。見他身已成人形，但頭未變。於是盤瓠與公主結婚。婚後，公主隨盤瓠入居深山，以狩獵和山耕為生。生三子一女，長子姓盤，名能，次子姓藍，名光輝，三子姓雷，名巨佑，女兒嫁給鐘智深。

　　我到太姥山也聽到老人說，盤瓠是人身狗頭，公主雖甘心嫁他，但也擋不住一些兄弟姐妹的譏笑嘲諷，背後被外人指指點點，乾脆躲進深山，清淨安樂。

　　不過，隨時代的變化，畲族人不少已不住深山而移居山下，或搬至海邊的近山平地，並和漢人通婚，這已是經歷好幾代的事情了。

　　如果沒去接觸畲族的傳統風俗活動，一部分遷外幾代的子孫幾乎都忘了自己祖先是畲族。

　　現在，除了傳統活動基本保持下來外，有很多傳統習俗在悄悄地改變，有不少習慣變得和漢族人差不多了。過去曾經不與外族人通婚的歷史，早已經不復存在。

　　到今年，雷永貴這個村長已經當了三十年。他為啥能當了這麼久？是因為他的能力強，村裏人信任他嗎？

　　說永貴的能力強，也是有點道理，但是其實不完全是。主要還是中年以上的村民基本沒有什麼文化，像他這樣有初中以上文化的幹部寥寥無幾。加上五代內同血統的畲族雷家人多勢眾，自成一派。村委選舉時，也就同派人選同派，因此老是雷永貴當村長。

　　但是，當村長壓力也很大。因為在山上的龍毅寨從來都比山下的村莊窮。不可能一下子擺脫貧困跟山下一樣。

　　那山上比山下的青山旺綠水多，為什麼還會比人家窮呢？

從自然條件看，高山冷水田多，溫度低，日照少。人為因素是，高坡上的梯田難作業，又缺肥料。

因此，水稻的畝（666 平方米）產量收不到二百市斤（500G/市斤）。

山中雲霧繚繞，適合種茶葉，也可以種植適應本地氣候的水果。

可是上世紀，在“以糧為綱”政策影響下，只能多種水稻少種茶葉和水果。加上集體化，種地積極性不高。表面上很多山田，卻種不出充足的糧食，更沒有收到茶果。

又把大部分穀米（主糧）交了公糧，那農民們只能靠種小部分的地瓜（不用上交）來補充部分口糧。之所以是種小部分的地瓜（雜糧），是只允許在不能種水稻的山坡旱地和旮旯角（邊角）種一點。

所以，大多數村民長年吃不飽，只能靠少量地瓜、野菜和蘑菇等充饑。很難想像：能吃到熏肉和兜裏會有幾張鈔票？

到本世紀好多了，田地個人承包，種糧積極性提高了。不用交公糧，就不用挨餓了。只要你勤勞，除了罌粟外，什麼都可以種植。

可以大量種地瓜，補充雜糧，就可以養豬有肉吃；種水果和茶葉，就可以變成錢。那房前屋後也可以多種青菜和瓜果，不但補充維生素，也可變一點錢。

但是村民的生活需求在提高。不但吃飽了大米飯，還要吃到新鮮肉；不能再住會倒塌的房子，要蓋新房。

討新娘的聘金從幾千元提升到數十萬，就是因為愛面子，面子要變大點；因為窮怕了，所以怕互相瞧不起。

表面上大家都不敢穿破衣，怕人恥笑，所以都穿新衣。

可是人人都說缺錢花。

村長和幾個村委（村民選出的委員會）幹部，想做出成績，改變面貌，搞鄉村振興，滿足村民們不斷增長的需求。

要大家都來投資，集中搞事業：辦養雞場、養豬場、竹筍加工房、香菇烘焙坊；種植優質果林、建設標準茶園。

縣裏領導發現：畬寨有很多民族特色，可以大搞畬家特色鄉村旅遊。改建民宿，開闢花園。

但是，原來畬寨之所以窮，其中也因，山高道路崎嶇，物產難以交流。

要想富先修路，靠村民集點資是遠遠不夠的，所以要向上級申請財政撥款和向農業銀行貸款。

縣裏撥了十萬元，村民也集了幾萬元。

龍脊嶺那最難走的一段小小的彎曲陡滑的山路，改道修成了較直較寬的兩公里水泥路。今後還需要，繼續改道和新建十幾公里。

幾年來，上級撥了好幾次上萬元的扶貧款。

村裏將一部分資金投進養雞場，可當年養的五千只雞卻全得了雞瘟。

試種的十多畝火龍果，也見不到果。發現是那塊朝北的山坡日照不足。

有時，上級撥的錢不夠搞再大一點的專案。村長和村委們開會，乾脆分一部分錢給村民補充其他種植專案。

在評估全縣經濟狀況時，龍穀寨是排在比較後面的，就是較貧困的村子。於是給了好幾次扶貧款。

縣政府年底的統計表明：龍穀寨基本脫貧！

實際上，扶貧的投入常常沒有效果，上級撥的款有不少被幹部挪用或貪污，大部分農民的收入提高很少。

還是難比過山下的村莊，更比不上靠海邊的張灣村。

張灣村背面靠山前面是海灘，山下有一大塊坡度不大的水稻田，海灘是一大片可以養殖的灘塗。

過去集體化時，缺乏種地積極性。積極一點的、老實一點的農民，準時上地賣力幹活，所給的工分有 10 分。但常常遲到和偷懶往往也能記到 8 分，有時甚至也 10 分。

原因是，那些偷懶的人，除了會收買記分員，很會奉承隊長和領導外，參加開會或政治學習發言時，說的很好聽，幹部認為他政治思想好，跟得上形勢。簡單地說，會說好話，能耍手段。

可是，長此以往，老實人覺得吃虧，也偷起懶來，鐘敲幾遍響，上地寥寥人。

有個小女孩到田邊拔兔草，看到爸爸說："爸，你的鋤頭老是會倒，不用力啊？"

人誤地一時地誤人一年，不適時認真地做好田間管理。草長耘不淨，蟲來藥不到，需要施肥時缺少化肥。哪能有收成？

個人不能在山上種大片的地瓜，要收歸集體來種。集體沒錢投入搞灘塗養殖，個人更搞不了。

自從搞個人承包搞責任田後，大家種田積極性提高，稻穀產量上升。又不用交公糧，種地還有政府補貼。

村裏集中投入灘塗養殖業，大量收穫紫菜，還在深淺水區種海帶、搞大網箱養魚。

如果不遇乾旱沒有強颱風，村民的糧食就豐收、海產也大掙錢。

相比之下，龍穀寨報上去算脫貧，實際還是相對貧困，也更比張灣村窮多了。

金花過年回老家時，正好碰到大姑黃秋香來看望她的母親，她告訴金花：大女兒雷金妹初中剛畢業，就到廈門打工，一整年都在外頭。二女兒雷金菊才讀到初二也去打工了。

實際上，金妹長得還可以，剛到廈門時，幫人家看店鋪，每月一千元，夠吃不夠住，幹了三個月，就去跟同學到一家酒吧陪酒。後來又轉到 kalaok 包間陪客。

常常是客人喝了酒在包間亂唱亂跳，抱住她灌了很多酒，天天鬧到清晨四時才回宿舍睡，白天卻是睡大覺，晚上七八點才上班。

一天晚上，已是半夜，三位客人邀請她和另外兩位姐妹一起喝酒，一位客人吻了她。她非常討厭男人，感覺很噁心。

她喜歡和她可愛的女朋友一起吃飯和生活，並經常在她的私人房間陪伴女朋友，但她不喜歡陪伴客人，不關心工作，到處玩耍。

可是當金梅找到甜甜，立刻沖到她身邊，緊緊擁抱她："親愛的，不要離開我！"

就像兩個女人在戀愛。

那金菊與金妹不同，開始在飯店端菜，後來乾脆去一家推拿店當暗娼。這家店表面上一樓洗浴推拿，做正規的。可是二樓卻是假推拿真賣淫。

金菊一天只要接五個客人，扣除管理費就是淨掙一千五！扣除請假休息，一年才幹十個月，除了吃住，穿高檔衣服，買昂貴化妝品，過年回來時卡上有二十萬，現金也帶了十萬給秋香，讓她蓋房子用。

我年底時，替公司取現金給員工發福利，銀行櫃檯的妹妹卻告訴我，要過年了，來取現金的靚女很多，金庫送來當天的鈔票常常不夠用，叫我要提早預約取款。

我這才驚奇地發現：原來靚女進城會賺那麼多的現鈔啊！

秋香也知道，二女兒是做那個的，有什麼辦法？家裏窮的受不了，女兒頭尾掙回來幾十萬的錢，讓家裏的生活變好了。古話說得好：笑貧不笑娼。你沒錢人家看不起你，你有錢人家敬重你，這年頭誰還管你來路正不正，也沒人問你是不是賣淫的錢。

秋香心想，反正女兒現在吃青春飯，幹幾年就放手，有了錢再去找婆家，帶著豐厚的嫁妝上門，婆家就不敢看輕我們。

可是第二年，金菊不小心染上了性病，吃藥打針，治好了又犯。還繼續接客。後來差點送了命，還差點落了個終身不孕。

三十歲結婚，五年了還沒孩子，丈夫雖老實能幹，聽說了她那真實歷史，造成今天這樣，就準備跟她離婚。然而天降好運：她開始懷上胎了！就沒有離婚，但今後倆人的溫情是否不溫了？

幸運的是，秋香和永富的小兒子當了工廠的工人。

兒子讀完初中，就沒繼續讀書。反正書也讀不下去，就去田裏幫老爹幹農活。農忙時，會來幫幾天忙。平常薅草施肥，沒叫都不去，網吧倒是常常去。

十八歲去當兵，二十歲退伍回來。但他不可能繼承老爹那又苦又沒錢的農田泥腿事業，倒是進了電池廠穿上藍色工作服，每月有三千多。

第五十章 逃婚

王金錠還沒進門，就站在門外對著門縫喊道："老四，老四！"

"金錠，來來，進來。"老四應酬著，招手讓金錠進來。

金錠掰開門進去，"老四兄，我無事不登三寶殿，我兒子病了！"顯得很著急的樣子，"你今天有錢了吧？趕緊還我那兩千塊錢吧！"

說著，就順勢坐到了飯桌邊，老四也就跟著坐下。

老四的面容略帶哭相，對金錠說："是有一點錢，可是我先還誰呢？"

老四接著說道："李金鐘和王老五也都來向我要錢了。"

"我想，你肯定拿得出兩千，你先還我嘛！"

正說著說著，李金鐘、王老五，還有王官弟陸續都到家裏來了。

本來有半年沒來討債了，今天怎麼又都來了？

原來，愛香的父親王老四今年種的香菇收成好，買了兩萬塊錢。債主知道後都來要錢。

老四到底欠了人家多少錢？又為什麼欠錢？

原因還得從愛香十六歲時說起：

愛香剛初中畢業，正在中考。

今天上午剛考完數學，下午兩點半，愛香正準備到學校參加三點的語文考試。剛要跨出門檻，

"香，香，，，"母親低聲叫著，聲音一聲比一聲小，還似乎喘著氣，愛香回頭一看，母親馬上就要跪到地上，她立刻跑過去，一把扶住母親：心臟又不舒服了？

愛香把母親扶到床前，母親剛躺下，就大聲咳嗽起來，沒咳幾下，就大氣不接下氣地喘著。

愛香意識到，母親患心臟病雖說有好幾年了，可今天的情況與往常不同，好像更嚴重些。

他想叫父親回來，可是父親好像還在很高的山上，一下子叫不到。還是趕緊去村裏找赤腳醫生王新生吧！

當王醫生趕過來時，媽媽已經暈過去了！

王醫生撬開媽媽的嘴，硬是把救心丸往裏塞，過了好一會，媽媽終於醒來，但說不出話，眼睛直呆呆的，好像看不見什麼。

王醫生用聽筒聽了聽說：心臟還是很不正常，趕快送縣醫院！

找不到汽車，也來不了救護車，王醫生急忙找到村裏的一部拖拉機。大家手忙腳亂地把媽媽抬上車。

拖拉機一路顛簸，使得愛香很擔心，他不斷看著媽媽，甚至還輕輕搖了幾下，媽媽好像都沒有什麼知覺。

一個小時後，終於到了縣醫院，急診部醫生趕緊掛氣吊水。

終於，心臟恢復正常跳動。媽媽又活過來了。

這一住院，花了兩萬元，但大部分的錢是老四向很要好的近親金錠、金鐘和老五借得。

可是，過不到兩年，愛香媽媽還是因突發心臟病，搶救不及，過世了。留下兩萬元的債。

老四思來想去，沒有辦法還清金錠和金鐘他們的債。

同村的媒婆阿仙過來出主意：愛香也已經十八歲了，快去嫁人。

阿仙說：「隔壁村有個姓陳的人家，兒子二十了，小名叫阿定，在做小生意，家境算是殷實。如果把愛香嫁給他，拿到兩萬元彩禮，應該沒問題。

老四苦笑著說：「我家姑娘脾氣倔，原來跟了一個小男孩，因為他很窮，我沒同意。」

老四用紙卷了一根捲煙，點著後輕輕地吸了一口，接著說道：

「打那以後，姑娘都說不嫁人了！」

阿仙笑笑說：「不可能吧！男大當婚女大當嫁。我去跟她說說。」

「確實介紹過兩三個，他都說不行，好像這輩子都不嫁的樣子。」老四無可奈何地說。

　　說來也怪，不知阿仙說了什麼，愛香居然同意嫁給姓陳的人家。

　　老四高高興興地拿到了兩萬元聘禮，還了債。並定了兩個月後請酒。

　　老四心想：這孩子能體貼我的難處，就是太為難她了，希望這段婚姻會美滿。

　　可是，女兒到阿定家才一個半月，就失蹤了。

　　據女婿說，他倆吵了兩回架，就跑了。他還以為回娘家了。

　　結果，人不見了，不知道去哪了？

　　老四找了好幾天也不見人影，東問西查也沒結果。

第五十一章 影子

　　四哥標進在小林鎮的林業站當林管員，老婆方翠麗的父親是林業局長，也就是說，岳父是標進的上級領導。

　　翠麗住在城裏，開了一個農資店。兩人常常不在一塊，標進又經常是週末也沒回家。

　　從表面上看，夫妻感情還可以，夫妻倆的生活也很正常。

　　一天，林場的茶場王大才因心臟病發作去世。他的妻子王愛香和她的兩個女兒哭得死去活來。

　　大女兒只有四歲，小女兒只有一歲。王愛香是一名兼職工人，主要依靠身強力壯的丈夫生活。老公突然一走，這日子怎麼過？

　　標進看了很是同情，常常幫助她。後來，愛香乾脆就和標進住在一起了。

　　原來，愛香自從逃婚離開家鄉，就是跑到小林鎮林業站邊的茶場打工，她和張大才原來是一個村的，愛香離家後，也就是特地投奔大才來的。

　　愛香很是勤勞，為了生活，為了養活兩個孩子，除了完成天天採茶，還自己開荒種地。

　　標進幫她找了幾塊林場周邊閒置地，種了各種蔬菜，還種了玉米和地瓜。夏天還摘了幾十個西瓜。

　　標進也常常幫她除草，澆水，施肥。

　　晚上，黃標軍和王愛祥睡在一起。

　　標進從此離不開愛香，糾纏著她，常常忘乎所以，一個月都沒有回家見老婆。

　　這天，標進還是回家了。

"咚咚，咚咚"，翠麗醒了。

"是誰半夜在敲門？"她推了推還在打呼嚕的丈夫，"嗯，誰？"標進醒了，迷迷糊糊地問。

門外的人沒有回答。翠麗抬頭看見一個黑影出現在窗戶外，晃動一下，又沒了。她馬上喊道：

"窗外有人！"

標進起身，打開房門，從門縫探出身子，看了看門外，也瞧了瞧窗戶方向。然後，又縮回房間。沒過幾秒鐘，他又打開門，邁出房間。

他的手好像招了一下，又過了幾秒鐘，他退回房間。

翠麗緊張地問："誰啊？"

"沒有。"標進有點不自然。

"你到底看到誰？"翠麗這下要起身了。

標進連忙說："好像是賊！"

這下，翠麗有點膽怯，不敢貿然出門。可是，似乎又冷靜下來，說道：

"不太可能，是不是你的什麼難兄難弟搞惡作劇！"

"沒有。"

"不然，賊是不會來敲門的。"

標進想了想，說道："你經常不在家，這房間常常沒人，小偷會不會來探聽。一旦發現有人，於是就跑了。我，我剛才就感覺有人跑開了。"

"那我好像感覺你在和門外的人有交流。"

"沒有沒有。"標進說得很著急，有點不自然。

第五十二章 招聘

我和金花的事，黃劍鋒應該是知道的，但是他似乎離不開她，只要有機會，都會和金花靠近，不用說金花有困難有煩擾的時候，她會及時出現。

他在精神上，已經把美麗的、懂人情、說情理、體貼人的高情商的金花當做一輩子的知心情人了。從心理上，只要一見到她就有一股溫暖的感覺湧上心頭。

雖然，他知道她這輩子不太可能成為自己的妻子，也知道還有我這個人的存在。但是在他的心靈深處：金花就是老婆。

所以，不管發生什麼大事小事，他都把她當做比親朋好友、比血親妹妹還要親近的、最知心的人來看待。

在我和金花的感情生活中，始終有他在其中絞合著。但金花愛的是我，劍鋒卻不願放棄，金花在困難的時候會接受他的幫助。

幾年來，黃標富已有察覺金花跟人了，但搞不清底細。兒女卻同情母親，一起隱瞞著父親。

自然，父親和兒女們對婚外情看法是不同的。

為了找師傅，我在本地網站上註冊了商家會員，發佈了招聘資訊，並且付了置頂費用，使這條資訊能夠在網頁的頭上顯示，讓尋找足浴工作的容易看見。

登了一周，每天置頂費要出三十元，乘著剛發的新鮮資訊，還真有一女子來回應。

這天，我上網用密碼登入《本地网》招聘頁，收到了應聘的是一個叫劉麗麗的技師，並回復了邀請：

請你在週一的十二點前來面試。

聯繫電話：1378888xxxx

當劉麗麗打來電話時，金花接了。

"你會那些技術？"金花問。

"我腳按、推拿都會。"

"你以前在哪做啊？"

"在長安大都會。"

"做了多久？"

"有三年了！"

"為啥不做了？"金花問

"開始還可以，後來生意差，工資太低。"劉麗麗又接著問道：

"鄭老闆，你工資如何定？"

"先來按營業額對半提成，一個月後業績達到四千，下個月底薪就按四千。超過四千營業部分對半提成。"

"我肯定超四千，除非你的店不好做。"劉麗麗說。

"那你要不要來試試。"

"看看吧！"

等了好幾天卻不見她來，金花打過電話，卻是不接，顯然不想來了。

半個月過去，仍沒有應聘消息。我只好不幹了，沒有再做置頂。任其排在後面。

可是我發現：古橋是在榕北區域，若有人輸入"榕北"區域和用"足療師"關鍵字來查找，也容易找到"鄭氏足浴養生園"所發的招聘資訊。

又過了一個多月，也再沒有人應聘。

我又發現：找工作的人常常自己會投簡歷。

當我查看足浴推拿項目欄時，在榕北區就有好多人投簡歷：名字（往往是化名）、年齡、工作經驗和工作時間，希望在那個區域工作（可能是為了離住宿近點）。

但是聯絡電話要交錢才能看到，我交了九十元，可以看六個投簡歷的電話。平均一個電話 15 元。

我查到一個叫陳姐的，三十九歲，在足浴推拿方面工作三到五年，就想在榕北一帶上班。

我一看，正合適，但不知這人來不來，技術真實如何？

我把名字，性別，年齡，工作經驗和花錢得到的電話號碼，傳給了金花。

金花收到我的資訊，馬上聯繫了陳姐。幾句電話後，陳姐答應過兩天來店裏看看。

實際上，那天晚上，標進到門外，看到的是愛香。

為什麼愛香那麼大膽半夜來敲門？

是因為兒子生病，她沒辦法。從城郊的林業站騎著自行車到了兩公里的城裏，就是來找標進的。

愛香聽標進說翠麗晚上值夜班沒在家，所以大著膽子來找標進。

沒想到，到了房前，她預感到翠麗好像回家了。所以不敢喊標進，但又想：會不會翠麗不在？她無法確定，但兒子生病又著急，於是她試探性地敲敲門。沒想到驚動了翠麗。

她正要逃走，不料，標進卻伸出頭來，他們互相都看見了。標進不知是何故，但礙於翠麗在屋內，不好說話，所以只好擺擺手，示意愛香先走。

但標進一直睡不著：愛香有何急事，半夜突然來訪？

第二天，天才朦朦亮，標進說：“我站裏有事，站長叫我一早趕過去。”

見到愛香，才知道原委，兒子發燒了一整夜，還好愛香懂一點，煮草藥湯給兒子喝下，又用涼毛巾敷在他頭上。過了一會，好像體溫沒有升高。

標進來後，就趕緊背著她兒子去醫院了。

剛把兒子放下，坐在急診醫生面前，標進的手機就響了。

“你在哪裏？”是站長的聲音。

“在醫院，有什麼事？”

“是貴州來的人，要找愛香。”

“我”，標進有點緊張，“我不知道，她，她去哪裏了？”

愛香瞪大了眼睛，然後趕緊對標進擺擺手又搖搖頭。

第五十三章 宿命

陳俊生來了以後，白天就在工業區的一個廠裏打工。晚上就到方敏開的小店裏值班，好讓方敏晚上回去睡。也是順便看看在軸承廠裏的那個小店，看看進出貨情況，查查標金當天的賣貨情況，就是有沒有虧錢？因為標金稀裏糊塗，常常算不清帳，尤其是那些故意賒賬欠錢的。

實際上，方敏常常沒有回家，仍在"北區食雜店"過夜。

至於是不是也是和陳俊生一起，也說不清。反正方敏和俊生也差不多是半公開的同居了。

標金也清楚，自己是個半廢人，有人幫方敏，也算是他的運氣，自己也沒必要妒忌什麼了，也沒有資格妒忌。

病越來越重，醫生已經確診：他患的是晚期胃癌，那個胃裏的腫瘤越來越大，也沒法開刀。沒辦法花很多錢買藥，方敏只是帶私人草藥店買了很多的草藥，親手切碎，天天熬制，給標金服下。

不料，標金病已無法治癒，不久就去世了。

方敏就去廈門，跟兒子過，順便打點零工，實際上，他還是想著俊生的好，跟他在一起了。

俊生手藝好，在廈門的一個大學食堂當主廚。但他還想自籌資金，在校門口開個麵包店，方敏去向金花借了一萬元錢，麵包店終開起來了，生意不錯。

可是，俊生脾氣很急，為了定菜單的事，跟另一個主廚吵架，還打傷了人，賠了幾萬，還差點判刑。俊生在校食堂待不下去了，麵包店也停了。

這下讓方敏沒法還金花的錢。她好頭疼啊！

自從劉喜被詹師傅叫去，就沒有再來了。金花也慢慢斷了和"金手指"分店-矮妹和詹師傅的合營的足浴店的關係，不在向他們上繳培訓費什麼的。

金花乾脆把店名換了，改叫"鄭氏足浴養生園"。

有一次，喜梅告訴金花："矮妹歎氣說，自打開店以來，我跟金花的朋友都沒得做了！"

金花冷笑一聲："這人做人很差，而且很惡劣，為了自己的一點點事情，也要傷害朋友。要不是她在背後控制詹，詹哪敢處處為難我？"

喜梅搖搖頭："這人也算是忘恩負義，想當初，你幫她多少忙，她居然也不思報恩，還差點害你開不下店，不跟她來往也罷。"

是啊，像矮妹這樣的為人，連她哥哥從浙江來幫他，都鬧得有意見。他哥在銀山開了分店，也開不下去了。他哥哥很懂得一套，怎麼就開倒了？也不知道是不是跟矮妹關係搞不好？後來也回浙江不管她了。

鄭峰的推拿技術可以，一般的穴位也點的准，但是力道重了，有些客人受得了，比如身強力壯、筋骨強硬、皮實肉厚的就愛找他推拿。可是有的客人，比如女人細皮嫩肉的就怕找他。

一天，一個五十五歲大姐來了。據她說，鄭峰雖然推的重點，但還是適合她。看她今天手臂和背部都很酸疼，鄭峰就說，看我手到疼除。

鄭峰推了一陣子，大姐雖感到有點疼，但她心裏卻想，這是以疼治疼。於是，大姐確實也感到手臂和背部舒緩了不少。

"咦，咦。"

"呦，呦。"

"張大姐，可以嗎？"鄭峰問。

"還好！"

"我再給你來一下，就好了！"只見鄭峰左手抓住大姐的右臂，右手拉住大姐的右掌，好像稍微用力一拽，"哎呦！"

大姐叫了一下，鄭峰又是一拽，"哇！"大姐大聲叫出來："哎呦呦！"接著說道："不行！不行！好痛！"

鄭峰轉過手勢，用右手輕輕揉了幾下大姐的手腕，勸道："沒事！"

"唷呦呦，呦呦，疼，疼！疼！"大姐叫著。

金花在邊上看到聽到，馬上說："鄭峰，輕點！"

鄭峰說，"沒事，我輕柔幾下就恢復啦！"又問大姐："現在怎樣？"

"不行！痛！痛！"大姐繼續叫著。

"不要緊！過會兒就好了！"鄭峰解釋道。

"今天很痛！"大姐離店時再次說道。

第二天，大姐又來了。一進店，就說："我要找鄭峰！"

鄭峰正在樓上幹活，金花看到了問：怎麼啦？

"我一夜沒睡好，這手腕痛得沒力氣握東西了！"大姐訴苦道。

這時鄭峰從樓上下來了，看了看她的手，又捏了捏她的腕。

"哧，呦..."大姐叫著。

鄭峰無語，金花說："去拿點紅花油！"鄭峰轉身去了。

鄭峰轉過來後，幫大姐塗了藥，又摸了摸他的手腕，說道："對不起，沒有傷著骨頭，只是拉了筋，明天再來塗塗，過兩天就沒事了！放心吧！"

大姐心裏很不爽，可嘴上沒說什麼，回家了。

金花對鄭峰說："好像傷到骨了！"又說："她那麼胖，手又那麼細，經不住你用力拉的！跟你說，有的人經不起用力的！"

"不會吧！我摸過，是傷到筋。"

過了一天，大姐又來了，她找到金花說：

"我的手受傷了。這幾天都是很痛，不能洗碗做家務了！"

又說："我孩子知道了，我不敢跟他講是推拿出的，只說是不小心摔倒，手撐地傷的。怕孩子笑話，說我傻。"

大姐又為難地說："你拿幾千塊錢給我醫治吧！我是老實人，不敢向你多要，你一次性給我，就不必每次都找你。"

金花苦笑了一下說：“我先帶你到醫院看看再說吧！”
“好吧！”

中午時分，金花從醫院回來，剛好碰到我也到店裏了。
“怎麼樣？”我問。
“交了三百塊，做了 CT，固定了支板，包了藥。醫生說手腕側骨有點裂了，半個月就好了。”
“那不得治療一段時間，傷筋動骨，沒那麼快好。”我說。

下午，大姐來了！
“你就拿錢給我吧，我也不想聲張，讓孩子知道，省得被罵。”
“寫個協議吧！一次性給你治療費。”
“好吧！”大姐說。
協議內容：

協議書
  我在鄭氏推拿店推傷了手,店主鄭金花願意給我一次性治療費五千元,用於右手因推拿受傷的治療。今後不再要求鄭金花重複付給該費用,此據。
張冬梅，（手簽）2019 年 6 月 6 日。

過了半個月，張大姐又到店裏，金花又跟張大姐去醫院復查，換藥。醫生說基本好了。
可大姐還是對金花說：“現在做事不靈活了，還時不時隱隱作痛！”
金花對她說：“那是你運氣不好，正好碰到我師傅操作失誤，對不起了！以後做事小心，不可太用力。重活讓年輕人幹吧！”
我在電話裏說：“不會一輩子會疼都來找吧？！那不沒完沒了了！”
又過了半月，張大姐又給金花打來電話：“鄭老闆，你在店裏嗎？”
金花：“在啊！”
“我過來找你一下！”

325

第五十四章 天災

金花叫三姐幫忙買菜煮飯，提供中午、晚上，半夜的三餐飯食。主食是大米飯，但有時半夜吃麵條。餐餐吃的菜都兼有肉、蛋、魚、蔬菜和雜湯，營養算是平衡。還兼顧福州及周邊不愛吃辣，外地愛吃辣的情況，菜分辣和不辣。三姐的廚藝也算了的，幾個師傅都比較滿意。僅有小龍比較挑食一些，有的菜不愛吃，有時還嫌三姐煮的清淡無味。

不管怎樣，師傅就不用自己煮飯，或不用到隔壁買速食了。吃飯集中，避免放散了工作時間。

在我和黃劍鋒幫助下，金花從中午到半夜十二點關店，多數時間在店裏，在門口熱情招呼客人，分配服務力量。還根據客人的喜好不同，給他們調整合適的師傅。半夜下班關店前，還睜著疲倦的眼皮，核對當天的所收的錢和師傅的記錄。有時賬不平，還搞到下半夜一點多才收手。還設立一個店長，協助她管好店。金花技術好，除了指導師傅和新手外，也常常親自做推拿、洗腳和治療腳病等服務。

雖經過努力經營，生意還是一般。一年下來，扣除門店租金、伙食、水電，還有用藥和衛生消耗用品等，有賺五六萬元，其中還包括有時當師傅的工資。

但是，金花保險一年卻要交六七萬。也就是交保險還差一點。

不過，有些是兒女代繳保險，有時叫老公交一點，加上我也有幫一點。

這樣，馬馬虎虎，平衡了生活開支。雖然，人情世故和紅白事干擾，常常收支不夠平衡，今年拖明年。

離 2020 年春節還有幾天，突然天下爆發瘟疫，那是一種像流感的肺炎病毒，人稱"新冠肺炎病毒"，從武漢城開始，沒幾天功夫就傳染了好幾萬人了。由於現在的交通太方便，做生意的、出差的人們流動性很大。

早就普及的全國高速鐵路的列車速度達到三百多公里，不出半月除了西藏和青海暫時沒幾個人染病，大部分省份都有疫情。得病的人伴有發燒、乾咳，甚至呼吸困難，直至死亡。這種傳染性肺炎病毒，一時是沒有對症的藥。就是說，一旦生病，就無藥可治！一個月後，全國幾百萬人染上病，上萬人救不過來死掉！

中國的病毒迅速傳播開來，尤其是通過"一帶一路"（中國政府發動和推動的、與一些特定的國家發展密切經濟合作及貿易關係政策），首先傳到來往關係較密切的國家，傳染了上千萬人，死了好多萬人！

政府慌了，全國總動員，不讓人們流動！火車、汽車停運，飛機停飛。各個城市的領導為了保住自己的城市，都把進出城市的道路給堵了。武漢封城，大部分城市跟著封城，各省之間的道路也阻斷了。城內各社區不讓外人進入，各村也把村口堵了！

大家全都呆在家裏不出門了。困在屋裏好幾天，大家都受不了這從來沒有的寂寞，有人趴在窗口大聲吼著，其他窗口的人也跟著亂喊，有人還對著對面的樓唱起歌來。

部分人允許出社區的門去購物，但要安排單雙日，更要戴好口罩。進入社區都要查體溫。一旦發現有體溫升高及發熱的人，就馬上被隔離，進行抽血和張嘴提取口腔粘液，進行核酸檢查。病情嚴重的馬上被強制拉進專門建立的專治（準確的說是隔離）新冠肺炎醫院。

在武漢染病的人太多，甚至在短短幾天內爆發出現，一時醫院收治能力跟不上，醫生更是嚴重不足。由於頻繁接觸傳染病人，醫生也很多染了病。以致有病的人只能呆在家裏等死。

但是這傳染病一時無對症治療的藥，只能通過中草藥等方法，通過幾十天的時間慢慢增強病人的抵抗力，當血測為"陰性"，就算好了。可是很多人等不到轉"陰"，就歸天了。

火葬場 24 是小時不停地輪班，卻沒能及時焚燒屍體，停屍房都沒處停屍。全國來了幾千個醫生，動用了部隊的醫療力量都往武漢增援。

就因為口罩用量劇增，全國大部分地方的口罩斷貨，供不應求。

金花的店從春節放假後，直到正月十五過了，看到電視播報，疫情開始緩解，全國每天的新增病例大量減少，每天死亡人數也在大幅度下降，福州已經十天沒有新增病例了，更沒人死亡。國家開始宣傳，有條件的地方可以復工複產。按正常年份，正月十五全部都恢復開業了，但今年這個時候古橋鎮政府還是不讓開店，這是為啥呢？

按鎮裏的領導說法，碰到這百年不遇的嚴重疫情，現在市里還沒有明確說疫情過了，一旦開業，人員聚集，流動性也加大，容易傳染，更加大了疫情。同時，更難辦的是，學校不敢開學，若一旦開學，那學生可是聚集性很大的，你看那教室裏同學那麼多，挨得那麼近，那不互相傳染才怪呢！

公共娛樂場所早就封了，不讓開業。推拿、修腳店也是被認為容易傳染的地方。

金花在春節前的農曆十二月二十就放假回家了，一直躲在家裏。由於疫情，春節期間農村老家的婚喪嫁娶活動，也一反常態，喜宴不讓搞，喪事也從簡，幾乎沒有回鄉去喝這些紅白酒、參加那些喜喪事。

過了二月初十，還沒得到允許開業的通知，估計也不會有通知。可就是不開店，店租照樣得繳。

去年掙得四萬塊錢，還不夠繳七萬塊的保險金，還是女兒給了兩萬塊，老公說沒掙到錢，只勉強給了一萬塊，剛好湊著交上社會和商業保險費。

還好女兒從上海回來過年，春節的吃喝大部分還是女婿給出的。

再不開店，金花可就忍不住了！

恰巧，師傅們在家也是呆不住了！沒等金花打電話通知他們來，幾個師傅早幾天就先打電話給金花，問幾號開店？

於是，金花在二月十五那天中午，把卷簾門開上一條半人高的縫，師傅們一個個蹲著身子，鑽進來，在店裏等著客人。

還不錯，不一會兒來了好幾個客人，想必習慣來推拿和洗腳，還有想修腳治灰指甲的人，已經耐不住了。

兩天下來，每天約有十來個客人。雖然比疫情前少了一半客人，但金花估計：收入扣除租金、飯菜錢、水電費和師傅的工資，就幾乎沒錢了！就是說，開業就是讓師傅們有活幹，有錢賺，雖然工資收入可能減半，可還算是有飯吃了。

但是，金花這個老闆卻是白開店不賺錢的！可又有啥辦法呢？假如長期不開店，工人就留不住走了，以後營業就難恢復，才是真正關店了！

第三天中午，剛開門不多時，金花就離店去，到超市買點菜。

雖然原來是姐姐買菜做飯，但由於疫情沒及時開店，姐姐這兩天還沒從鄉下回來。

店裏有四個師傅，兩個師傅在靠門口附近的工作位上正忙著。另兩個師傅，一時沒事做，就坐在靠裏頭的沙發上，玩手機等客人了。

"喂！誰叫你們開店的！"

坐在最外邊工位的師傅小張看到：一個圓圓的腦袋從門縫伸進來，是一個年輕男人。他正彎著腰，探著頭，但大半個身子還在門外。

"哦，沒有開店，只是我的朋友來玩，他走累了，我順便給他按按腳，沒收錢的。"小張回道。

"你老闆呢？"那年輕人繼續問。

"剛出去。"小張說。

"告訴你們老闆，疫情嚴峻，現在不能開業！不聽的話，後果自負！"說著，那年輕人就把頭退了出去。小張注意到那人是個圓滾滾的腦袋，方方的白臉，顯得有點胖，約莫有三十歲光景。

小張說："知道了！我會告訴老闆娘的。"

大家的臉馬上都陰了下來：這是誰啊？！不讓開店，我們沒事幹，怎麼辦？！

過了一會兒，金花回來了。剛把背包從後背脫下來。

"剛才有個人來說，不能開店。"小張看到金花進來，開口就說道。

金花笑笑："村長不是說了，現在上面也沒明說不能開，也沒說能開。我就半開半做吧！"

邊說邊走到裏面的廚房幹活了。

下午四點許，小青抱著一包洗好的毛巾，正要往門外的樹下晾曬。

"你們怎麼還在開業啊！"只見那個社區的年輕人過來對她說。

"還沒開嘛！"小青回答道。

"這不是還開著嗎？！"年輕人指了指店門。

哇塞！下午的店門是全開起來的！裏面還隱隱約約看到幾個人，並且師傅們正呵吃，呵吃地推著客人的腳呢！

"你們真膽大！真不聽話！"接著又問：

"你們老闆呢？"

"沒在，我跟老闆說，說一下。"小青膽怯地說。

年輕人好像很生氣地、頭也不回地走了。

過了一會兒，門縫外又探進一個頭來。

小青叫到："姐！你買菜回來啦！"

"是啊。剛才有誰來嗎？"金花提著一袋菜，彎著腰，邊說邊鑽了進來。

"哎啊！那小胖子又來了！說得好大聲，好凶呢！"繼續說道："說我們膽子真大！還要開店！不准開啊！"

"那人是社區的，好像專管疫情這塊。沒辦法，先不管他吧！"金花邊說邊往後面的廚房走。過了幾分鐘，又反身出來，坐在靠近門口的前臺邊，看著手機，用食指點撥著螢幕。

"咚咚咚，咚咚咚！"

"門開大點！"外面有兩個人，邊敲卷簾門，邊喊道。

金花剛抬頭，那兩人就已經彎腰鑽了進來。

"你好！"金花習慣性地對進來的人打了一下招呼。

"你們還在開業啊！"其中高一點個子的說道，說話不算凶，也不算很大聲。

"不是也沒明確，能開不能開？"金花回道。

"不能開！我們領導說了！"矮個子搶著說，他個子雖小，嗓門卻不小，但態度也不算太凶。

高個子說："把營業執照給我！"聲音還不算大。

"執，執照?!"金花有點呆滯地說。

"是啊！"高個子應道。

矮個子已經往裏走到了上樓的梯口，伸著頭，往樓上看了看，然後就抬腳上了二樓。

金花來到藥櫃前面，順手搬來椅子，站了上去，伸手把櫃子頂上的營業執照取了下來，畢恭畢敬地遞給了高個子。

這時，矮個子從樓上下來了："樓上沒有人。"

"生意不好，沒有什麼客人，只是師傅沒飯吃，老待在家裏也不是個事。我只好賠錢開店。"金花接著又說："我們是正規的店，樓上的沒有設門，都是敞開做事。"

"你明天找我們段長去！"說著就低了頭，彎著腰，鑽出了門。

金花一看墻上的鐘，已是晚上十點。

金花望著門，正在發呆，有的師傅們聞聲從樓上下來，還有的就近從沙發起身，不約而同地湊到金花身邊。

"今晚幹不了了！"

"你們走吧！先回去休息！明天再說。"金花冷冷地對大家說道。

晚上十點，我在辦公室處理完事務，在回房休息之前，習慣性打開電腦的監控介面，看看金花店裏的情況。

剛打開監控，只見黑糊糊的店裏沒有人，"奇怪！才十點就關店了？是不是金花晚上又請師傅們出去 Hi 了。"

正在這時，我收到金花的微信：剛才，派出所來人，把執照給收走了。叫我明天去找段長。

我回道：真不讓開啊！明天要找人說說情呢，，，

我打開手機監控 APP，回放了幾分鐘，我看到了視頻裏兩個穿深藍警服的人，進了店，金花靜靜地、老老實實地從櫃子頂上把營業執照雙手捧給了他們。好像也沒聽到他們和金花說太多的話。

金花在微信裏寫：那兩人也不會凶，我順順地就拿執照給他們了。

我回道：他們也是例行公事，是執行段長的命令而已。

又寫到：那段長，要去搞定！

金花寫到：聽說段長換了一個，以前的段長和我們關係還好，可現在又要托人跟新的段長搞好關係了。

金花想：哎！老換人，我們又要花錢了！

我寫到：那年輕人，是幹啥的，說是社區的。可是社區主任不是說，可以睜一只眼閉一只眼嗎？為啥鑽出一個愣子來，還叫派出所來搞我們！

我又補充寫：是不是那小胖子，社區主任關不了他，而他是借著疫情，來搞我們！那小子是什麼背景？不然就是主任不好出面，暗地裏叫他搞你！

後來，我打了電話，對金花說：你生意好，是不是有人指使他來故意破壞！

金花在電話裏回道：是啊！那也說不定。

金花又想起，那小子前兩個月來到店裏，說要換滅火器，恰好金花沒在店裏，師傅們沒有搭理他，因此懷恨在心，故意為之。

"你想辦法搞清小子的背景，為啥小子自行其事，跟主任說的不同，做的也更不同，還叫派出所來！"我在電話裏說。

"明明周圍幾家同樣的店都開了，為啥不讓我們開？可能也是我們生意比他們好，就有人妒忌，故意發難。"金花接著又想起什麼，說道：

"那舊貨市場王主任很有門路，和派出所原來的段長也好，跟我很平（關係很好），看看他有沒辦法把新來的段長搞定嘮！"

"對！"我回道。

第二天中午，金花關著店門，和幾個師傅坐在店裏，正無聊地看著手機。

"滴鈴鈴，滴鈴鈴——

金花的手機的鈴聲響起，她撥了一看螢幕：是常來店裏的一個女客人叫英英的，打來電話。

"鄭姐，還在店裏嗎？"

"是啊！你要來嗎？"金花問。

"你還開店嗎？"英英緊接著說。

"不能開了！"

"鄭姐，我告訴你，我知道你的執照被收了，我聽說了。"

"你說怎麼辦呢？"金花回道，接著又說：

"別人的店都開了，為啥我不能開呢。"

"我下午去找所長說說，不過......"繼續說道

"可能要出點血......"

金花問："要準備多少？"

"如果先找段長，至少給兩千意思一下。"又說："如果直接照所長，也是要多點吧！"

英英想了想，繼續說："執照好像已經繳到所長那裏了，要找所長要，

拿三千能成！”

金花說：“段長不去燒燒，也不好。”

“回頭再找段長也行吧！”

我不放心，所以常常用微信和金花聯繫，晚飯後，我又想起店裏的事，用微信問金花：去找段長了嗎？

金花回：中午有個叫英英的女人，和派出所的所長是一腿，她常請所長來我們店裏洗腳，那女的原來是開不正規的推拿店的，為了開那店，她就搞定了所長。

所以，他能和所長說得上話。我拿了三千給她，叫她去找所長了。

金花在店裏等資訊，一直等到晚上十點，還是不見英英的電話。

我在辦事處宿舍裏，看看手機監控，發現金花還在店裏，就打電話過去：

“怎麼樣？”

“還沒資訊。”

“晚上十點了，所長還會上班？”我問道。

“總得等英英回話吧！”

又過了十五分鐘，我發微信：還沒消息嗎？

又接著發了一條：晚上不可能了，人家晚上不會處理事情，回去睡吧！

我看了看手機，金花還沒有回復。

又過了一會兒，我的手機“滴滴，滴滴——”響著，我一撥螢幕，金花微信：

英英來了！還我三千，並把執照拿來了！

所長不收錢，還說，上級也沒明確，店鋪能開不能開，你就半開門營業吧！

我微信回道：OK！

金花微信：我回去睡覺了！今天好累！

我回：是啊！快點回家！到家回個資訊，我好放心！小心夜路！

金花住在女兒的空房裏，離店五公里，每天回家騎電動車也要二十分鐘，她總是半夜過後行在夜路上，很多路段是比較偏僻的，這不免讓我有點當心：疫情使很多人失業，這社會治安成問題啊！

第二天中午，我打電話給金花。金花還在睡，她睡眼朦朧：“嗯……”
“你該醒了吧！”
“昨晚好累，還做了夢。”
“夢啥？”
“那段長不肯開店！”
“你多慮了！不是還你執照了嗎？”我說完，又想了想：
“對了！段長還是要燒燒香！畢竟他是直管的。”
“我哪天叫英英安排聚聚。”
“對咯。”我回道。

過了兩天，晚上九點半，突然段長從門外彎著腰鑽了進來：
“你們還在開店！”店裏的師傅都不約而同地轉過臉來，金花眼也直了，
但她馬上冷靜下來。
“不是別的店也在開嘛？”金花坐著回道。
“啪！”段長順手抓起桌上的小塑膠花盆，往地上摔去！
“你以為交代了，就可以啦！”接著又吼道：“不准開就是不准開！”
又罵道：“再開就扣你！”
說著就鑽出了店門。
金花呆呆地站著，可是手上的手機還是在撥著，好像想跟誰打電話。

我聽完金花的話，說道：
“首先你要去找所長，他不是常來洗腳，跟你彎好。”又說：
“其次，要通過舊貨市場王主任出面，去擺平新段長。”
“想辦法搞清那小胖子是啥人？”
“為什麼小胖子老針對我們！？”
金花說：“我去找了王主任，他說會幫我擺平。”
金花想了想，又唉聲歎氣地說：
“哎！要應付的人好幾個，找王主任，即使能成，也要花很多錢！”

"是啊！沒有辦法，人家總認為你生意好，敲你點錢是必然的。"我又說："找那舊貨市場的王主任，看來是對的。因為，按你說，他的人脈好。"

到底敢不敢開門營業？

我的意見是，先找派出所所長。

店門還是先關了，有人打電話預約，就鑽進店來做一下，但還是關著門做事。

金花說這很難辦，哪會有很多人來呀？

"那也只能這樣，等你找領導搞清楚再說。"我在電話裏說道。

第二天，金花打電話跟我說："王主任找了所長，這幾天都在開會，沒空回我們。"

過了兩天，我打電話："什麼樣？"

"王主任找了所長，所長說，上面也沒明確能不能開。"

我回到："那你去社區問問。"

於是，金花到了社區，一進門，就見到小胖子，小胖子劈頭就叫道："你們不要來了！找主任沒用，現在疫情嚴重，上面沒有通知，就不能開店！"

又過了一天，舊貨市場王主任終於找到社區陳主任。

王主任說："他們洗腳店能不能開啊？"又說道："周邊的店都開了，單單不讓修腳店開業，也不對！"

社區陳主任說："是啊！我們也搞不清，到底洗腳店能不能開呢。"

"那小李幹嘛那麼明確，來阻止開店?"

陳主任想了想說，"小李是負責店面防疫的，我去跟他說說，暫時不去阻止你們開店吧！"

"謝謝！"王主任對陳主任說。

金花在電話裏對我說"小李對我們有意見，說不定愛來就來攪，我們沒法安心營業。"

"如果是這樣，也去找村裏吧！"

於是，金花打電話找村長，村長也說，沒事，你先開吧！到時候再說。

金花對我說："都沒有明確開不開店，誰知道那小李是不是還會來攪？反正他們愛來就來，沒他辦法。"

"先開再說吧！"我安慰道。

那小李明明對金花有意見，還說，上面沒有新的通知下來，就是不能開店！哪上面何時通知可以開店，也不得而知。這種服務性行業，本來生意就不好，稍有一點干擾，客人就不愛來了，很容易影響營業！

只能走一步看一步了！金花想。

金花對我說，我乾脆把店門開大大的，才好招攬生意。

好吧！我支持。

後來幾天，客人就多了。

一個來月停停鬧鬧的，金花大概算了一下，營業收入才兩萬五，發給工人的對半工資抽成一萬二五，扣除工人買菜吃飯三千、店租五千六、水電費一千五（冬天沒開空調省了點）、租住兩間房租一千四，洗擦用料、修腳藥品、衛生手紙及洗漱用品兩千，還倒貼了一千元。

疫情好轉，本市一個月沒有出現感染病人，全國的疫情得到控制，開始復工生產，門店開始經營。

"滴鈴鈴，滴鈴鈴——"金花被吵醒了。

電話是三姐從店裏打來的，她的聲音有點急促：

"那個張副所長來到咱店，在門外見到我就說，這幾天不能開店。"

放下電話前，三姐又補了一句：那所長叫我們上午一定關門！"

金花看了看螢幕上方的時間：十一點十分。

放下電話，金花只覺得心裏一陣涼：剛剛聽陳所長姘頭說，他們不會來打擾了，可又是為了什麼？

"滴鈴鈴，滴鈴鈴——"又是一陣手機鈴響。

是小玲打來的："乾媽！我會遲一點到店裏喲。"

小玲肯定是昨晚和老公幹累了，今天有點起不來了吧？

金花再沒多想，起了床，草草梳理了一下，沒顧得吃什麼，只呷了兩口隔夜的涼開水，匆匆乘電梯下樓，戴上安全帽，騎上電動車，直往洗腳店趕。

金花順著通往店鋪的道路往前趕，邊騎邊想：這陳所長不是說得好好的，他們不會來打擾了？

車子經過火車站北路，但那段路正在修理。

為了方便上下火車的旅客，就把公車終點和轉車樞紐站設在火車站邊上。由於先前的北邊道路規劃不好，使得公車、小型車和接送旅客的士混雜一起，常常堵車。

於是，又增設了一些道路。加上環城高速從高層架橋通過該路段，建路的支架密如麻。過路的車輛難通過，電動車更是沒有專用通道。

金花在支架林立中穿梭前進，總感覺不太安全。

我常常提醒金花：夜間通過這段道路要小心，要遵守交通指示，車燈打開儘量慢行。

每到半夜十二點，估計金花要回家經過這段路，我就已定時打開手機定位金花的行蹤。

我的目的：一是，怕她夜路遇壞人攔截；二是，當心交通安全。

因為定位常常因信號問題，不會及時反應。所以我提示金花到家後及時告訴我。

但金花到家後，卻常常忘記及時打電話。只因手上有提東西，或經過樓下小店去取收件，而忘了回我。

當我感覺時間過了，還未收到金花的資訊，就主動打過去。

"不好意思，忘了。嘻嘻——"金花笑笑回答，接著關心道：

"我到家了，你早點休息吧！"

快到中午，陽光烈烈，經過路邊的樹卻得不到一絲絲風，葉子幾乎沒一點動靜。又經過沒樹地段，卻只有一片黃黃的枯草，路邊的草好像也燒起來，發出灼熱的氣沖向金花。金花流著汗，喘著氣，匆匆往店裏趕。

　　本來擔心車站這段難走又不安全的路。可今天中午路上車子卻不多，她很快就經過了這鬼地方，心裏稍微放鬆了點。

　　車子繼續前進，眼看離店鋪只差三個交叉路段，她的前方三十米處出現一個斜斜的丁字路口。按金花的行進路線，金花到達路口，要向左轉彎進入左邊道路的。

　　腳下出現的斑馬線，是一定要先通過的，過了斑馬線再往右，在人行道上走十來米，然後才又向左拐入左邊的道路。

　　她馬上將車左拐進入斑馬線。剛往斑馬線沖了一步，就握緊車閘，停住車子。

　　因為她習慣性地往左望，發現來時的道路有車跟過來，所以不自覺地剎住車，停在斑馬線上，不敢繼續穿越。

　　她發現左邊是一部小車，離她還有大幾十米呢。估計自己通過斑馬線之前，那車是不會到達跟前的。

　　於是，她繼續鬆開車閘，騎車過斑馬線。

　　"嘭！咣當！"金花突然被什麼沖了一下，身子飛了起來！
　　……

第五十五章　魂飛魄散

等金花她睜開眼，周邊一片寂靜，腦袋一片空白。

過了一會兒，她才感到自己是坐在道路中間，她想起身，手一撐，感到地面有點滑濕，低頭一看，原來是血！

轉頭看看，發現一部車子停在近旁，好像就是剛才還在大幾十米開外的那部車。

"姐姐！姐姐！你沒事吧？！"

金花抬頭一看，是位三十多歲的女子站在她身邊。

"嗯"。金花好像發不出其他聲音，她的喉嚨有點梗住，說不出一句話。

正午時分，烈日當空。聽到金花有點反應，那女子連忙把傘撐過來，遮住金花被太陽曝曬的頭。

女子看到金花的左眼眉上出血，鼻孔也有血。她轉過身子看到剛才撞金花的那部小車停在他們不遠，她對著那部車大聲喊道："你還不過來幫忙？！"

只見駕駛室裏有個年輕人，正在打手機。女子大聲喊，他好像沒聽到，卻只顧打他的電話。

女子又招手示意他下車，那人卻還在車裏跟人說著話。估計是嚇傻了，不知道咋辦，就是不敢下車，只會跟哪個老大請教或求救。

女子看到這樣，也不再喊他，自己撥通120："火車站北路發生車禍，一個騎電動車的婦女被小車撞傷了，出很多血，不能動！"

金花習慣地四處張望，找不到手機，有氣無力地說道："手機，手機呢。"

女子看了看，金花右手還掛著小背包，想把手伸進包裏摸，她的眼卻往地面看，發現三四米處的手機，叫道："在那！"

女子急忙過去拾起手機，遞給金花。

"我的眼鏡在哪？"金花往左右和前方看了看。

那女子又環顧四周，然後指了指金花背後一米遠的地方說道："在那！摔壞了！"

接著，金花看到自己的電動車側倒在身邊兩米處，車燈一閃一閃還亮著，那輪子剛停止轉動。

金花接著拿起手機要撥號，她按了螢幕上跳出來的第一個電話，那個號碼正好是不久前小玲打來的，她回撥過去："小玲，我被車撞了！"金花的聲音剛恢復，可還是沒有力氣大聲說話。

小玲一接電話，趕忙從家裏沖了過來。看到金花坐在地上，額頭、臉上、嘴巴、鼻子都出血了，地面也有血，她哭著說："乾媽！嗚嗚——你，你怎麼這樣啊！"

她右手抱住金花的腰，左手拉著金花的右胳膊，慢慢使金花起身，並順勢往人行道挪。金花似乎站不住，小玲就把金花的屁股移到人行道的邊緣，並讓她的雙腳耷拉著街邊。

小玲回頭看了看那部車上的司機，是因為害怕還是跟誰商量，仍在車裏打著電話，她發火了，大喊："你還不打120啊？！你還不下車啊！？"

那小子終於下了車，看過去很是年輕，他開的是一部賓利車，左手腕上戴著像是豪華名貴的手錶，無名指上還帶著碩大的金戒，脖子上也是掛著好幾兩重的項鏈。像是一個富二代。

他上前看了看金花，也不知說了什麼。

十來分鐘前，不知是過路的還是那小子打了110還是122電話。

"嘰咕，嘰咕——"兩名交警開著警車過來了。

"喂！你怎樣了？"交警低下頭對著坐在地上的金花問道。

"我，我。"金花用手輕輕點著自己的眉頭，不知道要說什麼。

一個交警看了看地上，沒有什麼血，又看看金花，額頭和鼻孔有血，不像是重傷，而且還會說話，暫無生命危險，說道："還好有戴安全，要不然，腦袋恐怕要開花了！"說著，就忙著拍照、測量數據去了。

另一個交警對那小子說道："你在斑馬線上撞了人，估計要負全責。"說著，收繳了那小子的駕照，同時扣了他的車。

這時，姐姐和鄭鋒都來了。

"嘰咕，嘰咕……"120 車也趕來了。救護人員過來在金花面前擺了擺手，又掰了掰金花的眼皮：瞳孔沒有放大。

看到右眼上方的眉間出血，但是傷面不大，鼻子的血也不多。

又見左邊的大腿紫了一大塊，想必是直接撞的，卻沒有出血。

救護人員問："哪裡不舒服？"

金花愣愣地，停了一下說道："到處都疼！"

接著，交警對救護車叫道："你們趕快把人抬走吧！"

於是，救護人員立刻把金花抬上了車。姐姐、小玲、鄭鋒也跟上了救護車。

在車上，姐姐流著眼淚看著受傷的妹妹，問金花："哪裡疼啊？"

金花右手扶著額頭說："頭很痛，腿疼，腰也不吃力。"

小玲用手摸摸金花的頭，又推推金花的大腿那發紫發青的地方，眼旁還掛著一點淚珠說道："乾媽啊！今天怎麼這麼倒楣啊！"接著又罵道："那個傻瓜！好好的幹嘛往斑馬線上撞人吶！"

救護車到了市立醫院，急診室的醫生看到金花還能走路，眉頭上出血是因為一點皮外傷，嘴鼻出點血並無大礙，大腿發紫但沒傷到骨頭。

金花對醫生說：我有點不舒服，沒有力氣，腿部也是很痛，頭感到還有點暈。

醫生初步判斷：車撞得不重。其中眉間，口鼻部都是皮外小傷。腿部受到衝擊，腫的厲害點。頭部可能是受到震動的反應，並無大礙。

整體上，這次車禍連輕傷都不算。但為了對病人負責和認真及慎重起見，還是在觀察室多觀察兩天看看。

那小子跟到醫院，問了情況。

聽到醫生對他說，沒有什麼大傷，可能不用住院。你先交點診療費，等檢查出來再最後明確。

於是，他到門診窗口預交了二千元的診療費，然後就離開了醫院。

因為床位緊，金花被臨時安排在走廊的一張床上。

過了一會兒，金花告訴醫生：腿部很疼，頭有點暈。

醫生說：那就拍個腿部和頭部的 CT 看看，等檢查出來了看看有沒有骨折和腦部問題。又問護士：看看有空房沒有？

護士說，剛好還有一個空床，於是金花就從走廊搬進了觀察病房。

金花想起我，就用微信轉發了小玲拍的照片。

我看到金花發來微信的相片，才知道出了車禍，但覺得沒有什麼大礙，只是擦破點皮，半開玩笑地回道："怎麼這樣難看啊？"

緊接著打電話給金花。

"人家這樣子，難受死了！你還笑得出來？"金花很不高興。

"命大命大。"我有點笑道。

回頭一想，不對：人家被車撞了，沒事也是嚇壞了，怎能這樣對他？

我趕緊說道：沒事吧？還是看看檢查結果，注意休息，我很快回去看你。

第二天上午，我才從廈門來到福州市立醫院，找到急診科的三樓303病房。

我進入病房，站到金花面前，他看見金花躺在床上，左上眼貼著一小塊紗布，嘴角有一絲絲紅腫。

金花慢慢往右轉過身子，"哎喲！"她輕輕叫了一下。

"怎麼？"

"腰有點酸疼。"

"不會有問題吧？"

"沒有很疼，只是有點不舒服。"金花皺著眉頭說道。

金花轉身後，拉開左邊的大腿，在側面約二十公分面積的大小，一片發黑發紫，但好像腫的不厲害。金花說道："這很痛，不敢碰它！"

又過了一天，早上起來，金花覺得頭不痛了，可以爬起來感覺腰有點痛。

我說："今天是星期天，明天醫生九點才會來查房吧？"

護士小青進來，金花問："醫生會來查房嗎？"

小青說："有什麼不舒服嗎？"

金花說道："頭不暈了，可是腰有點痛。"

"要不要叫值班醫生？"護士說道。

"叫吧。"

值班醫生來了，他問金花情況，金花如前所說。

醫生摸了摸她的腰部，金花感到有點痛。

醫生說："好像骨頭沒有變化，等明天主任來了看看，要不要拍個片。"

說著，醫生又去按了按金花的大腿說道："還要幾天才會消腫。"

金花問醫生："前天拍的頭部片子出來了嗎？"

"可能有，可是今天是週末，應該沒有大問題，所以沒有及時傳過來，應該明天能看到。"醫生回道。

醫生就出去了。

過了一會，我想了想，對金花說：

"怎麼這樣子？拍完片子應該要及時傳過來才是。"我接著對金花說："我去查一下。"

我到了 CT 室，看到裏面出來一個醫生在叫號，就問："前天的鄭金花拍的片子可以看看嗎？"

"你到窗口問問。"醫生指了指遠處的地方。

我按照指向，到了一個窗口，對裏面醫生講了金花的名字和大概的拍片時間。

"頭部和腿部的骨頭沒有變化。明天會傳過去。"

於是，我回到了 303 病床，跟金花說了。

週一上午九點，金花在床上等得很是著急。因為今天覺得腰部更難受，不太願意轉身。姐姐送了一壺飯菜來，金花還不想吃，她只好坐在床邊。

我昨晚先回到辦事處了。上午還沒有到醫院。

九點半過了一點，病房的門"呼"的動了一下，本來就半開著，這下開大了門，外面呼呼啦啦進來幾個人。

金花略轉頭看到，前面的人好像就是主任，後面跟責任醫生和護士，他們徑直朝金花走來。主任到了床前，看了金花一眼，轉頭對責任醫生說："病歷給我。"

他看了看病曆裏的記錄，問金花："今天怎麼樣？"

金花指了指頭部說："頭不太暈了。"然後又說：

"今天腰更痛了！"

"拍個腰部片子吧。"主任把記錄本遞給責任醫生說道。

"好。"責任醫生應著，順手把金花腿部的被子掀開，指給主任看。

"掛一下消腫消炎的。"主任對他們說，然後對著金花安慰道："腫要過幾天才會慢慢消去，好好休息幾天就好，不要著急。"

"要住好幾天嗎？嗨！店裏生意都不要做了！"

"嗨嗨，"主任聽了乾笑了一下，有點尷尬，不知怎麼回答她。

十一點，護士進來通知，馬上去 CT 室排隊。緊跟著，一個男的推送員推進來一部活動床，到了床前。金花自己要轉身上去，姐姐趕忙過來幫著移動。金花慢慢地將自己的身子移到了活動床上，同時躺平了，姐姐拿了一塊床單蓋在她身上，順手還把床單再往她腿上拉了拉。

推送員在後面推著床，姐姐在側面扶著床攔，床底的輪子呀噠呀噠響著，床出了房門，急急通過走廊，很快到了電梯門前，推送員的手松開床把，迅速過來按了到一層樓的梯碼。

那電梯指示在二層，接著數字繼續往上變化，一下子，電梯顯示"4"，電梯的門開了，姐姐想要推床進電梯。

"還沒呢，還要往上到十層，再下來才行。"推送員說。

電梯裏有人，卻沒有人出來，電梯門又關上了，繼續往上走。

檢查倒是很快，剛照完 CT，推送員推進床，姐姐正幫著扶金花上床，金花問過來的醫生："腰怎麼樣？"

"骨折，"醫生淡淡地說。

"啊！"金花的臉"刷"的一下白了。

醫生見此情景，馬上又補了一句："還好，腰椎沒移位。"

金花沒有說話，但馬上閉上眼睛。姐姐卻睜大眼睛想說什麼，還沒說出，眼淚就已流出來了。

第五十六章 荒地

原來是愛香的貴州老家來人找愛香。

愛香馬上就意識到原來的老公找來了。她不敢回到林業站去。

兒子在急診病房掛瓶觀察，愛香就在身邊陪著。

標進說："我回去看看。"

原來，愛香的貴州前老公阿定，打聽到她在這裏的林業站，就千里迢迢追來了，為了向愛香討個說法，並想要追回聘禮兩萬元。

標進回到林業站，對阿定說："張大才死後，她仍然在茶場，我有幫助過她，但我有老婆，沒跟她怎樣。"

"那她人呢？"

"最近去哪裏，我也不知道。好像半個月沒見到她了，是不是她已經聽到風聲，早就躲了？"

阿定在林業站裏等了兩天，因為人生地不熟，又沒有人跟他說實話，找不到愛香，就只好回去了。

這邊，愛香正好在醫院陪了兒子兩天。得知阿定走了，第三天，愛香帶著兒子出院回林業站了。

愛香離開老家八年了。很想回去看看媽媽，因為媽媽身體很不好，爸爸去年也去世了。

其實，標進也勸過愛香，湊兩萬塊錢還給阿定，了了這份債。可是愛香說："我哪有這麼多錢啊？"

是啊，標進自己也沒有那麼多錢幫她，所以也不敢說什麼了。

標進和愛香的事，還是讓翠麗知道了，吵了一陣子。

後來，局長大人出面處理，把標進調到偏僻的林業站去，以免愛香來糾纏。

可是局長想錯了。愛香不僅跟到那偏僻的林業站，而且，遠離城裏，遠離翠麗，他們更能自由和幸福地在一起了。

標進借了一塊荒廢的水田，幫助愛勞動的愛香種上了水稻。其實那水田不是荒廢的，是因為農民外出打工，地沒人種，所以就借給他們，但一分錢租金都沒有收。

可是，愛香最終能不能去，看看病重的母親呢？

第五十七章 被告

金花躺在病床上，護士空著手進來，她徑直走到床前說：

"明天轉床到外科 505 病床。"

護士剛出去，門口進來一個男子，肩跨一個小皮包，他走到金花床前問道：

"您是車禍受傷的嗎？"

金花看了看對方，沒馬上回答。我聽了上前問道："你是？"

"我是閩都律師事務所的律師。"

"哦。"

金花這才搭上話："是車禍，現在撞斷腰了。"

"如果手術，就可能評上十傷殘，沒有手術，自行康復不算傷殘。"

金花問："傷殘能賠多少？"

律師說："最低的傷殘是十級，一般能賠十萬。"

我插話："十萬元賠償，包括所有的住院和醫療費用報銷嗎？"

律師接著說："一次性的住院費用、醫療費和手術費，是由保險公司按醫保部分賠償，十萬元就是治療出院以後的傷殘的補償。"

金花笑著對我說："你不懂啊？保險公司要對大部分治療費負責的，傷殘十級賠償是要另外給的。"

"哦。"我點點頭。

我發現，金花笑了一下卻又皺起眉頭，就關心地問到："又怎麼啦？"

金花面帶不悅說："不知道骨折，好像不覺得痛，現在知道骨折後，就開始更覺得的痛了。"

我微笑著，摸摸金花的手說："這當然有精神的作用。就比如得了……"

我本想比喻：一般人如果不知道自己得了癌症，心裏都顯得很輕鬆。

一旦知道自己得了不治之症，那精神就垮了，病也就更重了。

可馬上反應過來，這時候在金花面前打這樣的比喻，不免覺得失言。於是，突然制住話題。

金花並沒有在意，她在想：我是否要手術呢？

之所以這樣想，是因為，她知道：腰椎手術危險性比較大，以前一個朋友就是因為進行脊椎手術引起終身癱瘓的……

到了第二天，九點鐘剛轉完病床，外科主任就進來了。

他已經看過金花的片子，直接對她說："你的脊椎沒有移位，是可以進行保守治療的。"

金花問："什麼算保守治療？"

"就是不動手術，用體外支架固定和保護，過幾個月就好了。"外科主任似乎很輕鬆地說。

主任又強調："但用金屬在體內把受傷的脊椎固定更保險，如果不加固定，萬一不小心就會骨折離位，那就麻煩了！"

"那，那動手術影響很大吧？"金花不安地問道。

"不可能一點風險沒有，可是你這個可以進行微創，那傷口就很小。"

主任說完，就準備出去，但他又回過頭說：你考慮考慮後再決定是否手術。好嗎？

要如何是好？金花無法決定。

醫生走後，那個律師又進來了。

"如果風險小，沒有副作用，動手術比較好。我們爭取為你辦到十級傷殘，十萬賠償金，法院是可以支持的。"

金花想了一會，對律師說：那就準備手術囉。

金花想起什麼，對我說："那小子都不來醫院一下，叫他送點錢來，要手術了，我們現在沒有錢啦！"

我說："我打打看。"

於是，我拿起金花的手機，找到那小子的電話，打了過去。

對方接了電話，"你要來醫院看看，都骨折了！"我很不高興地說道。

"不是已經出院了嗎？"電話是換了另外一個人在講話，我猜想是那小子的老爹。於是很大聲地說道："什麼出院？！你來醫院看看吧！片子已經出來了！"

"這樣啊！那就請保險公司賠償了！"

金花氣的拿過我手中的手機："你撞了人，就一走了之，全部推給保險公司，你有沒有良心啊！？"

對方馬上解釋："對不起，是我們不對。但你一受傷，我們就送你到醫院，並且及時墊了搶救費用。"

接著又補充道："我到醫院又能解決什麼呢，相信醫生能治好，醫療費保險公司包了。你放心吧！"

金花聽了，氣的掛了手機。

這時，進來了一個胖胖的婦女，走到金花床邊。這女人看上去三十來歲，身體蠻健壯的。她小聲問金花："是受傷的嗎？"

"被車撞壞腰椎。準備動手術。"

"需要幫忙嗎？"那女人問。

"要多少錢？"

那女人說："現在都是按本地醫院護工統一價格的。每天二百。"

"你是公司來的嗎？"

"是我自己來的。"

金花轉過身子，示意我要想喝水。

那女人手很快，就搶著拿了小桌子上的杯子，倒了半杯開水，又打開礦泉水瓶，慘了一些進去。然後遞給金花。

金花喝了一口說："沒有公司，能要到發票嗎？"

"沒有，但是可以想辦法。"

"那比較麻煩，護理費要給保險公司報銷的。"

"我可以弄到。"

"那再看看。"

手術的前兩天，黃標富打電話來說：要回來。

金花覺得有我在身邊，就更好。而標富來了又不會幫麼忙，倒是他來了我就不好靠近了。

"你回來幹嘛？手術不大，這裏有姐姐送飯陪床，所有的手續都是兒

349

子在跑，你又不能做什麼。你來了，幫不了忙，反而誤了你的生意。"

二女兒美美到病房，也跟爸爸說：這裏有我們吶，你來了沒啥用。

可是，手術的前一天，標富還是出現在 505 病房。

金花聲對標富地說："跟您講不要來不要來。"

標富笑笑："哪有老婆重傷，老公不來看的道理啊！"

第二天上午九點，金花進了手術室，我以特殊的朋友身份，也來關心。

喜梅早先就來的，她出的點子：讓標富知道，病床緊張，是我跟醫院熟，幫助解決的。加上主任的關係也是我搞的。

我一進來就和標富握了手："今天是主任親自做，手術不大，沒有風險。"

標富點點頭，連忙說：謝謝！謝謝！

標富和我、姐姐、喜梅、美美、希希都跟著，送金花進了手術室。大家都在門口等著。

不知為何，從九點半開始，一直到十二點，下班時間到了，金花還沒有出來。

大家都很鬱悶，也很著急。

"醫生都不要吃飯啦？"

"有人送飯給醫生吃呢。"

"那連續工作，醫生也很累。"

"是不是手術很難做。"

姐姐聽了一陣揪心：觀音菩薩保佑，不要有事！

終於，在下午一點半金花從手術室出來。

她躺在床上，閉著眼，面色慘白。

金花的右手插著管，吊著瓶。鼻孔也插著氧氣。

進了房間，標富先跪在床上，將金花從活動床上輕輕抱起，移到病床上。

早在手術時，我只在手朮室外等了一會就離開了。因為我覺得，我是金花的朋友，也不要讓標富覺得很親密似得。

護士過來插尿管，量體溫，看血壓，還摸了脈。

忙了一陣，護士交代說：

"六個小時，不要吃飯喝水。醒來後，可以用棉簽沾點水，放在嘴邊潤潤。"

說著，離開病房。

又過了一天，我來了，但我在門口遠遠看到金花在睡。我就沒有靠近金花，只是招呼標富到門口，我裝著大大方方的樣子問："金花手術很成功吧？"

標富點點頭，我接著安慰他說："手術成功，我們就放心了。讓她好好休息，慢慢養好身體。我不進去了"。

標富在金花身邊五天後，又要回上海了。

標富去的第二天，我來了。

這下我進來，幫著姐姐為金花端屎端尿，推拿按摩，很是親熱。

等姐姐出去倒水，我還偷偷親了一下金花。金花半閉著眼，輕輕說："對不起！"

"啥意思？"我不解。

金花沒有繼續解釋，我也就光想不問了。

我問："律師聯繫了嗎？"

金花說："有一個律師事務所，專門有處理交通事故的律師。他們對這類情況比較有經驗。"

"已經通知保險公司付醫藥費了。"金花接著說。

我說："是交警在督促這事吧？"

"是的。"

我有點生氣地說："那沒有那小子一點事情嗎？"

金花回道："我打電話了，交警說，他已告訴肇事方，傷者要動手術，你是全責，趕緊交保險公司處理。並說也通知那小子來先墊付錢。"

金花接著說："交警還很認真，說是有事及時跟他打電話，他會盡力處理。"

我說："金花，姐姐也要顧足浴店，幫著做飯。我們大家都沒辦法，你身邊沒有人照顧，趕快去請護工。反正護工費向保險公司報銷。"

金花點點頭，我就打電話找護理公司。過了一會，初步定了護工。然後告訴金花：

"明天人就過來了。"

金花想起，那天的那個女人，說道："怕公司派的人往往太小個，沒力氣。我想還是找那個女的。"

"哪個？"我問。

"那天來我床前的。比較有力氣，人看起來也不錯，蠻有護理經驗的。"金花說道。

"好吧。"

金花自己打通了電話，就叫那女人來護理了。

我說："我跟護理公司說一下。"然後撥通那家公司，告知不用人了。

金花在醫院住了三個月，她腰椎裏釘著鋼板，終於出院了。

律師叫她把出院後的醫療發票拿給他，還有護工開的發票。

金花說："摔斷的玉鐲有幾千塊，把購買的發票也給你嗎？"

律師說："可以，不過，還是要鑑定價值。"

金花說："找誰鑑定？"

律師說："發票先拿來，看法院的意見再說。"

又過了半個月，律師叫金花到保險公司。

我開著車，陪著金花到了保險公司。

進了公司大門，一個女律師正等在那裏，她把金花和我帶進一個 5 平米的小小的房間，那是保險公司的接待室。

剛坐下，律師就拿了原來金花提供的發票和醫院的一些證明，讓金花確認。

律師和金花正在查看和核算票據數據，又進來了一個人，那人看來才二十出頭。金花一下就讓出他，就是撞她的人。

他今天來，就是在律師的主持下，確認保險賠償依據和商量責任範圍的。

確認完九萬多元醫療費。律師說：

"保險公司先按發票中，可進入醫保費用部分，付給你七萬五。"又說：

"非醫保部分保險公司不同意報銷。"

金花說：　"那怎麼辦？"

律師解釋道："那就提請法院判決吧！"

律師又說道："護理費、誤工費、交通費、精神損失費、營養費、伙食補助，還有鑒定費等，要等判決了。"

律師又對金花說："陳金貴表示，"她指著那小子說："預先墊的二千元，到時要抵掉。"

金花在和那小子聯繫時，就知道他叫陳金貴，只不過今天才看清楚本人。撞車時也沒認清楚。

金花很不高興："什麼都叫保險公司賠了，兩千元還不肯墊？"

繼續說道："真沒良心！連醫院都沒來看我一次。"

陳金貴靦腆地說："對不起阿姨。"接著回憶起當時的情況說：

"那天你所處的位置，正好被我車上的右視鏡擋住了，看不清。等看到就太遲了！"

金花說："我看有大幾十米，怎麼就到我面前了？你車也開得太快了，是斑馬線啊！也不減速？"

"我那天也不知道為什麼會這樣。當時人都很懵，對不起。"

兩個月後，終於開庭了。但是律師說，金花不用去，若去了，法官看到金花狀態很好，又加上在法庭上金花表達不清，反而壞事。

律師認為，這個案子律師很好搞定，不用金花擔心。

過了半個月，判決書出來了。

金花申請二十九萬的賠償，法院只支持二十四萬。少了五萬元。

其中，傷殘金九萬四得到支持；

醫療費八萬九得到支持，駁回了保險公司不給非醫保部分的應訴理由；

住院費二千六得到支持；

護理費不支持按九十天計算，就是四萬六，扣了五十二天，只剩兩萬六；

誤工費，不按金花提出的一百八十天，而判定為一百零六天，年薪則按四萬四，共支持一萬二八，駁回六萬六年薪的計算，就是得不到三萬二的訴求。

財產方面，手鐲是七千訴求，法院只支持一千五。說明手鐲值不了發票所列價值，可以說太高，那電動車八百七十八元有發票，賠償訴求倒是合理。

另外，精神損失只給六千，不給八千；

鑒定費二千六，只給一千八。

金花說，保險先給了八萬，可我自己已經花了十五萬。按照判決的話，只能再補給我十六萬。後續的治療基本就沒有錢了，更談不上報銷和補給我的誤工和其他補助了。

我說，我們上訴吧！

聽律師說，上訴的話，中院也未必會支持。

金花說，算了，真是倒楣！

可是在規定上訴期的十五日內，前一天保險公司倒是不服，上訴了。

他們的上訴理由是，非醫保部分一萬多，要由肇事人負擔；誤工費一萬二八都不能給金花。就是說，保險公司為了兩萬多的錢不肯出，還要上訴。

真氣人，本來就賠不夠，還要倒貼！

這下，原告反成了被告！

金花都要氣暈了！

律師說："沒事的，一來，非醫保誰出都一樣，都要給我們；二來，誤工費已經按標準了，法院會駁回的。

他又說，誤工費部分，保險公司認為，你已經超過五十五歲，拿養老金了，沒有所謂誤工。而且說你只有一張營業執照，根據材料都不足。

金花說，胡說呢，我不但還沒有養老金，而且還在開店。受傷後，我不在管店，生意更差了。

我說，是啊，你就說僱了一個人，代替你管理店鋪，還要多付三千元。

金花說，是啊！其實小虎就是代我看店的。可是要補一份合同說明吧？

我說，現在去補，就有造假的嫌疑吧？

金花想起律師的話，按照律師講的，中院可能會駁回保險公司的上訴。我們不去管了。反正也沒能多拿，早就是吃虧啦！

我也說道：再七搞八搞，那還要拖多久才能拿到錢啊？

金花說，我先墊的十五萬錢，基本上是向女婿借的錢。

哎！被人撞了，自己受罪，還得不到賠償，還要貼錢，倒楣死了！金花苦笑了一下。

我想一想，小心翼翼地說，你今年的運勢很差，之前算命知道嗎？

金花不高興地說，這不擺著，還能算出什麼？

其實，金花也不完全是針對我，只是我多了嘴了。

總之，金花也就沒有再上訴或反訴保險公司了。

但是，金花的腰這兩個月一直很難受。

兩月前，金花感覺好一點，就到店裏看看。

半仙對他說，原來的張建，承包期到了。前天村裏由招標了，起標價就超過今年的店租數，每年還是百分十增加。

結果，一個姓王的村民按一百五每平米標中了，就是說金花的店，如果續租，五十平米的店鋪，每月要從現在的六千，立刻升到七千五。

這麼高的租金，使本來就很難的租戶們，租不下去了。

租戶們都在猶豫，續租，生意能做的下去嗎？若不租，還能換個更好的地方嗎？

反正還有半年到期，大家都在觀望著。

金花和隔壁的廣告店小菊就沉不住氣了，要去租另一條街的天天賓館大樓街面店。有二樓，共一百二十平方。

這店面原來也是做推拿的，但經營不下去走了。停了半年還沒人來租，東家所出的租金是一萬二，轉讓費兩萬，十年合同期內每年店租不變，都是一萬二。

金花和小菊各租一半，也就是說，每人店租是六千，跟原來的店租是一樣。可是原來的店租每年遞增百分十，明天就是六千六了，後年就是七千二六了！

顯然，店租每年不用增加，負擔就輕了。

轉讓費實際上不算有，因為兩臺三匹舊空調也快要大幾千，快上萬元了。加上熱水器，還有幾張推拿床和一個前臺以及一些桌椅沙發，等於是買來可用的舊傢俱。

算起來，就是原來店鋪的那五萬轉讓費拿不回來了。實際上，原來的店鋪，租金那麼貴，地段也不是很火，如果堅持下去，到將來的轉讓費也是很難拿到的。

現在每人只有再花一兩萬裝修一下，就可以馬上營業了。

算來算去，權衡一下，還是下決心停掉舊店換成這個新店了。

金花頂著虛弱的身子，又開始指揮工人來裝修。

我問她，腰能不能吃得消啊？

她說好像沒事。

正好我出差，也沒空管她。

倒是標富回來幫著裝了電線，按了開關插座。還裝好十幾盞燈。算是幫了大忙。

等我來了，新店鋪都搞好了，開始正常營業幾天了。

可是，金花發現：便宜的天花，居然掉下來了兩塊，還好沒砸到客人。雖然是小塊薄鋁板，但突然落下來，也夠人家嚇一跳的。

金花說，要等半夜下班沒客人了，來整一下。

我說，可以。但是又說，那天花板我們不專業，搞不來。加上便宜的板很薄，更難搞。記得我以前搞過，那還是品質較好較貴的板，我都搞不好，整來整去老搞不平。

金花說，沒錢只能用這板，已經這樣了，還能有別的辦法？

金花又想了想說，搞不平，我用膠水來粘。

我說，不行吧，人家是靠平整的小塊板，緊緊的一塊扣一塊的，用膠水反而改變厚度，會變掉，更扣不平了！

金花說不會，自己架了梯子，爬了上去。我拗不過她，只好趕忙過去扶梯子。可心裏很不高興：看你能的！

　　金花果然還行，粘了一塊有一塊，把快要掉下來的、不平的十來塊小板都搞好了。

　　我一看，還行！不是很平整，但總是不會掉來了。

　　可是，我突然想起，金花可是腰有病，讓她在梯子上，又直著腰，幹了兩個多小時。這下完蛋了！

　　我立刻叫金花下來："好了，好了！這邊都可以了！快下來！，腰會受不了的。"

　　金花說，一點點難受，沒事。

　　"不行，"我催著金花下來了。自己搬著梯子移到墙角的另一邊，把還有一塊不太平的地方整平了。然後對金花說：

　　"好了，好了。今天你的腰沒事吧？"

　　"好吧，坐一下。"金花順勢就坐在一張洗腳的沙發上了。喘了一口氣，嘴上說："咳，腰是有點酸痛，人也累了。"

　　"是不是？！"我想想很後悔，幹嘛賭氣讓她受累，搞壞了腰怎麼辦？！

　　醫生開始不是說，用微創手術嗎？

　　結果開大口，釘進去碩大的六根鋼釘，幾乎把椎盤都快釘穿了！應該自然會長牢固的、並沒有移位變形的腰椎，卻多了六個洞！

　　金花整天都覺得腰有點難受，慢慢變成左手撐腰的習慣性動作。她忍不住的時候，又去找那開刀的主任醫生。醫生說："拍片檢查情況表明，沒有問題。"

　　"那為什麼一直有點難受？是不是碰到了神經線？"

　　"沒有的，我過說，難受的話，就把鋼板取掉。"

　　金花擔心，取鋼板能恢復嗎？醫生不是說沒有異常，可以永久不取的。如果取鋼板，不是又要開刀住院，花錢不說，還耽誤生意。更何況，會不會保證好呢？

　　最後，醫生無奈的說道："不然的話，你可以去神經科看看。"

　　金花常常難受，夜裏睡不好。

到神經科看，沒有新情況。換了其他醫院，都說沒有發現問題。金花就只好忍著，一天過一天。好像把這難受變成了習慣。

疫情又有反彈，我有一個多月沒來福州了。除了天天在電話裏和金花交流，可熬不住想要當面見金花啊！

"好久了，想死我了！"我在電話裏說。我想到和金花在一起，享受那美麗又溫柔的夜，我那下麵的部分，那不聽話的東西，又開始有點蠢蠢欲動了。

我只好自己解決了。

不過，這不是第一次，也不可能是最後一次。每次一想到金花，又身在遠處，不在金花身邊，我就特別想，又老是忍不住。

金花知道後說："不敢啊！那很傷身體呢。"

金花打來電話問我："你問問你的朋友，有個叫'生命之鑰'的晚期癌病救助專案，他能不能瞭解到，並且幫個忙？"

我問："是啥事情啊？"

原來外甥得了肺管癌，有好幾年了。已經擴散到腰部。

第五十八章 兩個女人

　　其實，麗娜有感覺到我常常到福州，不一定都是辦事處的事情，因為他總是覺得老公是有外遇。

　　你看，這十幾年，老公幾乎和她沒有關係。但一方面也是由於她自己冷淡的緣故吧！

　　自己今年也五十九歲，過幾個月就要辦退休了。

　　之前，她整天為了劇團的工作，忙忙碌碌。加上和團長的曖昧關係，也就對我很冷淡。

　　話說到十年前，我總在發情時的等待中，可麗娜卻總是演出到半夜才回來。

　　"老婆，過來一下。"

　　"我累死了，明天吧。"麗娜總是這樣回答他，這已經不是第一次了。

　　而今，我也很難對麗娜產生興趣了。當然，金花是起決定的因素。我和金花仍然保持著幸福的關係和享受快樂。雖然，比起十年前，沒有先前的那種感覺，那種快樂的交流，自然是遠不如前了。

　　可是，我和金花，只要十天半個月沒在一起，就覺得如隔三秋呢。

　　當然，我們不僅僅是快樂。現在的金花和我，一個五十多，一個快六十了。但總是感到，在一起不一定要怎麼樣，確實是只要在一起，兩人就感到那樣的安寧，那樣的自然，那樣的溫馨。

　　雖然，有時也會對事情有不同的看法，發生比較激烈的爭論。也常常因說服不了對方，而感到生氣。

　　但不久就熄火了：不是金花先退了一步，以笑回應生氣的對方；就是我先緩和下來，壓制了自己的情緒。

金花說：“我們一輩子都吵不起來的。”

我有一點不解：“為什麼？”

“我們的認識，是建立在你的盡力付出和我的一輩子感恩之上的。”金花略頓了頓：“所以，我們是十分難得的。也是很幸運的。”

“是啊！我們在一起，不一定要做那事，也是能長長久久的！”

金花覺得，進入老年了，不，還算是中老年。雖然這輩子經歷了風風雨雨，嘗盡了人間的酸甜苦辣。但回想一下，比較周邊的人，自己還是比較幸運的。自己受到多人的愛戴，包括我。兒女爭氣，對自己孝順，這是最大的安慰。

喜梅說：“姐，你可以躺著吃了！嘻嘻！”

金花沒屁大的事，孩子們都屁顛屁顛地跑來關心。金花自己從不記得生日，連孩子們的生日也常常記不好，可孩子們年年都記住老媽的生日。

“老媽，生日快樂！”

“啊！今天是我生日？我忘了。”

你看嬌嬌是大學生，在較大且穩定的國企工作，幾乎每天都能關照到她，平常話不太多，可母女在一起或互打電話，一說就是沒完沒了，怎麼就有那麼多說不完的話。

女婿也是高材生，從事大的金融業，非常孝順。一回來，有用沒用，都要買一大推東西。還帶了最時髦的電器，連手機都要給岳母娘買最先進的。那麼大了，還動不動“媽媽，媽媽”的叫。

美美，老公辦工藝廠倒了，收入很少。常常靠能幹的她，在電商業務掙點錢。當老爹種植園缺資金，向老媽要，老媽沒錢，她很主動地把自己的幾萬元積蓄借給老爹。說是借，可能是沒得還了。

紅紅雖然從小送人，但時不時與金花聯繫。結婚後還是常常帶著孩子來看外婆。當然，這與金花對她，從讀書、做生意、談戀愛結婚，處處都操心是分不開的。 金花常說：“我覺得虧待她了，所以總是耿耿於懷。”

希希雖然很聰明，做事很有主見，可考大學、找工作、找老婆，都讓老媽拿主意，換別的孩子往往不一定會這樣。一方面，也說明金花跟他沒有很大的代溝，所出的主意正確合適，他有點崇拜老媽。剛結婚不久，希希讓新媳婦帶著鮮花來看婆婆，之後就常常要帶新的美裝和化妝品給婆婆。

因為媳婦知道，婆婆愛美。

　　就是這個受傷的腰椎，本不該釘那六根鋼釘，多了六個骨洞，這不就是留下常常不舒服的後遺症嗎？

第五十九章 生命之鑰

　　二十年前，外甥和他的妻子在蘇州租了一個店，一直在賣衣服。生意時好時壞，但二十年來，總算靠著堅強的意志和長期積累的經商經驗，生存了下來，生意總體上是一般般。靠賣衣服生意，還養育了一個能讀書的兒子。

　　五年前，得了肺病。近三年，發現病情加重，轉成肺癌。參加了醫保，住院還能報銷一部分，多次住院醫治，不見好轉。

　　他堅持看病吃藥，只要聽說那裏能治，就到那裏去治，從不放過治療的機會。

　　妻子陪著他千裏尋醫問藥，聽說湖南有一個土醫生，能包治此病，他就長途奔赴，上門求醫，吃了不少草藥，總還是不能治好。

　　姐姐為了兒子的病，常常是吃不好睡不著。

　　一天，姐姐的男朋友來對她說，你前年走了老父親，去年老公也走了，現在兒子有這樣子。家裏總是很不順。老家那個老瞎子命算得很准，是不是去找他算算，家裏有什麼沒搞清楚的。

　　姐姐去算了命，那老瞎子說，你家有家譜嗎？

　　姐說，家裏沒有。只有那年同族兄弟有修過，但是我沒有拿到一本家譜。

　　老瞎子問，那家譜裏，你老公的身份有沒有寫清楚。

　　姐姐想了想說，我記得家譜沒有寫老公的。

　　"這就對了！"老瞎子指了指姐姐，接著說道："你老公雖然是上門婿，你兒子也是跟你的姓。"

　　他頓了頓，繼續說道："你老公也還是當作鄭家的兒子呢！"

　　姐姐問：那要咋辦？

　　"你家的家譜要好好補上，明確你老公的身份啊！這就是沒搞清楚造成的後果啊！"

姐姐找到堂親，找到了那本家譜，請家族的人抄了抄。金花幫著把姐夫的位置寫進了鄭家兒子的位置上了。

金花把抄來的家譜和增補的部分，一同拿給了我。

金花對我說："你幫忙編輯一下，列印出來。"

正好，我以前有參加過修譜。所以他不但參照舊家譜的格式用電腦編排列印出來。還為這本家譜設計了簡單的封面，裝訂成一本。

姐姐說對我說：要給你五百塊。

我說不要。

金花說，你收下吧。畢竟修家譜是大事。你不收下，姐過意不去。

我想了想，我辦了大事，還有功勞啦？那就收三百元夠意思了。

話又說回來，這家譜修改好了，家裏的災難就消除了嗎？

外甥的意志卻很堅強，感覺稍好一些，就堅持進貨，人不舒服，可還是整天就泡在店裏。

身體一天不如一天，這兩年已經不能走路了，整天躺床鋪。經檢查，癌細胞已經擴散到腰椎。

醫生告訴他，腰椎手術後，不一定能完全切除已擴散的癌細胞。可是外甥認為，他因這腰痛，整天不能起床，實在難生活下去。不如碰碰運氣，或許開好了刀能夠下地。

其實，外甥心裏明白，他的病是好不了了，可他硬是堅持要開那腰椎的刀。他就是想：萬一能開好了，切除掉癌根；如果開不好，乾脆死在手術臺上，也是走得甘心！

妻子也是十分支持他的想法，畢竟到這時候了，儘量考慮病人的感受，他說怎樣就怎樣咯。

金花所做的幾個保險項目，可以用於貸款，於是她申請了八萬元的貸款。全數給了外甥動手術的錢。

沒想到，沒死在手術臺上，人倒更加痛苦了。剛剛才做了腰椎手術，可是不但排除不了癌細胞，反而使本來可以走路的人，卻成了殘腿不能走動，只能躺床鋪了。

姐姐的兒媳婦打電話給金花，說有一個叫"生命之鑰"項目，可能可以救她老公的癌病。

她還從微信上轉發了一些資訊給金花，請她進一步瞭解和落實這個事情，希望能夠幫忙做到，使她老公的不治之症得到醫治。

金花很快就接通了我的電話：

"有這麼一個救助項目，針對晚期癌症的。叫做生命之鑰的慈善項目。問問王主任，他們醫院參加這樣項目的情況，有沒有辦法讓外甥申請到這個救助。

我也上網查了一下，果然有這方面的資訊，大體是這樣：

生命之鑰-結直腸癌適應症患者援助項目正式啟動

生命之鑰-患者援助項目

單藥用於一線不可切除或轉移性 KRAS、NRAS 和 BRAF 基因均為野生型的 MSI-H/dMMR 結直腸癌適應症患者援助項目正式啟動

……

致親愛的患者朋友們：

生命之鑰-腫瘤免疫治療患者援助項目將於二零二一年七月八日開始正式接受符合專案條件的單藥用於一線不可其切除或轉移性 KRAS、NRAS 和 BRAF 基因均為野生型的 MSI-H/dMMR 結直腸癌適應症患者申請。

……

援助方案：

遵醫囑，患者使用二個療程的帕博利珠單抗注射液，經基金會審核通過後，可為其援助二個療程。

遵醫囑，後續患者使用二個療程的帕博利珠單抗注射液，基金會可繼續為其援助直至疫病進展。但患者累計使用帕博利珠單抗注射液用量最多不超過二十四個月。

……

項目申請條件：

1.　　醫學條件：

1）經病理學（組織學或細胞學）確診的結腸癌或直腸癌，簡稱結腸癌（CRC）。

2）腫瘤狀態為不可切除或轉移結直腸癌。

……

2.　　經濟條件：

患者因家庭經濟原因無力承擔帕博利珠單抗注射治療費用。

附件：公益專員名單

地區	公益專員	聯繫電話	專員所在城市
黑龍江（吉林、遼寧）	丁專員	186430xxxxx	長春
江蘇（南京、揚州、鎮江）	蔣專員	152509xxxxx	南京
……			
福建（福州）	劉專員	189660xxxxx	福州

……

基本條件：

持有中華人民共和國居民身份證/軍官證的大陸患者,知曉並同意遵守項目相關規定且自願按程式申請。

……

醫學條件：

（1）二線黑色素瘤適應症：

1）經病理學（組織學或細胞學）確診的 IV 期黑色素瘤患者，或不能接受根治性治療的。

……

（2）PD-L1 陽性晚期非小細胞肺癌一線單藥治療適應症：

1）經病理學（組織學或細胞學）確診的鱗狀或非鱗狀非小細胞肺癌（NSCLC）

……

注：

1.國家藥品監督管理批准的帕博利珠單抗黑色素瘤適應症為：

......

經濟條件：

因家庭經濟原因無法繼續承擔後續帕博利珠單抗注射液（可瑞達®）費用，同時患者需要提供經濟評估相關證明資料並由基金會項目辦審核通過。

中國初級衛生保健基金會

生命之鑰-腫瘤免疫治療患者援助項目辦

2021 年 7 月 7 日

我們知道，就是要去先做到有低保證明才可以。於是急急去找人，解決低保證的事情了。

至此，辦理低保證明，正按審批程式進行著……

金花想到，我的朋友不是在廈門第一醫院當主任醫師嗎？她就對我說："你的朋友王主任不是在廈門第一醫院的嗎？"

我說："你不是也找過他，已經認識他了？"

"你直接問問，會不會更好？他們醫院這麼有名，可能知道這個項目吧！"金花懇求道。

我擔心：王主任是搞心血管的，不會直接管這個的。

於是，我先去查看了"生命之鑰"網站，發現廈門第一醫院是有一個醫生姓丁，是對接這個項目的。但不知道王主任跟他關係怎樣？

我就打了王主任的電話："老朋友，你知道這個項目是嗎？"

王主任說："我知道"。他略為停頓了一下，又說："我是搞心臟的。沒法直接安排這事。"

"那劉醫生，你能問他這個項目的情況嗎？"我說。

"我跟他不是很熟，既然他是項目對接的，肯定會管的，你還是直接問他吧！"

我又繼續仔細看了網上項目的諮詢資訊，想了想：先直接打項目的熱線電話問一下，先搞清楚該項目的申請條件和流程再說，省的走彎路。

我打了該項目的熱線電話，講了外甥的病情，能不能申請項目援助，回電說，可以的。你們先申請吧。

"可以先申請。"我在電話裏對金花說。

但我經過詳細瞭解，得知"生命之鑰"的救助項目，需要"低保"條件。但是，外甥一家並沒有取得"低保證"。

不過，前幾天金花就已經跑回老家，叫村長證明外甥生活困難，並到鎮政府申請了低保手續。鎮領導很積極，很快就把鎮的申請報告上報了縣裏。但鎮領導告訴她，低保手續一般要三個月以上才能從縣裏辦下來。

金花想，三個月那來得及救外甥呢？

沒想到，她卻很行。因為她找到了縣裏的一個親戚幹部，去催促這手續。

經過努力，親戚告訴她本月底應該可以拿到"低保證"。

這下可有希望了！

但是，金花心比較細，她已經打聽到有人曾經參與了這個專案，有一些經驗。

其中得知：家庭經濟證明就是"低保證明"，聽說領用低保補貼要經過十二個月，這種情況才能申請該項目救助的。

金花馬上對我說："你還是再打電話確定一下。"

於是，我又打了熱線。熱線回答：是的，有低保證，但沒有領足一年的低保，是不夠條件申請該項目的。

金花覺得這事又是涼了。

但是，不管怎麼說，低保證辦下來後，對這個因病致貧的家庭來說總有好處。

眼看外甥的病是無法治療了，醫生決定讓出院，那其實就是回家等死了。

金花很不甘心，還是想盡最大的努力挽回外甥的生命。她去老中醫那裏開了一大包中草藥，送外甥回了老家。

雖然在家裏仍叫鄉村醫生來天天掛瓶，可這些藥也只是有些消炎作用，總歸抵擋不了越來越嚴重的癌擴散！

　　外甥的肚子越來越大，顯然是肝腹水了。但是他不想死，總想有奇跡發生。他難受地說：到縣醫院治療吧！

　　到了縣醫院，醫生也很明白，這哪能治啊？整天就是掛瓶消炎嘛。

　　又折騰了一周，醫生覺得他活不了幾天了，建議：抬回家吧！

　　外甥在自己的家躺下，可沒在結婚時的新房裏躺，還是躺在當年爺爺的一樓小房間裏。

　　外甥的生命力滿是堅強，小便很難出來，肚子一直在漲。

　　又過了十來天，終於離開了人間，也就解脫了十幾年的病痛之苦。

第六十章 尾聲

　　我問：“外甥媳怎麼生活下去？”

　　金花說：“外甥剛生病，我就隱瞞病情，給他投了健康保，這次可以拿到二十萬。”

　　“那也不夠幹嘛的。”

　　“總可以解短時之難吧。”金花說。

　　“那唯一的孩子多大了？”

　　金花說：“十九歲了，正好今年考上本一。”

　　我看了看金花，欣慰地說：“還好阿孫很爭氣。但學費還要花不少呢。”

　　“是啊，反正外甥媳婦也會去打打工，補充一點生活呢。”

　　我想起，金花為了外甥的腰椎手術費，從保險裡面貸了八萬元。就問金花：“您那八萬元如何還啊？”我原本的意思：那保險賠的二十萬，是不是拿一部分給金花還債呢？

　　可是，我不好講出來，畢竟保險的錢是金花爭取來給外甥妻子和兒子的解困錢啊！

　　金花連想都沒想，回答道：“那八萬我自己想辦法，總不能動外甥留下的保險錢。”

　　對於寶妹一直沒有明確，是否回國和丈夫正福一起生活？

　　直到正福去世，老鄉們才從小兒子東東的口中得知：並不是寶妹要狠心離開丈夫，而是她一直掛念著丈夫。但是，因她不是美國公民，若回中國，確實就不能回去了。何況丈夫是醒不過來了，而他的醫療費用和生活費用是有國營企業給"罩著"。

因此，在正福生前，他只能交代孩子們適時回來照顧和處理丈夫的事情。

更主要的原因是，她的孩子們都在美國生活的很正常很自由，他不想獨自一人回到她那曾經不堪回首的地方。

所以，她在美國買好了墓地，準備將來和丈夫埋在一起。

故事的前面說過，陳明麗坐了牢，和丈夫離了婚。

四年後，明麗出獄，還是有人向她繼續追討呢。她不敢回到原來的城市，隻身找了一個地方躲起來。

如果不是討債，只是原來的好朋友，出於關心，向她的女兒打聽。女兒也只能回答，媽媽不讓人知道。

嗨，她大概就這樣苦渡著寂寞的餘生了。

（完本）

Printed in the USA
CPSIA information can be obtained
at www.ICGtesting.com
LVHW021521121023
760666LV00015B/669